猎人笔记

［俄］屠格涅夫 著

齐昕 译

浙江文艺出版社
Zhejiang Literature & Art Publishing House

目 录

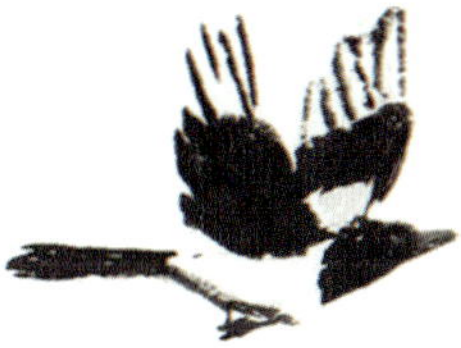

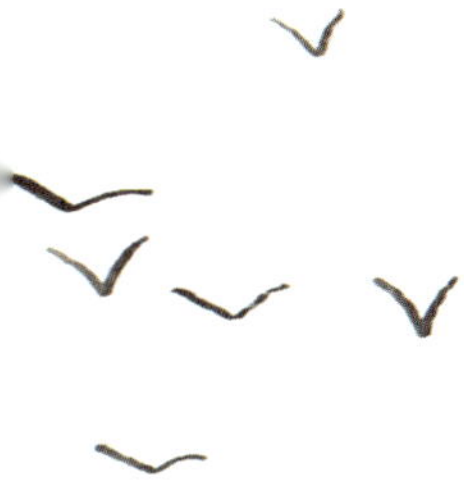

附录

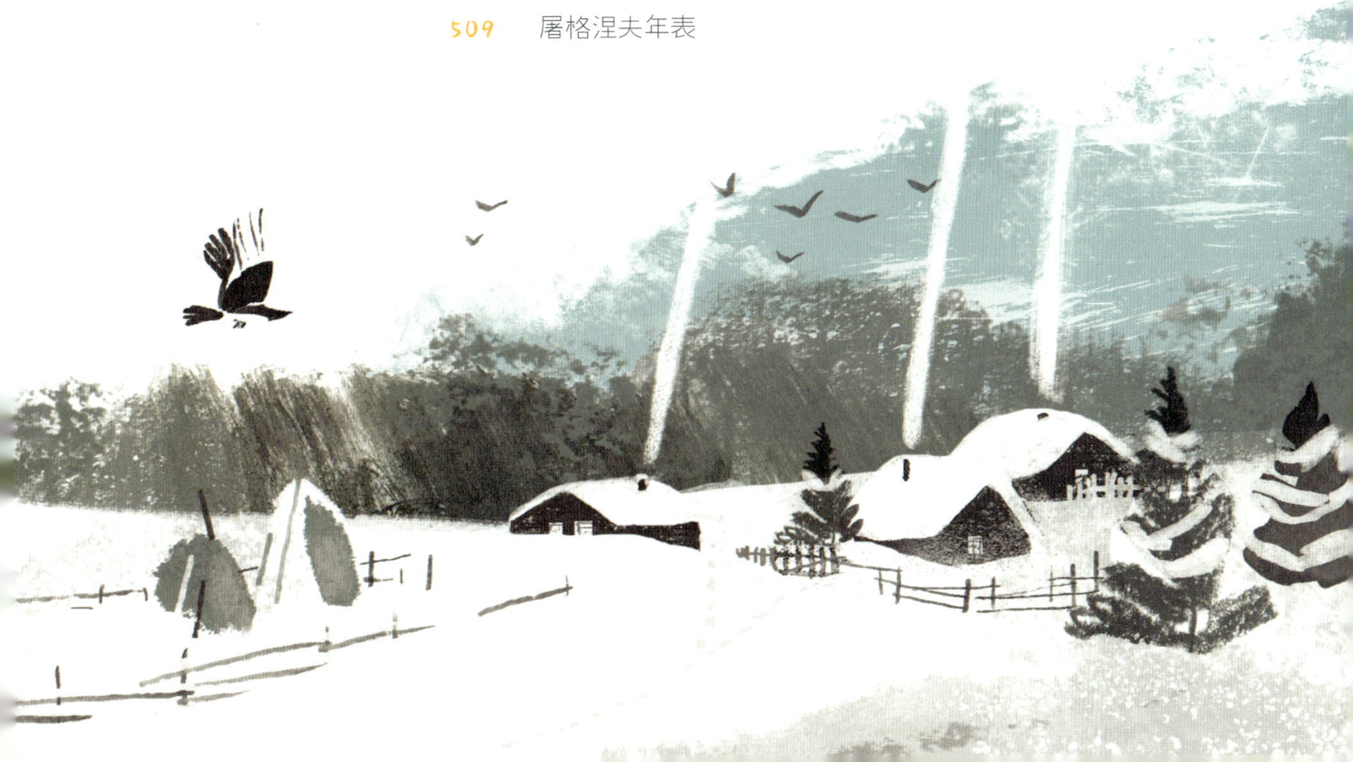

霍里与卡里内奇

　　有谁从博尔霍夫县去过日兹德拉县的话，很可能会对奥廖尔省人和卡卢加省人的差异感到惊奇。奥廖尔省的汉子个子不高，微驼，不爱直眼看人，住在破旧的白杨木屋里，服着劳役，不大爱做买卖，饮食粗糙，穿草鞋。卡卢加省交田租的汉子则往往住在宽敞的松木屋里，高大挺拔，看人的眼神直率欢快，脸色白净。他们从事着黄油和焦油的买卖，到了节假日还会穿起靴子。奥廖尔省的村子（我们在此说的是奥廖尔省东部），往往散布于开垦过的田地间，临近某个莫名其妙肮脏的水塘。除了几株稀稀拉拉、随意供人玩弄的爆竹柳和两三棵干瘪的白桦之外，周围就见不到什么像样的树木了。村里的木屋粘连在一起，还总是以烂稻草铺顶……相反，卡卢加的村落有林子环绕。木屋散落有致，且以原木板为顶。屋门锁闭严实，院篱紧密结实，不歪歪斜斜，以招致闲荡的牲口登门做客。就拿狩猎来讲，卡卢加省也更好。奥廖尔的林子和灌木丛再过个五年就会荡然无存，沼泽更是从来见不到。卡卢加省的林地则绵延不绝，沼泽往往一望几十俄里。美好的松鸡在此歌唱，憨厚的大鹬也常光顾，而那大大咧咧的山鹬往往猛地飞起，惊得猎手和猎犬们一个激灵。

我以猎人的身份造访了日兹德拉县。出了原野之后，我结识了一位叫波鲁德金的本地小地主。这个可爱的人也热衷于狩猎。他有那么些小弱点。比如，他几乎向全省的富家女子都提过亲，被女方本人和家庭拒绝后，他向自己的熟人朋友们长吁短叹，却还会给女子的父母寄去自家院子出产的酸涩的桃子和其他东西。他爱讲同一个笑话，尽管自以为深悟其幽默之处，却无法叫旁人发笑。他对阿基姆·纳希莫夫的创作赞叹不已，尤其是那本《平娜》。[1]他有点口吃，给自家的狗取名为"天文学家"，把"不过"说成"不各"。按照他的指示，家里的饮食都是法式的。而在他厨子看来，法式烹调就是要完全改变食材自然的味道。经这位"匠人"的处理，肉带上了鱼腥，鱼则散发出蘑菇味，通心粉则莫名其妙带上火药味，而下进汤里的胡萝卜则必须事先切成菱形或者梯形。不过，除去这些无关紧要的小问题之外，就如上面提到的，波鲁德金是个大好人。

就在我跟波鲁德金认识的第一天，他便邀请我去他家过夜。

"到我家得有个五俄里吧，"他道，"走着去太远啦！我们先去霍里家吧。"（请读者们允许我不模仿他的口吃吧。）

"霍里是谁？"

"给我干活儿的……他住得不远。"

我们去了霍里家。霍里的木屋孤零零立在林间一块被彻底开垦出来的空地上。屋子由松木搭成，围有栅栏。正屋前搭有顶棚，由细柱支撑。我们进了屋。迎接我们的是一位二十来岁的年轻小伙，英俊挺拔。

"是费佳呀！霍里呢？"波鲁德金问道。

"霍里进城去啦，"小伙子微笑回道，露出洁白如雪的牙齿，"要给您备

---

1 阿基姆·纳希莫夫(1782—1814)，俄罗斯讽刺作家。作品风格辛辣直白。《平娜》为其代表作之一。

车不？"

"备车吧，伙计！再给我们上点格瓦斯。"

我们进了屋。洁净的原木墙上一幅苏兹达尔的木版画[1]都没有挂。角落里镶银框的沉甸甸的圣像前，香炉微微燃着。刚打好的椴木桌子擦得干干净净。原木间和窗缝里见不到机灵的茶婆虫在游荡，也没有若有所思的小蠊爬来爬去。小伙子很快回来了，抱来一只大罐，盛满上好的格瓦斯。除此之外，他还拿来一大块面包和一大木盘酸黄瓜。他把吃食往桌上一放，斜靠在门边，微笑着打量起我们来。

我们还没吃完呢，门边便响起了车马声。我们走了出去。一个十五岁上下的鬈发红脸的男孩正吃力地拉着肥壮的花斑大马。马车旁立着六个青年壮汉，他们彼此很相像，而且都跟费佳长得很像。

"全都是霍里的娃！"波鲁德金道。"都是小霍里，"费佳跟着我们从屋里出来，接过话去，"这还没到齐呢：波塔普在林子里，西多尔跟着老霍里进城去了……瓦夏，你小心点儿，"他跟拉车的小男孩喊着，"跟紧啦！你这可是拉着老爷哪！颠簸的地方可得悠着点儿，别把车颠坏啦，把老爷颠吐了可不行！"其他的小霍里们都被费佳逗乐了。"让'天文学家'也坐上来！"波鲁德金郑重吩咐着。费佳乐不颠地将勉强笑着的狗儿举起，放到了车底。瓦夏吆喝了一声马匹，我们飞驰起来。

"这曾是我办公的地方，"波鲁德金指着一处低矮的屋子，忽然道，"您想看看不？""可以呀。""它现在已经不是办公室啦，"他边下车边解释道，"不过还是值得看看的。"这曾经的办公处共有两间空屋子。看门人，一个独眼

---

1 此类木版画是俄罗斯弗拉基米尔省苏兹达尔地区的特产，在俄罗斯民众间颇受欢迎，流行极广，其内容与形式也往往较为俗气。文中此处暗指霍里家的某种脱俗气氛。

老头儿从后院跑上前来。"你好啊，米尼亚伊奇，"波鲁德金问候道，"给口水喝？"老头小跑而去，立马端回一瓶水和两只杯子。"您可得尝尝！"波鲁德金对我说，"这是我这儿的泉水，可口得很。"我们各自喝下一大杯，看门的小老头儿在一旁对我们深深鞠躬。"我们这就该走啦，"我的新朋友说，"就是在这里我卖了四俄亩的林子给商人阿里卢耶夫，得了个好价钱。"我们上了车，半个小时后便进了他的宅院。

"您说说看，"晚饭时候，我向波鲁德金问道，"为什么霍里跟您其他的佃农不一样，自己单干呢？"

"这是因为啊，他是个精明的爷们儿。二十年前，他的屋子遭了火灾。他来到先父跟前说：'尼古拉·古兹米奇，请允许我住到您林子里的沼泽边上去吧。我会好好给您交钱的！''你这是为啥要住到沼泽地里去？''只是您呀，尼古拉·古兹米奇，就别再给我派其他的活儿啦！钱呢，需要交多少，您说个数儿就行！''一年五十卢布！''成，没问题。''你看好了哈，可不许给我藏着掖着！''怎么敢藏着掖着呢……'于是他就住进了沼泽地里。从那时起，人们就给他起了外号叫霍里[1]。"

"他就这么发财了？"我问。

"可不就发了财吗？现在呀,他每年给我交一百卢布呢。我还得再加点儿。我都跟他说了多少次了：'霍里，你就赎身了吧！赎身咯……'他呢，滑头，总是说没钱赎身……谁信他的呢！"

第二天，吃了茶点之后，我们又立马动身打猎去了。马车经过村子时，波鲁德金叫车夫停在一座低矮的屋子跟前，吆喝了一声："卡里内奇！""这就来啦，老爷，这就来，"院子里传来一个声音，"正在系鞋呐！"我们缓慢驶

---

1 "霍里"在俄语里指艾鼬。

出村子。不一会儿，一个四十左右的高瘦的汉子追上了我们，不大的脑袋略微向后仰着。这便是卡里内奇。他那略带点麻子的忠厚黝黑的脸一下子就让我产生了好感。卡里内奇（我随后得知）每天都跟着老爷去打猎，帮他提着包裹，有时还扛着猎枪。他帮老爷观察，哪里有鸟儿停歇，给他找水喝、采果子吃、搭棚子，忙忙乎乎跑前跑后。没了他，波鲁德金简直寸步难行。

卡里内奇是个特别快乐温存的人，喜欢低声哼小曲儿，无忧无虑地四处张望。他说话带点鼻音，往往微笑着眯起淡蓝的眼睛，用手捋着刀片状的稀稀拉拉的胡子。他走路不快，用根细棍撑着，步子却迈得很阔。一天当中，他好几次跟我搭话，照顾得很周到却也没有巴结。当正午的燠热驱赶着我们四处寻找藏身之地时，他把我们带到了林子深处自己的蜂场。卡里内奇将我们引进一座由芬芳的干草束当窗帘的木屋，让我们躺在新鲜的干草垛上，自己则戴上头套，拿起刀、瓦罐和木块，去给我们切生蜜了。我们用泉水兑着透明温热的蜜喝了下去，在蜂子单调的嗡嗡声和树叶沙沙的碎语中进入了梦乡。

一阵小风把我惊醒……我睁开眼，看见卡里内奇坐在半开的门槛上，正用刀子刻木勺。我久久地望着他如夜空般温存明亮的脸庞。波鲁德金也醒过来了。我们没有立即起身。长久的林间步行之后，躺在干草上特别舒服：身子松软开来，脸发着温热，甜蜜的慵懒叫人不想睁眼。最后，我们终于起身，并一直逛到了傍晚。晚饭时，我又讲到了霍里与卡里内奇。"卡里内奇是个善良的人，"波鲁德金道，"勤勉可靠的汉子。他倒是很能干农活的，却没法好好干。这不，我总拖着他天天陪我去打猎……您想，这还干个啥呢？"我很同意他的话。我们躺下睡去了。

第二天，波鲁德金得跟邻居皮奇科夫进城一趟，处理点不愉快的事。这位叫皮奇科夫的邻居在波鲁德金的地盘上忙活了起来，还在霸占了的地盘上

打了他家的农妇。于是我一人动身去打猎，傍晚时顺便去了霍里那里。一位个子不高，秃顶结实的老头儿出门来迎接我。这便是霍里本人啦！我带着好奇将这位霍里打量了一番。他的脸叫人想起苏格拉底：高高的突起的额头，小眼睛，朝天鼻。我们一起进了屋。依旧是费佳为我们端来了牛奶和面包。霍里坐在长凳上，捋着卷曲的胡子，跟我聊了起来。看样子，他有充分的自尊，讲话和行动不紧不慢，偶尔从自己长长的胡子后面露出一个微笑。

我们聊了播种啦，收割啦，农民日常啦……他表面上是同意着我的话。之后我才反应过来，其实说了一堆不着边的东西……场面有点奇怪。霍里呢，看来是出于谨慎，有时并不直话直说。我们的谈话差不多就是如下进行的：

"我说，霍里，"我对他道，"你为啥不从老爷那儿赎身出来？"

"干啥要赎身哪？现如今啊，我既对老爷熟悉了，也对自己这块地儿适应了……我们老爷是个好人。"

"当个自由人 [1] 不是更好吗！"我评论道。

霍里侧身看了我一眼。

"那是自然。"

"那你究竟为啥不赎身出去呢？"

霍里摇了摇头。

"我说老爷，你叫我拿啥子去赎哟？"

"得了吧，伙计……"

"霍里要是成了自由人，"他就像是自言自语低声接着说，"那些个不留胡子的都可以对霍里发号施令。"

"那么你自个儿就把胡子剃了呗。"

---

1 此处指从原主人处获得自由身的农奴。

"胡子呀，胡子算个啥！还不就是一把草，说剃就剃。"

"所以说咯！"

"好吧，就算霍里经了商，商人的日子过得是不错，可不还是听人指挥的吗？"

"你本来不就做着买卖呢吗？"我问道。

"也就是卖点黄油和焦油罢了……怎么样，老爷，该不该给你备车了？"

"你呀，还真是个嘴严的滑头！"我暗自想。

"不啦，"我说道，"不用备车。明儿我想在你这园子周围转转。至于说今晚，要是你同意，我就睡在你的干草棚里啦。"

"欢迎！睡在干草棚里不会被吵到吧？我叫婆娘们给你铺上铺盖，备个枕头。婆娘们！"他边起身边叫道，"到这边儿来！你呢，费佳，跟她们去。婆娘们都挺蠢的。"

一刻钟后，费佳提着灯，引我进了干草棚。我扑进芬芳的干草的怀抱，猎犬在我脚旁趴了下来。费佳道了晚安，便将门吱呀关上了。我很久没能睡着。奶牛踱到了门旁，喘了两口气。狗子警惕地叫了起来。猪也哼哼着从旁边经过。近旁的什么地方，马儿嚼着干草，打着喷嚏……然后，我终于睡了过去。

清晨，费佳叫醒了我。这个欢快灵活的小伙子很叫人喜欢。据我观察，他也是老霍里的心头肉。他俩经常互相开开玩笑。老霍里向我走了过来。不知是因为我在他家过了夜，还是别的什么原因，霍里对我比昨儿亲切多了。

"茶点给你准备好啦，"他微笑着对我说，"一起去吃点吧。"

我们在桌边坐下。霍里的媳妇，一个壮实的女人端来一罐牛奶。他的儿子们鱼贯进了屋子。

"你这一大家高个子！"我对老头子道。

"是哦，"他边啃着一小块白糖边说，"对我和老伴儿，他们可没啥可抱

怨的。"

"全都跟你一起住？"

"可不？他们自己乐意，这不就住着。"

"全都娶了媳妇？"

"那边那个，不就没成亲吗？"他指着像先前一样靠着门的费佳道，"瓦西卡还小，还可以再等等。"

"娶啥子亲？"费佳反驳道，"我这样挺好。要媳妇有啥用，跟她拌嘴不成？"

"你啊你……我可知道你！戴那么些个银戒指……你不就想跟那些女仆丫头们瞎混吗……'够啦！不要脸的！'"老头子学着女仆们的口气，"我可知道你，你个游手好闲的！"

"婆娘有啥好的？"

"婆娘是干活的，"霍里郑重道，"是男人们的仆从。"

"我要干活的做啥？"

"你不就想靠别人吃饭吗？你这类家伙我可了解。"

"那你就给我娶个老婆呗。怎么样？咋不说话了？"

"够啦，够啦！就你会说！你看，我们都吵到老爷了不是。我啊，还就真给你娶个老婆……老爷，你可别生气。这孩子小，不懂事。"

费佳摇了摇头。

"霍里在家不？"门外传来了熟悉的声音。卡里内奇抱着一袋子草莓进了屋，这是他特意为老友霍里采的。老头子兴奋地问候了客人。我吃惊地望着卡里内奇。我得承认，我没想到，一个汉子能有如此"温柔"的举动。

这一天，我比平时晚了四个小时去打猎。接下来的三天，我都待在了霍里家。新相识令我兴趣盎然。不知道是什么使他们放下了防备，他们与我聊得轻松愉快。我饶有兴致地聆听他们的话，观察着他们。

这两个好友毫无相似之处。霍里是个积极稳妥、讲究实际的理性的人，擅长管理；卡里内奇则相反，属于理想主义者和浪漫主义者的行列，敏感而爱幻想。霍里对现实有充分的认识。他建起了屋子，积蓄也不少，与主子和其他有权力的人相处融洽。卡里内奇脚踏草鞋，日子过得马马虎虎。霍里生养了一个和睦而顺从的大家庭。卡里内奇倒是曾经也成过家，但他怕老婆怕得要命，也没能有孩子。霍里把老爷波鲁德金看得透透的。卡里内奇则对主子惟命是从。霍里喜欢卡里内奇，袒护着他；卡里内奇也爱戴霍里，对他充满尊敬。霍里讲话不多，总是笑笑，爱自顾自思考。卡里内奇爱热烈地讨论，却也不像那些兜售商品的贩子一般满嘴花言巧语……但卡里内奇有些天赋是霍里也认可的。比如，他能以咒语止血、压惊、驱魔；还是个养蜂能手，可算是心灵手巧。霍里当着我的面请卡里内奇帮他把新买来的马赶进马厩，卡里内奇郑重而认真地完成了这位爱怀疑的老友的请求。卡里内奇与自然靠得很近。霍里则擅长在人堆儿里混，是个社会人。卡里内奇不喜欢嚼舌头，对人都报以天真的信任。霍里则往往审时度势，甚至对生活不无嘲讽。霍里见识广，知道得多。我从他那儿了解到不少东西。

比如，他曾经讲述，每年夏天割草季前，总会有一辆模样新奇的马车来到各个村子里。车上坐着个人，裹着长衣，卖镰刀。要是付现金的话，他收一卢布二十五戈比 [1]；用现金券的话，则是一个半卢布；要是赊账，他会收三个卢布加一卢布银币。大家自然都是赊账。两三个礼拜后，他又出现了，这回是来收账的。大家刚把燕麦都割完了，当然也就有钱还债，于是就跟着他进了小酒馆，在那儿把债一一结清。有些地主就想自己用现金买些镰刀，然后再以同样的价格租给庄稼汉们。汉子们则颇为不满，甚至抑郁起来。他们

---

[1] 1 卢布 =100 戈比。

喜欢自己挑选镰刀，用手弹弹刀刃，举着它试来试去，并跟滑头的商贩佯装抱怨："怎么着，你这镰刀不咋地嘛！"差不多的情形也在小镰刀的买卖中出现。唯一的区别在于女人们往往会掺和到小镰刀的买卖中去，以至于有时惹得卖家对她们动粗，也是挺活该的。

不过，女人们在另外一种情形之下的遭遇更惨。本地造纸厂的供货商往往委托本县一些被叫作"鹰"的人去收购废旧布料。"鹰"从商人手里拿到两百卢布的现金券，便出发去寻找猎物了。与其绰号所指的雄武的鸟儿不同，这类人不会公开勇敢地发起进攻，相反，"鹰"使的是诡计。他把马车停在村边的某个灌木丛里，自己则进村挨家挨户沿着后院溜达，佯装过路的闲逛者。女人们隐隐猜到了他来的意图，凑上前去。一场交易便匆匆忙忙完成。仅仅为了几个铜板而已，女人们不单是卖掉了废旧衣物，常常还把丈夫的衫子和自己的毛料裙子也拿了出来。近些时候，女人们发现偷卖自家的大麻有利可图。这类举动被"鹰"们充分利用起来，成为他们扩展和完善自己的技艺的手段。因此，男人们可就警觉起来了。哪怕有一丝怀疑"鹰"的出现，他们便立即开始各类预警和防御措施。可不是吗，的确挺叫人恼火！卖大麻本来是他们的事呀！他们倒是不会卖到城里去，那不得自己进城吗？他们一般是卖给路过的商贩。由于没有秤，商贩们一般是按四十捧一普特计量的。您明白了吧，当俄罗斯汉子装"勤勉"的时候，他那"捧"得有多大！

这类故事呀，我这样从未在村里"待活"（我们奥廖尔省通常这么说）过的人，这下子可算是听了不少。不过，霍里不光是自己讲述，也问了我不少事情。当他听到我在国外待过，好奇心一下子就燃了起来。卡里内奇对此也颇有兴趣。不过，他更留意我对境外自然风景、山川水域、新奇建筑和大型都市的描述。霍里则关心行政和国家层面的问题。他一样一样问得非常仔细："他们那边也是跟我们这儿一样的，还是其他什么样的？……你说呀，

老爷！到底是啥样的？""哇，老天呀，真有你的！"卡里内奇在我讲述过程中时不时感叹。霍里则沉默着，蹙着粗黑的眉头，仅偶尔评论道："这个在我们这儿也没法实行，而这个却不错，很利索。"

我没法向您转述他所有的提问，也没有必要。不过，从我们的对话中，我得出一个结论，彼得一世是一个俄罗斯式的人物，尤其在他改革的过程中。这恐怕是读者们没有预料到的吧。俄罗斯人对自己的力量与坚韧是如此自信，甚至不惜自我摧毁，他不沉湎于过去，永远勇敢向前看。好的事物，他一律欢喜；有理有据的，他统统接受。至于这些事物的来源，他并不介意。俄式的积极态度对德式的冰冷理性来说，是个嘲讽。不过，在霍里看来，德国人是善于探究的民族。他乐于跟他们学习。

正是因为霍里独特的地位、实际上的自由身份，他打开话匣子跟我谈了许多。这要是别的什么人，可憋不出多少话来。或者按照男人们的说法，"半天也磨叽不出几个字"。他对自己的处境有充分认识。

在跟他的闲聊中，我见识到了普通俄罗斯汉子的智慧用语。他的知识算是广博的，却并不识字，没法阅读。卡里内奇是识字的。"这个家伙认得字，"霍里道，"养蜂子他也从没养死过。""你送自己的娃儿们去识字了没？"霍里沉默了。"费佳识字。""其他的不认识吗？""其他的不认识。""那是怎么回事呢？"老头子没直接回答，调转了话题。不过呢，再怎么聪明吧，他还是有他的偏见。比如，对女人们，他是打心眼儿里看不起。心情好的时候，总爱取笑她们。他的老婆，一个碎嘴的老太太，成天躺在炉炕上，翻来覆去，骂骂咧咧。儿子们并不大搭理她。媳妇们可都怕她怕得要命。这不，俄罗斯民歌里的婆婆总爱唱道："你算哪门子我家儿子！年轻的媳妇儿你也不敢收拾……"有一次，我想替媳妇们说几句，试图引起霍里对她们的同情。他安详地回答我："您管这些闲事儿干啥……就让婆娘们吵去吧……谁有那个闲

工夫拉她们的架。"

老太婆时不时就从炉炕上下来，唤着看家狗："狗儿，过这边儿来！"她用炉火钩敲打狗背。要不呢，她就站在门外的棚子下，像霍里形容的那样，对着来往的人"狂吠"。自己的丈夫，她倒是怕得很。只要他一发话，她立马钻回炉炕上去了。

不过，听霍里和卡里内奇聊主子波鲁德金则更为有趣。"我说，霍里，你可不许在我面前说他！"卡里内奇宣布。"哟，他可是连双靴子也不肯给你置备。"另外那位反问道。"我非穿那靴子做啥？我不就是个粗汉子吗……""我也是粗糙爷们儿呀，可你看我穿的啥……"霍里一边说，一边抬起脚展示自己的皮靴。"你呀，跟我们又不是一类的！"卡里内奇答。"他要是给你点儿钱买双草鞋也行呀！你成天跟着他打猎，草鞋算个啥。""他倒是给我买草鞋的。""对哦，去年给过你一个十戈比来着。"卡里内奇沮丧地转过身去。霍里咯咯乐起来，眼睛眯成了一道缝。

卡里内奇善于演唱，三弦琴也弹得不错。霍里静静听了一会儿他的歌唱，然后把头弯到一边，扯起哀怨的嗓子，也跟着哼起来。他特别喜欢一首叫作《命哟，这就是我的命！》的歌子。费佳总是不放过机会，借此取笑老头子："你这是装哪门子可怜哪？"霍里呢，则用手托着脸，闭上眼，继续哀叹自己的命……在平常的时间里，实在是没有比他更能干的人了，他几乎永远在忙活着：修理马车，整理篱笆，检查马具。不过呢，他对卫生倒并不大讲究。当我有天就此对他提意见的时候，他答道："屋子里总该有点生活的气息嘛。"

"你看看，"我反对道，"卡里内奇的蜂场是多么干净呀。"

"老爷，蜂场要是不干净的话，蜂子可没法活。"霍里叹道。

"怎么，"有次他问我，"你也有自己的领地吗？""有呀。""离这儿远不？""百十俄里吧。""我说，老爷，所以说你在自己的领地上过咯？""没错。""多数时候还是打打猎取乐咯？""这我也得承认吧。""老爷哟，你就好好地多打几只松鸡，领地上的村长也勤换换吧！"

第四天傍晚，波鲁德金派人来接我了。我挺不情愿离开老头子。我与卡里内奇一起坐进了马车。"再见啦，霍里！你可得保重身体哟，"我道，"再见啦，费佳。""再见啦，老爷，再见！可别忘了我们。"我们开路了。晚霞将天边染得通红。"明儿的天气一定不错。"我望着明朗的天，评论道。"不对啊，会下雨的，"卡里内奇反对着，"您看，鸭子们正扑通着，草味儿也太重了些。"我们的车驶进了木丛。卡里内奇低声哼唱起来，颠簸地望着天边的晚霞……

第二天，我便离开了好客的波鲁德金的家。

叶尔莫莱与女磨坊主

某天傍晚，我和猎人叶尔莫莱一起去"打埋伏"……估计并不是所有读者都明白这是什么意思。各位，请听好啦。

春天里，太阳落山的前一刻钟，您带上猎枪进到林子里，不带猎犬。您在靠近林子边上选个位置，四下里观察一下，仔细查看火帽，跟同伴使个眼色。一刻钟过去。太阳落山。林子里却依旧明亮，空气干净而透明，鸟儿们仍在叽叽喳喳，新长出的草儿泛着绿宝石般的光亮……您等待着。林子里渐渐暗了下去。鲜红的晚霞沿着树干缓缓上滑，从光秃秃的树干往上攀，一直升到静止不动、沉沉睡去的树梢……这不，树梢的鲜红色也褪去了，原本红扑扑的天空泛出蓝色。林子的气息逐渐加重，带着隐隐的温暖的潮气。风儿钻进林子，却又在您身边停下。

鸟儿们并不是一起，而是按着种类一一睡去。这不，先是燕雀停止了叽喳；过了不一会儿，红胸鸲也没了声音；紧接着是黄鹂。林子里越来越暗。树木渐渐连成黑魆魆的一片。透蓝的天空探出几颗早星。鸟儿们都已睡去。只有红尾鸲和小啄木鸟还在昏昏沉沉地哼哼着……这不，连它们也没声啦。突然，您的头上飞过一阵柳莺的鸣叫，黄鹂在某个地方哀嚎了一下，夜莺唱

出了第一嗓子。您还在满心焦急地等待。突然，——只有猎人们明白我指的是什么，——从寂静的深处传来某种特殊的嘎嘎声和嘶嘶声，听得到翅膀匀速煽动的动静，丘鹬优雅地垂下长鼻，从深色的白桦树中滑翔而出，直冲着您的猎枪而来。

这，便叫作"打埋伏"。

这不，我和叶尔莫莱一起去打埋伏。不过，各位，请原谅，我得先跟你们介绍一下叶尔莫莱。

请想象一下，一个四十五岁上下的人，瘦高，鼻子细长，低额，灰眼，一头蓬松的乱发，宽阔的双唇间总停着嘲讽。此人冬夏均穿一件德国式的黄不拉叽的南京土布的长衫，扎着宽腰带。他总穿着蓝色灯笼裤，戴着羊羔皮帽。后者是某个破产了的地主一时兴起送给他的。他的宽腰带上系了两只布袋。一只在前，被巧妙地、灵巧地扎成两段，分别装火药和霰弹；另一只在后，装打来的野味。棉絮呢，叶尔莫莱似乎是从那取之不尽的帽子里掏出来的。他本可以用卖野味的钱轻轻松松买只弹药包和背包，却从来没想过买这类东西，而是继续照此装备。旁人往往被他倒腾火药和霰弹的技术所折服。他总能避免弄洒或者弄混两者的危险。他的猎枪是单管的，带火石，射击时还总糟糕地"后坐"。因此，叶尔莫莱的右颊往往是肿着的。用着这样的枪，他是怎么能射中猎物的，再聪明的人也搞不明白。他却真的能命中。

他曾有过一只叫杰克（指扑克牌的花色 J）的猎犬。那可真是一条不一般的狗子。叶尔莫莱从来不喂它。"狗有啥子可喂的，"他解释道，"而且吧，狗是机灵的动物，能自己找食儿。"果真如此，尽管杰克瘦得令过路人大呼小叫，却活了很久。而且，即使跟这主人过得如此艰难寒酸，它也从未表达过离开的愿望。有那么一次，在青年时，它被发情的母狗诱惑消失了两天。不过，这"情困"很快就过去了。

杰克最独特的品质就在于它对世间万事那令人不可捉摸的冷漠态度……如果它不是条狗的话，我会说，是种失望的态度。通常，它都收起短小的尾巴，皱着眉头坐着，时不时哆嗦一下，从不微笑。（众所周知，狗儿们是会微笑的，而且笑得非常可爱。）它一副歪瓜裂枣相，人们总不放过，往往都要对它的长相狠狠取笑一番。这类嘲笑，甚至是袭击，杰克都带着令人惊奇的冷漠承受了。当它偶尔像其他狗儿一样，禁不住诱惑，伸着挨饿受冻的脸，企图溜进某间温暖喷香的厨房时，厨子们便放下手中的活，颇带点满足感地尖叫驱赶它。打猎的时候，它灵敏而不知疲倦。不过，要是追上了受伤了的兔子，它往往偷偷叼着猎物躲到阴凉的灌木丛中，任凭叶尔莫莱用尽粗话把它骂得体无完肤，它也津津有味地把那兔子吃得骨头也不剩。

叶尔莫莱是我的一个老派地主邻居家的。这些老派人并不热衷吃"飞禽走兽"，更喜欢食用家禽。在这些家庭里，只有过生日、命名日[1]，或者是选举日的时候，厨子们才会大显身手，烹调野味。他们自己也许并不多擅长于此，却带着俄罗斯人特有的激情，往菜里加些稀奇古怪的调料，以至于上菜时，多数客人只敢满心好奇打量着盘中之物，却迟迟不肯动嘴品尝。主子命叶尔莫莱每个月供应两对松鸡和山鹑，至于住哪儿吃啥，则随他的便。他基本算是被放弃了的，主子觉得他啥活儿也没法干，按照我们奥廖尔省的说法，"不着调"。就像他不喂自己的狗一样，主人也不给他发火药和霰弹。

叶尔莫莱这人可真是奇特。他像鸟儿一般无忧无虑，挺健谈，有点心不在焉。他看上去笨拙得很，是个酒徒，好动坐不住，走起路来脚蹭着地、上身歪斜。可就是这种走法，他一昼夜能走个六十俄里。他的野外经历丰富异常：在沼泽地里、屋顶上、桥下睡过，不止一次被困在阁楼上、地窖里、窝棚中，

---

1 传统基督徒在受洗之日，会根据教历接受跟当日相对应的基督教圣徒的名字。因此该日被称为命名日。

没有猎枪和猎犬，没有遮体的东西，还曾被久久拷打……尽管如此，每当他回到主人家，却都是衣衫完整，带着猎枪和猎犬。

虽然他几乎总是心情不错，却不算是个快乐的人。他实在是太古怪了。跟好的同伴，叶尔莫莱很容易打开话匣，尤其是喝着点小酒的时候。不过，聊着聊着，他便坐不住起身要走。"见鬼了，你这是往哪儿去！大半夜的！""去查普林诺。""这得有十俄里哪！去哪门子查普林诺？""去到一个叫索弗隆的朋友家过夜。""行啦，你就在这儿睡吧！""不，不啦。"说着就带着杰克钻进夜色中去了，一路钻过树丛、蹚过水塘。而那位索弗隆呢，估计不仅不会让他进门儿，还会教训他不要打搅正常人休息。不过，要是到了春江水满时，没人比他更擅长捞鱼捉蟹了。他对捕野味有特别的灵敏，擅长抓鹌鹑、驯猎鹰、诱捕会唱"林妖魔笛"和"杜鹃绕梁"的夜莺[1]……只有一样他不会——驯狗。他没这个耐心。

他也有妻子。他每周去看她一次。妻子住在一间破败的木屋里，挨饿受冻，生活窘困；过了一天就永远不知道第二天能否吃饱，是个苦命的女人。叶尔莫莱这个无忧无虑心眼儿实在的汉子，对待妻子却很严酷。在家里，他往往板着威严冰冷的脸。他那可怜的妻子都不知道该怎么伺候他了，被他的眼神逼得瑟瑟缩缩，用自己最后的几文钱给他买了酒。当他大大咧咧在炉炕上沉沉睡去，妻子赶忙把自己的皮袄给他披上。我也曾经察觉到他身上不经意间的某种阴沉的狠劲儿。他啃食打来的鸟儿的表情，我不大喜欢。

叶尔莫莱从来没在家待满过一天。在别人地盘儿上，他就又变成了"叶尔莫尔卡"[2]。方圆一百俄里的人都这么叫他，他也常如此称呼自己。在这么个

---

1 喜欢夜莺的人对这类说法应该很熟悉，通常这类言辞被用来表述最美妙的夜莺的歌唱。——原注
2 "叶尔莫莱"的爱称。

流浪汉面前，任何一个奴才都能耀武扬威。也许正因为此，大家跟他相处得还算和睦。一开始，庄稼汉们可不待见他，欢天喜地追赶他、抓捕他，然后再把他放了。当大伙儿明白这是个怪物的时候，就不再捉弄他了，反而时不时给他点东西吃，跟他聊聊……我就是叫了这么一个家伙来当打猎伙伴，跟他一起进了伊斯塔河边的一大片白桦林去打埋伏。

正如伏尔加河一样，俄罗斯的许多河流，两岸风景各异，往往一边是山地，另一边是草原。伊斯塔河也是如此。这条不算长的河如蛇一般，流淌得极为刁钻蜿蜒，哪怕是半俄里，也不肯笔直前进。若是站在某个陡峭的高坡看下去的话，可以望见十俄里的流域里，她的两岸星星点点布满堤坝、磨坊、各类被金雀花丛和鹅群所包围的果蔬园子。伊斯塔河里鱼类丰富，特别是雅罗鱼（正午时分，男人们躲在灌木丛下，直接用手抓它们）。岸边的岩石壁间，小鹬们吹着哨子飞来飞去，清冷的泉水顺着石壁流下。野鸭往往小心地停留在水塘的中间，白鹭则在峭壁下水湾中的阴暗处歇息……我们打了一个小时左右的埋伏，捕获了两对丘鹬，希望日出之前能再有好运（清晨也是可以打埋伏的），决定在附近一座磨坊里过夜。

我们钻出林子，走下小丘。河面泛起深蓝色的浪花，空气滞重，尚带着夜晚的湿气。我们敲了敲门，院子里狗吠四起。"谁啊？"一个满是睡意的沙哑声音问道。"打猎的，允许我们过个夜吧。"没有回答。"我们会付钱的。""我这就去跟主子说一声……给我住嘴，你们这些该诅咒的！简直让人受不了！"我们听到工人进了屋，随后回到门边。"不行，"他说，"主人不叫放你们进来。""干啥不允许呢？""担心你们这些猎人呀！你们带着弹药哇，要是把磨坊点着了怎么办。""简直胡扯！""去年，我们这儿有座磨坊就是这么给烧了。一群贩子进去过夜，就给点着了。""我说，兄弟，我们总不能露天过夜吧！""你们爱咋咋吧……"他趿着靴子走开了。

叶尔莫莱对他好一顿骂。"我们进村儿去吧。"最后，他叹了口气道。可是，离村子还有差不多两俄里……"我们就在这儿过夜，"我说，"夜里并不凉，我们可以拿钱跟磨坊换些稻草。"叶尔莫莱没有任何异议。我们又去敲门了。"你们到底要干啥？"门后再次传来工人的声音，"都说过不行啦！"我们跟他解释了一通。他跑去报告主子了，不一会儿，两人一起回来了。栅门吱呀响了一下，磨坊主现身了，个子不高，满脸横肉，硕大的后脑勺，挺着啤酒肚。他接受了我的提议。离磨坊百步远的地方，有个棚子。他们送了些秸秆和干草到那里，让我们在那儿休息。工人们在河边支起了茶炉，蹲在一旁，对着炉膛猛吹……炭火星飞溅，照亮了他年轻的脸庞。磨坊主跑去叫醒了妻子，总算允许我进屋过夜了，不过，我坚持待在露天地里。

女磨坊主给我们端来了牛奶、鸡蛋、土豆、面包。不一会儿，茶炉里的水开了，我们便吃起茶点来。河面上水雾升腾，寂静无风。秧鸡的啼叫此起彼伏。水磨的转轮发出隐约的吱呀声，轮齿上滴下水珠，堤坝上的闸门也有水慢慢渗进来。我们点起一小捧篝火，在草灰里烤熟了土豆。我渐渐迷糊过去……一阵低声细语将我惊醒。我抬头看见女磨坊主正坐在木桶上跟我的猎人伙伴聊着。在这之前，从她的着装体态，还有口音，我已经看出她曾经是个仆从，并非干粗活的女人或者是小市民妇女。现在，我仔细地观察了一下她的容貌。看外貌，她三十来岁，白瘦的脸上隐约有往昔美貌的痕迹。特别是她的眼睛，大而忧郁，很叫我喜欢。她双肘支在膝盖上，用手托着脸。叶尔莫莱背对着我坐着，不时往火里添着碎木片。

"热尔图辛纳那边儿又开始流行瘟疫了，"女磨坊主道，"伊万神父家的两头奶牛都倒下了……上帝啊，宽恕我们吧！"

"你家的猪呢？"叶尔莫莱顿了顿，问道。

"活着呢。"

“要能送我只小猪仔该多好。”

女磨坊主沉默了半晌，叹了口气。

“你这是跟谁混呢？”

“跟个老爷，科斯托马罗夫村来的。”

叶尔莫莱把几根枞树枝丢进火里。树枝立即燃得吱呀作响。腾起的白烟直冲着他的脸扑去。

“你丈夫为啥不放我们进屋过夜呢？”

“他怕。”

“就他那脑满肠肥的德行……阿琳娜·季莫菲叶夫娜，小可爱，给我倒杯酒成不？”

女磨坊主起身消失在黑暗里。叶尔莫莱压着嗓子哼起来：

我去看望心爱的人呐，

把那靴子都踏破……

阿琳娜捧来一只不大的装满酒的长颈玻璃瓶和一只杯子。叶尔莫莱站起身来，在胸前画了个十字，一口气灌了一杯下肚。“就好这口！”他补充道。

女磨坊主又坐回了木桶上。

“怎么，阿琳娜·季莫菲叶夫娜，一直病着？”

“可不病着吗？”

“什么病？”

“夜里总咳嗽不止。”

“老爷看来是睡着了，”叶尔莫莱沉默了一小会儿，说道，“阿琳娜，你可不必去看村医，只会更糟。”

"我本来也没去。"

"到我那儿去待待呗。"

阿琳娜垂下了头。

"你来的话，我把老婆赶走，"叶尔莫莱接着说，"千真万确！"

"叶尔莫莱·彼德罗维奇，我看您哪，还是把老爷叫醒吧。土豆已经烤熟了。"

"让他睡吧，"我这忠实的仆从冷漠地答道，"跑够了就睡呗。"

我在草垛上翻了翻身。叶尔莫莱起身来到我跟前。

"土豆好啦。您尝尝吧。"

我从棚子里走了出来。女磨坊主也起身要走。我跟她搭起了话：

"你们租这磨坊很久了吗？"

"从圣三一主日¹算的话，第二年了。"

"你丈夫是从哪儿来的？"

阿琳娜没听清我的问题。

"你丈夫打哪儿来？"叶尔莫莱扯着嗓门儿问道。

"从别廖夫来的。他是别廖夫城里的小市民。"

"你也是别廖夫来的？"

"不是，我是地主家的……以前是地主家的。"

"谁家的？"

"地主兹维尔科夫家的。现在我是自由人。"

"哪个兹维尔科夫？"

"亚历山大·西雷奇。"

---

1 东正教节日，为每年复活节后的第五十日。

"你以前是她夫人的侍女吧？"

"对的。您从哪儿知道的？"

"我认识你家老爷。"

我带着双倍的好奇和同情看了看阿琳娜。

"您认识呀？"她轻声答道，又低下了头。

在这儿得跟读者解释一下，为何我如此同情阿琳娜。在彼得堡的时候，我偶然认识了兹维尔科夫先生。他身居要位，被认为是个有见识且能干的人。他的妻子是个胖乎乎的女人，敏感爱哭，脾气暴躁，臃肿笨重。他家的儿子呢，则是个典型的公子哥儿，被宠溺得不行，还很愚笨。兹维尔科夫的相貌也不大让人产生好感：宽阔的几乎是四方形的脸上嵌着老鼠般的小眼睛，朝天鼻又长又尖，剃得短短的灰发直逼到布满皱纹的额前，薄薄的嘴唇往往蠕动着，露出假惺惺的微笑。兹维尔科夫先生总爱叉腿站着，把肥厚的手插进口袋。有那么一次，我跟他一起坐马车出城去。我们聊了起来。自认为又有经验又能干，他开始教育我如何"走上正道"。

"请允许我给您指出，"他絮絮叨叨着，"你们这些年轻人啊，看任何事情都太盲目。你们对自己的国家了解得太少。先生们，对你们来说，俄罗斯是陌生的，可不！……你们净读些德国的书。就比如吧，您刚跟我说起关于仆从的事……好，我不跟您争论。一切都很好。但您不了解这些人哪。（兹维尔科夫先生响亮地擤了擤鼻涕，又吸了吸鼻烟。）就让我来给您讲个小笑话吧。您估计会感兴趣的。（兹维尔科夫先生咳嗽了一下。）您是知道我妻子的为人的。您得同意，比她再善良的人可是难见到了。她那些侍女过的，那简直是人间天堂般的日子哟……不过呢，我妻子有个原则，结了婚的侍女不留。结了婚的不合适。她要是再生了孩子，这事儿那事儿的，哪儿有精力好好照顾主子、体察她的习惯呢。她完全就没有心思，也顾不上了。这是人之常情吧。这不，不能跟您撒谎，这得是十五年前了吧，我们驾车经过自己的村子。我们相中了村长的闺女，一个特别俊的女孩儿，行为举止还颇有点烟火气。

"我家夫人说：'科科，——您知道，她就是这么称呼我的，——我们把这个女娃带去彼得堡吧，她挺招我喜欢，科科……'我说：'行啊，那就带上呗。'当然啦，村长就差跪到我们脚边了。您得理解，他可真是感到荣幸得不得了……女娃当然一开始傻哭了一通。想想也是，这毕竟是要离开家了嘛……没啥好奇怪的。不过，她很快就对我们习惯了。一开始，我们让她进了女仆室，教导了她一阵。您猜怎么着？……女孩儿学得可快啦！我夫人那可真是对她偏爱得不得了，您想啊，让她当了贴身侍女。当然，公平地说，我家夫人从没有过这样的侍女：会看脸色，不张扬，听话得很。简直是个完美的丫头。不过，老实说，我那夫人对她也实在是太宠溺了，给好衣裳穿，让她跟我们一桌吃饭、用茶点……能想到的待遇都给了！她在我夫人身边待了能有个十来年吧。

"忽然，有天早晨，您想象一下，阿琳娜——她叫阿琳娜来着——也不通报就进了我办公室，扑通一下跪在了脚边……我简直没法忍受。人任何时候都不该忘记自己的尊严，您说对不？'你要干啥？''老爷，亚历山大·西雷奇，您就可怜可怜我吧。''可怜啥？''请允许我嫁人吧。'我得承认，我特别惊奇。'你个蠢丫头，你知道夫人没有别的贴身女仆了呀！''我会像先前一样伺候夫人的。''胡说八道！夫人不会留嫁了人的贴身女仆的。''马拉尼娅可以替代我。''你就别瞎操心了！''您的权力……'

"我得承认，我简直惊呆了。我跟您说吧，我这个人啊，一个人不懂得感恩是最让我感到受辱的了。您看您也没话说了不是。您知道我家夫人哪，那简直就是个人间天使，善良得难以描述。就算是恶棍也不见得会伤害她。我把阿琳娜赶走了。我本以为她过会儿就能明白过来，我不愿意面对人身上不懂得感恩这点。您猜怎么着？过了半年，她又来求我允许她嫁人了。我厉声把她赶了出去，并威胁说要告诉夫人。我实在是气得不得了。让我大惊的是，过了段时间，夫人来到我跟前，满眼泪花，激动得简直让我害怕。

"'发生了什么事？''阿琳娜……'您得理解，我简直说不出口。'怎么可能！她想嫁给谁？''小厮彼得鲁什卡。'我简直气炸了。我这个人啊，惩罚起来也绝不手软的！彼得鲁什卡应该没啥错。也可以教训他一顿，但我觉得他没错。阿琳娜……这，这还有什么可说的？我立刻命令把她的头给剃光，换上粗布衣服，送回村儿里去。我夫人失去了一个好侍女，但这也没办法。家里的规矩不能坏。出了问题的器官要一下子切除……您想想啊！您是知道我家夫人的，那简直是个天使！……她对阿琳娜可亲近了。阿琳娜是知道的，却丝毫没有羞愧的意思……您说说看，啊？这还有啥可讲的呢！没有其他什么法子了。我被这丫头的忘恩负义气了很久。良心哪，感情哪之类的在这些人身上可就别指望有！这狼崽子无论你怎么喂，还是想回林子里去……您可得把这当作教训呀！我只想跟您说明……"

兹维尔科夫没说完话，便将头转到一边，把风衣紧紧扣上，雄武地试图控制住不由自主的激动。

现在，读者估计已经明白，为何我带着同情看了看阿琳娜了吧。

"你嫁给磨坊主很久了吗？"我终于问道。

"两年了。"

"怎么，老爷允许了？"

"我被赎了身。"

"谁？"

"萨韦利·阿列克谢耶维奇。"

"这是谁？"

"我丈夫。（叶尔莫莱兀自微笑了一下。）难道老爷跟您讲起我了？"一阵沉默后，阿琳娜追问道。

我不知该如何回答她。"阿琳娜！"磨坊主远远地唤着。她便起身离开了。

"她丈夫是个好人不？"我问叶尔莫莱。

"啥也不是。"

"有孩子吗？"

"生过一个，死掉了。"

"难道磨坊主喜欢上她了？……他花了多少钱把她赎出来的？"

"这我可不知道。她是识字的。在他们家的生意里，这个……大概能有帮助吧。所以，可能就喜欢上咯。"

"你跟她认识很久了？"

"很久了。我之前给她家老爷帮过工。他们的庄园离得不远。"

"也认识小厮彼得鲁什卡咯？"

"彼得·瓦西里耶维奇？当然认识。"

"他现在在哪儿呢？"

"当兵去了。"

我们沉默了一阵。

"她看来身体有问题？"我向叶尔莫莱问道。

"什么身体哟！……明天看来能打个好埋伏。您现在最好睡一觉。"

一群野鸭号叫着从我们头上飞过。接着，我们听见鸟儿们停在了不远处的河里。夜色深沉，寒气也上来了。白桦林里，夜莺在啼唱。我们钻进草垛，睡了过去。

马林果之泉

八月初，热浪往往难以忍受。这个时候，每日正午到午后三点，哪怕是再坚定决绝的猎手，也不会外出狩猎；再忠实的猎犬，也只会"跟在主人的靴子后面转悠"。也就是说，狗儿们病恹恹地跟在身后，虚眯着眼睛，舌头夸张地耷拉着。主人要是责备它犯懒的话，它便低三下四地摇摇尾巴，一副可怜相，可就是不肯往前冲。

就是这么一天，我出门打猎去了。我纠结了半晌，很想找个阴凉地歇一小会儿。我那精力旺盛的狗子倒是在树丛里刨来刨去，尽管它自己看来也并不指望从这疯刨里获取什么。终于，在酷热的威逼之下，我不得不考虑保存我俩仅剩的些许力气了。我跟跄着来到已经向诸位好心的读者们提到过的伊斯塔河畔，下到河边，沿着湿黄的沙滩，往本地小有名气的"马林果之泉"走去。这眼泉，来自岸边。离岸边二十来步远的一道罅隙裂成了一截窄而深的沟子，泉水便从这里涌出，汩汩汇入河中。沟子旁长满了橡树，泉眼边冒出一小片光滑的草皮子，阳光几乎无法进犯它泛着银光的潮气。我来到泉边。草皮上有只桦树皮杯子，是谁放着给大家取水用的。我喝了个痛快，在阴凉地里坐了下来，环顾四周。

泉水入河之处，形成一个小小的水湾，永远泛着涟漪。水湾边上，两位老爷子正背对我坐着。其中一个高大壮实，身着整洁的墨绿长褂，戴着宽檐帽的，正在垂钓。另一位瘦瘦小小的，身着打了补丁的棉毛长襟衫，光着头，双膝间夹着一只盛满诱饵的陶罐。他不时用手捋捋灰白的头发，似乎是想保护脑瓜子不受暴晒。我仔细看了他两眼，认出他是来自舒米辛诺的斯乔普什卡。请各位读者允许我介绍一下这位人物。

离我的村子几俄里远的地方，坐落着一个叫舒米辛诺的村落。村里有座石质的教堂，是献给圣徒科西马和达米安[1]的。曾几何时，教堂的周围喧哗热闹，聚集了各家地主宽敞的宅子。与此配套的，还有不少办公场所、手艺作坊、马厩、用来停放杂物或车马的棚子、澡堂子、临时食堂、客房、花棚、供民众游乐的秋千，以及其他场所，林林总总，五花八门。宅子里住着本地阔气的地主们。他们原本过得不错。直到有一天，所有的这些场所被大火烧了个精光。地主们搬去了他处，这片庄园也就荒废了下来。大片的废墟渐渐变成了菜园子。星星点点夹杂在其中的，是断壁残垣和之前屋基的遗迹。人们收拾起尚未完全烧毁的原木，搭了一座小屋，用十年前买的本来是用来建一座哥特式厅堂的木板搭了顶，叫园丁米特罗凡和妻子阿克西妮娅带着孩子们住了进去。

主子命令米特罗凡向一百五十俄里开外的家里供应绿色蔬菜。阿克西妮娅呢，则需要照料主子花大价钱从莫斯科买回来的奥地利奶牛。自打被买回来后，这牛就没受孕过，因此也没产过奶。除此之外，她还得照料一只灰色的凤头公鸭，主子家唯一的家禽。孩子们年纪尚小，没被派什么活儿，也就彻底懒惰起来。我在米特罗凡家曾经住过两次，顺便尝过他种的黄瓜。天晓得咋回事，他那黄瓜，哪怕是夏天也长得老大，水分挺足，味道却不佳，皮

---

1 科西马和达米安为基督教圣徒，以慷慨好施著称，生活在公元 4 世纪的小亚细亚地区。

黄且厚。就是在他那里，我第一次见到了斯乔普什卡。除了米特罗凡一家和又老又聋、被一位士兵的寡妇收留在自家储藏室里的长老格拉西姆之外，舒米辛诺没有别的什么仆从了。因此，我要向各位读者介绍的这位斯乔普什卡，不仅算不上仆从，也许连个人也不算。

在这个社会中，任何一个人总有自己的位置、关系；仆从们就算拿不到工钱，至少主子们也得发点"辛苦钱"给他们。斯乔普什卡什么钱都没拿到过，跟谁都搭不上亲戚，没人知道他的存在。这个人仿佛没有过去，从没人谈起过他，人口普查好像都没查到过他。曾经有传闻说他什么时候当过谁的近侍，但他究竟是谁、来自哪里、父母何人，怎么成了舒米辛诺村里的奴才，怎么得到自己这件穿了不知道多久的混纺衫子，住在哪里、靠啥过活，——无人知晓，事实上，也没谁感兴趣。

特罗菲梅奇爷爷熟悉各家仆从家谱的点点滴滴。某次，他隐约道，这个斯捷潘[1]好像跟一个土耳其女人有亲戚关系。那女人是已故的主子、当过准将的阿列克谢·罗曼内奇某次远征的时候带回来的。就算是过节的时候，当大家按照俄罗斯的传统，收到主子赏赐的荞麦饼和烧酒的时候，也从来见不到斯乔普什卡来到桌旁和酒桶前。他从没机会对主子行礼，没机会从主子肥胖的手里接过酒杯、在其注视下一口气干掉，并祝愿主子健康长寿。有谁同情他的话，大约会分一块没吃完的饼子给他。每年的复活节，大家还是跟他互吻祝贺的。不过，他却不会卷起油乎乎的衣袖，伸手从口袋里掏出红色彩蛋，激动地屏息眨眼，递送到年轻的主子们或者是夫人跟前。

夏天，他住在鸡圈后面的小仓房里。冬天则在正房外间栖身，特别冷的

---

1 "斯乔普什卡"为斯捷潘的指小表爱形式。指小表爱是俄语口语里的一种爱称，一般用在长辈对晚辈、夫妻之间等比较亲密的关系中。

时候，则在干草仓里过夜。大家都对他习以为常了，有时甚至会踢他两下，但没人跟他搭话，他自己似乎也从没发过声。大火之后，这个被抛弃的人住到了园丁米特罗凡家。按照我们奥廖尔人的说法，是赖在了别人家。园丁没招惹他，既没说"就住我这儿吧"，也没赶他走。

斯乔普什卡呢，也算不上是"住在"园丁家里，他是存在在那里罢了。他悄无影、静无声，带着点畏惧，咳嗽打喷嚏都用手遮着。他像蚂蚁一般，成天暗地里忙活着一件事——口粮。的确，要不是从早到晚地找食，斯乔普什卡非饿死不可。一早上起来，还不知道晚上能吃上啥，是多可悲呀！只见他不是坐在篱笆下啃着小萝卜、嚼着胡萝卜，就是抱着一棵脏兮兮的圆白菜掰着；要不就是呼哧呼哧把一大桶水往哪里拎着；或者还会生火煮一罐子水，并从怀里掏出一块块黑黢黢的东西往罐子里丢。他也会在自己的窝棚里干点"木活"，钉一只搁面包用的架子。这一切，他往往都是沉默地完成，就仿佛偷偷摸摸的，一被发现就要藏起来一般。有时候，他会消失一两天。当然，谁也不会察觉……再一看，他已经回来了，在篱笆旁边悄悄支了个铁架，生火煮着什么。他长着一张小脸，双眼泛黄；头发长得及眉毛，尖鼻子，一双大耳像蝙蝠一般透明；胡须就仿佛是两周前刚剃过，不见长长或者变短。在伊斯塔河边，我见到的正是这位斯乔普什卡和另外一个老头在一起。

我走上前去，打了声招呼，在他们身边坐下。斯乔普什卡的同伴我也认出来了。这位叫米哈伊洛·萨维利耶夫，外号图曼，是伯爵彼得·伊里奇家的自由人。他住在博尔霍夫一位患了肺结核的旅店店主家里。我是那家旅店的常客。行驶在奥廖尔的大路上的话，那些有闲心的青年官僚和其他人（不包括商人们，他们往往裹在毛褥子里酣睡）至今还能在离特罗伊茨克村不远的地方见到一幢庞大的木制二层楼。楼就建在路边上，早已是空屋一座，屋顶塌陷，窗户被封死。天气好的正午时分，这座空楼显得尤其黯然。这儿曾经是彼得·伊里奇伯爵的寓所。

伯爵是个好客的旧式大贵族。曾几何时，伯爵家往往汇集了全省的宾客，在家庭乐队高昂的伴奏和花炮声中、在罗马式的灯烛的照耀下载歌载舞。现如今，估计有不少老婆子经过伯爵旧宅门前，都要叹口气，怀念那已逝去的时光与青春。伯爵喜欢纵情吃喝，微笑着在各色宾客间踱来踱去。不过，他的财产可经不起如此挥霍一辈子。彻底破产之后，他去了彼得堡，想找份差事，还没等有结果呢，便在一间宾馆里溘然长逝。图曼原来是他家的看门人，在老爷在世时便获了自由身。这是个七十来岁的老头，长着一张标准而漂亮的脸。他仿佛总微笑着，且他那微笑是叶卡捷琳娜女皇时代式的，诚恳而威仪。说话时，双唇缓缓地张合，温存地眯着眼，多少带着点鼻音。吸鼻烟和打喷嚏，他同样是不紧不慢的，就像是在完成某项事业。

"怎么着，米哈伊洛·萨维利耶夫，"我问道，"钓够鱼了没？"

"您看看那网篮儿里呀，两条鲈鱼和五条雅罗鱼……斯乔帕，你给老爷看看。"

斯乔普什卡将网篮递来给我瞧。

"你过得怎么样，斯捷潘？"我问他。

"还，还，还可以，老爷，凑凑合合吧。"斯捷潘结结巴巴答道，仿佛舌头被什么给压住了。

"米特罗凡身体好吧？"

"好着哪，老爷，哪，哪儿能不好呢？"

可怜的家伙转过身去。

"咋不咬钩了呢，"图曼说道，"太热啦！鱼儿们都钻到水草里睡午觉去了……给钩子上个虫饵，斯乔帕。（斯乔普什卡拿出虫饵，放在手掌里拍了两下，钩在钩子上，吐了两口唾沫，然后递给图曼。）谢谢，斯乔帕……您哪，老爷，"

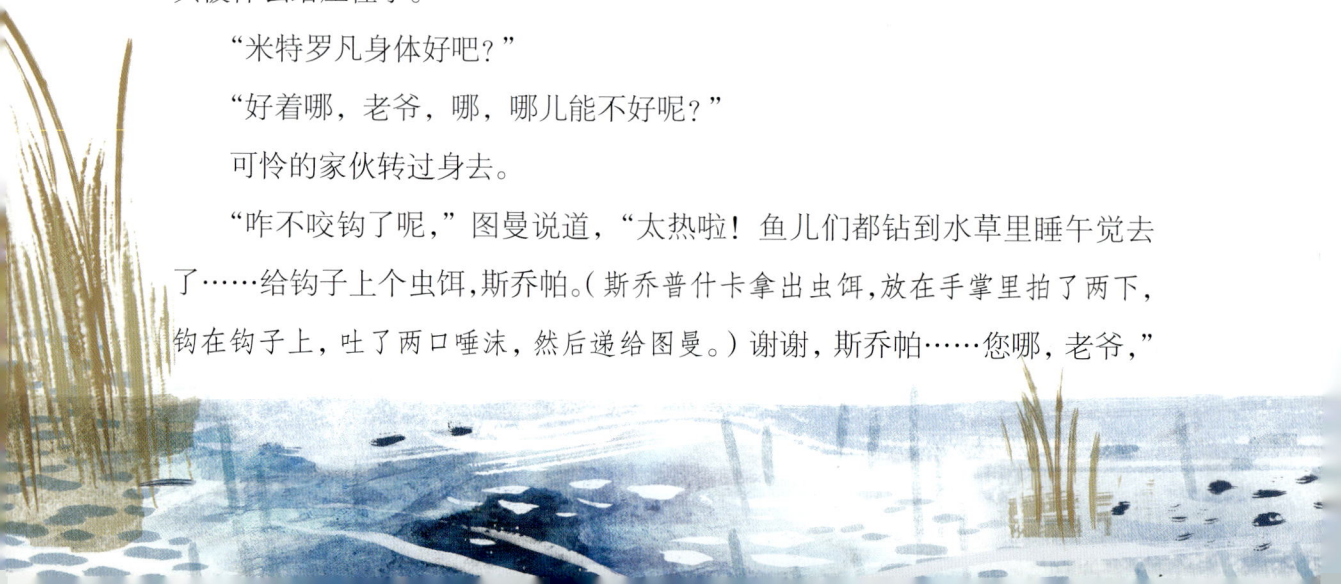

他对着我继续说道，"是来打猎的咯？"

"你这不看到的吗？"

"好吧……我说您这只狗儿是应（英）国的还是方（芬）兰的？"

这老头儿逮到机会就爱自我显摆，展示他过往的见识。

"我也不知道是个啥品种，不过是条好狗儿。"

"这么说，您常带狗儿出行？"

"我有两队狗儿。"

图曼微笑了一下，摇了摇头。

"这不，有人爱狗爱得不行，有人呢，白送都不要。我想法简单，我觉得吧，养狗呢，主要是为了个身份……然后，一切都得井井有条：马儿们得被照料得好好的，狗舍也得井井有条，都得有个样儿！我们家老伯爵——愿他老人家在天之灵安息——从来就不爱打猎，狗却是养着的。一年两次也带着它们出来逛逛。到时候，养狗的仆从都穿上红色袍子，套上银带子，聚到院子里。喇叭一通吹，他老人家要出游啦！马儿也被牵过来，老爷要上马。猎手头头赶紧上前帮他把脚套进镫子，摘下自己的帽子，把马鞭放进帽子里递上去。老爷把鞭子一扬，养狗的们一阵大呼小号，便也跟着冲出去了。马夫得跟着伯爵呀，然后还得用丝绳牵着老爷最爱的两只狗、照料着……这马夫坐在高高的哥萨克式的鞍子上，满面红光，双眼圆瞪……当然啦，这种场合都会请客人来，既有趣儿又体面……嗨，这家伙居然挣跑了！"他突然插了一嘴，拽了拽钩子。

"这不都说伯爵这辈子没白活吗？"我问道。

老头朝虫饵吐了口吐沫，又把钩子甩了出去。

"大家都知道哇，我家老爷可是个大贵族。那彼得堡的头等人物也曾来拜访他呢，佩戴着蓝色的带子，围着桌子吃饭呢。当然，他老人家请客那也是毫不含糊的。往往就会对我吩咐：'图曼，明儿我需要几只活的小体鲟，你叫

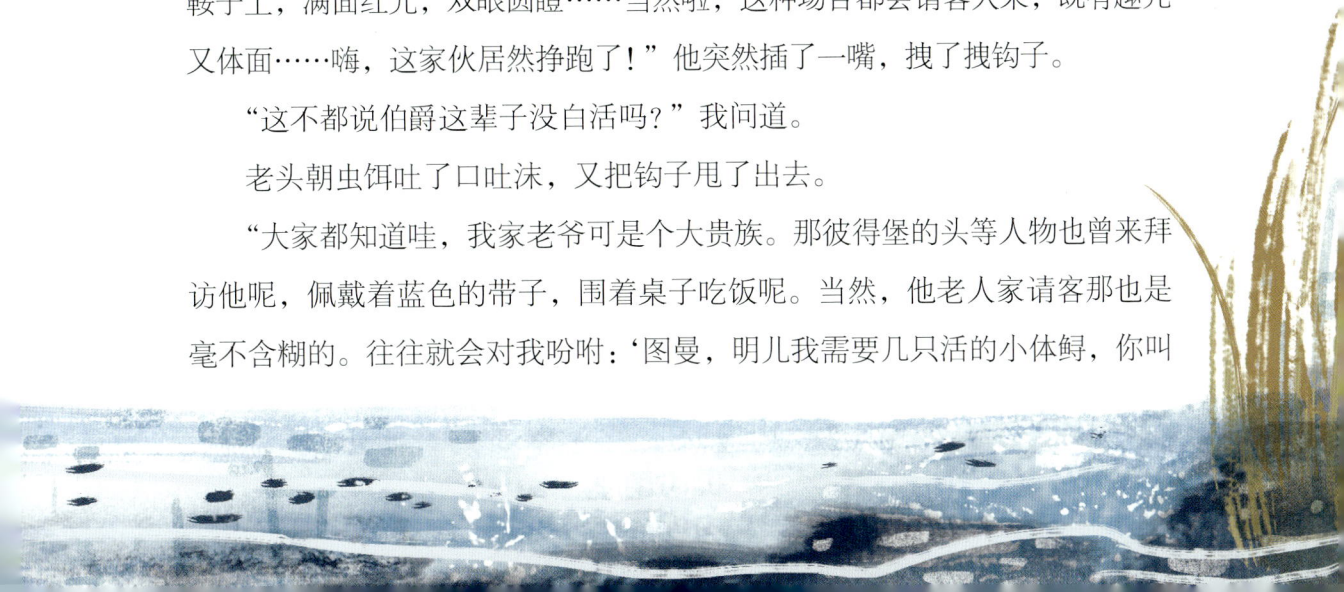

他们给我捉来，听到没？''明白了，老爷.'他的那些成品袍子啦，假发啦，手杖啦，香水啦，上等花雾（露）水啦，烟盒啦，老大老大的画儿啦……那可都是从巴黎运过来的。这要是办一场宴会的话，我的个老天爷喂，这礼花可劲儿放，礼炮也得响。乐师一请就是四十来人。那指挥是个德国佬，可是不得了！想上主桌吃饭，就被老爷给赶跑了。他老人家说，我的乐师们没有他也能行。这就是主子的威风嘛。客人们要是跳起舞来，往往就跳到天亮咯，就爱跳那拉科谢兹和马特拉杜尔舞……哦哟哟，上钩咯！（老头子从水里钓起一条不大的鲈鱼。）斯乔帕，快装好了。老爷是个正经老爷，"老头子把钩子甩进河，继续说道，"心肠也是很好的。有时候敲打你几下吧，过阵子也就忘了。就有一点，他养了一帮子女人。老天，这都是些啥娘们儿啊！就是她们叫他破了产。他还总是从下等人里挑。对这些人还用得着咋地吗？那可不行，她们要的都是偶（欧）洲最好的玩意儿。就想放开了过好日子哟，地主爷的脾气……这不就得败家了吗？特别是有一个叫阿库琳娜的。她已经死掉了——愿她在天之灵安息！出身再普通不过了，西托夫村甲长家的女娃。脾气那叫一个坏！敢扇伯爵嘴巴子！把他给迷得神魂颠倒。我侄儿不小心在她裙子上溅了点热起（巧）克力，就被她命令送去当了兵……因为惹了她被送去当兵的可不止一个。可是呀，那还真是个好时候哟！"老头子深深叹了口气补充道，然后便垂下头沉默了。

"看来，你家老爷子挺严厉的？"我打破沉默问道。

"老爷，那个时候就兴这样。"老头摇摇脑袋，反驳道。

"现在可不这样了。"我盯着他，评论道。

他斜看了我一眼。

"现如今看来是更好咯。"他嘟囔着，将钩子远远甩开去。

我们坐在阴凉处，仍觉得憋闷不堪。滞重的热浪仿佛停住了。我举着发热的脸颊期待着凉风，风却迟迟不来。阳光从蓝得发暗的天空扫射下来。正对着我们的对岸上有一大片金黄的燕麦地，点缀着些许杂蒿，静得见不到一根枝叶晃动。再往下一点，有匹农家大马站在没膝的河里，懒洋洋地甩着湿漉漉的尾巴。伸出河边的灌木丛下，偶尔有条大鱼浮出水面，冒出一串泡泡，便又潜回河底，只留下阵阵涟漪。蝈蝈在晒得发红的草皮上吱吱叫着，鹌鹑们懒洋洋地哼唧着；只有鹰儿仍在田野上空滑翔，却也常常停歇一下，快速地挥动着翅膀，尾巴展成扇形。我们被酷热击垮了，静静坐着。忽然，身后的沟子里传来声响，有谁来到泉边了。我转身一看，发现一位五十岁上下的汉子，身着衬衫，脚跐草鞋，编织袋和毛料外套搭在肩上，风尘仆仆的样子。他靠近泉眼，一通畅饮之后站起身来。

"是弗拉斯吧？"图曼仔细看了看来人，喊道，"兄弟，这是哪阵风把你吹来啦？"

"你好呀，米哈伊洛·萨维利耶夫！"汉子边回应边走上前来，"我打远处来的。"

"你这是上哪儿去啦？"图曼问。

"我去了趟莫斯科老爷家。"

"做啥？"

"有事求他。"

"求啥子？"

"求他让我少交点钱，要不索性就把我招去服劳役、换个地方……我儿子没了，我一个人忙活不过来。"

"你儿子死了？"

"死了，不在啦。"汉子沉默了一会儿，答道，"他本来在莫斯科当车夫来着，替我交着代役的份子钱。"

"你们还交着代役的钱哪？"

"那可不？"

"主子怎么说？"

"能说啥？把我赶了出来。说，'你怎么敢直接找上门儿来！不是有管事儿的吗，你有要求先去找管事儿的去……我哪儿有地儿给你换？你呀，'他说，'先把欠的钱给我交上来。'他可真是生气了。"

"你这就回来了？"

"回来了。啥也没办成。儿子啥财产也没留下，也没成啥事。我跟他们头头说：'我是菲利波夫的爹。'那家伙回道：'我上哪儿知道去？而且你儿子啥也没留下，还在我这儿欠了钱。'我这不就回来了。"

汉子面带嘲讽讲述着这一切，就仿佛是发生在别人身上。不过，他那眯缝着的小眼睛里闪着泪光，嘴唇也抽动着。

"怎么，你现在这是往家走？"

"还能去哪儿？回家呗！老婆估计肚子正饿得咕咕叫呢。"

"你呀，我看得……"斯乔普什卡突然插话进来，然后又不好意思地沉默了，继续在罐子里翻着。

"不去找你们管家吗？"图曼继续问道，惊奇地看了看斯乔帕。

"找他干啥？……我这不还欠着钱吗？儿子死前病了一整年，自己的份子钱也没交……我都快愁死了，跟谁借去呢……兄弟，你呀，就别瞎出主意咯！就随它去吧！（汉子大笑起来。）他总是有点鬼主意，对吧，金其里昂·谢苗内奇……"

弗拉斯又笑了笑。

"怎么着？弗拉斯兄弟，我看情况不妙。"图曼下结论道。

"怎么不妙了？不……（弗拉斯顿住了。）这天儿真是热死人。"他用袖口擦了擦脸，继续说道。

"你家老爷是哪位？"我问。

"瓦列里昂·彼得罗维奇伯爵。"

"彼得·伊里奇的儿子？"

"彼得·伊里奇的儿子，"图曼答，"已故的彼得·伊里奇生前把弗拉索夫村分给了儿子。"

"他还活着？"

"上帝保佑，活着呢，"图曼接着说，"整个人红扑扑的，脸都横了。"

"我说，老爷，"图曼对着我说，"这要是在莫斯科附近，交代役也没啥。住在这儿怎么交得起？"

"得交多少钱呢？"

"九十五个卢布。"弗拉斯嘟囔道。

"您看哪，这儿耕地少得不得了，到处都是主子的林子。"

"林子据说早给卖掉了。"汉子补充道。

"您说说吧……斯乔帕，上个虫饵……斯乔帕？你睡着了还是咋的？"

斯乔普什卡猛地惊了一下。弗拉斯坐了过来。我们都陷入了沉默。对岸的某个地方，有人唱起了忧伤的歌子……可怜的弗拉斯真是愁得没法……

半个小时后我们便分开了。

小县医生

　　某个秋日，我从很远的原野归来，途中着凉病倒了。幸运的是，我是到了一个县城、住进宾馆后才发起烧来的。于是，我派人去叫了医生。半小时后，医生来了，个子不高，是位黑发的瘦子。他给我开了普通的退烧药，嘱咐我贴上退热贴。我付了他五卢布。他一边把钱熟练地塞进袖口，一边望着别处干咳着。本来他已经要走了，结果不知怎么就留下聊开来了。发热使我萎靡。不过，想到难以入眠的漫漫长夜，我倒是挺愿意跟个善良的人聊聊的。我叫人上了茶点。医生便打开了话匣子。他虽然算不上什么人物，但挺聪明的，说话也非常有趣。

　　人在这世上呀，真是不知道怎么回事，跟有些走得很近、关系亲密的人吧，却往往说不了什么掏心窝的事；有的人呢，你刚认识，就像跟神父忏悔一般把什么都跟他倒出来了。不知道是什么叫这位新朋友对我如此信任，总之他"一上来"就跟我讲了一个极有趣的经历。我现在就把这件事跟各位耐心的读者来说说。我尽量模仿他的口气。

　　"您认不认识，"他的声音微微颤抖着（抽别列佐夫烟太多的缘故），"您不认识我县法官梅洛夫，巴维尔·卢基奇吗？……不认识……不要紧。（他咳了一下，用手拭了拭眼睛。）我不想跟您撒谎，不过呢，事情是这样的。大斋戒[1] 期间，天气正开始暖和的时候，我有次跟法官一起打朴列费兰斯牌。法官人不错，很爱打牌。忽然（医生特别喜欢用"忽然"一词），有人跟我说：'你们那儿有人找你。'我回道：'找我啥事？'说是有人送了张纸条给我，应该是病人写的……好吧！您理解的，这是我的饭碗哪……

"事情是这样的，一位女地主，寡妇，写信给我说，女儿快不行了，请我看在上帝的分儿上赶紧去瞧瞧。马车也给我派来了。这倒是没啥……不过，她住在二十俄里开外的地方，大半夜的，路也不好走，简直了！她家境并不咋地，能给两卢布已经不错了，兴许就给点麻布或者小东西搪塞过去了。不过，行医是天职呀！病人快不行了。我把手里的牌转给每次必来参加牌局的卡里奥平，匆匆赶回家去了。

"一架小破车停在我家门口，拉车的是干农活的马，耷拉着大肚皮，皮毛粗糙得像毡子。车夫呢，就像是对我致敬一般，连个帽子也没有戴。我暗自想，兄弟，看出来咯，你家主子日子不宽裕……您看，您觉得好笑。我跟您说吧，我们这些穷人哪，啥都看得明白着呢。要是车夫威武地坐着，帽子戴得好好的，还时不时从胡须下面露出点嘲笑，那就可以大胆地要双倍出诊费啦！这次呀，可没这好事。不过，我还是想，得尽当医生的义务。我抓起必备的药品，便出发了。这一路可把我折腾坏啦：水洼水坑、积雪泥泞，半路还遇上个决了堤的小水坝，真是够呛！不过，总算到了地方。

"那家的房子不大，屋顶铺着秸秆。窗边亮着灯，应该是在等我。我进了屋。迎面走来一个颇有仪态的老太太，戴着便帽。

"'您快救救她吧，人快不行啦。'她说。

---

1 东正教一年之中最大的斋戒，于每年复活节前结束，持续时间长达 48 天。

"我问：'请别着急……病人在哪儿？'

"'请往这边来。'

"我一看，房间干干净净，屋角里挂着油灯，床上躺着一位二十岁上下的女子，已经昏迷。她浑身冒火，呼吸困难，发着高烧。旁边还有两个姑娘，应该是她姐妹，吓坏了，泪流满面，说道：

"'她昨天还好好的，吃饭也很香，今天一早起来说头疼，到了晚上就发展成这个样子了……'

"我说：'请别着急，这是我医生的职责。'然后便开始诊断了。我给她放了血，叫人贴上了退热贴，开了些糖浆。我看着，不禁想到，天哪，还真没见过这么俊俏的脸儿……一句话，是个大美人儿！我真是动了怜悯之心。她的轮廓可真美，眼睛也漂亮……终于，她开始退烧了，出了一身汗，仿佛清醒过来，看了看四周，微笑了一眼，用手抚了抚脸……姐妹们弯腰问道：

"'你怎么样？'

"'还可以。'她说完便转过头去。我一看，是睡过去了。我吩咐不要打扰病人。大家便都踮着脚尖出了房间，只有贴身丫头留了下来。客厅里，主人已经架起茶炉，还上了一瓶牙买加酒。干我们这行没了这个可不行。主人招待我用了茶点，请我留下过夜……我同意了。这大半夜的还能往哪儿去！老太太还是有些担心。

"'您别愁啦，'我说，'姑娘没事，您自己也歇歇吧，这都半夜一点多了。'

"'要是有啥情况，你可得叫醒我哟！'

"'肯定叫醒您。'

"老太太回自己房间了，姑娘们也都回房了。他们为我在客厅里铺好了床铺。我躺下身，却怎么也睡不着，真是奇了怪了！明明折腾到大半夜。这女病号总是在我脑海里盘旋。我没忍住，起了身，决定去瞧瞧病人怎么样了。

她的卧房就在客厅隔壁。我轻轻地推开门，心怦怦跳。贴身丫头睡意正酣，见鬼了，还张着嘴打鼾呢。病人脸对着我躺着，双手张开。可怜见的！我走上前去……她忽然睁开眼睛盯住我：

"'这是谁？谁？'

"我一阵发窘，道：'小姐，您别怕，是我，医生。我来看看您咋样了。'

"'您是医生？'

"'医生……您母亲把我从城里叫来的。我们给您放了血，小姐，您该好好歇息一下啦。再过个两天，老天保佑，我们就叫您好起来。'

"'啊，医生呀，请别叫我死去呀，我求求您啦。'

"'您这是胡说什么哪！'我暗自想，她不会又发起烧来了吧。摸了摸脉，可不！她看了看我，突然抓起我的手说：

"'我跟您说说，为啥我不愿死。我跟您解释……现在就我们俩人，您可千万别告诉别人。您听着……'我弯下腰去。她把嘴唇贴在我的耳朵上，头发拂过我的脸颊，低声讲起来。我得承认，我一阵眩晕。我听不懂她要讲些啥……满嘴胡话……她急促地讲啊讲，就好像说的不是俄语。讲完后，抽搐了一下，头歪倒在枕边，用手指指着我威胁道：

"'您可记住了，医生，对谁都不能说……'我好歹把她安抚住了，喂她喝了水，叫醒了女仆，便走出房去。"

说到此，医生狠狠地吸了吸鼻烟，待了一小会儿。

"不过，"他继续道，"让人没想到，第二天病人并没有好转。我想了又想，突然决定留下。其实我还有别的病人呢……这种情况是不能忽视的，会影响医生的声誉。首先，病人的情况的确不妙。其次，得承认，我对她产生了好感。这一家子人都挺叫人喜欢的。虽然她们过得并不富裕，但教养却是少见的……他们家的男主人是个学者，擅长做学问的，死的时候没留下什么财产。

不过，孩子们他都调教得很好，还留下不少书籍。不知是为此，还是别的什么原因，总之我对这女病人照料有加。这家人也把我当作亲人看待……与此同时，交通确实越来越成问题了，几乎完全中断了，以至于进城买药都成了大麻烦。病人却仍未见好转……这么一天又一天……一直这么着……（医生顿了顿。）简直不知道该怎么跟您说了……（他又吸了口鼻烟，出了口气，喝了点茶。）我就老实跟您说了吧，我这女病人哪，像是喜欢上我了还是怎么着……不过，其实吧，这也……（医生红了脸，垂下头去。）"

"不对，"他继续激动地说道，"什么喜欢上！我也得有点自知之明了。那姑娘受过良好教育，读过不少书，聪明伶俐。我呢，连拉丁文都几乎全部忘光了。我这身材（医生微笑着自我打量了一番）也没啥出众的。但老天也没叫我成个傻瓜，基本常识我是有的，也有自己的脑瓜。比如，我很明白，亚历山德拉·安德烈耶夫娜，——她叫亚历山德拉·安德烈耶夫娜，对我产生的不是爱意，而是友情或者尊敬之类的。尽管她自己可能也没大明白自己的感受。您想想，她病成那样……不过，"医生补充道，之前的那一大通话他几乎是一口气说完的，像是着了魔一般，"我好像是胡扯了一通……估计您啥也没听明白……我现在给您清楚地讲讲。"

他把茶喝完，平静地继续讲道：

"是这样，病人的情况越来越严重了。您不是医务工作者，所以，先生哪，您也就没法明白，医生心里是个啥滋味，当他开始猜到自己已无力回天时。自信心受到打击！人一下子就胆小得难以形容了。你突然觉得，自己学的东西全部忘记了，病人对你也不再信任。人们都觉得你不再称职，不再对你老老实实报告病情，另眼瞧你，背后嚼舌头……真是糟透了！你依旧想，应该是有能治好这病的良药呀！只要能找到就行！你试一种药，是不是这个？不是！都不给时间让药效发挥……一会儿试这个，一会儿试那个。有时候拿起药典想，就是这个了吧，就这么盲目地以为，找到了良药……病人却正死去，别的哪个医生估计本来能把他治好的。你嘟囔着，得会诊了，我没法负责了。可会诊时你简直就是个傻瓜！慢慢地，你就忍受下来了。人死了，并非你的过失，你是按规矩给他治的。

"然而，还有另外一种痛苦：你看到病人对你盲目的信任，而自己明白，其实没法帮助他们。亚历山德拉·安德烈耶夫娜一家对我所报以的正是这样一种信任，仿佛忘记了女儿严重的病情。我呢，也是对她们百般安慰，告诉她们没啥事，而自己的心却沉到了谷底。使情况变得更糟糕的便是几乎中断了的交通，车夫进城买药往往要耗费一天的时间。我也守在女病人的房间里不出来，给她讲讲笑话，陪她打打牌，整夜整夜陪着。老太太眼含热泪感谢我，而我想，我不值得你感谢。我就跟您彻底坦白了吧，事到如今还有什么可遮掩的，——我爱上了这女病人。亚历山德拉·安德烈耶夫娜对我也亲近起来，有时候除了我谁也不让进屋。跟我聊天时，她问好些问题，我在哪儿上的学，过得怎么样，常去看望的亲人有哪些。我明白，她该好好休息，却没法严格禁止她说话。我时不时地拷问自个儿：'你个强盗！你究竟在做什么？……'

"有时候，她会忽然抓起我的手握着，久久望着我，然后转过身去叹气：'您可真善良！'她的手滚烫，双眼又大又深。'是呀，'她说，'您可真是善良，跟我们的邻居可不一样……您跟他们不是一类，不是……我怎么才认识您呢！'

"'亚历山德拉·安德烈耶夫娜，您安静一下吧，'我说道，'我真不知道是因为什么赢得了您的信任……您千万不要激动，求您了，不要激动……一切都会好起来的，您会好起来的。'"

"其实吧，我跟您说，"医生向前弓着身子，扬起眉毛说道，"她们家跟邻居其实并不怎么打交道。出身卑微的吧，配不上她们。那些富贵的呢，她

们又清高不肯攀附。我不是跟您说吗，这是非常有教养的一家子。跟她们在一起我感到特别荣幸。女病人只肯叫我喂药给她吃，可怜见的，我帮她支起身子，她吃了药就盯着我看……我这心里呀，别提多难受了。而且她的病情越来越重了。就快死了，我想。她老母亲和姐妹就这么巴巴地看着我，我恨不得自己进棺材去……对我的信任也渐渐没了。

"'您看怎么样了？'

"'没事儿，放心！'简直疯了吗！放哪门子心？

"这不，有天夜里，我还是一个人守在病人床边。贴身丫头也坐在一旁，鼾声雷动……也没法说这丫头什么不是，她也是累坏了。亚历山德拉·安德烈耶夫娜一夜没睡好，高烧不退。闹腾到了半夜，终于像是睡着了，反正是不闹腾了，静静躺在那里。角落里的圣像前，油灯在幽幽燃着。我坐得迟钝了，也打起瞌睡来。突然，仿佛谁从侧面推了我一下，我一转身……我的老天爷！亚历山德拉·安德烈耶夫娜睁着大眼望着我，嘴大张，双颊火烫。

"'您怎么啦？'

"'医生，我要死了，对吧？'

"'胡扯些啥！'

"'不，医生，请别再说我会活下去……别再说了……您要知道……请不要再对我隐瞒了，'她就这么急促地呼吸着，'我是要死了……我全都跟您说，全说！'

"'行行好吧，亚历山德拉·安德烈耶夫娜！'

"'我其实没有睡着，我一直看着您……求您了……我信任您，您是个好人，诚实的人，您得拿世上最珍视的东西跟我保证，您要说实话！这对我太重要了……医生，求您了！我病得很危险？'

"'我能跟您说什么呢，亚历山德拉·安德烈耶夫娜！您饶了我吧！'

"'求求您了！'

"'我不能隐瞒，是的，亚历山德拉·安德烈耶夫娜，您的确病得很重，但上帝是仁慈的……'

"'我要死了，要死了……'她仿佛高兴起来，满脸欢快，把我吓坏了。

"'您不要害怕，别怕。我不怕死的。'她突然用手肘撑着坐起身来，'现在……现在我可以跟您承认了，我衷心感激您。您是个大好人。我爱您……'

"我像是看着一个神志不清的人，感到恐惧……

"'您听到了没，我爱您……'

"'亚历山德拉·安德烈耶夫娜，我配不上您的爱意！'

"'不，不，您没明白……您不明白……'突然，她伸出手，将我的头抱住，吻了吻……我差点大叫起来……我跪在床边，把头埋进枕头。她默然痛哭着，我感觉得到她的手指在我的头发里颤抖着游走。我开始宽慰她……我都不知道该说些什么好：

"'您会把丫头吵醒的，亚历山德拉·安德烈耶夫娜……我感激您……请相信我，静一静吧。'

"'行了，够了，'她说道，'上帝与大家同在，管他谁被吵醒、谁进屋来呢——我反正要死了……你又怕什么呢，有什么可怕的？抬起头……还是说，您不爱我……我弄错了……若是这样，请原谅我吧。'

"'亚历山德拉·安德烈耶夫娜，您说些什么哪？……我爱您，亚历山德拉·安德烈耶夫娜。'

"她直望着我的眼睛，将手松开。

"'那你抱抱我吧……'

"跟您坦白吧，我那夜差点就疯了。我感到，我这女病人就快把自己给毁了，她根本失去了理智。我也明白，要是她不认为自己就要死了，也不会想到我吧。您想呀，二十五岁就死去是多么可怕呀！还没来得及爱过谁！她正是被这想法折磨着，才在绝望中抓到了我，您现在明白了吧？她就是对我不放手。

"'您饶了我吧，亚历山德拉·安德烈耶夫娜，也放过自己吧。'

"'有什么好可怜的呢，'她说，'我这都快要死了……'这句话她一直重复着。'如果我要是能活下去，重新当个体面的小姐，那我一定会感到羞愧的……可现在又能怎样？'

"'谁说过您要死了呢？'

"'够啦！你骗不了我的。你看看自个儿，你不会骗人。'

"'您会活下去的，亚历山德拉·安德烈耶夫娜，我会把您治好的。到时候我们向您母亲祈求祝福……我们就结合在一起，我们会幸福的。'

"'不，您不是都说了吗，我会死的，你都承诺了……你说的……'我心里真是五味杂陈，难受得要命。您看看，这都是些什么事呀。似乎没啥，其实叫人很痛苦。

"她突然想起问我的名字，不是姓，而是名字。不巧的是，我名叫特里丰。对，对，我叫特里丰·伊万内奇。家里人都叫我医生。没办法呀，我答：'小姐，我叫特里丰。'她眯起眼睛，摇了摇头，说了几句法语。叫人不快的是，然后还笑了起来。我就这样在她跟前坐了一夜。

"凌晨，当我从她屋里出来的时候，整个人失魂落魄的。白天的时候，吃完茶点，我又去屋里探望她了。上帝呀！简直没法认出她来，面如死灰。我跟您保证，我都没法明白，自己是怎么挺过来的。我的女病人烧了三天三夜……都是些什么夜晚呀！她跟我说的那些话……最后一夜，当我再次坐在她身边时，我不断求着上帝，快把她收去了吧，顺便把我也带去……

"突然，她的老母亲走了进来。前一天我已经通知她了，没什么希望了，该叫个神父来了。女病人一看见母亲便说：'来得正好……你看我们，我们深爱对方，已经都许诺好了。'

"'她这说的是啥，医生，是啥？'我脸色铁青。

"'发烧说胡话呢。'我说。

"她继续道：'够了，好了！你刚还跟我说的别的呢，还从我这里接了婚戒……装什么装呢？我老母亲可善良了，她会原谅我们的。她知道我要死了，我不会说谎，快把你的手给我……'我跳起来冲出屋去。老太太自然是猜到了。

"我不想再继续打扰您了，自己再回想这些也是种折磨。第二天，我的女病人就去世了。愿她在天之灵安息（医生快语补了这句，叹了口气）！临死前，她叫亲人们都走出去，只留下我一个人。

"'请您原谅我吧，'她说，'我应该是非常对不住您了……这病……请相信我，我爱您胜过任何人……请您不要忘记我……请保管好我的戒指……'"

医生说完转过身去。我赶紧抓住他的手。

"唉！"他说，"让我们聊点别的吧，要不咱们打会儿牌？我们这些医生一般可没精力玩儿这个呢，我们想的就是怎么不让孩子吵闹、不叫妻子叫骂。不过呢，其实我也已经结婚啦……我娶了个商人的女儿，得了她家七千卢布嫁妆。她叫阿库琳娜，跟特里丰正相配。这婆娘脾气不好，不过呢，倒是爱睡觉……打一轮朴列费兰斯牌如何？"

我们打起了一轮一戈比的朴列费兰斯。特里丰·伊万内奇从我这儿赢了两个半卢布，离开得挺晚，对自己赢的钱颇为满意。

我的邻居拉季洛夫

　　秋天里，山鹬经常栖息在古老的椴树园中。在我们奥廖尔省，这样的园子可有不少。我们的祖辈在选择栖息地时，总要辟出一块作为果园，铺上小径，小径旁则必然密密种满椴树。五十年或者是七十年之后，这类"贵族之巢"渐渐都消失了，其间的房屋早已朽坏或者被拆了卖掉，石质的各类配套建筑成了废墟；苹果树枯死了，被砍了当柴烧，栅栏和篱笆也都被消灭了。只有椴树，依旧苍劲挺拔。如今，它们立在曾被耕种过的田野间，向我们这轻浮的一代讲述"祖父辈的故事"。这有年头的椴树可真是不得了的树木……就连手握砍斧的俄罗斯汉子也对它颇为怜惜。椴树的叶子细小，枝丫却粗壮舒展，往往伸向四面八方，形成永恒的树荫。

　　有一天，跟叶尔莫莱一起在野外捕山鹬的时候，我发现一处废弃的园子，便走上前去。刚靠近园子边，便有一只山鹬从树丛里"笃"地蹦了出来。我立即举枪射击。就在那一刹那，离我几步远的地方，传来一阵叫声。一个年轻女子惊恐的脸从树丛后闪出来，瞬间消失了。叶尔莫莱跑到我跟前说："您咋在这儿开枪呢？这里住着个地主呢。"

　　还没等我回答，我的猎犬也还没来得及带着一脸傲娇郑重地把打中的鸟

儿叼过来，就听见急切的脚步声传来。一个留小胡子的高个子从林子里钻了出来，一脸不满地站到了我面前。我好是一番道歉，报了自己的姓名，还要把在他府地上打的鸟儿给他。

"好吧，"他微笑道，"我收下这只鸟儿。不过，条件是您得在我这儿吃顿便饭。"

说实话吧，我并不大乐意接受这个提议，但又没有办法拒绝。

"我是这儿的地主、您的邻居拉季洛夫。您大概听说过我吧？"我的新相识接着说道，"今儿是星期天，我家的午饭应该还挺像样的，否则我也就不邀请您了。"

我说了几句例行的客套话，便跟着他往府里走去。一条不久前刚清理过的小道很快把我们带出了椴树林，我们进了菜园。在一株株老苹果树和长得极为繁盛的醋栗之间，蹲着一棵棵鲜绿的圆白菜；葎草弯曲盘绕在高高的竿子上；菜畦上挂满了深褐色的树藤，被豌豆苗所缠绕；平扁的大南瓜大咧咧地四散躺在地里；黄瓜从棱角分明、落满灰尘的叶子下面探出来；荨麻沿着篱笆长得老高；有那么几处地方集中长着忍冬、接骨花和野蔷薇，貌似是以前的"花坛"。一个充满泛红的浓稠水体的鱼池边上，开了一口井，井边围着几摊水洼。鸭子们在水洼里扑腾着；一只狗儿正皱着眉、浑身用力地在一块空地上啃骨头；花斑奶牛懒洋洋嚼着草，不时用尾巴扫扫瘦骨嶙峋的背。小道向一边拐去。茂密的爆竹柳和白桦的掩映之下，是一座灰色的、带歪斜前廊的木顶老屋。拉季洛夫停了下来。

"其实呢，"他憨厚而直爽地看着我的脸道，"我改主意了。您可能压根儿不想上我家来。这样的话……"

我没等他说完，便坚持说，正相反，我很乐意来他家吃顿午饭。

"那么，请便吧。"

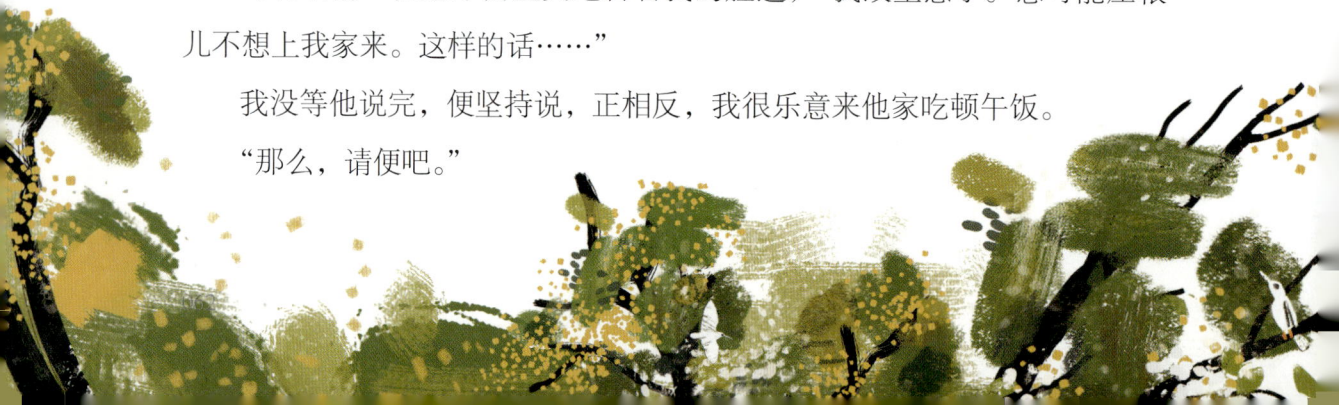

我们进了屋子。一个身着蓝色厚呢长褂的年轻仆从在前廊迎接了我们。拉季洛夫立即请他给叶尔莫莱端来伏特加，我的猎人伙伴对着大方的拉季洛夫的背影深深地鞠了一躬。我们经过挂满花花绿绿各色图画、蒙着纱窗的前厅，进了一间小屋。这是拉季洛夫的书房。我脱下猎装，把猎枪靠在墙角。一位身着长襟衫的仆从赶忙替我掸掉身上的灰尘。

"那么，现在我们去客厅吧，"拉季洛夫友善地说，"我把您介绍给我母亲。"

我跟了过去。客厅里，一张中等大小的沙发上，坐着一位身形娇小的老太太。她穿着咖啡色长裙，戴着白色居家便帽，脸瘦削而慈祥，目光温存而忧伤。

"妈，我来介绍一下，这是我们的邻居 ×××。"

老太太起身给我行了个礼，干瘦的手里一直攥着一只口袋状的毛线手包。

"您来我们这儿很久了吗？"她眨了眨眼，轻声细语地问道。

"不久。"

"在这儿打算待多久？"

"估计待到冬天吧。"

老太太沉默了。

"这位嘛，则是，"拉季洛夫突然想起来，指着一个进客厅时我并未发现的瘦高的人道，"这位是费奥多尔·米赫伊奇……我说，费佳[1]，把你的本事亮给客人瞧瞧。你怎么躲到角落里去了？"

费奥多尔·米赫伊奇立刻从椅子上站起身，从床边拿来一把破破烂烂的小提琴，握着琴弓中央，而不是底部，把琴抵在胸前，闭上眼，载歌载舞起来，把那琴弦拉得吱吱响。他看上去有七十来岁了，长长的粗布外套耷拉在

---

1 费奥多尔的指小表爱形式。

他瘦削嶙峋的肩上。他跳着，一会儿大胆地摆来摆去，一会儿又仿佛要停住，仰着不大的谢顶的头，伸着布满青筋的脖子，在原地跺着；一会儿又明显困难地弯膝蹦着。他那没了牙的嘴里发出嘶哑的声音。拉季洛夫大约从我的表情看出，费佳的"本领"并没给我带来多大享受。

"好吧，老兄，够啦，"他说道，"你可以去犒赏自个儿了。"

费奥多尔·米赫伊奇立刻把提琴收到了窗后，对着我、老太太和拉季洛夫都分别鞠了躬，便走了出去。

"他也曾经是个地主，"我的新朋友说道，"很富有，后来破产了，现在住在我这儿……年轻的时候可是全省闻名的浪荡汉子，先后拐跑过两个人的老婆。他养过一群歌手，自己也是能歌善舞……您要不要来点伏特加？饭菜都已上桌了。"

我在园子里见过一眼的那位年轻女子走了进来。

"这是奥尔佳！"拉季洛夫略微转过头，介绍说，"请您多关照……我们去用餐吧。"

我们进了餐厅，坐了下来。我们从客厅走过来的时候，遇见已经"犒赏"过自己的费奥多尔·米赫伊奇，他眼珠子发亮，鼻头通红，正在哼唱《胜利的欢雷，请奏响！》。大家给他在角落里单独摆了一小桌，没铺桌布。可怜的老头吃相不太文明，因此大家用餐时总是离他远着点儿。他在胸前画了十字，叹了口气，像鲨鱼一般吃了起来。午餐的确不错，作为周日的正餐，还配有鲜嫩的果冻和西班牙式甜饼。

饭桌上，曾经当过十年步兵，还征战到过土耳其的拉季洛夫讲起了他的经历。我仔细听着他的讲述，顺便偷偷观察着奥尔佳。她不算多美，不过她那坚定而安详的表情、宽阔雪白的额头、浓密的头发，特别是不大，却极聪慧、明亮、生动的眼睛会让任何一个像我一样观察着她的人感到惊喜。她仿佛一字一句听着拉季洛夫的讲述，满脸热忱的关注。按年岁来算，拉季洛夫可以当她的父亲了，对她却以"你"相称。不过，我立马察觉，她不是他的女儿。聊天中，拉季洛夫提到了他已故的妻子。"她姐姐，"拉季洛夫指着奥尔佳补充道。她即刻红了脸，垂下双眼。拉季洛夫停了停，转了话题。老太太整个用餐期间没有发一言，几乎没吃什么，也没特别招呼我。她的轮廓带着某种胆怯无望的期待，某种年老体衰的忧伤，足以令各位读者揪心。

饭快吃完的时候，费奥多尔·米赫伊奇原本要"赞颂"主客的。拉季洛夫看了我一眼，叫他不要出声。老头儿用手抚了抚嘴，眨眨眼，鞠了躬，坐到了椅子最边上。午饭后，我和拉季洛夫进了他的书房。

在那些一直被一种想法或者爱好所占据的人身上，往往有些共同的地方，在待人接物上或者其他方面。不过，他们的品质、能力、社会地位和教养，还是不尽相同的。越是观察拉季洛夫，我便越确信，他就是此类人。讲起自己的产业、收成、割草、战争、县里的流言蜚语和即将到来的选举，他表情随意，甚至带着参与感，不过，时不时地叹气，坐进椅子里，像一个被繁重劳作所折磨的人一般，用手抚着脸。他那善良温软的心被一种情感所浸透。

我感到震惊，因为我无法从他身上察觉到对食物、美酒、打猎、库尔斯克夜莺、患了癫痫病的鸽子、俄罗斯文学、溜蹄马、匈牙利人、打牌或桌球、舞会、游览省里的城市或其他大都市、造纸厂、炼糖厂、粉刷得五颜六色的亭子、茶点、骄纵的拉边套的马儿，对胖得腰带系到胳肢窝下的车夫，那些尽心尽责的、拉车时候脖子每动一下眼睛便要往外翻斜的车夫等等的任何兴趣。

"这算哪门子地主呀！"我暗自想。同时，他又完全不是一个阴沉而对生活不满的人。正相反，他浑身上下散发着盲目的热情与诚恳，乐意与任何一个遇到的人接近。不过，结识之后，您也会感觉到，真正与他接近是不可能的，并非因为他不需要任何人，而是他的整个生活暂时变得内敛了。观察着拉季洛

夫，我感觉不到他现在或是什么时候曾经快乐过。他不算是美男子，但在他的目光、微笑，他的整个存在当中，隐藏着某种极为吸引人的东西，——藏得深深的，似乎叫人特别想更了解、喜欢此人。当然，他也会偶尔流露出地主和草原居民的习气，但仍旧是个极可爱的人。

我们正想聊聊县里新的头头们，忽然传来奥尔佳的声音："茶点备好了。"我们走进客厅。费奥多尔·米赫伊奇像之前一样坐在窗与门之间的角落里，缩着脚。拉季洛夫的母亲织着长袜。秋天的清新与苹果的清香从窗外漫进来。奥尔佳殷勤地倒上茶，我更加仔细地看了看她。像其他县城女子一样，她话很少。不同的是，她并没有非要说些聪明话的愿望，并不给人空洞无力的印象。她不叹息，就好像有很多说不清道不明的感受，不翻眼睛，不勉强无谓地微笑。她看人直率而无意，就像一个经历过大喜大忧的人一般。她的步伐动作坚毅自由。我非常喜欢她。

我和拉季洛夫又聊了开来。我已经不记得我们是怎么说到那句名言的了，就是说令人留下深刻印象的，往往是那些微不足道的事。

"是呀，"拉季洛夫说道，"这点我切身感受到了。您知道，我结过婚。婚姻维持并不久……三年。我妻子生产时死去了。我当时想，我也活不下去了。我难过极了，彻底垮了，却哭不出来，只是着了魔一般踱来踱去。家人给妻子换上衣服，放在了桌上，就在这间屋子里。神父和辅祭们来了，开始祷告、点香炉。我行着叩地大礼，却还是一滴眼泪也流不出来。我的心和脑仿佛都僵住了，　　　整个人也沉重起来。第一天就这么过去了。您信不，夜里我居然睡　　着了。第二天早上，我来到妻子旁边。

那时是夏天。阳光把她从头到脚整个照得透亮。突然，我发现……

（拉季洛夫不禁哆嗦了一下。）您猜怎么着，她有只眼睛没有完全闭上，苍蝇正在上面爬着……我瘫倒下去，就像是最终反应过来一样，嚎啕大哭，怎么也停不住……"

拉季洛夫沉默了。我看看他，又看看奥尔佳……一辈子我也忘不掉她的脸。老太太将长袜放到膝上，从手袋里取出绢子，悄悄擦着眼泪。费奥多尔·米赫伊奇起身抓过小提琴，扯着嘶哑粗野的喉咙唱了起来。他大概是想宽慰我们，可他一开唱，我们便打了个哆嗦，拉季洛夫赶紧叫他停下。

"不过，"拉季洛夫继续说道，"这都已经过去了，无法再挽回。最终……一切都是为了此生能更好吧。这好像是伏尔泰说的。"他迅速补充道。

"是的，"我说，"当然！何况任何的不幸都是能够挺过来的。没有走不出的困境。"

"您也这么认为？"拉季洛夫道，"您说的估计没错。我在土耳其时曾经伤得很重，半死地躺在医院里，伤口感染，高烧不退。医院条件可真差。当然，打仗嘛，这就不错了！还不断有病人被送进来。把他们往哪儿安顿呢？医生跑前跑后也腾不出地方。他走到我跟前，问助理：'还活着吗？'那家伙回道：'早上还活着。'医生弯下腰，听见我还在呼吸，忍不住叫道：'这可真是蠢货！明明是要死了，肯定会死的，却死撑着，不肯给别人腾地方。''你呀，米哈伊洛·米哈伊雷奇，还真是不咋地……'我暗自想。这不，您看，我活了下来，还一直活到了今天。想必您说得对。"

"无论怎样我都没说错，"我

答道，"就算您死去了，您还是从困境中走出来了呀。"

"当然，当然，"他说道，忽然用手重重捶了一下桌子，"必须要有决心……困境究竟算什么？为什么要磨磨蹭蹭呢……"

奥尔佳迅速站起身，走到园子里去了。

"费佳，给咱跳上一段吧！"拉季洛夫叫道。费佳起身，在屋里迈开那特别的、雄赳赳的舞步，就像装扮成母羊、牵着熊的杂耍小厮一般唱道："就在咱家的门边哟……"[1]

门外传来赛马车的响声，不一会儿，一个高个子、宽肩、粗壮结实的老头进屋来。这便是独院地主奥夫西亚尼科夫。奥夫西亚尼科夫是如此独特的一个人物，读者允许的话，我们将另辟章节来讲讲他。现在呢，我再补充告诉各位，第二天，我和叶尔莫莱天一亮便去打猎了，打完猎就回了家。一周之后，我又顺路去看望拉季洛夫。他和奥尔佳都不在。两周后，我才知道，他突然抛下老母消失了，跟妻妹去了什么地方。全省因此沸腾。大家都在聊着此事。至此，我才明白拉季洛夫讲述时，奥尔佳的表情。那不仅仅是痛苦，更是嫉妒。

离开村子时，我去拜访了拉季洛夫的老母。她正在客厅与费奥多尔·米赫伊奇玩"傻瓜"扑克。

"您有儿子的消息吗？"我问她。

老太太哭了起来。我便没有再问有关拉季洛夫的任何事。

---

1 俄罗斯十八世纪起开始流行的一种杂耍形式，年轻的杂耍艺人扮作母羊，领着被驯化的熊又唱又跳。上至皇家，下至民间，一度风行全国。

独院地主奥夫西亚尼科夫

亲爱的各位读者们，请想象一下这么个人，胖乎乎，高个子，七十来岁，脸长得有点像克雷洛夫，浓密的眉毛下，目光明亮聪慧，仪态庄重，言语从容，步履缓慢。奥夫西亚尼科夫便是这么个人。他穿着袖子老长的蓝色长褂，扣子一直系到脖子，围着一条淡紫色的丝巾，带流苏的皮靴擦得闪亮。外表来看，他像个家底殷实的商人。他的双手细白漂亮，聊天当中时不时抓一下扣子。奥夫西亚尼科夫的庄重与迟缓、明理与慵懒、直白与执拗让我想起彼得一世改革以前俄罗斯那些大贵族……要是可以的话，我简直想给他穿上费尔亚济衫[1]。他是仅存的几位旧式人物之一。

邻居们对他都极为尊敬，把与他交往看作是荣幸。跟他同样的独院地主们恨不得要替他祷告，离着他老远便要脱帽致敬。大家都为他感到骄傲。其实，在我们这儿，一般很难把独院地主和农民区分开来。他们的家业简直比农民还不如：小牛犊只吃得上荞麦，马儿半死不活，马车也破破烂烂。

奥夫西亚尼科夫过得不至于此，但也并没有多富贵。他跟自己的妻子住

---

1 古时俄罗斯及波兰贵族的一种外衣，无扣，无领，束腰，长袖。

在一座舒适的小宅院内，用人并不多。他都让他们穿上了俄式衣着，并叫他们"伙计"。用人们顺带也种地。他从来不佯装贵族地主，不忘乎所以。做客时，总要客套一番才肯入座，而当有新客来访，他必然第一个起身问候。不过，他的自尊仪态必然使来客对他深深鞠躬。

奥夫西亚尼科夫守古风并非因为迷信（他在信仰上是十分自由的），而是出于习惯。比如，他并不喜欢带弹簧座的马车，因为觉得并不舒坦；要不就是坐赛马马车，要不就是垫好垫子，自己驾一辆漂亮的、由枣红色走马拉着的小马车（他家里养的全是枣红色的马匹）。他家车夫是个年轻的、脸颊红扑扑的小伙子，鬓角剃得光光的，身着泛蓝的粗毛料外套，戴着山羊皮帽，系着腰带，总是恭敬地坐在一旁。奥夫西亚尼科夫每日饭后必睡个午觉，每星期六洗澡，只读宗教方面的书籍（朗读时必郑重地戴上宽大的银边眼镜），早睡早起。胡子他倒是剃去的，发型也留着德国式的。

招待客人时，他热心而诚恳，不过不会对客人深鞠躬，不会忙来忙去，不会一个劲儿劝人吃些干果或者腌菜。"老婆子，"他并不起身，只是微侧过去对妻子缓缓说道，"给客人们上点好吃的吧。"他认为粮食是上帝的赐予，买卖粮食是罪过的。因此，1840年灾荒和物价飞涨那会儿，他把自己所有的储备都免费分给了周围的地主和农民们。第二年，大家都用收成抵还给了他。

邻居们常常跑来向他征求意见或者请他解决纠纷，大家往往都听他的，老老实实按他说的去做。因为他的干预，有几家子彻底划清了地界……不过，跟几位女地主打交道发生不愉快后，他宣布，不再过问她们之间的事。

如今，他完全没法忍受各类匆忙草率的行事作风，以及女人间的叨叨咕咕和纠缠。有次，他家不知怎么失火了。有个仆人心急火燎地冲进屋，对他喊道："火，起火啦！""你叫什么叫呢？"奥夫西亚尼科夫平静地说道，"把帽子和手杖递给我……"

他喜欢自己调教马匹。有一次，一匹比秋格马疯一般地驮着他冲下山坡，直往深沟边上去。"行啦，行啦，你这小家伙，会把自己摔死的。"奥夫西亚尼科夫宽厚地安抚着它。一瞬间，马儿驮着他，拉着马车和坐在后面的车夫，一股脑儿跌进了沟子。所幸的是，沟底堆着厚厚的沙层，没人受伤，只是那比秋格马把一只腿摔脱臼了。"你看看，"奥夫西亚尼科夫爬起来，平静地对它继续道，"早就跟你说了吧。"

妻子他也是自己挑的。塔季扬娜·伊里伊什娜·奥夫西亚尼科娃是个高个子女人，不苟言笑，话不多，总是戴着咖啡色的丝质头巾。她让人觉得有点发冷，不过，其实并没人抱怨过她的严苛，正相反，很多可怜人都说她是个善心的好夫人。她有一张轮廓标致的脸，大大的深色眼睛，薄嘴唇。直到今日，在她身上还能看到那曾远近闻名的美貌的痕迹。夫妇俩并没有孩子。

读者们已经知道，我是在拉季洛夫家认识奥夫西亚尼科夫的。两天后，我便去拜访他。他刚好在家，坐在宽大的皮椅里面读着《每日圣徒言行录》。一只灰猫蹲在他肩上，舒服地呼噜着。他以自己惯有的热情而不失自尊的方式接待了我。我们聊了起来。

"路加·彼德罗维奇，您说实话，"我问道，"从前，您的那个时代是不是更好？"

"跟您说吧，那时候当然不错啦，"奥夫西亚尼科夫道，"我们那时候过得很平静，特别舒坦……不过，还是现在更好。上帝保佑，到您孩子那一代，会更好。"

"我还以为，路加·彼德罗维奇，您会跟我夸赞旧时光呢。"

"不，旧时代没什么好夸的。就比如吧，跟您已故的祖父一样，您现在仍是地主，不过，您可没他那个权力咯！您也不是那类人。我们现在被别的阶级挤对，这是没办法的。就把原先那些都打破吧，兴许会更好呢。不过，

年轻时候经历的那些，我是再也见不到啦。"

"比如？"

"比如说吧，我还是以您的祖父举例。那可是个威严的人！他对我们这些独院地主可是不客气的。您应该是知道的，自己的领地您不会不熟悉，从查普雷金到马里宁的那块楔形地？现在您那儿种的是燕麦的那块……以前其实是我们的，整块都是我们的。您祖父夺了去。他骑马过来，用手一指，说道：'这是我的领地。'就这么强占了。我那已故的老爹（愿他在天之灵安息！）是个特别正义而热血的人。他没忍住，——有谁愿意这么白白失去自己的产业呢？他告上了法庭。他一个人告的，其他人不敢。有人跑去告诉您祖父了，说彼得·奥夫西亚尼科夫把您给告啦，说您抢了他的地……您祖父立马就派了自家的猎长巴乌什带着队伍过来，把我父亲抓到你们领地上去了。我当时还是个娃娃，光着脚在后面追了好久。然后，把他带到您家跟前，在窗户下面狠狠抽了一顿。您祖父坐在阳台上看着，祖母也坐在窗边张望着。我父亲叫道：'夫人，玛丽亚·瓦西里耶夫娜，您给说说情吧，您行行好吧！'可她只不过是抬起身望着。他们逼我父亲许诺让出土地，还得千恩万谢总算留了条活命。就这么着，那块地就是您家的了。您去问问您家的农民，这地叫啥。它叫'棍棒地'，因为当初是靠拼棍棒打下来的。所以啊，我们这些小人物可不怀念那旧时的规矩哟！"

我不知道该如何回答奥夫西亚尼科夫，连看也不好意思看他了。

"那会儿，我们还有个邻居，姓科莫夫，叫斯捷潘·尼克托波里昂内奇。他可是把我父亲折腾坏了。这家伙成天醉醺醺的，还喜欢请人喝酒。往往喝上几口，用法语说句'不错'，舔舔嘴，然后便作起来，给所有邻居发邀请来喝酒。他家的三套马车往往都是备好的。你要是不肯去，他便亲自来请……就是这么个奇怪的人！酒醒的时候，他并不大说谎，一旦要是喝高了，就吹

嘘说他在彼得堡的喷泉大街上买了三座屋子，一座红色的带一个烟囱，一座黄色的带两个烟囱，蓝色的则不带烟囱；还说自己有三个儿子（他连婚都没结过），一个是步兵，一个是骑兵，第三个单干……他说他的仨儿子就分别住在这三座屋子内。老大经常招待海军将军，老二的座上宾则是陆军将军，小儿子则和英国人交朋友！他经常就这么举着酒杯站起身说道：'为我大儿子的健康干杯，他是我家最孝顺的！'然后就哭起来。要是有人不肯喝，那就糟了。他威胁道：'把你毙了，然后连尸也不给你收！……'要不就是一边蹦着一边嚷嚷：'我说诸位，跳起来吧！自己乐一乐，也叫我高兴！'不管咋地就是逼着你跳。他把自家的农奴女都折腾得够呛，有时候叫她们整夜大合唱，一直唱到清晨。谁声音响亮，他就奖励谁。要是人家唱累了，他便用手捂着头叹道：'哎，我真是个可怜人哟！大家都不管我咯！'马夫只好给姑娘们鼓劲儿，好叫她们继续唱。他不知为何跟我父亲特别亲。能怎么办呢？差点没把我老父送进坟墓。他要是自己没死，准把我父亲送进坟墓。有次喝醉了，他从鸽棚里掉下来摔死了……您瞧瞧我们这些邻居哟！"

"现在可真是不一样啦！"我评论道。

"是，是呀，"奥夫西亚尼科夫表示同意，"不过呢，过去吧，贵族们的日子过得更好些。那些豪门望族就更不必说了。我在莫斯科可算见识过了。据说莫斯科的望族也绝迹了。"

"您去过莫斯科？"

"很久以前去过。我这都快七十三啦。去莫斯科还是十六岁那年。"

奥夫西亚尼科夫叹了叹气。

"您在那儿都见谁了？"

"我见过形形色色不少大贵族。他们那日子过得可风光了。光是阿列克谢·格里戈里耶维奇·奥尔洛夫－切斯缅斯基伯爵家里就去过不止一次。我常见到阿列克谢·格里戈里耶维奇，我叔叔在他家当门卫。伯爵一家住在沙波罗夫卡大街，离卡卢加门很近。那可是真正的大贵族！那步伐体态，那仪容举止，简直难以想象，没法表达。他身材高壮，力大无穷，双目炯炯！跟他不熟悉、对他不了解的人，都怕他怕得不得了；了解了他的为人以后，简直就如沐春风。他什么人都肯见，大事小事都关心。他喜欢亲自跟人赛马。比赛的时候，不会一下子把别人超过，叫人难堪，而是快到终点了，才超过去；还总是安慰对手和马儿，特别和蔼。他养了一群优等的筋斗鸽。有时候，他走进院子，坐进椅子里，叫人把鸽子放出来。周围的房顶上，有持枪的人守着，防着老鹰。仆从把一只盛满水的硕大的银盆放在伯爵脚边，好让他看鸽子们的倒影。成群结队的乞丐依靠他的施舍度日……他捐了不少的钱！不过，要是生气起来，那可真是雷霆万钧，总把人吓得半死。可是呀，还没等回过神呢，他自己往往已经微笑了。他家要是请客，能把全莫斯科灌醉！……他可是个聪明人，土耳其人就是被他打跑的。他还喜欢搏击，专门叫人从图拉、哈尔科夫、坦波夫和其他地方请大力士来跟他比试。谁要是被他赢了，他就奖赏谁。要是有人能赢了他，不仅会得到重赏，还会被他激动地对着嘴亲……我在莫斯科那会儿，还见识过他举办的赛狗会。那是俄罗斯从没有过的。他邀请了全国各地的猎手，选定了日子，给了三个月时间。大家都带着狗儿、导猎来了，简直是一个军团！他先招待大伙儿好一顿吃喝，然后到城边开赛。这观看比赛的人哪，排山倒海！……您猜怎么着？您祖父的狗胜出啦。"

"是不是米洛维特卡？"我问。

"就是，就是米洛维特卡……伯爵非要把它买下来，跟您祖父说：'把狗儿卖给我吧，要多少钱都成。'您祖父答：'不行呀，伯爵，我不经商，不想做啥子交易。为了荣誉的话，我可以把妻子都让给您，不过米洛维特卡可不行……我还不如把自个儿卖给您呢。'阿列克谢·格里戈里耶维奇把您祖父

一顿夸：'好样的。'您祖父用马车把狗儿拉了回去。后来，米洛维特卡死的时候，是叫人奏乐把它下葬的。把狗儿埋了以后，还在它坟上竖了墓碑呢。"

"阿列克谢·格里戈里耶维奇没欺负过谁吗？"我问道。

"事情其实往往是这样：小人被收拾都是自找的。"

"您刚才提到的巴乌什是个什么来头？"我沉默了一会儿接着问。

"您都知道米洛维特卡，怎么没听说过巴乌什呢？……他是您祖父家的狩猎长和主要的驯犬师。您祖父对他宝贝得可不亚于米洛维特卡。这是个绝对忠诚的家伙，您祖父一句吩咐，他能上刀山下火海……他可真能指挥狗子们追赶猎物，能把整个林子闹个天翻地覆。可要是犯起脾气来，那就从马上跳下来，躺在地上不动了……狗儿们听不到他的指示，什么痕迹都不理不追了。您祖父可真是气坏了，嚷道：'要不好好收拾收拾这个二流子，我就不活了！我把他皮扒下来，五脏六腑都给撕出来！'最后呢，还不是得派人去询问巴乌什要什么，为什么不指挥狗儿追猎了。这时候呢，巴乌什总是要酒喝。喝够了之后，他便上马吆喝起狗儿继续追个痛快。"

"路加·彼德罗维奇，您好像也挺爱打猎，对吧？"

"本来也是喜欢的……现在不行了，现在我已经上了岁数。本来呢，也有点不好意思，地位不够呀。我们其实算不上贵族。我们中有些好喝酒、没能耐的，还往往爱跟真正的地主家套近乎……这算个什么呢！只

能叫自己受辱罢了。人家给他一匹老掉牙的马，还用鞭子把他的帽子给掀到地上，装作是赶马的时候把他给误打了。他还是憋出笑，不能惹了人家。我跟您说吧，人哪，越是地位低，越是得严格要求自己，否则就是要受辱。"

"没错，"奥夫西亚尼科夫接着说，"我在这世上活得挺长。现在这时代不同了。在贵族身上，我看到了很大变化。那些产业不大的，要不就是当了公务员，要不就是干点别的。有点产业的，更是跟先前不一样了。这大贵族们我也是见识得多了。就比如划分地界吧。我得承认，现在的情况叫人欣喜，他们比早前可周到礼貌多了。只是有一点真叫人惊奇。按理说，他们是有知识的人吧，说话头头是道，叫人心服口服。可对实情却没有了解，搞不清自身的利益。他们自己管事的农奴还总坑他们，把他们当傻子。您应该听说过科罗廖夫·亚历山大·弗拉基米雷奇吧？那可是个真正的贵族吧？英俊、富有，念过大学，在国外游历过，说话井井有条、彬彬有礼，跟我们大家都握手问好。您认识的吧？这不，上周，有个叫尼基弗尔·伊里奇的中间人把我们都请到了别廖佐夫卡。

"那中间人尼基弗尔·伊里奇说道：'先生们。我们得把地界划清楚了。我们这地已经比别人都落后了，挺丢人的。大家开始吧！'于是我们就开始了。大家七嘴八舌讨价还价、争论起来，那位代理人呢，开始让步了。首先闹起来的是个叫奥夫契尼科夫·波尔菲利的家伙……他有什么可吵的呢，他自己一寸地也没有，是代他兄弟来讨价还价的。只听他嚷嚷着：'不行，你们可蒙不了我！你们可找错人了！把图拿来给我瞧瞧！叫丈量官来！'

"'您有什么要求呢？'

"'你们把我当傻瓜啦？以为我就这么把自己的条件交代给你们了？你们先把地图拿来！'其实呢，自己正用手捶着那图呢。

"他把玛尔法·德米特里耶夫娜给气坏了。她叫着：'您怎么敢这么败坏我的名声！'

"那位回道：'您那名声啊，连我家的狗都不如。'大家按着他，给他灌了点马德拉酒，这才算安静下来。刚把他安抚住，其他人又闹起来了。

"亚历山大·弗拉基米雷奇·科罗廖夫就只好坐在角落里，啃着手杖的镶头，摇头叹气。我可真是羞愧呀，简直没有办法，就差钻地缝里去了。人家该怎么想我们呢？亚历山大·弗拉基米雷奇起身，做出要说话的手势。中间人赶忙对大家道：'大家请消停一会儿，亚历山大·弗拉基米雷奇有话要说。'这贵族们，还真都安静了。

"亚历山大·弗拉基米雷奇这就讲开了。他说，我们好像忘了为什么聚到这里。划定地界对地主们来说，自然是有利的，但它究竟是为了什么呢？是为了农民们过得轻松些，劳动起来更有动力，也能交得起租子。否则，他连自己的地都不知道在哪儿，常常跑到了老远的地方去，找也找不到。亚历山大·弗拉基米雷奇还说，地主们不该不替农民们的福祉着想。农民们是上帝派来的，理性地想一想，他们的利益就是我们的利益，都是统一的。他们过得好，我们便也好；他们艰难度日，我们也好不到哪儿去……因此呢，也就没有必要没头没脑地为了点鸡毛蒜皮的细节争吵……就这么讲啊讲！讲得倒是真好，直冲着人心坎里去了……老爷们都颇不以为然，我呀，倒在一旁听得眼泪汪汪。这要是在以前，可听不见人讲这些……可结果怎么样呢？自己连四俄亩沼泽地都不肯让、不肯卖。他说：'我叫人把这块沼泽地抽干填平，盖一座制呢厂，配上现代设备。这块地我早就选好了，有了自己的打算的……'这好像也没什么不对。不过，其实主要是亚历山大·弗拉基米雷奇的邻居卡拉西科夫·安东抠门儿，不肯花个一百卢布打点一下科罗廖夫的管家罢了。亚历山大·弗拉基米雷奇呢，至今觉得自己没啥不对，还在唠叨着建制呢厂，却是连沼泽地都还没开始填呢。"

"他自己的领地管理得如何？"

"他一直在引入一些新的规矩。他家的仆从们都不大满意。但下人们的意见也没啥可听的。我觉得亚历山大·弗拉基米雷奇做得对。"

"可是，路加·彼德罗维奇，您不是支持老规矩的吗？"

"我不算啥。我既不是贵族，也没有什么地。我有啥产业呢？……别的什么我也不会。我尽量按理依法行事，这就行啦！年轻的地主们不待见以前的规矩，我挺赞赏他们……是该好好用用脑子了。但问题就在于，青年人有时候太理想化，对待农民像对玩偶一样，玩弄两下子，搞坏了便扔下。那些管家们吧，不管是本地的农奴还是德国来的，对农民们总是压榨。哪怕能有一个年轻主子做个榜样也好呀，给大家看看，究竟应该怎么管理！……啥时候能到头呢？难不成到死我都见不到新规矩实行吗？……这可真是的，旧的已经一去不复返，新的还没生出来呢！"

我不知该如何回答奥夫西亚尼科夫。他环顾了一下，移到我跟前，低声继续说：

"您听说过瓦西里·尼古拉伊奇·柳波兹沃诺夫吗？"

"没，没听说过。"

"我来跟您讲讲他的那些新奇事吧。简直没法理解。这是他家的农民说的。不过我倒是并不十分相信。他挺年轻，前不久，母亲去世之后，得到一笔遗产。他来巡视自己的领地，农民们也都聚过来瞧瞧自己的新主子。大家一看，——这是啥子打扮哟！他们老爷穿着棉绒衬裤、红衬衫，披着车夫式的长褂子，脚着镶了滚边的靴子，留着长胡须，头上戴一顶奇形怪状的帽子，整个脸也十分怪异，不知是喝醉了还是精神出了问题。'爷们儿，各位好！上帝会帮助你们的。'他说。大家弯腰致敬，不出一声，惊吓得不知说什么好。他自己呢，好像也有点胆怯，继续自己的发言：'我是俄罗斯人，你们也是俄罗斯人。我热爱俄罗斯的一切……我的心是俄罗斯的，我身体里流淌着俄罗斯的血……'然后又突然发号施令起来：'我说，孩子们，给我唱一首俄罗斯民歌吧！'大家简直呆若木鸡，动弹不得。有个胆子大点的开口唱了几句，然后立刻蹲到地上，躲到别人身后去了……

"我们这里的地主们哪，前前后后各色各样都有过的。有那怪脾气的、爱胡闹的，总是穿得跟车夫似的，成天歌舞升平，跟仆人们啦，农民啦，混在一起吃吃喝喝。可是这位瓦西里·尼古拉伊奇可真是特别。他跟个大闺女似的，成天读读写写，要不就是朗读坎特歌子[1]，跟谁都不打交道，就爱一个人在园子里逛，特别忧愁伤感的样子。

"之前的那个管家呢，一开始可是担心坏了。在瓦西里·尼古拉伊奇来之前把农民家都跑了个遍，挨个作揖。他倒是也明白，平时没少欺负大家。农民们可都暗自乐呢：'老兄，该到你遭报应的时候咯！你可算是折腾够了，

---

1 带有一定宗教色彩的诗歌，通常被朝圣者传颂。

你这个混蛋！……’可结果如何呢？这该怎么跟您说呢？这新来的老爷压根儿啥也不懂！这位瓦西里·尼古拉伊奇把管家叫到跟前，自己反倒脸色通红，呼吸急促：‘你做人要公平，不要欺负任何人，听到没？’之后就再也没找过他了！他在自己的领地上跟个外人似的。管家自然也就放下心来。农民们有怨气也不敢找老爷，害怕呀！这可真是叫人惊奇。老爷平常跟他们问好，目光和善，他们见到老爷还是怕得浑身发抖。您说说，这都算是哪门子奇事呢？……难道是我自己又老又蠢？反正我搞不懂。”

我回答奥夫西亚尼科夫说，这位柳波兹沃诺夫先生大概得了什么病吧。

“哪儿有什么病哟！肥得不得了，脸也圆乎乎的，简直不像个年轻人……天知道咋回事！”（奥夫西亚尼科夫深深叹了口气。）

“讲到贵族的话，”我继续问，“路加·彼德罗维奇，您给我说说独院地主们的情况呗？”

“这您还是饶了我吧！”他急忙说道，“不过，就告诉您点儿啥吧！（奥夫西亚尼科夫挥了下手。）让我吃点茶点吧……这农民呀，就是农民。不过呢，我们又该怎么办呢？”

他沉默了。茶点送了上来。塔季扬娜·伊里伊什娜起身坐到了我们近前。整个晚上，她悄无声息地进出了几趟。沉默持续着。奥夫西亚尼科夫一杯接一杯地喝着茶。

“米佳今天来过了。”塔季扬娜·伊里伊什娜轻声说道。

奥夫西亚尼科夫皱起眉头。

“他来干啥？”

“他是来道歉的。”

奥夫西亚尼科夫摇摇头。

“您看看，”他冲着我继续道，“这些亲戚该怎么办呢？也不能跟他们断

绝往来……上帝这不也给了我一个侄儿。他那脑瓜子吧,没的说,倒是挺灵光,上学的时候成绩不错,但做事就是不着调。他本来给公家干过的,却把工作给辞了,说是没啥发展……他是把自己当贵族了还是咋的?就算是贵族,现在也不可能轻易就爬到高位。这不,现在失业着呢……这还不算,反倒成了个替别人打官司的家伙!给农民们写起诉状来……写申辩书、教训村警、揭发土地丈量官,成天光顾酒馆啦,旅店啦,跟些城市里的混混们搅和在一起。这不很快就得出事吗?区里的、县里的警察都已经警告过他了,他倒是挺会花言巧语,能把他们逗乐,蒙混过关,随后呢,又给他们找一堆麻烦……别提了!他是不是坐在你屋里呢?"他对妻子问道,"我可了解你。你最菩萨心肠了!你呀,就总护着他吧。"

塔季扬娜·伊里伊什娜垂下头去,微笑了一下,脸红了。

"好吧,看来就是这样,"奥夫西亚尼科夫继续道,"你呀,就惯着他吧!你叫他进来!看来只好这样了,看在贵客的面子上,我就原谅这蠢孩子吧……叫他进来呀……"

塔季扬娜·伊里伊什娜走到门边,喊了一句:"米佳!"

米佳看上去二十七八岁,又高又瘦,一头鬈发。他走进屋子,看到我之后又在门边停下来。他的衣服是德国式的。不过肩部大得不自然的皱褶则说明这套衣服出自本国、而且只能是俄罗斯裁缝之手。

"过来呀,过来,"老头子道,"窘什么呢?你得谢谢你婶子,我就算原谅你了……老爷,给您介绍一下,"他指着米佳,对我说,"亲侄子,我却怎么也管不住。这算是到了紧要关头了吧!(我们互相行了礼。)你来讲讲,究竟捅了什么娄子,为啥大家对你不满。说话呀!"

看来,米佳并不想当着我的面辩解什么。

"过会儿吧,叔叔。"他嘟囔着。

"什么过会儿，就现在，"老头子说，"我知道了，你是当着地主老爷的面良心发现了。这更好，你就认错吧。说话呀……我们听着呢。"

"我没什么可悔过的，"米佳激动地说道，甩了甩头，"叔叔，您自己想想看。列舍基洛夫镇的独院地主们来找我，说：'替我们说说话吧，兄弟。''怎么了？''是这么回事：我们那儿的粮仓井井有条的，管理得不能再好了。突然，来了个当官的，说是要检查。他看了以后说："你们这仓库里太乱了，很多管理不当的地方，我得跟上级汇报。""哪里有问题？""我心里可清楚着呢。"他说……本来吧，我们都商量过了：那就好好"感谢"一下那官员。结果普罗霍罗奇老爷子不干了，他说：这些人根本喂不饱。究竟该怎么办呢？难不成我们就一点辙也没有？……我们听了老爷子的。那位官员呢，恼怒之下写了份报告上去。这不，现在叫我们回复吗？''你们的粮仓的确没问题？'我问。'老天有眼哪，真没问题。粮食数目合法的呀……''这样的话，你们也没啥可担惊受怕的。'这不，我就给他们写了份状子吗……这都还不清楚，谁能赢这官司呢……至于说有人在您这儿告我的状，那很好理解呀：每个人都是为自己的利益着想呀。"

"每个人……就除了你！"老头子低声道，"你怎么又和舒托莫洛夫村的农民们搅和在了一起？"

"您从哪儿知道的？"

"我反正知道。"

"这事儿上，我也没啥不对的。您再仔细想想呀。舒托莫洛夫的农民被邻居别斯潘金占了四俄亩地。那家伙说，地是他的。舒托莫洛夫的那些农民是交代役的，他们的主子去了国外。谁能替他们说话呢？您想想看！那块地自古就是农奴耕种的，根本没啥可争的。他们找到我，求我写一张状子。我就写了。别斯潘金知道了以后威胁道：'我就是不把这个米佳的头卸下来，也

把他的大腿打断……'我倒是要看看他怎么把我的头卸下来，到目前为止我还好好的呢。"

"你别得意，你那颗头不会有好下场，"老头子道，"我看你简直就是个疯子！"

"不过，叔叔，不正是您跟我说……"

"得了，我知道你要说啥，"老头打断他的话，"没错，人哪，是得有正义感，而且也应该帮助身边的人。有时候呢，不能总考虑自个儿……不过，难道你就这么无私？农民们不是请你去酒馆儿的吗？不是对你行礼，毕恭毕敬地说：'德米特里·阿里克谢伊奇，帮帮我们吧，我们会好好感谢你的。'然后从地板下拿出藏着的一个银卢布或者五卢布纸币给你？难道没有过？你说说看！有没有？"

"这方面我的确不对，"米佳垂下头，答道，"不过，穷人那里我从来不昧着良心要钱的。"

"现在不要，等哪天过得紧巴了，你就会要了。不昧良心……哟呵！所以你这是帮的都是些圣人咯？……你忘了波尔卡·别列霍多夫了吗？……谁替他张罗来着？谁帮着他来着，啊？"

"别列霍多夫的确是因为自己犯了错才受罚的……"

"挪用公款……这是闹着玩儿的？"

"叔叔呀，您想呀，他多穷呀，还养着一家子人……"

"穷什么穷……他就是嗜酒好赌，这才是原因！"

"他这不是因为苦闷才喝起来的吗？"米佳放低声音说道。

"苦闷？！你既然如此心善，为何不帮帮他呢，为啥总和这醉汉在酒馆儿里瞎混呢？他倒是挺会说话！真是罕见！"

"他其实是个大好人……"

"你反正看谁都是好人……这个，"奥夫西亚尼科夫对着妻子说道，"给他送去了吗……那个，你知道的……"

塔季扬娜·伊里伊什娜点点头。

"你前阵子怎么又消失了？"老头子又问道。

"进城去了。"

"该不是去打台球、吃茶点、玩儿吉他、混官府去了吧？还是又在什么鬼地方给人写状子，或是跟商人家的子弟们鬼混？是不是这样？你倒是说说看！"

"差不多就是这样吧，"米佳笑着道，"对了，差点忘了！安东·帕尔费恩内奇·弗恩吉科夫邀请您礼拜天去吃顿便饭。"

"我才不去这肥佬家呢！他家吃的鱼不便宜，放的奶油却是酸臭的。真有他的！"

"我还见到了费多西亚·米哈伊洛芙娜呢。"

"哪个费多西亚？"

"加尔佩恩琴科的地主家的，就是那个买下米库林诺村的地主。费多西亚是米库林诺人。她在莫斯科住的时候，干的是裁缝活儿，交的是代役，一百八十二个半卢布一年呢……手也是挺巧。她在莫斯科接的都是好活。加尔佩恩琴科把她叫了回来，却不给她安排位置。她其实是想赎身出来的，都跟老爷说了。那家伙却啥回话也不给。叔叔，您不是认识加尔佩恩琴科吗？就帮着说句话呗？……费多西亚准备交一笔不菲的赎金呢。"

"该不是你给的钱吧，啊？好吧，我跟他说说。不过我可不敢保证啥，"老头子面带不满继续说道，"这个加尔佩恩琴科是个吝啬鬼，爱买债券、放贷、收购地产……他怎么会住到我们这儿来呢？这些个外来户！一时半会儿别指望他们能有什么回音。我们走着瞧吧。"

"叔叔，您就帮帮忙吧！"

"好，我试试看。你可给我听好了，别狡辩！老天保佑！你往长远点打算行不行！否则，米佳，你没啥好下场，肯定要栽跟头。我没法总帮着你呀……我又不是啥达官显贵。好吧，你去忙你的吧。"

米佳起身离开。塔季扬娜·伊里伊什娜跟了出去。

"惯孩子的那位，叫他吃点东西再走，"奥夫西亚尼科夫冲着她的背影叫道，"他脑子倒是还行，"老头继续说，"心眼儿也是好的，不过，我可真替他担心……好了，真是对不住，叫您听了这么些鸡毛蒜皮的事。"

前厅的门开了，走进来一个身着丝绒长外套的人，个子不高、头发花白。

"是弗朗茨·伊万内奇呀！"奥夫西亚尼科夫叫道，"您好呀！最近怎么样？"

各位读者，请允许我介绍一下来者。

弗朗茨·伊万内奇·列如恩也是我的邻居，也是奥廖尔省的地主。他成为俄罗斯贵族的经历颇不寻常。他出生在奥尔良，父母均为法国人。他当年是跟着拿破仑来征讨俄罗斯的，是军乐队的鼓手。一开始，征途顺利，法国佬雄赳赳气昂昂地进了莫斯科。不过，在溃逃的途中，可怜的列如恩先生冻得半死，鼓也没了，落到了斯莫棱斯克的农民手里。

斯莫棱斯克的汉子们在缩绒作坊里把他关了一夜，第二天早上拉到了水坝旁的冰窟窿边，叫"伟大军队"[1]的鼓手赏个面子——也就是跳进冰窟窿里。列如恩先生没法答应此要求，还操着法国方言要斯莫棱斯克的汉子们放他回奥尔良去。"在那儿，"他说道，"住着我温柔的老母亲。"[2]汉子们呢，估计是

---

1 原文为法语。
2 同上。

不知道奥尔良在何处，继续怂恿他沿着蜿蜒的格尼洛焦尔卡河顺流而下游过去，并鼓励着推揉他的后背和脖子。

令列如恩无比庆幸的是，就在此时，车铃声响起，坝上驶来一架巨大的雪橇，隆起的后座上垫着花毯子。雪橇由三匹褐色的维亚特卡大马拉着，上面坐着一位胖乎乎的、脸色红润的地主，身着狼皮袄子。

"你们这是做啥呢？"他问汉子们。

"把这法国佬给淹了，老爷。"

"这样啊。"地主冷漠地说着，回过身去。

"先生，先生！"[1] 可怜的法国佬叫起来。

"怎么？"穿狼皮袄的家伙不满地说道，"来犯俄罗斯，放火烧了莫斯科，该诅咒的，还把伊凡大帝钟楼上的十字架卸了，现在叫'先生，先生'[2] 了，夹起尾巴了！真是活该透顶……费尔卡，我们走！"

马儿们动了起来。

"不过，先停一下！"地主叫道，"我说，这位先生，你擅长音乐？"

"救救我吧！救救我吧！好心的先生哪！"[3] 列如恩叨念着。

"这都是些什么人哪！没一个会说俄语！音乐，音乐！你懂不懂音乐？会不会？你倒是说话呀！听不懂吗？懂不懂音乐？会弹钢琴不？"

列如恩总算听懂了地主的话，坚定地点了点头。

"是的，先生，是的！我是乐手，我会所有的乐器。是的，先生……您救救我吧，先生！"[4]

---

1 原文为法语。
2 同上。
3 同上。
4 同上。

"你今天可是吉星高照了，"地主说道，"各位，把他给放了。这里有二十戈比，拿去喝酒吧！"

"谢谢您，老爷！您把他带走吧！"

列如恩上了雪橇。他幸福得几乎快要窒息，嚎哭着、颤抖着，不停地给地主行礼，对汉子们和车夫千恩万谢。天寒地冻的时节，他身上只穿着一件带粉色条纹的绿绒衣。地主看了看他冻得发青的手脚，二话不说，把皮袄给他裹上，把他带回了家。

仆人们叫法国佬暖和过来，叫他吃了饱饭，还给换了新衣。地主把他带到了女儿面前。

"孩子们，"他对她们说道，"我给你们找了一位老师。你们不是一直缠着我要学音乐和法语吗？这不，这位法国人会弹钢琴……我说，先生，"他指着五年前向一个贩卖花露水的犹太人买来的破琴说道，"请给我们展示一下你的水平，弹吧！"

列如恩坐在琴凳上，紧张得不知如何是好，他从来就没摸过钢琴。

"弹呀！请弹呀！"地主催着。

心怀绝望，可怜的家伙敲击起琴键来，就像击鼓一样，勉强弹着……"我本以为吧，"他之后回忆道，"我的救命恩人肯定一把把我揪起来，扔出门外。"然而，令被迫的临时钢琴师万分惊奇的是，地主之后反倒是赞许地拍了拍他的肩膀。"不错，不错，"地主说，"你的确懂行。行了，去休息休息吧。"

两周之后，列如恩到了另外一位富有而有教养的地主家。主人很喜欢他乐观温和的性格，把养女嫁给了他。他当了公务员，成了贵族，把自己的女儿嫁给了奥廖尔省的地主罗贝扎尼耶夫，一位擅长作诗的退伍骑兵。后来，他自己也搬来奥廖尔省居住了。

这不，我还在做客时，这位大家现在都称弗朗茨·伊万内奇的列如恩进了好友奥夫西亚尼科夫家……

　　不过，读者们大概已经听够了我在独院地主奥夫西亚尼科夫家做客的故事。我这就不再唠叨个没完了。

利戈夫村

"我们去利戈夫村吧,"有天,想必读者们已经熟悉了的叶尔莫莱对我说,"在那儿我们能打到翻倍的野鸭。"

对真正的猎人来说,野鸭并没有什么吸引人之处。不过,在狩猎的淡季(那正是九月初,山鹬尚未飞来,而我也厌倦在沼泽地里追山鸡了),我听从了伙伴的建议,去了利戈夫村。

利戈夫是一个坐落于原野中的挺大的村落,村中的独顶石制教堂很有些年头了。在布满泽洼的罗索特河畔,还有村子的两座磨坊。流到离村子五俄里左右的地方,这条河汇成一个宽阔的池塘,塘中长满了芦苇,我们奥廖尔人叫"苇子"。在芦苇荡寂静的间隙处,栖息着大量形形色色的野鸭,有绿头鸭、半绿头鸭、长尾鸭、小水鸭、潜水鸭等。它们往往结成小群,在水面上飞荡。可是呀,猎枪一响,就见它们乌云般腾起,惊得猎人不禁按着帽子,长长地叹道:"噢呵呵!"

我跟叶尔莫莱原本想沿着塘边走的。不过,首先,野鸭是警觉的鸟儿,不会待在塘边上。其次,就算是哪只掉队了的或是没生活经验的小水鸭被我们打中了,猎犬也没法把它从浓密的芦苇丛里叼出来。狗儿们尽管忠诚尽职,水性却不行，狗刨儿都很勉强，在芦苇间穿行还很容易伤到宝贝鼻子。

"不行，"叶尔莫莱最后说，"这事儿不能就这么着，得找条船来……咱们去利戈夫村吧。"

我们往村里走去。还没等走几步呢，前方的爆竹柳林里忽然钻出一只脏乎乎的猎犬。它身后跟着一个人，中等身高，身着蓝色的破旧长褂和泛黄的背心，深灰色长裤裤腿草草扎进满是破洞的靴子里。他脖上围一条红色围巾，肩上扛着一支单管猎枪。我们的狗儿依着性子里的繁文缛节，对新遇到的伙伴反复嗅着。那家伙呢，明显是怕了，夹着尾巴，耷拉着耳朵，龇着牙挺着膝盖不停地转着身子。它的主人走上前来，异常礼貌地对我们深深鞠躬。来人二十五岁左右，长长的亚麻色的头发泛着金黄，一绺绺垂下来，一双不大的棕色眼睛愉快地眨着。整个脸用棕色头布包着，好像正犯牙痛，却殷勤地微笑着。

"请允许我自我介绍一下，"他轻声细语道，"我是本地猎人，叫弗拉基米尔……我听说两位来我们这塘子打猎，想前来服务一下，如果两位不反对的话。"

这位叫弗拉基米尔的猎人说起话来像个扮演青年恋人的外省演员。我接受了他的提议。还没等走到利戈夫村呢，我便了解了他的身世。他是个获得了自由身的农奴，少年时代学过音乐，后来当过主子的近侍，识字，读了一些五花八门的书。如今，就像很多俄罗斯人一样，没有什么钱，也没有稳定的职业，过着听天由命的日子。他讲起话来非常得体，姿态也颇像模像样，看来追起姑娘来也是个老手。俄罗斯的女孩子们喜欢听好话。

他跟我说，他时不时去探望一下邻村的地主们，常进城看看，会打朴列费兰斯牌，甚至还认识些首都的人物呢。他的笑容很微妙且多样。他在仔细听别人讲话时会露出一种节制的、仿佛停在唇边的微笑，是最适合他的了。

听你说话时，他是很投入的，且表现出完全赞同。不过，他也不会丧失自尊，而是仿佛时刻在提醒你，必要的话，他也是会发表自己的意见的。叶尔莫莱是个没啥文化，也不大"讲究"的人，一上来就跟他以"你"相称[1]，弗拉基米尔带着强烈的嘲讽回复他"您……"。

"您缠着头巾是怎么回事？"我问道，"牙痛吗？"

"没有呀，"他回答，"是为了遮盖一次更为惨痛的失误的后果。我有个好友，人不错，不怎么会打猎。这不，有一天，他跟我说：'伙计，带我去打猎吧，我特别好奇，想看看这活动有趣在哪里。'我自然是不好意思拒绝朋友啦，帮他找来猎枪，带着他去打猎了。我们很是忙活了一阵，然后决定小憩一下。我在树荫下坐了下来。他呢，则练起操枪法来，还对着我瞄准。我叫他赶紧停下来，他却傻呵呵不肯听。枪响了，我的下巴和右手食指就这么没了。"

我们到了利戈夫村。弗拉基米尔和叶尔莫莱都认为，没有船就没法继续打猎。

"苏乔克有条板木舟[2]来着，"弗拉基米尔说，"不知道他给藏哪儿去了。得去找他问问。"

"找谁？"

"这里的一个人，绰号苏乔克。"

弗拉基米尔和叶尔莫莱去找苏乔克了。我跟他们说好，在教堂附近等。我看了看墓园里的墓碑，发现一座发黑的、四方篓子形状的，上面刻着文字。一面是法语"这里安息着勃朗日伯爵特奥菲尔·安利"，另一面则用俄语刻

1 在俄语文化里，对陌生人以"你"相称，往往显得无礼、无教养、过度亲昵，或是说话者有意侮辱对方。
2 用旧的平底大船拆下的木板拼成的浅底小船。——原注

着"此块石下葬着法国公民，勃朗日伯爵，生于 1737 年，卒于 1799 年，享年 62 岁"，第三面上刻着"愿他安息"，第四面上的文字如下：

> 法国移民躺在石头下，
>
> 出身显赫、才华横溢，
>
> 不幸痛失妻小，
>
> 他离开了暴君践踏的祖国；
>
> 来到了俄罗斯国，
>
> 他年迈时找到栖身之所；
>
> 教育孩子，赡养父母……
>
> 上帝让他安息于此……

叶尔莫莱和弗拉基米尔带着这个有着奇怪绰号的苏乔克回来了，打断了我的思绪。

一瘸一拐、衣衫褴褛的苏乔克顶着一脑袋乱蓬蓬的头发，看上去像个失业了的仆从，六十来岁的样子。

"听说你有船？"我问。

"有的，"他的声音嘶哑，"就是破得不行。"

"怎么了？"

"开胶了。楔子也从缝隙里往外掉。"

"没啥大不了！"叶尔莫莱插进来，"可以用麻絮堵上。"

"没错，可行。"苏乔克同意。

"你是干啥的？"

"我是老爷家的渔夫。"

"既然是个渔夫，你这船怎么这么破呢？"

"我们这河里没啥鱼。"

"鱼儿不爱在浑浊的沼泽里待。"我的猎人伙伴一本正经地说。

"那么，"我跟叶尔莫莱说，"你就去找些麻絮，把船给拾掇一下，麻利点。"

叶尔莫莱离开了。

"我们不会沉河底吧？"我问弗拉基米尔。

"上帝保佑，"他回答，"起码呢，这水塘倒是也不算深。"

"对，不深，"苏乔克跟着说，他说话时带一副奇怪的半睡半醒的表情，"水底下都是些河草，全都长满了的。不过有的地方也有深沟[1]。"

"不过，水草这么密，"弗拉基米尔说道，"那么划桨也就划不起来了。"

"谁坐这样的木板舟划桨呀！要用篙子撑。我跟你们一起去，我背着篙子。不然用铲子也行。"

"铲子不行吧，有的地方触不到底。"弗拉基米尔说。

"是不大方便。"

我坐在一块墓碑上等叶尔莫莱。弗拉基米尔出于礼貌，坐在了稍远的地方。苏乔克还站在原地，仰着头，像从前的人那样背着手。

"你给我说说，"我问道，"你在这儿当渔夫多久了？"

"第七年啦。"他抖了抖身子，回答道。

"之前是做啥的？"

"先前当车夫来着。"

"谁不让你当车夫了呢？"

"新的女主子。"

---

1 水塘或者河里的深洼。——原注

"哪个女主子？"

"就是把我们给买了去的那位。您应该不认识：阿廖娜·季莫菲耶夫娜，胖乎乎的，年纪不轻了。"

"她为啥非叫你干上了打鱼的活儿呢？"

"天晓得。她从坦波夫的领地来的，让人把全村儿都集合了起来，出来见了见我们。我们挨个去亲了她的手，她倒是没啥反应，没生气……然后她就一一向我们发问：做什么、什么职务……等轮到我，她问：'你之前是做啥的？'我答：'车夫。''车夫？你算哪门子车夫。你看看自个儿，能当车夫吗？你别当车夫了，给我当渔夫吧。把胡子给剃了。每次我到这儿来，你得给我的餐桌送上鱼来，听到没？……'从那时起，我便成了渔夫。她还吩咐：'把水塘给我照看好了……'这没法儿照看嘛！"

"你们之前的主子是谁？"

"谢尔盖·谢尔盖伊奇·别赫捷列夫。他是继承下来的家业。他没当主子多久，也就六年吧。我就是给他当车夫来着……并不是在城里，城里有别的人给他赶车。就在村里。"

"你自打年轻起就当车夫吗？"

"哪儿能呀！我是在侍奉谢尔盖·谢尔盖伊奇的时候才当车夫的。之前我是个厨子，倒也不是在城里，而是在村子里。"

"你是谁家厨子来着？"

"之前的主子，阿法纳西·涅费得奇，谢尔盖·谢尔盖伊奇的叔叔。就是他，阿法纳西·涅费得奇，把利戈夫给买下来的。谢尔盖·谢尔盖伊奇继承了产业。"

"跟谁买的？"

"跟塔季扬娜·瓦西里耶夫娜买的。"

"哪位塔季扬娜·瓦西里耶夫娜？"

"前年死在了博尔霍夫还是卡拉乔夫附近来着……没嫁过人，一个老处女。您认识不？我们也是她从她爹瓦西里·谢苗内奇那儿继承来的。她倒是当了挺久的主子……二十来年吧。"

"你就是给她当厨子来着？"

"一开始是厨子，后来成了咖啡员。"

"什么？"

"咖啡员。"

"这是什么职位？"

"我也没弄清呀。就叫在餐厅里站着，给取名安东，不让叫库兹马。女主子这么吩咐的。"

"你的真名是库兹马？"

"库兹马。"

"那么你一直当着咖啡员来着？"

"没有呀，之前还当过演员。"

"真的啊？"

"那可不……在局（剧）院里演过呢。我们女主子张罗过一个局（剧）院。"

"你都演过啥角色呀？"

"您说啥？"

"你在剧院里都干了啥？"

"您不知道吗？就比如说，演个受了赏的角色，我得装得很紧张，或坐或站。叫我说啥，我就说啥。有次还演过一个瞎子……为这给我眼皮底下塞了豌豆……都演过！"

"然后呢，还干过啥？"

"然后又当起了厨子。"

"怎么又当厨子了呢？"

"我那当厨子的兄弟逃跑了。"

"在第一任女主子的爹那儿，你都干过啥？"

"干过好多种活儿呢：小厮、车夫、花匠，还驯过猎犬。"

"驯猎犬？……去放过猎犬咯？"

"放过的,还摔过一次,从马上跌下来,马儿也伤了。我们老主子可严厉了,吩咐给我一顿鞭子,然后送到莫斯科去给鞋匠当学徒。"

"怎么当学徒？你开始驯猎犬那会儿已经不是个孩子了吧？"

"二十来岁吧。"

"二十来岁怎么当学徒呀？"

"那老主子既然这么吩咐，就说明可以吧。不过他很快就死了。我也就被送回了村儿。"

"你啥时候学会厨子手艺的？"

苏乔克抬起又瘦又黄的脸，冷笑道：

"这有什么可学的？……婆娘们不都做饭吗！"

"我说，"我叹道，"库兹马，你可真算是有些见识的！那你现在这个渔夫有啥可当的？不是没有鱼可打吗？"

"老爷，我可没啥可抱怨的。幸好当了渔夫。另外一个像我这样的老头，叫安德烈·普贝里的，女主子吩咐给安排进了造纸厂的舀浆房，说是不许他吃闲饭……普贝里本还指望能清闲点儿呢，他的表侄在女主子的办公处工作，本来还许诺帮他向主子求个好差事，结果可倒好！……普贝里当着我的面对侄子就差没下跪了。"

"你有家没有？讨过老婆吗？"

"没有，老爷，没讨过。已故的塔季扬娜·瓦西里耶夫娜，——愿她在天之灵安息，不许我们成亲来着。老天保佑！她说：'我自己这不还没出嫁吗，不能惯着他们！一个个都还想咋的？'"

"你现在靠什么过活呢？拿不拿工资？"

"老爷，哪儿有什么工资哟！……主子管饭吃，这就不错啦！我挺满意。老天保佑我们主子长命百岁！"

叶尔莫莱回来了。

"船弄妥了，"他生硬地说道，"你快去把篙子找来！……"

苏乔克去寻篙子了。在我跟可怜的老头儿聊天时，弗拉基米尔不时看看他，满脸嫌弃的讥笑。

"蠢货，"老头离开时，他说道，"完全没受过啥教育的一个家伙，啥也不是，连仆从都算不上……还吹嘘哪……他怎么可能当什么演员，您想想！您可真是白白浪费时间跟他聊了！"

一刻钟之后，我们已经坐上了苏乔克的木板舟（我们把猎犬留下交给车夫伊耶古吉尔照料）。我们勉强坐在小船里，不过，爱打猎的人反正也不大讲究。苏乔克坐在船的宽尾处，一路撑着。我跟弗拉基米尔坐在船的横木上，叶尔莫莱坐在尖头旁。尽管填了麻絮，水很快还是渗了进来。幸好天气还不错，水塘就如陷入沉睡一般。

我们行进得很慢。老头子撑着长长的篙子在厚厚的绿苔里搅着，那篙子往往被浓密的水草缠住，难以动弹。野百合的阔叶也对我们行进造成了障碍。终于，我们来到了芦苇荡中，这才算能痛快地施展一下了。野鸭被我们这群不速之客惊得不行，腾空飞起，像是从塘子里撕扯出去一般。猎枪声紧接着响起。看着一只只短尾的鸟儿在半空挣扎几下，然后重重地摔回水面，别提叫人多兴奋了。我们自然是不可能收齐所有被击中的野鸭，那些个受了轻伤的，钻回水里去了，不少被一击打死的坠入了芦苇的深处，哪怕是眼尖如叶

尔莫莱也没法找到它们。不管怎样，午饭前，我们的小船已经装满了猎物。

令叶尔莫莱无比庆幸的是，弗拉基米尔枪法不行。每次失败的射击后，他都惊奇地查一查自己的猎枪、吹吹枪管，一副迷惑不解的表情，然后还要跟我们解释一番，为何又没打中。叶尔莫莱自然是满载而归。我呢，跟往常一样，并没什么收获。苏乔克用一种经年累月的老仆从的目光打量着我们，叫嚷着："喏！那儿还有鸭子！"他时不时地搔搔后背，而且不是用手，而是靠肩胛骨的运动。天气可真好！白色的云朵一蓬蓬静静地高悬在我们头上，水中现出它们清晰的倒影。芦苇窸窣着，水塘在阳光下泛起一片片钢铁般的光泽。我们原本准备打道回府了，却发生了件不愉快的事。

我们早已发现，水在慢慢渗入船里。由弗拉基米尔负责用只罐子把水舀出去。罐子是叶尔莫莱事先从一个大意的女人那里顺来的。本来弗拉基米尔

一直舀着，也就没什么。不过，到了最后，野鸭们仿佛跟我们告别一般乌压压地腾起，我们全体七手八脚射击起来。忙乱中，我们忘记了船渗水的状况。于是，当叶尔莫莱动作幅度大一些的时候（他趴在了船的一侧试图去够一只被打中的鸟儿），我们的破船倾斜了，灌满了水，沉了下去。幸好，沉船的位置水不算深。我们大叫起来，却为时已晚。一瞬间，我们便都泡在了齐脖深的水里，周围全是野鸭的尸体。如今，当写下这些文字的时候，回想起同伴们苍白惊恐的脸，我禁不住大笑（当然，彼时我的脸也不见得红润到哪儿去）。然而，那个节骨眼儿上，我可丝毫也笑不出来。我们都把猎枪举在头顶，苏乔克则学我们的样子举着篙子。叶尔莫莱率先打破沉默：

"呸，简直跟个深渊似的，"他嘟囔道，朝水里吐了口唾沫，"这叫啥玩意儿！都怪你呀，老兄！"他对苏乔克诚心抱怨道，"你看你这破船！"

"对不住了！"老头说。

"还有你，"我的猎人同伴转过头，对着弗拉基米尔嚷到，"你不是看着吗？为啥不把水舀出去？你啊你……"

弗拉基米尔已经没有回嘴的余地了。他全身发抖，牙齿打战，无意识地傻笑着。他那口才啦，对体面的微妙讲究啦，自尊啦全都化为泡影！

该死的破船在我们脚下晃动着。落水那一瞬间，我们都觉得这水冰透了，不过，很快我们就适应了。起初的惊吓一过，我便环顾了一下四周。离我们十步远的周围，长满了芦苇。岸边的影子在芦苇尖上远远地闪着。"糟了！"我暗自想。

"这可怎么办？"我问叶尔莫莱。

"看着办呗，总不能在这儿过夜吧，"他回答，"你拿着枪。"他对弗拉基米尔吩咐道。

弗拉基米尔乖乖从命。

"我去找找看有没有浅滩。"叶尔莫莱接着说，自信满满，就好像任何水塘里都会有浅滩。他从苏乔克手里抓过篙子，一边小心试探着河底，一边向着岸边的方向走去。

"你到底会不会游泳呀？"我问道。

"不会。"他的声音从芦苇丛里传过来。

"会淹死吧。"苏乔克漫不经心地说。他对安全倒是不大担心，反而害怕我们因此发怒。这下，他完全放下心来，不时吐着水，看上去毫无想摆脱困境的意思。

"他会这么毫无意义地淹死的。"弗拉基米尔叹息道。

叶尔莫莱离开了一小时左右。这一小时对我们来说长得像永恒。一开始，我们一直跟他互相吆喝着。后来，他不大回应我们了，接着就完全沉默了。

村里的教堂已经响起了晚祷的钟声。我们留在原地的也陷入沉默，甚至不再看对方一眼。野鸭在我们头上盘旋，有那么几只企图停在我们边上，却又箭一般地腾空而起，惊叫着飞走了。我们渐渐麻木了。苏乔克耷拉着眼皮，仿佛要睡过去一般。

令我们狂喜的是，叶尔莫莱终于回来了。

"怎么样？"

"我几乎走到了岸边，找到了浅滩。"

我们立刻就想动身，不过叶尔莫莱却从口袋里摸出一捆绳子，把打来的野鸭顺着爪子一一捆住，用牙齿咬着绳子的两端，这才上路。弗拉基米尔跟着他，我跟在弗拉基米尔身后，苏乔克殿后。到岸边大约有两百来步，叶尔莫莱一路大胆行进，不做停留（他记路可真准确），只偶尔喊一声："往左一点，右边有条沟！"或者是："往右拐，往左的话就陷进去了……"水时不时就没到了嘴边。苏乔克个子最小，往往被呛得直吐泡泡。"真要命！"叶尔莫莱冲着他喊。苏乔克于是踮起脚来，蹦跳着到水稍微浅一点的地方。不过，无论怎样，哪怕是我的长褂的边角，他也不敢拽一下。落汤鸡一般的我们终于走到了岸边，已是筋疲力尽。

两个小时之后，尽可能地烘干了衣物，我们终于在一间宽敞的干草棚里坐下。车夫伊耶古吉尔，一个动作慢吞吞却也通情达理的家伙，睡眼惺忪地站在门边，给苏乔克递烟抽（我发现俄罗斯的车夫们互相很容易交好）。苏乔克大口吸着，几乎要恶心起来，吐了口吐沫，咳了几声，看样子颇为享受。弗拉基米尔昏昏欲睡，头歪在一边，不大说话。叶尔莫莱把我们的猎枪一一擦净。狗儿们等着燕麦吃，飞速摇着尾巴围着我们转。棚顶下，马儿跺着蹄，时不时打鸣……太阳落山了，只剩一道道深红色的余光；泛着金光的乌云细细碎碎地铺满了整个天空，就仿佛被梳理过的浪花一般……村子里传来了歌声。

白净草原

　　那是七月里一个极好的日子，只有在好天气持续很久时才会出现。清晨，天空清澈，朝霞并不带着热气，只是羞涩地泛红而已。太阳不像极度干旱期那样吐着火舌，不像暴风雨前那样血红浑浊，而是明亮愉快地放着光芒，轻盈地从细长的条状乌云上浮出来，清新地照着大地，之后便又钻进淡紫的晨雾中。蛇一般的长长的云絮边缘泛着银光……这不，乌云又翻滚而来，太阳则如一盏明灯，欢快而隆重地从云端腾起。

　　正午时分，往往会有成群的高悬的云朵出现，灰里透着隐隐的金色，包着柔和的白色外圈。就像是望不到边际的河流上的一座座小岛，它们被澈净的蓝天所托抚，静静停着不动地方。慢慢地，它们向着天边滑去，碰着挤着，遮住了蓝天。然而，它们此时已染上天空的湛蓝，又被光和温暖所浸透。天的四周一直都是维持不变的淡紫色，不发暗，没有任何雷雨的迹象，偶尔见得到几条从上而下的蓝色云条，洒下点微雨。

　　傍晚，云朵们都会渐渐消失，最后的一些发暗的没了形状的，则如粉色的烟气一般躺在了太阳落山处的对面。太阳安静地落下的地方，会有深红的余光在暗下来的大地上短暂停留。夜晚的星星就如被谁爱惜地举着一般，在

余光中眨眼。这样的日子里，万物的颜色都如此柔和，明亮却不刺眼，一切都带上了某种温存的印记。暑热在这样的日子里也会发威，有时把原野蒸晒得不行；不过，清风总能驱赶积攒起来的热气，而那旋风，作为持续而稳定的天气的标志，则会卷起白色的柱子，经过庄稼地，一路游荡。干燥而清爽的空气里混合着艾草、收割过的黑麦和荞麦的味道，直到午夜前一小时，也感觉不到湿气。有地的人总是希望能在这样的天气里收割庄稼……

就是在这样的一天里，我去了图拉省的切伦斯克县打黑琴鸡。我猎获了不少野禽，装得满满的猎袋勒得肩膀痛。晚霞也已经褪去了，空气没了夕阳的辉映，仍还显得明亮，却也不时有这样那样的黑影闪现，我这才准备打道回府。

我快步穿过长长的灌木丛带，爬到了一个小坡上，眼前本该出现的是右方平原里的橡树丛和远处低矮的白色教堂，而我此时看到的，却是另一番完全陌生的景象。一条窄窄的沟子从我脚边延伸开去，正对面呢，则是一排峻峭的杨树林。我有点摸不着头脑了，不由环顾了一下。"哦哟，"我暗自念叨，"我可完全走错了，一路走得太靠右了。"我一边惊奇着自己的失误，一边匆忙从小坡上下来。我顿时被令人不快的沉重的湿气所包围，就像是钻进了地窖。沟子里又密又长的野草湿乎乎地泛着白光，走在上面极不舒坦。我赶紧换到了另一边，沿着左方的杨树林子继续前行。蝙蝠在树梢上盘旋，在清澈的夜空的映衬下神秘地打转。一只迟归的小鹰高高飞过，直奔自己的窝而去。"一转过这个角落，"我暗自想，"便会有现成的道路了。我已经快走了一俄里的冤枉路啦！"

我终于到了林子的一角，却没发现什么路，一片低矮的、兀自生长的灌木丛在我眼前铺开，其后很远的地方，可以看到空旷的平原。我又停了下来。"这是怎么回事？……我究竟在哪里？"我回想着一天的路程……"天哪！这不是帕拉辛诺树丛吗！”我叫道，“就是它们哪！那么这个应该就是辛捷耶夫林了……我怎么到了这里？这么远？……太奇怪啦！现在得继续往右走了。”

我往右走着，穿过灌木丛。此时，夜像雷雨云一般愈加深沉，黑暗随着夜色四处涌动，仿佛从高空倾泻而下。我来到一条杂草丛生的小路上，沿着它继续走，密切观察着前方。周围的一切迅速暗下去，变得寂静，只剩鹌鹑偶尔叫两声。一只夜行的小野禽，扇着柔软的双翅安静地滑行，差点撞上我，惊得立刻扎入旁边的黑暗中。

我来到灌木丛边上，沿着平原的边界继续走。前方的景色渐渐模糊了，四周的平原也模糊地泛着白。在它后面，黑暗一秒秒大举逼近。我的脚步在凝重的空气里发出闷响。原本已苍白的天空又开始泛蓝，但那已是夜的深蓝了。星星终于闪动起来。

眼前一片隆起的高坡，一开始被我看成了林子。“我到底在哪儿？”我不断嘟囔着，第三次停了下来，满脸疑惑地看了看自己的黄白花的英国猎犬吉安卡。它可是一切四脚畜生里最最聪明的了。但这最最聪明的家伙呢，也只是摇了摇尾巴，疲倦地眨了下眼睛，没给我任何有用的建议。在它面前，我有些不好意思了，于是执拗地往前继续走，仿佛明白了路在何方。

我绕过高坡，来到一片不算深的、开垦过的洼地。我感到有些奇怪。这片洼地呈规矩的锅子形状，底部蹲着一群大白石，就仿佛滑到此处来开秘密会议似的。这洼地里是如此寂静平浅，悬在它上空的天显得如此忧郁，我的心不禁一阵阵发紧。不知是什么小动物在石头间低声惨叫了几声。我重又回到高坡上。在这之前，我始终没有放弃找到回家路的希望。不过，此时我彻底明白，我迷路了。不再试着认出周围的环境，淹没在黑暗之中，我以夜星指路，向前走去……步履蹒跚地走了大约半小时吧，我觉得自己似乎从未到过这蛮荒之地，四周竟然不见一星灯火，没有一丝声响。缓坡一个接着一个，

原野一片连着一片，茂密的灌木丛就好像从地下直冲着我的鼻孔钻出来一般。我走着，几乎动了找个地方躺下休息到清晨的念头，却突然来到一片可怕的深洼跟前。

我赶紧把伸出去的脚收了回来。透过眼前浓重的黑暗，我发现脚下是一大片平原。一条宽阔的河流在它身上绕了个半圆，向前淌去。河水带着金属般的光泽，迷糊地闪着，指示着河流前进的方向。我所立着的高坡，有一处颇为陡峭的断崖。它巨大的身影在泛蓝的夜色里发黑。我的正前方，断崖的下方形成一个角落。河流到这里仿佛静止不动了，成了一面幽暗的镜子。就在河边，两蓬篝火正浓烟交织地燃着。火光边人影闪烁，时不时可以看清一个长满鬈发的小脑袋的前半部分。

我这才终于明白到了哪里。这地方是远近闻名的白净草原哪……这深更半夜的，回到家已是没有任何可能。我的脚也因为疲倦而发软。我决定加入篝火边的人群，等到天明再说。我以为他们是牲口贩子。我安全地下了坡，可还没等松开抓牢的树枝呢，只见两只长毛大狗狂吠着朝我扑了过来。篝火边传来了孩子们清脆的声音，两三个男孩赶紧起身。我回答了他们的提问，他们跑上前来，喝住那对我的吉安卡的出现尤为意外的大白狗儿们。

我弄错了。篝火边坐着的并非牲口贩子，而是临近村子里的孩子们。他们是来看马群的。热天里，我们这儿往往在夜间把马儿赶到野外吃草。白天的话，苍蝇、河牛虻会叫它们不得安生。马儿一般在傍晚前赶出来，黎明前再赶回去。看马群对村里的孩子们来说可算是个节日了。他们光着头，身着旧的短皮袄，坐上最敏捷的马儿，手脚晃荡着，随着马儿一路颠着，高声大笑，扬起黄柱子般的飞尘。蹄声远远传去，马儿们竖起耳朵飞奔；夹着尾巴、飞快地换着蹄子飞奔的，往往是某只栗色的、鬃毛披散的马儿，蓬乱的毛里沾着植物的刺果。

我对孩子们解释说自己迷了路，便坐到了他们跟前。他们问了我来自哪里，便沉默地避开了。后来，我们又稍微聊了聊。我躺在一丛被马儿们啃秃了的灌木丛下，打量起四周来。那场景很是美妙。篝火周围的浑圆的泛着红色的倒影，就好像由黑暗所支撑，待在了一旁；红色的火苗不时向光明外的黑暗里投去火星，细细的火舌舔着光秃秃的柳枝，却又瞬间消失；又细又尖的投影，原本只是闪现一瞬，却仿佛撑过了火苗本身。这是一场黑暗与光明的较量。

有时，当火苗微弱下去，光亮因此收缩了的时候，随之侵袭而来的黑暗中会突然闪出一个马头来，枣红色、长长的鼻梁，或是纯白的，专注地呆望着我们，快速咀嚼着长长的野草，然后又突然不见了。只听见马儿继续嚼着草，打着响鼻。在光亮地里是很难看清黑暗处的动静的，就仿佛拉上了黑色的帷幕。不过，靠近天边的远处，却望得见星星点点的高坡与林子。深色的天空清澈无比，壮丽无边地高悬于我们头顶。呼吸着这迷人而清新的气息——俄罗斯夏夜的气息，胸口不禁陶醉得发紧。周围几乎听不到任何声音……近前的河里，偶尔有大鱼扑打水面，发出突然的脆响，岸边的芦苇被细浪推得细细簌簌……只有火苗噼噼啪啪响着。

孩子们围着篝火而坐，那两只刚才想把我吞下去的狗儿也坐在一旁。它们久久地不肯接受我的加入，虽然睡意蒙眬地眯着眼睛、斜眼望一下火苗，却也时不时带着颇明显的优越感哼两下，有时甚至还会尖声抗议，似乎是对不能把我吞下肚感到不满。孩子们一共有五个：费佳、巴甫鲁什卡、伊柳沙、科斯加、瓦尼亚。（我是从他们的对话里知道他们的名字的。现在，我将他们介绍给各位读者吧。）

他们中最年长的费佳，大约十四岁。这是个身材颀长、面容姣好的男孩儿，五官略微有点小，浅色的头发打着鬈儿，眼睛是淡蓝色的，几乎永远带着半是愉快半是走神的微笑。从穿戴可以看出，他的家境不错。来放马儿呢，也不是为了生计，而是找乐子。他身着滚着黄边的花衬衫，瘦削的双肩撑着一件不大的新外套，蓝色的腰带上系着一把小梳子。低帮靴子一看就是他自己的，而不是父亲穿剩下的。

巴甫鲁什卡呢，则顶着一头乱蓬蓬的黑发，灰眼睛，颧骨宽大，脸色发白有麻点。嘴巴挺大，却也不难看。他的整个头巨大，像个啤酒桶，身板结实粗笨。不算是个好看的孩子，没啥可说的。可我还是挺喜欢他。他的眼神直接而聪慧，声音里透着力量。他的穿戴也不怎么样，不过是用破布条缝制出来的衫子。

第三个孩子伊柳沙长得平淡无奇：长着鹰钩鼻的脸往前伸着，眼神还不大好，一副迟钝而又焦灼的表情。他双唇紧闭、眉头紧皱，仿佛因火光虚着眼睛。他那黄得发白的头发一缕缕从毡帽下耷拉出来。他时不时用手把帽子压到耳边。他的草鞋和包脚布都是新的，一根粗绳绕了三圈将他穿的斯维塔袍[1]扎牢。他和巴甫鲁什卡看上去都不超过十二岁吧。

第四个孩子科斯加，一个十来岁的小家伙，因自己满眼的深沉与悲伤引起了我的兴趣。他瘦小的脸上长满雀斑，尖尖的下巴像松鼠一般，嘴唇薄得几乎看不出来。不过，他那双湿漉漉的黑色大眼给人奇怪的印象，就仿佛要诉说至少目前他用语言还说不清的东西一样。他个子瘦小，身板羸弱，穿戴也很寒碜。

最后一个孩子瓦尼亚，我一开始都没发现他。他安静地躺在一边，盖着粗席，偶尔探出长满亚麻色鬈发的小头，看上去也就七岁左右。

---

1 俄罗斯古时一种男女皆适用的长外套，用自制粗呢布缝制，中世纪时尤其流行。

　　我就这么躺在树丛下，观察着孩子们。他们在一捧火上架起了一口小锅，煮着土豆。巴甫鲁什卡看着锅子，不时用块小木片戳一下锅子里的食物。费佳把外衣垫在身下，双手托腮趴着。伊柳沙坐在科斯加身旁，一直紧张地眯着眼。科斯加垂下头，望向远方。瓦尼亚躺在席子下没有动静。我佯装睡着，不久便听见孩子们继续聊开来了。

　　他们先是东拉西扯了一阵，聊了聊明天的活儿啦，马儿啦。突然，费佳转向伊柳沙，就像拾起被打断的话头一样问道：

　　"所以你就这么见到宅神了？"

　　"没，我没见到，他是见不到的，"伊柳沙的声音又哑又低，跟他的表情再相配不过了，"我是听到的……而且不止我一个。"

　　"他藏在你们那儿啥地方？"巴甫鲁什卡问道。

　　"在老的舀浆房[1]里。"

---

1 舀浆房指的是造纸厂里通常建在水坝及水轮旁的建筑，内设水槽，用来过滤纸张。——原注

"你们还在造纸厂里干呀?"

"那可不!我和我哥哥阿甫久什卡是抛光工[1]。"

"哟呵,你还是个工人呢!……"

"你是怎么听到宅神的动静的?"费佳继续问。

"是这么回事。我跟哥哥阿甫久什卡一道,还有费奥多尔·米赫耶夫斯基、伊瓦什卡·柯索伊,还有一个伊瓦什卡,是从红坡村来的,还有伊瓦什卡·苏霍鲁科夫,还有其他一些人,总共十来个吧。我们是一班的。轮到我们在舀浆房里过夜。其实倒是没有必要的,只不过那监工纳扎罗夫说:'各位,明天还有很多活儿,你们今晚就别回家了。'我们这就留了下来。

"正躺着呢,只听阿甫久什卡说,伙计们,这宅神该不会要来了吧?……正说着呢,就感觉有谁在我们头顶上过去了。我们躺在下面,他在上方,水轮附近。我们听见他走来走去,踩得木板直响。这不,他又从我们头顶经过,

---

1 抛光工的任务是将纸张钉牢后磨光。——原注

水轮突然响了一下，开始打转，可那水闸¹的阀门本来是拉下来的呀！我们惊奇得不得了，是谁把它们拉起来放水的呢？那水轮转了一会儿，倒也就停了下来。只听上面的那位走到门边，开始顺着楼梯往下走，不紧不慢的，楼梯被他压得呻吟着……这家伙来到我们门旁，停了那么一小会儿，门就呼地一下打开了。我们跳起来一看，并没什么人……忽然，只见一只桶子里的水格²动了一下，浮出水面，在半空荡了几下，就像有人把它捞出来甩了甩，然后就又回到原位了。不一会儿，另一个筒子的钩子不知道为啥从钉子上脱落下来，然后又恢复了原位。然后，只听见好像有人走到了门边，突然咳嗽了一声，像只羔羊，声音脆亮……我们惊得瘫倒在地，互相抱在了一起……真是把我们给吓坏了！"

"好家伙！"巴维尔³说道，"他怎么咳起来了？"

"不知道呀，也许是因为太潮了？"

大家都沉默了。

"怎么着，"费佳问道，"土豆煮好了没？"

巴甫鲁什卡戳了戳土豆。

"没，还有些生……看到没，有水花，"他说道，脸转往河的方向，"应该是条狗鱼……看，有颗流星划过去了。"

"兄弟们，还是我来给你们讲讲吧，"科斯加细细的声音响了起来，"这是我多最近才讲给我听的。"

"好，我们听听看。"费佳鼓励着道。

"你们知道加夫里拉吧？就是镇子上那个木匠？"

---

1 在我们这儿，水闸指的是出水喷向水轮的场地。——原注
2 用来过滤纸张的格状工具。——原注
3 巴甫鲁什卡是"巴维尔"的指小表爱形式。

"知道的。"

"那么，你们知道他为啥总闷闷不乐地一声不吭吗？事情啊，是这样的。兄弟们，我爸爸是这么说的。有次呢，这个加夫里拉去林子里采坚果。采着采着呢，他就迷了路。不晓得走到了啥地儿。他走呀走，兄弟们哪，就是没法找到路。夜幕降临了，他坐到了一棵树下，想着，就等天亮再说吧。然后就睡着了。正睡着呢，听见谁在叫他。起身一看，没人。他又睡过去了，然后又听见有人叫。他就又起身到处看，发现前面的树干上坐着位美人鱼。她在树干上荡来荡去，叫着他的名字，自己呢，笑得不行……月光特别明亮，亮得不得了，兄弟们，把一切都照得清清楚楚。这人鱼姑娘呼唤着他，皮肤白嫩，坐在树干上，活脱脱一条拟鲤或是狗鱼，鲫鱼也有这样银白的……兄弟们，这木匠加夫里拉简直呆住了。她呢，继续大笑着，用手招呼着木匠。加夫里拉本来就要应了她的招呼呢！兄弟们，上帝叫他及时回过神来，指示他在胸前画个十字……这十字可真不好画。他的手变得石头般沉重，怎么都不肯动……真是要了命！……他终于画完了十字，兄弟们，这人鱼呢，就不笑了，反而哭了起来……边哭边用头发擦着眼泪。她的头发是绿色的，像大麻一样。加夫里拉久久地望着她，然后问道：'你这林妖为啥子哭呢？'人鱼回答他：'你要是不画十字呀，就能跟我快乐地生活到老了。如今我难过，是因为你画了十字。我会难过到死，你呢，也一样。'说完她就消失了。加夫里拉突然也就想起来怎么从林子里出去了……只不过，打那时起，他就闷闷不乐。"

"我说！"费佳沉默了一会儿道，"这林妖怎么能侵害一个基督徒的心灵呢？他不是没听她的吗？"

"你听我说完哪，"科斯加道，"加夫里拉说了，她的声音特别细弱可怜，像蛤蟆一样。"

"这都是你家老爷子亲口说的？"费佳继续道。

"没错。我躺在床上亲耳听到的。"

"奇怪！他有什么可闷闷不乐的呢？……不过，林妖这是喜欢上他了，所以才呼唤他来着。"

"那可不，喜欢上啦！"伊柳沙接过话去，"她就是想诱惑他嘛。这就是她们这些林妖的企图。"

"这儿说不定也有林妖呢。"费佳道。

"不可能，"科斯加说，"这地儿又干净又宽敞，不过呢，离河有点儿近。"

大家又沉默了。忽然，从什么地方远远地传来一个持久的嗡嗡声，几乎像是某种痛苦的呻吟。这样的令人费解的声响经常出现在夜晚深沉的静寂中，它们在空气中腾起、散开，然后慢慢静下去。侧耳细听，仿佛又听不见什么，可它就那么响着。仿佛有谁在天边的什么地方久久地嚎着，而另外又有谁在林子里用尖细的笑声回应着。忽然，一阵微弱的哨声滑过河面。孩子们面面相觑，打了个寒战……

"有十字架保护着我们呢！"伊利亚[1]喃喃道。

"伙计们！"巴维尔叫了一声，"你们怕啥？看看，土豆煮好啦。（大家都凑到锅子前，开始吃起热腾腾的土豆来。只有瓦尼亚没有动地方。）你怎么啦？"巴维尔问。

他没从席子下爬出来。锅子很快就空了。

"诸位，你们听说了吗？"伊柳沙说，"就是在瓦尔纳维齐发生的事？"

"坝上发生的吗？"费佳问。

"对，就是发生在决了口的那座坝上。那真是个妖怪出没的地方，还特别偏远。周围全是沟谷，里面好多蛇。"

---

1 伊柳沙为"伊利亚"的指小表爱形式。

"究竟发生了啥？你倒是说呀……"

"是这么回事。费佳，你可能不知道，那儿埋了一个淹死的家伙。他很早就淹死了。那时候，水塘还挺深的。他的坟倒是还在，还能看到，一个小土包……这不，前些天管家把看管猎犬的叶尔米尔叫了过来，说：'叶尔米尔，你去趟邮局。'我们那儿一般都是叶尔米尔跑邮局。狗儿们倒是被他折腾死了，它们在他那儿就是活不长。不过，其实他倒是个好狗倌儿，干活儿是把好手。这不，叶尔米尔就出发去邮局了。他在城里忙活了一阵，回家的时候已经是醉醺醺的了。那天晚上倒是挺亮的，月光明亮……这叶尔米尔从坝上经过，他就拣了这条道走。正走着呢，他一看，那溺死鬼的坟前有只小羊晃来晃去。这叶尔米尔就想：'我来把它捡了去，否则也是白瞎了。'想着便爬上去把那小羊抓了过来……羊儿倒是没啥反应。叶尔米尔走近自己的马儿，那马却直后退，摇头叫唤着。他把马儿制服，骑了上去，带着小羊一起上路了。他把小羊抱在跟前，看了看，只见那羊也盯着他看呢。他有点儿怕了，他想呀，这羊怎么会盯着人的眼睛看呢。他抚了抚它的毛，唤道'小可爱呀'，谁知那羊儿突然也龇着牙对他哼哼'小可爱呀'……"

还没等他这最后一句话说完呢，只见两只狗儿腾地蹦起来，激动地嚎叫着，跑离篝火冲进黑暗中。孩子们可都吓坏了。瓦尼亚嗖地从席子底下钻了出来。巴甫鲁什卡边叫着边追着狗儿去了。狗吠渐渐飘远了……不时传来马群惊慌的蹄子声。只听见巴甫鲁什卡唤着："大老灰！小甲虫！……"不一会儿，狗吠声停了，巴维尔的声音游荡得很远了……又过了一会儿，孩子们不解地互相看了看，就像是等着发生什么事情……忽然，一阵疾驰的马蹄声传来。马儿在篝火边猛地停住，巴甫鲁什卡抓住马儿的鬃毛，急急地从马背上跳了下来。两只狗儿也都回到了火光边上，坐下来吐着红舌头。

"怎么啦？发生了什么事？"孩子们问。

"没啥，"巴维尔对马儿挥了挥手，答道，"狗儿不知道听到了啥。我还以为是狼。"他漫不经心地说着，胸部起伏，大口呼吸着。

我不由自主地欣赏起巴甫鲁什卡来。这一刻，他真是棒极了。一路疾驰之后，他那并不多漂亮的脸蛋泛出英勇和坚毅。连一根鞭子也不带，他就敢毫不犹豫地独自去赶狼……"真是好样的！"我望着他，暗自想。

"你们在这儿见到过狼？"科斯加胆怯地问道。

"这儿一直都不少哇，"巴维尔回答，"不过它们只有冬天的时候爱惹事。"

说着，他便又坐到了篝火边上。俯身的时候，他用手摸了摸一只狗儿毛茸茸的后脑，那欣喜若狂的家伙带着骄傲的节制，只肯侧望一下巴甫鲁什卡，却久久不肯转过头来。

瓦尼亚又钻回席子下面去了。

"伊柳沙，你还真能给我们讲鬼故事呢。"费佳开了腔。这个家境殷实的孩子有时候不得不起个头儿（他自己其实很少说话，估计是担心掉价吧）。"狗儿这不也惊得叫了起来……不过，我倒是的确听说，你们那里神出鬼没的。"

"瓦尔纳维齐吗？……那可不！特别精怪的地儿！大伙儿都说在那儿不止一次见到过死去的老主子呢。说他披着拖地长袍，踱来踱去，唉声叹气，像是在地上找着啥。有次被特罗菲梅奇爷爷遇到了，问他：'伊万·伊万内奇老爷，你这是寻啥子哪？'"

"他还真敢发问哪？"费佳大惊失色，将话打断。

"是的，问了。"

"嚯，这特罗菲梅奇真是有种……那位是怎么回答的？"

"说是在找解锁草[1]。他瓮声瓮气地念叨着解锁草。'伊万·伊万内奇老

---

1 斯拉夫民间传说中的一种神草，据说在它的帮助下可以打开任何锁。

爷，你要那解锁草干啥呀？''墓里面太挤啦，特罗菲梅奇，这不需要这草吗？'……"

"可真有他的！"费佳评论道，"看来是没活够呢。"

"太神奇啦！"科斯加说，"我之前还以为，这死去的人哪，只能在追念先人的周六[1]才能见到呢。"

"其实是在任何时候都能见得到的。"伊柳沙接过话茬，语气肯定。我发现他是这几个孩子里面对乡间迷信最为了解的。"在追念先人的周六呢，你倒是可以见到当年就要死去的活人。只要在那一夜找一间教堂，坐到门前的台阶上，一直看着面前的路。有谁要是沿着路走过，那就是当年要死啦。去年的那天，我们那儿的一个叫乌里扬娜的女人就去试了试。"

"她看见谁了？"科斯加好奇地问。

"是这样。一开始呢，她坐了很久很久，没见任何动静……只听见啥地方好像有狗儿叫着……突然，她望见路上走来一个只穿着衬衫的男孩儿。她仔细一看，是伊瓦什卡·费多谢耶夫……"

"就是春天里死掉的那个？"费佳打断道。

"就是他。他就这么走着，头也不抬……乌里扬娜把他认了出来……然后，她又看见有个女人走了过来。她这一通张望啊！天哪！居然是乌里扬娜她自己！"

"真是她自己吗？"费佳问。

"真是她。"

"不过，她不是还没死吗？"

---

1 东正教日历中每年大斋戒开始前的第二个周六。在这一天，教徒们通常会祭奠逝去的父母及其他亲友，去扫墓、举行祭祷等仪式。

"今年还没过哪。你再看看她，都已经是个啥样儿了。"

大家又安静下来。巴维尔往火里添了一把干树枝。它们在瞬间燃起的火苗里立刻变黑，发出噼啪声。腾起的烟雾中，只见它们烧弯了的两端支了起来。火光抖动着，砸向四周，直指上空。突然，不知道哪儿来的一只白鸽飞进光亮里，停在一处，小心地晃了晃身子，通体被照得发亮，然后便拍拍翅膀飞离了。

"看样子是找不到家了，"巴维尔说道，"现在呢，它只好飞啊飞，直到飞不动为止。停在哪里，就在哪里等到天明了。"

"巴甫鲁什卡，"科斯加问道，"这是不是有哪颗正直的心灵升了天？"

巴维尔又往火里添了一把树枝。

"也许吧。"他顿了许久说道。

"巴甫鲁什卡，你说说看，"费佳道，"你们沙拉莫夫是不是见到上天的旨意¹了？"

"看不见太阳了对吧？是呀。"

"你们是不是吓坏了？"

"哪儿只我们哟。我们主子之前就念叨说，这下子你们要见识到天意咯。等日食一开始的时候，简直吓得不得了。太阳被遮住的时候，下人厨房里的厨娘，用炉叉一下子把所有碗盆都砸碎了，还念叨说：'还吃什么饭，都世界末日了。'那菜汤呀，流了一地。我们村里传言说，白色的狼群遍地跑的话，那就是要吃人啦；猛禽要是飞过来，特里什卡²要出现咯。"

"特里什卡是谁呀？"科斯加问。

"你没听说过？"伊柳沙激动地说道，"兄弟，你这算是打哪儿来的呀？

---

1 我们这儿的农民如此称呼日食。——原注
2 民间传说中的一个怪物形象，其身上有反基督的影子。——原注

连特里什卡都不知道？村儿里的人呀，成天就知道傻坐着！特里什卡是个奇特的人物，他会在世界末日的时候出现。他能耐大到什么地步呢？没啥能够战胜他，根本就不能把他怎样。就比如吧，基督徒们要是想把他制服，操起棍棒绳索向他扑去，他呢，只要对他们望一下，就望那么一下，基督徒们就开始互相残杀啦。要是把他关进监狱呢，他会说想喝水。用罐子把水端给他，他就跳进那罐子里不见啦。给他套上枷锁，他呢，双手一晃，那枷锁就自己脱落了。这个特里什卡呢，会在各个村子和城市里游荡。这狡猾的家伙会引诱基督徒们……但大家又拿他毫无办法……就是这么个奇特狡诈的人。"

"没错，就是这样。"巴维尔不紧不慢地说，"在我们那里，大家就等待过他现身。老人们说过，日食一旦开始，特里什卡就会降临人间。这不，日食就开始了。大家都聚到了街上、田野里，等待着。我们那地方，你们知道的，挺开阔。大家一看，从镇子方向走来一个人，看着挺奇怪，脑袋很特别……大家叫了起来：'天哪，特里什卡来啦！特里什卡来啦！'吓得四处乱窜。村长躲进了沟子里，他老婆钻到了门下面，还满嘴骂着脏话，吓得自家的狗儿挣脱了链子，冲过篱笆，钻进了林子里。库兹卡的老爹多洛菲耶奇钻进了燕麦地，趴在地上学起了鹌鹑叫，说：'保不准这家伙能放过鸟儿。'大家这通慌乱！……其实呢，来人是我们村里的箍桶匠瓦维拉，他刚买了一只小木桶，就把这只木桶扣到了头上罢了。"

孩子们都笑了，然后沉默了片刻。在露天场合里聊天，人们往往都会偶尔稍作沉默。我看了看四周，黑夜隆重而威仪。晚间清新的潮气被夜里干爽的温热所替代。这温热还会在熟睡的原野里久久停留，离清晨的第一阵响动、第一波露水还早哪。夜空里并没有月亮，它升起得很晚。漫天繁星闪着金光，仿佛沿着银河的方向，挨个眨着眼睛，缓缓流动着。看着它们，你仿佛真的能模糊感觉到地球永不停止的转动……

河面上响了两下激烈而奇特的叫声，过了一小会儿，又在远处的什么地方再次响起……

科斯加打了个哆嗦："这是啥？"

"白鹭在叫。"巴维尔平静地回答。

"白鹭……"科斯加重复着……"巴甫鲁什卡，我昨晚也听到过奇怪的声音，"他顿了顿说，"也许你知道是啥……"

"你听到啥了？"

"是这么回事。我从大石畦往沙什金诺的路上。一开始，我都是沿着榛树林走的，后来还是往草地上走。那草地的出口是向着一条深沟的，周围还有一个水潭。水潭长满了芦苇。我呢，正经过这水潭，就听见有可怜的呻吟声传来：'呜呜……呜呜……呜呜！'弟兄们，我可是吓坏了。天色已晚，这声音又这么瘆人。都快把我吓哭了……这会是啥声音呢？"

"前年夏天，守林人阿基姆被一伙儿贼淹死在这水潭里了，"巴甫鲁什卡说，"兴许是他的魂儿不能安宁吧。"

"事实上呀，兄弟们，"科斯加睁着本来就很大的眼睛说，"我不知道阿基姆被淹死的事儿呀，否则还不知道得有多害怕呢。"

"不过，也听说有种小蛤蟆，"巴维尔继续说，"叫起来声音很可怜。"

"蛤蟆？不对，那可不是啥蛤蟆……（河那边又传来了白鹭的叫声）这鸟儿呀！"科斯加不由叹道，"叫起来跟林妖似的。"

"林妖才不叫呢，他是哑巴。"伊柳沙插进来，"他只会拍拍手，发出嘶嘶的声音……"

"你是见过林妖还是咋的？"费佳笑着打断他。

"上帝保佑，我可没见过。但是有人看到过呀。前不久他就捉弄我们那儿一个汉子来着，带着他在林子里的一块空地周围转来转去……那汉子直到天亮才找回家。"

"所以他是见到那林妖了？"

"见到了。说是个头老大了，深色的，像是藏在了树丛里，根本分辨不出来，估计是为了躲避月亮吧。反正就见他的眼睛，忽闪忽闪地看着人……"

"哎哟！"费佳耸了耸肩膀，哆嗦了一下，叹道，"呸！……"

"世上怎么会有这些妖怪呢？"巴维尔说，"我真是不懂。"

"别说他们，小心点，会被听到的。"伊利亚道。

大家又沉默了。

"看呀，弟兄们，快看呀，"瓦尼亚孩童般的声音传了过来，"看这漫天的星星哟，就像是蜜蜂一样嗡嗡着！"

他从席子下面伸出自己稚嫩的小脸，支着手，慢慢地抬起安静的大眼。大家都抬眼望向夜空，半天不肯低下头。

"我说瓦尼亚，"费佳亲切地问道，"你姐姐安纽特卡身体好不？"

"好的呀。"瓦尼亚回答，他有点大舌头。

"你问问她，为啥不上我家来了？……"

"我可不知道。"

"你跟她说，叫她来。"

"好，我说。"

"你跟她说，我有礼物给她。"

"有礼物给我吗？"

"也有的。"

瓦尼亚叹了口气：

"算啦，我不要啦。你就给她吧，她人可好啦。"

瓦尼亚说着又躺了下去。巴维尔起身，拿起空锅子。

"你这是去哪儿？"费佳问道。

"去河边打点水。口渴啦。"

狗儿起身跟了过去。

"小心别掉进河里去！"伊柳沙冲着他喊。

"他怎么会掉进河呢？"费佳说，"他会小心的。"

"小心是会小心。可要是遇上意外呢。他这么弯腰去取水，那水鬼一把抓住他的手拽下去。之后大家会说，这孩子是掉进水的……怎么是掉进去的呢？……听听，他还爬芦苇丛里去了。"他仔细听了一下说。

芦苇的确像是被拨开，窸窸窣窣了一阵。

"听说呀，"科斯加问道，"阿库琳娜那个女疯子就是因为有天下了水才疯的？"

"有天……看看她现在什么样儿了！听说以前是个美人呢。水鬼把她给毁了。估计他倒是没料到她能这么快被救上来。不过在水底还是把她给折腾坏了。"

（我不止一次见到过这个阿库琳娜。她一身破衣烂衫，骨瘦如柴、脸色炭黑、目光呆滞，永远龇着牙。她总是在一个地方跺来跺去。比如，在大路上的什么地方，她会把鸡爪般的手贴在胸前，双脚缓慢地交换跺着，像是某个被关在笼子里的野兽。无论跟她说什么，她都不明白，只会偶尔神经质地大笑。）

"听说，"科斯加接着说，"阿库琳娜之所以投水，是因为被情人给骗了。"

"就是因为这个。"

"记不记得那个瓦夏？"科斯加叹道。

"哪个瓦夏？"费佳问。

"就是那个淹死的，"科斯加说，"就在这条河里。真是个可爱的孩子哟！可爱极了！他娘费科莉斯塔疼他疼得要命。她好像预感到，这孩子要被水夺去似的。有时候，瓦夏夏天跟我们一起下河洗澡，可把她着急坏了。其他的女人们呢，端着洗衣盆从旁边经过，扭来扭去，跟没事儿似的。她呢，把盆子往地上一放，就叫起来：'赶紧上来，我的宝贝儿！上来，我的小可爱！'上帝知道他是怎么淹死的。他在岸边玩儿着，他娘就在旁边叉干草，突然听到好像有人在水面吐泡泡，一看，只见瓦夏的小帽子在水面上漂着。从那时起，这费科莉斯塔的精神就不正常了。经常来到儿子落水的地方，往那儿一躺，开始唱歌。你们还记得不？就是瓦夏常哼的那首。她唱的就是那个。然后就哭啊哭，对着上帝一个劲儿诉苦……"

"瞧，巴甫鲁什卡回来了。"费佳说。

巴维尔拎着满满一桶水回到篝火边。

"兄弟们哪，"他沉默了一会儿说，"情况不大妙。"

"怎么啦？"科斯加急急问道。

"我听到瓦夏的声音了。"

大家都打了个哆嗦。

"你这是说啥哪？说啥哪？"科斯加嘟囔着。

"真的呀。我正俯身要打水呢，就听见水下有瓦夏的声音传上来：'帕夫鲁沙！帕夫鲁沙！'我仔细一听，他继续唤着：'帕夫鲁沙，到这儿来。'我就走开了。不过还是打了水。"

"你呀你！真有你的！"大家都在胸前画着十字架。

"其实这是水鬼召唤你来着，巴维尔。"费佳说，"我们刚还聊起瓦夏呢。"

"这可不是个好兆头。"伊柳沙评论道。

"没事儿，就这么着吧，"巴维尔语气坚定，坐了下去，"自己的命是躲不过的。"

孩子们都静了下来。看来巴维尔的话给他们很大震动。他们在篝火前铺

整起来，就像是要准备睡下了。

"这是什么声音？"科斯加忽然抬头问。

巴维尔仔细听了听。

"这是鹬在边飞边叫。"

"它们这是往哪儿飞？"

"飞去那没有冬天的地方。"

"有这样的地方吗？"

"有的。"

"远不远？"

"可远可远啦。隔着温暖的海洋。"

科斯加叹了口气，闭上眼睛。

从我加入孩子们的队伍开始，已经过去三个多小时了。月亮终于升了起来。我一开始没注意到它。它是如此窄小。这个无月之夜呀，就像之前许多个一样美妙……原本悬在空中的繁星，此时已经滑到了天边。四周死寂。只有凌晨时分才会有这样的静寂，一切都沉在黎明前的熟梦中。空气的味道淡了下去，潮气又逼了上来……夏夜真是短暂！……孩子们的闲聊也跟篝火一道熄灭了……连狗儿都睡了过去。微弱的星光下，马儿们也都躺着，垂下头……我也渐渐迷糊，睡了过去。

一阵清新的风在我脸上划过。我睁眼一看，清晨已拉开序幕。天空还未泛起红色的朝霞，但东边已经渐渐发白。周围的一切都在迷糊中清晰起来。灰白的天空亮了起来，清冷湛蓝。星子们一会儿闪着微弱的光，一会儿又消失了。大地变得潮湿，叶子上现出露珠。什么地方传来了动物的声音。轻薄的晨风已经在大地上游荡开来。我的身子对它报以轻微而愉悦的抖动。我迅速起身，走向孩子们。他们围在篝火的余烬旁睡得很沉，只有巴维尔抬起身，专注地看着我。

　　我对他点了一下头，便沿着雾气袅袅的河岸走去。走了不到两俄里吧，先是深红的，然后转眼变成金黄的初升的太阳的光芒便倾泻了下来，瞬间洒满宽阔而潮湿的草地、一座座泛着鲜绿的坡丘、成片的森林、长长的灰扑扑的道路、闪着深红光泽的灌木丛、在弥漫的晨雾中泛着羞涩蓝光的河面……一切都动了起来，苏醒过来，歌唱起来，欢腾起来，叫唤起来。处处落满了钻石般硕大的露珠。教堂的晨钟响起，那干净而清透的声音仿佛被清晨的凉爽洗濯过，迎面扑来。忽然，马群被熟悉的孩子们赶着，从我身边疾驰而过……

　　遗憾的是，我不得不补充一句。就在那一年，巴维尔离开了人世。他并不是淹死的，而是不慎跌下马摔死的。真是可惜呀，多好的一个小伙子！

美丽的梅奇河畔来的卡西扬[1]

　　有一天，我坐着一辆破旧的马车打猎归来，被多云而燠热的天气折磨得疲惫不堪（众所周知，热气在多云的天气里往往比无云的晴朗天气里更加难熬，尤其是没有一丝风的时候），我昏昏欲睡，脑袋随着车的行进而晃动，心情低沉烦闷，整个人都被那行进在坑坑洼洼的道路上的干裂的车轮所不断扬起的白灰所吞噬。忽然，我被惊了一下，只见车夫的身体像是受到了什么惊吓或者打扰，奇怪地动了动。在这之前，他比我更加昏沉呢。他坐立不安地拉着缰绳，对着马儿大吼，不时地向周围张望着。

　　我也环顾了一番。我们行进在开垦过的平原上，非常开阔平缓。一个接一个的小坡也是开垦过的，波浪般舒展。放眼望去，周围五俄里都是开阔的空间，再远些的地方，只见一小片一小片的白桦林的齿状边缘划破了原本平整如一的地平线。平原上爬满了一条条小径，有的消失在浅沟里，有的沿着小丘盘绕。其中的一条在五百步远的前方穿过我们的路，上面有一支队伍在行进。车夫也正看着他们。

---

1 此处的"美丽"一词，并非对河本身的单纯修饰，而是河的名称。

这是一支送葬的队伍。队首位置，一位神父坐在一架单匹马拉着的马车上，年轻的辅祭 [1] 坐在一旁赶着车。车后跟着四个汉子，光着头，抬着一口盖着白布的棺材。两个女人跟在棺材后面。其中一个女人微弱而哀伤的声音传到了我耳中。我仔细听了听，她仿佛在哭诉着什么。这婉转的哭诉声是如此绝望而哀伤，在空旷的原野里郁郁飘散。车夫赶着马继续前行，他想要抢在这队人的前面，毕竟，在路上遇见逝者是个不祥的预兆。他成功地抢在这队人之前经过了交叉路口。可是，又行进了一百来步，我们的车好像忽然被什么顶了一下，向一侧倾斜，差点没翻过去。车夫叫停跑得正欢的马儿，弯下身子看了看，摆了摆手，吐了口唾沫。

　　"怎么啦？"我问道。

　　车夫沉默着不紧不慢地从座位上下来。

　　"究竟怎么啦？"

　　"车轴断啦……驶得太狠啦。"他阴沉地答道，突然莫名其妙地整了整拉边套的马儿的后鞧。马儿往边上滑了几步，停了下来，打了声响鼻，甩了甩身子，便继续安静地啃起自己的前蹄来。

　　我下了车，在路上站了一会儿，隐隐地感到有些不安。车的右轮几乎完全弯在了车身下，轮毂绝望地向上伸着。

　　"现在该怎么办呢？"终于，我问道。

　　"还不是因为他们！"车夫用鞭子指了指送葬的队伍道。他们已经在交叉处转了弯，正向着我们行进，"我早就发现了，"他继续说，"这可不是个好兆头——半路遇上死人……唉。"

　　他又对那拉边套的马儿动了几下手。马儿感到了他郁闷的心情和严厉态

---

1 东正教最低等级神职人员。

度，乖乖地保持不动，只偶尔小心地扇几下尾巴。我前后走了几步，又在车轮前停了下来。

此时，送葬队伍已经超过我们了。他们从路上拐到了草地上，继续忧伤地行进。我和车夫摘下帽子，与神父行礼致意，还与抬棺材的汉子们交换了一下眼神。他们抬得很辛苦，宽阔的胸膛激烈起伏着。跟在棺材后面的两个女人里，其中一位年事已高，脸色苍白。坚毅的轮廓尽管因悲伤而变形，却保留了严厉而庄重的表情。她沉默地走着，偶尔抬起瘦弱的手，抚一下细薄突出的嘴唇。另外一位二十五岁上下的年轻女人则双眼通红，满是泪水，脸颊因哭泣而浮肿。经过我们时，她停止了嚎哭，用袖子遮住了脸……队伍绕过我们，重又回到路上来，女人那可怜而令人揪心的嚎哭又传了过来。车夫目送着棺材起伏着远去，转过来对我说：

"这是要去埋木匠马尔腾，"他说道，"利亚博沃的那个。"

"你怎么知道？"

"我一看那俩女人就认出来了。年老的那个是他母亲，年轻的是他老婆。"

"他是病死的？"

"是的……高烧不退……第三天的时候，管家叫人去请医生，医生却不在家……木匠手艺不错，好喝两口，但手艺不错。看他老婆是多伤心哪……不过，女人们这眼泪倒是说来就来，不值钱哟……哎。"

他蹲下身，钻到边套马儿的缰绳下，两手抓住桄子。

"不过，"我说，"我们该怎么办呢？"

车夫用膝盖抵住辕马的肩部，晃了两下桄子，调整了一下鞍子。然后，他又钻过边套马的缰绳，还顺便推了一下马脸，来到轮子跟前，久久地端详着。他不紧不慢地从长衫下掏出烟盒，打开盖子，把两根粗壮的手指伸了进去（两根手指勉强能伸进去），揉了揉烟草，还事先就张开了鼻孔，久久地吸着。

每吸一下便发出舒服的哼哼声。眯了几下潮湿的眼睛之后，他便陷入了沉思。

"怎么办？"随后，我问道。

车夫小心翼翼地将烟盒放回口袋里，不用手，仅靠头部运动把帽子调整到眉毛的位置，然后又沉思着坐回位置上去了。

"你这是去哪儿？"我惊奇地问道。

"您也请坐上来吧。"他平静地说道，整了整缰绳。

"我们怎么走呀？"

"就这么走……"

"那轴心……"

"您请上车吧。"

"轴心不是断了吗？"

"是断了。不过到移民的新村落没问题的……离得很近。那片林子往右就是啦。村子叫尤金内。"

"我们能走到吗？"

车夫并没有做任何安慰的回答。

"我看我还是步行过去吧。"我说道。

"您看着办……"

他一挥鞭子，马儿便跑了起来。

我们的确到了村子，尽管车的右前轮一路晃得令人心惊肉跳。在过一个小坡的时候，它差点飞出去。车夫狠狠地对它吼着。我们于是平安下了坡。

尤金内村总共只有六座低矮的小屋。尽管看上去刚建起来不久，却已有些歪斜。并不是每家都把园子用栅栏围起来。进村的时候，我们没见到一个人影，路上甚至连游荡的鸡狗也罕见。只有那么一只秃尾巴黑狗，一见到我们，便从一只干裂的木盆里急急地跳了出来，估计是找水喝来着。它并没有叫，

而是快速躲到门下边去了。我进了第一间木屋，打开穿堂的门，呼唤起主人来。没人应答。我又叫了一声，另外一扇门后传来猫儿饥饿的喵呜声。我用脚推开门，一只瘦弱的猫儿从我身边跳过，在黑暗中忽闪着绿眼睛。我探头进屋看了看，又黑又闷又空。我去院子里瞧了瞧，依旧不见任何人影……畜栏里有只小牛哞哞叫着，一只瘸腿的灰鹅扭来扭去地晃荡着。我又进了第二座屋子，还是空无一人。我便进了院子……

满是阳光的院子的正中央，在大太阳地里，有人面朝地躺着，头上罩着短外套。一开始，我还以为是个孩子。离他几步远，一辆破马车的旁边有一间干草棚，里面站着一匹套着破烂马具的瘦马。阳光透过草棚的缝隙，在它枣红色的皮毛上画出一个个小小的明亮光影。旁边高竖的椋鸟窝里，鸟儿带着好奇，叽叽喳喳地从自己的空中楼阁上俯视着大地。我走上前去，叫醒睡着的人……

他抬起头，看见我后便立马跳了起来……"要干啥？怎么回事？"他睡眼惺忪地嘟囔着。

我被此人的外貌惊得一时说不出话来。请想象一下，一个五十岁上下的小矮子，窄小黝黑的脸上爬满皱纹，尖鼻头，棕色的眼睛小得几乎看不见。一蓬浓密的黑色鬈发像蘑菇顶一样盖住他的小头。他的身形也非常瘦小。至于说他那奇怪的目光，则更是毫无办法用语言来描述了。

"你要干吗？"他再次问道。

我跟他说明了事情的原委。他听着，一双眨动缓慢的眼睛直直盯着我。

"能否帮我弄一根新的车轴来呢？"我最后说道，"我会付钱的。"

"你们是干啥的？猎人吗？"他问道，从上到下打量着我。

"猎人。"

"射那天上的鸟儿的咯？……林子里的野兽呢？……你们残害那些受上

帝庇护的鸟儿、滥洒无辜的鲜血，难道不觉得罪孽吗？"

这奇怪的老头儿拖长了腔调说着。他的声音也真是稀罕，不仅听不出一丝的衰老，反而异常年轻甜美，甚至带点女性的温柔。

"车轴我这里可没有，"他停了一小会儿继续说道，"这破玩意儿呢，对你们也没用（他指了指自己的马车），你们的车挺大吧。"

"在村里能找到车轴吗？"

"哪儿有什么村子哟！……这里没啥人……现在也没人在家，大家都在干活儿。你们走吧。"说完他便又躺回地上了。

我可没料到会有这样的结果。

"老头儿，听我说呀，"我碰了碰他的肩膀说，"你就行行好，帮帮我们吧。"

"你们走吧！我进城去了一趟，累了。"说完，他便又将衣服罩住了头。

"帮帮忙呀，"我继续求着，"我……我会付钱的。"

"我可不要你的钱。"

"老爷子，你就帮一下吧……"

他半坐起来，盘起细腿。

"我呢，可以把你们带到林子里新开出来的空地上。有群商人在我们这里买了片林子，上帝会惩罚他们的！他们砍了林子，盖了一些办公房。上帝会惩罚他们的。你呢，去看看，能不能跟他们买一根或是订一根车轴。"

"好极了！"我高兴地叫道，"好极了！……咱们走吧。"

"得要一根橡木轴子，结实点儿的。"他继续说着，并不起身。

"到那空地远不远？"

"三俄里。"

"这样啊！那我们可以赶你的车去。"

"那可不行……"

"走吧，"我说，"走呀，老头儿！车夫在路上等着呢。"

老头不情愿地起了身，跟我到了路上。车夫看上去颇有点恼火。他本来想给马喂点水，结果井里的水不够，水质也不好。在车夫们看来，这水质可是头等大事呢……谁知，一看到老头出现，他便咧嘴大笑，点着头，高兴地叫着：

"你好呀！卡西扬努什卡！"

"你好，叶罗菲，正义的家伙。"卡西扬的声音有些闷闷不乐。

我跟车夫讲了老头的建议。叶罗菲表示同意，并把车拉进了院子。他费劲地给马儿上套，带着点故意。老头站在一边，肩靠着院门，一会儿看他，一会儿看我，并不高兴的样子。他像是有点不解。据我观察，他对我们的突然造访不太欢迎。

"你也被迁到这里来了?"叶罗菲卸下桅子,突然问道。

"是的。"

"哎!"车夫咬着牙继续说道,"知道吗,木匠马尔腾……你认识利亚博沃的马尔腾吧?"

"认识。"

"他死啦。我们刚在半路上遇到了抬棺材的队伍呢。"

卡西扬哆嗦了一下。

"死了?"他说完低下头去。

"死了。你怎么没把他治好呢?不是都说你会治病,是个医生吗?"

车夫显然对着老头一通挖苦嘲笑。

"这是你的车?"他用肩指了指车子,问道。

"我的。"

"这叫什么破车哟……"他叹道,抓住车辕,差点没把它翻过来,"破车哟!……你们这怎么到那空地去呢?……我们的马可套不进这破车辕。我们的马儿壮实得很,可这叫什么破玩意儿?"

"我也不知道,"卡西扬回答说,"你们能怎么去,要不就套上这牲口吧。"他叹了口气道。

"这家伙吗?"叶罗菲问道,走近卡西扬的老马,轻蔑地用右手的中指戳了戳马儿的脖子。"呵,"他颇为不满地说,"它还睡着了呢!"

我请叶罗菲快点把马套上。我自己挺想跟卡西扬到那空地去,那儿应该有不少黑琴鸡。车备好之后,我跟狗儿勉强坐进它用树皮铺成的凹凸不平的车斗里。卡西扬呢,还是刚才那副郁郁的表情,缩成一团,坐上了前排的位置。叶罗菲走上前来,一脸神秘地对我轻声道:

"老爷,您跟他一道去就对啦。他呢,疯疯癫癫的,绰号跳蚤。我都不明白,您怎么听懂他说话的……"

我本想告诉叶罗菲，到目前为止，我觉得卡西扬挺明白事理的。不过，车夫继续低声说：

"您一路小心看好了哈，他是不是把您带到那里去。车轴呢，您到时候自个儿选，选好点的……否则呀，这跳蚤，"他忽然高声问，"你们这儿能搞点吃的不？"

"你找找吧，兴许能找到。"卡西扬回答。他拽了拽缰绳，

令我万分惊奇的是，卡西扬的这匹老马拉得很带劲。整个路途中，卡西扬都倔强地沉默着，对我的提问也回答得非常简单勉强。很快，我们就到了空地，然后便到了办公场所，一座孤零零的高大的木屋，立在浅沟边上。沟子被草草地灌成了水塘，旁边建了个小坝。办公的小楼里，有两位年轻的商人模样的管家，牙齿雪白、眼神温和，带着鬼头鬼脑的微笑，说起话来头头是道。我跟他们买了车轴，便去空地上了。我本以为，卡西扬会跟马儿一起留下等我。谁知，他突然走上前来。

"怎么着，你这是要去打鸟儿吗？"他问道。

"对呀，如果碰得到的话。"

"我跟你一起去……行不？"

"可以，没问题。"

我们便出发了。这片空地也就一俄里见方吧。在林子里，我盯住卡西扬就行了，都不必理自己的猎犬。难怪别人叫他跳蚤。他那满头黑发、没戴帽子的脑袋（他的头发完全可以代替帽子）在树丛中特别显眼。他走得非常快，似乎还有点连蹦带跳的，不停弯下身子揪些草儿塞进怀里。他一直嘟囔着啥，用激烈而奇怪的目光打量着我和狗儿。空地上残留的低矮树丛里，常会躲着一些灰色的小鸟儿，往往鸣叫着突然飞起，在枝丫间叽叽喳喳地穿梭。卡西

扬不断地扰着它们，与它们对叫。一只小鹌鹑在他脚边啾啾叫了两声，飞跑了。他对着它啾啾回应着。百灵鸟在他头上盘旋，拍打着翅膀，高声唱着。卡西扬和着它的歌子。他跟我却一路无话……

天气特别好，比之前更晴朗。热气却也并未消散。明净的天空中高高地悬着几丝云，平扁的椭圆形，白中泛黄，像是迟迟不肯退去的春雪或是远去的船帆。它们那带着花纹的边缘蓬松柔软，如棉纸一般，缓慢地不断变换形状。云朵们慢慢消散，并未投下一丝影子。

我和卡西扬在空地上游荡着。新冒出来的树枝还不到一俄尺长，光滑纤细，围住了一只只已经发黑的树墩。圆乎乎的海绵状的、带灰色花边的瘤子包满了树墩，这瘤子可以用来制火绒。墩子周围满是草莓粉红的小尖头，蘑菇也一簇簇地挤坐着。走在被太阳晒得暖暖的草丛里，我的双脚时不时被牵绊住。眼睛则被新冒出的泛红的树叶所发出的金属般光泽晃得昏花。周围是一片色彩斑斓：天蓝色的豌豆花、金色的毛茛花、半紫半黄的蝴蝶花……某条废弃了的小路旁，车辙里爬满了红色的草儿。附近躺着一堆因风吹雨淋而发黑的原木，投下些许歪歪斜斜的方形的影子。其他便没有什么影子了。微风时有时无，有时突然迎面而来，就像是玩闹着，欢喜地搅动周围，优雅地抚动蕨草的尖角——真是舒服呀……忽然，便又静了下来。只有蝈蝈们团结地哼着，就像是对什么不满。它们这尖酸干瘪的叫声毫不停歇，惹人心烦。这叫声往往伴随着正午的暑热而来，就像是被它从饱受炙烤的大地里唤醒一般。

我们一路毫无收获，却来到一片新的空地上。刚被砍倒不久的杨树哀伤地躺了一地，压住了草儿和灌木丛。尽管已没了生命，有些树上的叶子还泛着绿色，萎靡地搅和在树枝里；有些却已干枯发皱了。新砍好的白里透着金色的木片堆在湿乎乎的树墩旁，发出某种带着苦味的、特别好闻的味道。远处临近树林的地方，有斧子声传来。可以看到，时不时有树木安静而庄重地

倒下，就像是张开手臂行了个告别礼……

我半天没能遇到任何野禽。最后，一只秧鸡从一片宽阔的橡树林里穿过茂盛的蒿子蹿了出来。我举枪射击。它在半空翻了个身，落了下来。听到枪响，卡西扬迅速用手捂住眼睛，直到我重新装好子弹、拾起鸟儿，他才动了动。我继续往前走去，他却来到鸟儿落下的地方，弯下身子，看着溅着血花的草地，惊恐地望着我……随后，我听见他念叨："罪过呀！……哎！这可真是罪过！"

炎热把我们赶进了树林。我钻到了榛树丛下。一棵修长的槭树舒展着轻盈的枝叶，遮住了榛树丛。卡西扬坐在一株刚被砍下的桦树的粗端上。我望着他。树枝微微摇动着，在他窄小的脸上和瘦弱的、勉强裹在外套里的身体的前前后后洒下稀疏的绿色斑影。他一直低着头。他的沉默让我觉得有些无聊，我便仰面躺下，透过树叶轻柔的嬉戏，欣赏着高阔的天空。

躺在林子里望着天真是再舒服不过啦！你就仿佛望着无尽的大海一般，而这海就在你身下铺展开来；树木则不是从大地向上生长的，而像是某些巨大植物的根，一缕缕垂下来，落进海浪里。树叶一会儿泛着翠绿，一会儿却又变成浓重如黑的金绿色。在某个很远很远的地方，一片叶子脱离了纤细的树枝，静静地立在碧空中，旁边尚有一片晃动着，像是鱼尾摆动，仿佛是自身的运动，跟那风儿毫不相干。白色的云团聚合成一个个神奇的水下岛屿。忽然间，这一整个海洋，这明亮的空气、浸透阳光的枝枝叶叶搅动起来，泛着跳跃的光芒。一阵清新的、动人心弦的淙淙声响起，就像是突然涌起的涟漪那永不停止的波动。你继续躺着不动，只是静静地望着。满心的平静、喜悦与甜蜜无法用语言描述。你望着这一整片深沉的湛蓝，嘴角泛起就如这白云一般无邪的微笑。随着云儿的涌动，你的脑海里浮现出许多美好的过往。你觉得，你的目光不断飘向远处，带着你进入这无底的、光亮的平静中。这高远的湛蓝是无论如何也看不够的……

"老爷，我说老爷。"卡西扬清脆的声音突然响起。

我惊得半坐起来。他对我的问题一直不理不睬，这会儿却主动说话了。

"怎么？"我问。

"你为啥要打死那鸟儿呢？"他问道，直直地看着我。

"为啥？……秧鸡是野禽呀，可以吃的。"

"你可不是为了吃才打死它！你是为了消遣。"

"你自己估计也会吃鹅肉或者鸡肉吧？"

"那是上帝专门送来给人吃的，秧鸡则是林子里的自由鸟儿。还不只是它，所有的动物，林子里的、田野里的、河里的、沼泽地里的、草原上的，无论是空中飞的还是地上跑的，都不该杀。应该让它们在这世上活到最后一日……人可以吃的则是另外的东西，别的吃喝：上帝赐予的粮食、天上来的雨水、从祖宗们起就豢养的家禽。"

我吃惊地望着卡西扬。他的话是如此自然地从口中流出，并没有任何遣词造句的意思。说话时他带着隐隐的激动和温驯的郑重，偶尔闭一下眼睛。

"这么说，在你看来，鱼也是不可以杀的咯？"我问道。

"鱼是冷血动物，"他自信地反驳道，"鱼儿是哑巴。它既不会害怕，也不会欢喜，更不会说话。鱼儿是没有知觉的，它身上流的不是鲜活的血……血，"他沉默了一会儿，继续说，"血是神圣的！血是太阳所见不到的，它躲避阳光……把它暴露在阳光下是极大的罪孽。极大的罪孽与恐惧……极大的！"

他叹了口气，低下头去。我得承认，我被这奇怪的老头惊得不行。他说话的口气完全不是普通的粗糙的爷们式的。普通老百姓或者一般的爱说漂亮话的不会这么讲话。这是一种深思熟虑而庄重的语言，又非常奇特……我从未听到过类似的语言。

"卡西扬，你说说看，"我望着他微微泛红的脸问道，"你是从事什么行当的呢？"

他没有立即回答我的问题。有那么一瞬间，他的眼神不安地游离了一下。

"上帝怎么安排，我就怎么活着，"他说，"至于说行当，不，我没有什么行当。我从小脑袋瓜就特别不好使。身板还行，我就暂且劳动着。干活儿我也不大行……哪儿来的行当呢！身体也不算好，手也粗笨。也就春天的时候捕捕夜莺。"

"捕夜莺？……你刚不是还说，任何林间的、田野里的，还有其他的动物都不该碰吗？"

"不可以杀。死亡自然会到来的。就比如木匠马尔腾。木匠马尔腾没活多久，他妻子现在伤心得不得了，伤心丈夫的死，担心幼小的孩子们……死亡面前，人和动物都束手无策。死亡不会急急而来，却也没法躲过，也不必帮它的忙……我是不会杀夜莺的，上帝保佑！我不是为了折磨它们、要它们的命，而是为了开心，找乐子罢了。"

"你是去库尔斯克捕夜莺的吧？"

"是去库尔斯克，有时候也会走得更远。有时就在沼泽地、林子外，或者是田野里什么地方过夜，一个人，完全是荒郊野外。在那里，鹬儿们叫得欢、兔子们嚷嚷得响、公鸭子们嗒嗒叫着……我呢，夜里就静静观察着，清晨则侧耳倾听，赶着朝霞在灌木丛上下网子……有时候呀，这夜莺叫得可揪心了，真让人可怜。"

"你把它们卖掉吗？"

"送给好心人。"

"你还干些啥？"

"什么干些啥？"

"还忙些什么？"

老头沉默了。

"不忙啥了……我不会干啥。字倒是识的。"

"你识字？"

"识字。上帝保佑，好心人教的。"

"那么，你有家吗？"

"没有，没有家。"

"怎么呢？……家人去世了？"

"不是，这任务吧，我没能完成。这不都是上帝的旨意吗？我们都在他眼皮底下活动呢。人呐，得公正！就是说要遵循上帝的旨意。"

"你连亲戚也没有吗？"

"有的……不过……"

老头笑了起来。

"是这样的，"我问道，"我之前听到车夫问你，为什么没能治好马尔腾。难道你会治病？"

"你那车夫说的没错，"卡西扬沉思着答道，"不过倒也不完全是那么回事。大家叫我大夫……我算哪门子大夫呢！……而且究竟有谁真会治病呢？这不都是上帝的旨意吗？没错儿……有些草儿啦，花儿啦，能管点用。比如说鬼针草啦，车前草啦，都是对人有益的。它们是上帝赐予的干净的草儿。其他的就不行了。它们倒是也能管点用，却很罪孽，提及它们都是罪孽。只能一边祈祷一边说起它们……是有这样的祈祷词的……有信仰的人，总会得救的。"他拉低了声音说道。

"你什么药也没有给马尔腾吗？"

"我知道的时候已经晚了，"老头回答，"有啥用呢！人命是注定的。木

匠马尔腾当时已经不行了，就要离世了。谁要是注定要离去，那么太阳也照不暖他，粮食也喂不饱他了，就像是有什么在召唤他回去……上帝保佑他安息吧！"

"你们迁到我们这儿很久了吗？"我沉默了一会儿问。

卡西扬抽动了一下。

"不很久，四年前吧。之前的主子在世的时候，我们没动过地方。这不，监护部门把我们迁到这里来的。我们老主子是个脾气特别好的人，愿他在天之灵安息！监护部门呢，倒也做得对，估计也是不得已吧。"

"你们之前住在哪里来着？"

"我们是从美丽的梅奇河畔来的。"

"离这儿远吗？"

"百十俄里吧。"

"在老家是不是过得更好？"

"更好……好多啦。那儿的地儿可宽敞啦，河流也多。这儿呢，比较拥挤，也没啥水流……我们在这儿像是孤儿。在我们那美丽的梅奇河畔，你爬上一座小丘，爬上去往下一看，天呀！多美丽呀！……河流啦，草原啦，森林啦，还有教堂，再往前还是草原。一眼可以望得好远好远，可远啦……就这么看呀看，棒极啦！这儿呢，土地的确是肥沃些，就像农民们说的，上好的黏土，这粮食自然也就打得多。"

"老头儿，你说实话，是不是也想回老家看看？"

"是想回去看看呀。不过，在哪儿其实都不错。我这个人没有家，也坐不住。就算有，在家里也坐不住呀！就像这么走呀走，"他提高了声音，继续说，"就轻松舒坦了。阳光照下来，就好像上帝把你看得更清楚些，哼起歌子来也更舒心。你看到，路边有什么草，那么就去采一把。看到有水流，活泉水，有神力的水，你便痛快喝个够。鸟儿在头上唱得欢……库尔斯克再往后便都是草原，一片接着一片，真是叫人又惊喜又舒坦呀！这真是上帝赐予的财宝！听说呀，有人沿着草原一直走到了温暖的大海边。那海里住着伽马尤恩[1]，嗓音甜美的神鸟。那儿的树，秋冬季里也不会落叶，银色的枝头结满了金苹果，人人都过得安定满足……我也想去那里……我到过的地方也是不少啦！去过罗苗恩，去过辛比尔斯克——挺可爱的城市，还去过莫斯科，城里满是教堂的金顶；去过养育我们的奥卡河、欢快可爱的茨娜河、母亲河伏尔加河，一路遇见过好多人，善良的农民们，到过一些不错的城市……我就是挺想去那儿……然后……而且并不是我一人……好多农民都是这么踏着草鞋走呀走，寻找着真理……是的！在家有什么可待的呢？人都不讲道理了，就是这么回事……"

卡西扬匆忙地说完最后几句话，几乎叫人有些听不懂。他之后还嘟囔了些什么，我根本没有听清。他的表情变得很奇怪，令我不禁想到"愚痴"[2]一词，叶罗菲就是这么叫他的。他垂下头，咳嗽了一下，仿佛恢复了过来。

"太阳可真好！"他低声叹道，"上帝呀，这林子里的暖和劲儿，可真舒坦！"他耸了耸肩，沉默了一会儿，目光游离开去，低声唱了起来。我听不大清他那拖长调子的歌子的歌词，只有下面两句钻进我的耳朵：

本人名叫卡西扬，

外号又叫"跳蚤"……

---

1 俄罗斯民间传说中的神鸟。根据17—19世纪各类作品中的记载，这是一种没有脚也没有翅膀、仅靠尾部便能永远飞翔的神鸟。据说它一旦掉落，便会有重要的统治者丧命。
2 由拜占庭传入俄罗斯的一种伴随疯癫的圣徒行为，对十月革命前俄罗斯的民间文化有深远影响。

"呵呵，"我暗自想，"他还挺能自编自唱……"

忽然，他抖了一下，停止了歌唱，往林子深处里细细看着。我转身看见一个八岁上下的农村女娃。她身着蓝色的萨拉凡[1]，蒙着格子头巾，晒得黝黑的手臂上挂着一只编织篮。她完全没有料到会遇见我们，这么冷不丁地碰到，惊得立在翠绿的榛树丛的树影里不动弹，只惶恐地忽闪着黑眼睛看着我。我还没来得及看仔细，她便钻到树后面去了。

"安努什卡！安努什卡！到这儿来，别怕。"老头柔声唤着。

"我害怕。"只听一个纤细的声音传来。

"别怕，别怕，到我这儿来。"

安努什卡默默地离开了藏身地，绕了一个圈，她稚嫩的双脚走在密实的草里簌簌作响。她从离老头最近的树丛中钻了出来。因为身形矮小，我看错了她的年纪，她已经不止八岁，而是个十三四岁的姑娘了。虽然瘦小，她却很轻盈敏捷，漂亮的脸蛋跟卡西扬非常相似，尽管卡西扬算不上美男子。同样坚毅的轮廓，奇怪的眼神里也带着狡黠与信任、沉思与洞察，两人动作也很相似……卡西扬把她打量了一番，她则站到了他身旁。

"是去采蘑菇了？"他问。

"对，采蘑菇来着。"她带着胆怯的微笑回答。

"采了不少？"

"挺多的。"她迅速看了他一眼，微笑了一下。

"白色也有吗？"

"有的。"

"给我瞧瞧……（她放下网篮，将遮盖用的宽大的牛蒡叶掀开一半。）哟！"

---

1 俄罗斯传统女性衣着，通常为无袖长裙形式。

154

卡西扬躬身看着篮子，说道，"真不错呢！安努什卡好样的！"

"卡西扬，这是你女儿？"我问道。（安努什卡的脸泛起红色。）

"不是，就是亲戚，"卡西扬装着漫不经心地说，"安努什卡，你去吧，"然后又加了一句，"上帝保佑你。小心哪……"

"为啥叫她自己走呢？"我打断他，"我们可以用车把她带过去……"

安努什卡脸色红得像罂粟花，双手紧紧抓着网篮的提绳，紧张地看着老头。

"不用，她自己能走到，"他操着刚才那漫不经心的口气懒洋洋道，"能有啥？……她自己能走到……走吧。"

安努什卡匆匆地走进林子。卡西扬望着她离去的身影，低下头，苦笑了一声。这笑声、他对安努什卡说的那几句话，以及他说话时的口气，充满了某种难以描述的浓厚的爱意与温情。他又抬头看了看她离去的方向，微笑了一下，用手擦了擦脸，摇了摇头。

"你为啥这么快就把她赶走啦？"我问，"我本可以跟她买些蘑菇的……"

"您要是想买，到家也能买。"他回答，第一次用"您"称呼了我。

"这姑娘可真漂亮。"

"没有，哪儿来……"他仿佛不情愿地回答着，然后便又沉默了。

我没法再次引他打开话匣，于是便向着空地上去了。暑热略微消退了些，不过我的运气还是没能好转，或者说是"不走运"继续持续着。我带着一只秧鸡和一根新车轴回到了空地上。已经快到院子了，卡西扬突然转过身来对我说：

"老爷，我说，老爷，"他说，"我其实挺对不住你的，是我把野禽都赶跑了。"

"这是怎么回事？"

"这是我的本事。你的这只猎犬虽然很不错，但也束手无策。你想，人

是很能耐的，对野禽又能咋样？"

我知道，跟卡西扬解释，对野禽"施魔法"是不可能的，并不会有什么结果。因此，我没有回答什么。而且，我们这时已经进了门。

安努什卡并不在家。不过她已经回来过了，并留下了那一网篮蘑菇。叶罗菲尽管一通挑剔，还是把新轴装到了车上。一小时后，我们便上路了。我给了卡西扬一点钱。一开始，他并不肯要，随后，他在手里掂量了几下，便塞进怀里了。在这一个时辰里，他几乎没说一句话。他像先前那样靠着门站着，没有回应车夫的百般挑剔，之后，颇为冷漠地与我道了别。

我一回来便发现，车夫的情绪又是挺阴沉……他在村里没找到什么吃的，饮马的水也不大干净。我们上路了。他带着一肚子连从后脑勺都看得到的不满，坐在位置上，非常想跟我搭话。还没等我发问，他便低声对着马儿半是教训半是嘲讽的口吻吆喝道："破农村！"他嘟囔着，"真是破农村！要口格瓦斯喝都没有……老天爷！那水质，简直'呸'！（他吐了口唾沫。）酸黄瓜、格瓦斯，一律没有。喂，说你呢，"他高声对拉边套的马儿呵斥道，"我可了解你，你就好使性子……（他用鞭子抽了一下马儿。）你的心眼儿倒是挺多！之前不是一直挺听话吗……呵，还敢回头看！"

"我说，叶罗菲，"我问道，"你说说，这卡西扬是个什么样的人？"

叶罗菲没有立即回答我。他是个喜欢三思、不紧不慢的人。不过，我立马猜到，我的问题既让他兴奋，又使他安慰。

"跳蚤吗？"他扯了扯缰绳，终于答道，"奇怪的家伙，疯疯癫癫。这么奇怪的人可不容易碰见。他呀，就跟咱们这匹黑尾黄褐马儿似的，不爱干活儿……当然，看看他那副身板儿，也干不了啥，可是……他倒是从小就这副德行。一开始吧，他跟着叔叔们拉车来着，他那些叔叔们都是车夫。之后呢，腻歪了，就不干了，待在家里。在家他也住不久，他性子倒是爱闯荡，真的像个跳蚤。还好他们老爷人不错，没太逼他。这不，从此他就到处逛着，像头没人看管的羊。他真是个奇人。沉默起来的话，跟那树墩子似的。一旦要是说开来，那可真是能说。这叫啥作风呢？没啥作风。不是啥子正经人。歌儿唱得倒是不错。唱起来一本正经的样子，还真像回事儿！"

"他真能治病吗？"

"治什么病哟！……他哪儿有这本事！就是一个神神道道的人罢了。不过倒是把我的瘰病治好了……他可治不了啥！傻乎乎的一个人。"他沉默了一会儿答道。

"你认识他很久了？"

"很久了。我们在斯乔夫卡村的时候是邻居，就在美丽河河畔。"

"在林子里遇到的那个叫安努什卡的姑娘，是他的亲戚？"

叶罗菲回头看了看我，咧嘴大笑。

"呵呵！……算是亲戚吧。她是个孤儿，没娘。也没人知道，谁是她娘。应该是他亲戚咯，跟他长得那么像……她跟他一起住。挺机灵的姑娘，没啥可说的，好孩子。老头疼她疼得不得了。好孩子哟。他呀，您可能不信，他想教安努什卡去识字呢。他真做得出来，就是这么一个怪人。不安生、没啥分寸的一个人……吁！"车夫忽然打断了自己，叫停马儿，四下里闻着，"有什么煳味儿？这不，就是这新的轴子……看来得浇点啥……我去打点水，近处有个水塘。"

叶罗菲不慌不忙地从座位上下来，从绳子上解下水桶，去打了水。他给轮子的轴套浇了水，带着快意听着那嘶嘶声……十俄里的路程里，他不得不停下六次给车轴浇水。等我们到家的时候，天色已经彻底暗了下来。

管家

离我的庄园十五俄里左右的地方住着一个熟人，一位年轻的地主、退役的近卫军官，名叫阿尔卡季·巴甫雷奇·佩诺奇金。他的领地里有不少野禽，宅子是由法国建筑师设计的。他家的宴请总是有模有样，招待客人也很殷勤。不过，每次去他那儿，我总是不大情愿。

他是个通情达理的正派人，教养优异，参过军，混迹过上流社会。如今，他把自己的产业也管理得井井有条。按照阿尔卡季·巴甫雷奇自己的话来说，他是个严厉而公正的人。他为自己的农奴们的福祉而操心，就算是有时加以惩罚，那也是为了他们好。"对待他们呀，要像对待孩子们一样，"他总是这么说，"他们是愚昧的。这一点，我亲爱的朋友，必须时刻牢记。"[1] 在需要惩罚下人的所谓不愉快的必要时刻，他尽量避免激烈的言行，也不大喜欢提高声音，而是用手直指对方，平静地说："伙计，我不是都跟你交代过了吗？"或者是："我的朋友，这是怎么回事，你快醒醒吧。"且说话时也仅仅是略微挤一挤牙齿、抬动嘴皮罢了。他个子不高却英姿挺拔，相貌堂堂，双手保护

---

1 原文为法语。

得很好，指甲也修剪得很整齐，红扑扑的嘴唇和脸颊满是健康的神色。他笑起来总是很开怀无忧的样子，眯起褐色的眼睛。他穿戴讲究，订阅法国的书刊画报，却算不上多么热情的读者，《永远浪迹天涯的犹太人》[1]勉强读完而已，牌倒是打得不错。

　　总而言之，阿尔卡季·巴甫雷奇被认为是我省最有教养的贵族，也是最受欢迎的未婚男子之一。女士们都对他爱慕得不得了，对他的举手投足赞不绝口。他相当懂得自我保护，从未卷入过任何丑闻。不过，必要的时候，他也爱炫耀一下，善于叫人难堪。他对名声不好的群体敬而远之，很怕伤了自己的声誉。兴奋的时刻，他也会宣称自己是享乐主义[2]者，尽管他对哲学之类评价不高，认为它是德国人头脑的模糊产物或者干脆是一派胡言。音乐他倒是也喜欢的。打牌的时候，他爱哼哼小曲，颇带点感情，《拉美莫尔的露琪亚》[3]和《梦游女》[4]记得很牢，却总爱拉高音。

　　冬天的时候，他去彼得堡住。他的彼得堡宅子管理得相当好。就连车夫们也是颇受他的影响，不仅每天擦拭套具、清理外套，甚至还天天洗脸。阿尔卡季·巴甫雷奇家的仆从们见到外人时，眼神倒是不躲避，尽管只敢低眼看对方。不过，在我们俄罗斯，很难分清一个人究竟是郁郁寡欢还是没睡醒的。阿尔卡季·巴甫雷奇说起话来声音柔和，有节奏地停顿，就仿佛带着快意，将一个个词从那保养得极好的浓密胡须中释放出来一般。他也喜欢用法语词句："真有趣""那可不"[5]等等。

─────────────────

1 法国作家欧仁·苏创作于 1844—1845 年间的长篇小说。主人公为中世纪后期基督教文化中出现的带有传奇色彩的犹太流浪者。
2 即伊壁鸠鲁主义。
3 意大利作曲家多尼采蒂的抒情歌剧。
4 意大利作曲家贝里尼的歌剧作品。
5 原文为法语。

尽管如此，若不是因为黑琴鸡、秧鸡，我还是不大情愿去他府上，甚至有可能就跟他疏远了。您在他家里会感到一种奇怪的不安，甚至连舒适也叫人高兴不起来。晚上的时候，每次他家穿着镶有家徽纹饰的扣子的蓝制服的鬈发仆从替您脱下靴子，您都会觉得，要是把眼前这个苍白瘦弱的身躯换成一个宽颚粗鼻的壮实的年轻小伙子，尽管他可能刚被主人从庄稼地里招来，且已把那新发给他的南京土布制服撑得四下开裂，就算被他粗蛮的动作搞坏靴子，甚至是整只脚一直到大腿骨都被他搜伤，您都会乐意得不得了……

尽管我对阿尔卡季·巴甫雷奇不算太有好感，有一次，我还是不得不在他府上过了夜。第二天一早，我便吩咐备车，但主人硬是要留我用英式早点，随后还要去书房闲谈。吃茶点的时候，上了肉饼、溏心蛋、黄油、蜂蜜、奶酪以及其他吃的。两位带着白手套的侍从安静而迅速地应付着我们大大小小的招呼与需要。

我们坐在波斯长沙发上。阿尔卡季·巴甫雷奇身着宽松的丝质灯笼裤，套着黑色的天鹅绒外套，头戴漂亮的垂着蓝穗子的菲斯帽，脚踏黄色的无后帮的中式靴子。他吃着茶点，开怀笑着，不时查查自己的指甲，吸着烟。他把靠垫垫在一侧，心情异常愉悦的样子。饱饱地用完早点，阿尔卡季·巴甫雷奇心满意足地斟满一杯红酒，刚一拿到嘴边，却皱起眉头。

"这酒怎么没温过呢？"他口气严厉地询问其中一位仆从。

仆从不知如何是好，不敢动弹，脸色发白。

"我说，伙计，我不是跟你说了吗？"阿尔卡季·巴甫雷奇安静地说道，目光却一直盯着他。

可怜的仆从紧张地站在原地，手里扭着餐巾，一言不发。阿尔卡季·巴甫雷奇低下头，若有所思地抬眼看了看他。

"抱歉，我的朋友，"[1]他用手触了一下我的膝盖，带着愉悦的微笑说道，随后便又望着仆从，"你走吧。"他沉默了一会儿道，抬了抬眉毛，摇了摇铃铛。

一个身材肥胖、肤色黝黑的家伙走了进来，只见他一头黑发、窄额头，双眼极度浮肿。

"把费奥多尔……打发了吧。"阿尔卡季·巴甫雷奇颇为自制地压低声音说道。

"遵命。"肥胖的家伙说完便走了出去。

"亲爱的朋友，这就是乡村生活中的不快。"[2]阿尔卡季·巴甫雷奇愉快地说道，"您这是急什么呀？再留下来陪我坐一会儿呀。"

"不啦，"我答，"我该走啦。"

"又去打猎了！这些猎人哟！您这是要去哪儿？"

"去四十俄里外的利亚波沃。"

"去利亚波沃？天，这样的话，我也跟您一道。利亚波沃离我的领地什比罗夫卡也就五俄里远。我很久没去什比罗夫卡了，一直没有时间。今天真是巧了。您呢，白天在利亚波沃打猎好了，晚上到我那里去。这一定会挺不错。[3]我们一起吃个晚饭，我会把厨子也带上，然后您在我那儿过夜。好极了！好极了！"他不等我回答继续说道，"就这么定了[4]……喂，谁在那儿哪？叫人给我们备车，快点。您还没去过什比罗夫卡吧？我建议您在我的管家的小屋里过一夜。我知道，您并不挑剔，在利亚波沃的干草棚里都睡过……出发，上路！"

---

1 原文为法语。

2 同上。

3 同上。

4 同上。

阿尔卡季·巴甫雷奇哼起某支法国小曲来。

"您哪，可能并不知道，"他双脚晃动着说道，"我那边的农奴都是交代役的。这不是宪法吗！有什么办法呢？不过钱倒是交得不少。我呢，说实话，倒是早就想让他们改交劳役了，不过土地不够呀！我很吃惊，他们居然应付得过去。不过，这是他们的事¹。我那管家是个好样的，脑子很好使²，是个对国家有用的人！您这就能看到……这倒是挺不错！"

毫无办法，本来早上九点就出发，结果却磨蹭到了下午两点。猎人们肯定能明白我的不耐烦。就像他自己说的，阿尔卡季·巴甫雷奇喜欢借机宠爱自己，带了一大堆的内衣、食品、香水、外衣、靠枕，以及其他零碎。这要是一个俭省的德国人，恐怕能用上一整年。每次车过山坡时，阿尔卡季·巴甫雷奇都会简短而严厉地吩咐车夫慢行。我因此得出结论，我这位相识是一个贪生怕死的家伙。不过，路上倒是很顺利。只是在一座前不久刚修整过的小桥上，厨师乘坐的马车翻了，后轮压到了他的腹部。

见到自家的卡列姆³翻了下去，阿尔卡季·巴甫雷奇很是紧张，立即询问他的双手有没有压坏。当得到正面的回答之后，他便立刻安下心来。尽管如此，我们却行进了很久。我跟阿尔卡季·巴甫雷奇坐在一辆车上，到了最后，简直觉得无聊透顶。而且，这几个小时里，我的这位相识筋疲力尽、无精打采。最后，我们终于到了。不过不是利亚波沃，而是直接去了什比罗夫卡。这么一来，我本来也就没法打猎了，索性也就违心听从了安排。

厨师比我们早到了几分钟，而且看来已经通知了相关的人，因此，当我们驶进村子的栅门时，村长（管家的儿子）已经在迎接我们了。这是个结实

---

1 原文为法语。
2 同上。
3 法国知名大厨。此处用来指代主人公家的厨师，带有讽刺意味。

的汉子，栗色头发，体态魁梧，没有戴帽子，敞怀披着短外套，骑着马。"索弗隆在哪儿？"阿尔卡季·巴甫雷奇问。村长赶紧下马，对主子深深鞠了躬，说道："您好，阿尔卡季·巴甫雷奇老爷。"随后，他抬起头，抖了一下身子，禀报说索弗隆去了佩洛夫村，不过已经去派人通知他了。"你跟我们走吧。"阿尔卡季·巴甫雷奇吩咐道。出于礼貌，村长将马儿拉到一边才跳了上去，骑着马小跑跟在车后面，将帽子攥在手中。

我们进了村。几位汉子拉着空马车迎面而来，他们刚去过粮仓。只见他们哼着歌儿，全身晃动，双脚在半空打着节奏。一见我们的车和村长，他们立刻安静下来，脱下冬帽（尽管已是夏天），半起身，就像是等着吩咐。阿尔卡季·巴甫雷奇仁慈地对他们行了一下礼。

看样子，紧张的氛围已在村里蔓延开去。穿着方格毛料裙的女人们向那些不知好歹的狗儿们扔着木片，将它们驱赶开；一个须发浓重盖满脸颊的老头本来正在饮马，此时赶紧把马儿从井边牵开，不知用什么打了一下马儿的侧身，对我们鞠躬行礼。穿着宽大衬衫的孩子们惊叫着跑回自家，先是趴在高高的门槛上，然后抬起头、伸起双脚，迅速躲到了门后或是黑乎乎的干草后面，再也不出来。就连母鸡们也加快小碎步，躲进院子。只有一只黑胸的公鸡，像是套着帆布坎肩，竖起火红的、一直扭到尖部的尾巴，本来想停留在路上鸣叫，却也窘了起来，跑掉了。

管家的房子与其他家不在一起，在一片茂密的大麻地里。我们在门前停下。佩诺奇金先生站起身，颇为优雅地脱下风衣，下了车，开心地环顾四周。管家的妻子上来迎接，对我们深深鞠躬，并吻了一下老爷的手。阿尔卡季·巴甫雷奇顺从地把手递给她，然后走上前廊。村长的妻子站在穿堂的一个阴暗的角落里，也对我们行了个礼，却没敢上前来吻老爷的手。在穿堂右边的所谓"凉屋"里，两位女人正在忙活着。她们正往外搬各种破烂，空木桶啦，变硬了的袄子啦，油乎乎的罐子啦，一只装满各类破玩意儿和一个花花绿绿的玩偶的摇篮啦，并用扫把清扫着。阿尔卡季·巴甫雷奇把她们轰了出去，自己则在圣像下的长椅上坐下。车夫们赶紧把大大小小的箱子、匣子和其他物品搬进来，小心翼翼地不让沉重的靴子发出声音。

阿尔卡季·巴甫雷奇详细地向村长询问了收成以及其他有关产业的问题。村长的回答令人满意，但他一直无精打采，有些不安，用仿佛冻僵了的手系着外套的扣子。他站在门边看着，时不时躲一下匆忙来回的近侍，给他让路。在他魁梧的肩膀后面，我看到管家妻子正在穿堂里默默地教训着某个女人。突然，一阵车马声传来，停在了前廊跟前。管家回来了。

这位阿尔卡季·巴甫雷奇口里的"对国家有益"的人个头不高，肩宽而敦实，头发花白，红鼻头，一双不大的蓝眼睛，长须呈扇形。在我们俄罗斯呀，自古以来，发了福的也好、发了大财的也罢，就没有不留美须的。有的人本来一直留着稀稀拉拉的刀片胡，忽然，再一看，胡子突然盖了满脸，熠熠发光，都搞不清是哪儿长出来的！管家看来在佩洛夫逛得挺快活，只见他双颊发光，冒着酒气。

"我们的仁慈的好老爷哟，"他一脸恭顺，说话像是唱歌一般，似乎眼泪都要涌出来了，"您可总算是来咯！……主子呀，让我吻一下您的手。"说着呢，他已经把嘴伸了过来。

阿尔卡季·巴甫雷奇满足了他的要求。

"我说，伙计，索弗隆，你这儿情况如何呀？"他柔声问道。

"我的老爷哟，"索弗隆叹道，"情况怎么可能糟呢？您是如此仁慈善心，肯赏光造访我们这小破村，真是让我们欢天喜地哟。感谢上帝！阿尔卡季·巴甫雷奇，感谢上帝！因为您的仁慈，我们这儿一切都还不错。"

索弗隆静了一小会儿，看了看主子，仿佛再次被汹涌的情感所征服（当然，酒也帮了忙），又请求要吻老爷的手，调子唱得更高了：

"我们善心的主子哟……哎！我这兴奋得呀，快成傻子了……实话实说，我都不敢相信哪，我们主子来啦！……"

阿尔卡季·巴甫雷奇看了看我，讪笑了一声，问道："是不是挺感人？"[1]

"阿尔卡季·巴甫雷奇老爷，"管家继续激动地说，"您这是怎么的呢？老爷，您这也太叫我伤心了，事先都不通知一声要来。这下您在哪儿过夜呢？这儿到处都又脏又乱……"

"不要紧，索弗隆，不要紧，"阿尔卡季·巴甫雷奇微笑道，"这里挺好。"

"我们的主子哟！好？对我们这些粗人来说是挺好，可您……哎，我们仁慈的主子哟，老爷哟！……您别介意呀，我这都快疯了，兴奋得发傻了。"

晚餐已经准备好了。阿尔卡季·巴甫雷奇吃了起来。老头把儿子赶了出去，说是他在的话，屋子里太挤闷。

"怎么着，老伙计，地界划清了吧？"佩诺奇金先生学着农民的口气问道，对我眨了眨眼。

"划清啦，老爷！多亏了您的仁慈。协约两天前就签好啦。赫雷诺沃的那群家伙，那一通讨价还价哟，老爷！要这要那……天晓得还要怎样。老爷，

---

1 原文为法语。

那可真是群蠢货。我们呢，老爷，多亏了您发善心，表示了感谢，中间人尼古拉·尼古拉伊奇也挺满意，都是按照您的吩咐做的。您怎么要求的，我们就怎么办了。叶戈尔·德米特里奇也知情。"

"叶戈尔都跟我汇报了。"阿尔卡季·巴甫雷奇严肃地说。

"那是应该的，老爷，叶戈尔·德米特里奇应该的。"

"所以，你们现在都挺满意咯？"

索弗隆就等着这个问题呢。

"我们善心的主子哟！"他又唱起高调来，"您得饶恕我，我们可是没日没夜地为您祈祷哟……可这地呀，有点不够……"

佩诺奇金打断他：

"知道啦，知道啦，索弗隆，你是个勤恳的奴仆……粮食的脱粒量如何？"

索弗隆叹了口气：

"主子哟，脱粒量不大好。阿尔卡季·巴甫雷奇老爷，请允许我跟您禀报一下，究竟是怎么回事。(只见他双手一摊，走近佩诺奇金先生，弯下腰，眯起一只眼睛。)我们的地盘上出现了一具尸体。"

"这是怎么回事？"

"我也想不通哇。老爷，我们的主子，看来，这是有人作对。幸好是在地界附近。不过，也没办法，确实是在我们地盘上。我立刻就命人给拉到隔壁的地里去，派人站岗，不许自己人乱说话。我命令他们都把嘴守严实了！我呢，还跟区警察局长好一番解释，招待他吃了茶点，塞了点谢礼……老爷，您猜怎么着？这不就甩到别人头上了吗！否则呀，因为这尸体，起码得罚个两百卢布呢。"

佩诺奇金先生对管家的机智很是满意，大笑了很久，几次用头指着他对我说："好样的，对吧？"[1]

　　天色已经完全暗下来。阿尔卡季·巴甫雷奇吩咐把饭桌收拾干净，叫人送了些干草进来。仆从在干草上铺好了床单，放上了枕头。我们便躺下了。索弗隆从主子那里接了第二天的安排，也回去了。睡眼蒙眬间，阿尔卡季·巴甫雷奇还跟我唠叨了一番俄罗斯农民的优点，还提到，自从索弗隆开始管理什比罗夫卡的农民之后，没发现有人欠交税款的情况……打更的敲了敲木梆子，哪家的孩子看来还没养成自我克制的习惯，啼哭起来……我们却睡着了。

　　第二天一大早，我们便起身了。我本来要去利亚波沃了，结果阿尔卡季·巴甫雷奇要带我参观一下领地，请我留下来。我呢，则想实地看看，这位"对国家有用的人"索弗隆的优异品质体现在哪里。管家出现了。他穿着蓝色的短外套，系着红色宽腰带。他话比昨天少了许多，机灵而专注地望着主子的眼睛，回答问题得体而务实。我们跟他一起去了粮仓。索弗隆的儿子，那位身材高大的村长，也跟着我们。他看来是个头脑不大灵光的人。一位名叫费多谢伊奇的地方绅士也加入了我们的队伍。他是名退伍的士兵，留着茂密的胡须，神情专注，仿佛许久以前因何事大吃一惊之后就再也没恢复过来。

　　我们参观了粮仓、晒谷棚、干燥房、窝棚、水力磨坊、牲畜栏、蔬菜棚、大麻地，一切都井井有条，只有农民们脸上郁郁寡欢的表情叫我颇为不解。除了这些实用的之外，索弗隆还注意到了一些美观的装饰性细节。所有的水沟旁都种上了金雀花。粮仓的草垛间都开出了小路，铺上了沙子。磨坊上竖起了黑熊形象的风信旗，张着大嘴、吐着红舌头。牲畜栏的砖墙上架起了希腊式的三角门梁，下面以白字书写着："1840 年建于什比罗夫卡村"[2]。

---

1 原文为法语。
2 俄语原文拼写、语法错误较多，意在反映管理者的文化水平。

阿尔卡季·巴甫雷奇感动得不得了，用法语跟我唠叨了半天代役的好处。然后还说，对地主们来说，劳役自然是更有利。这不就是这样吗！他给管家下了各种指示，如何种土豆啦，如何给牲口备饲料啦，等等。索弗隆专心听着老爷的话，偶尔反驳几句，却不再称呼阿尔卡季·巴甫雷奇"好老爷""慈善家"之类的了。他一直强调说土地不够用，最好能够再买一些。

　　"那么就买吧，"阿尔卡季·巴甫雷奇道，"买在我的名下，我不反对。"索弗隆没作声，只抚着胡须。

　　"现在呢，我看该进林子里去看看了。"佩诺奇金先生道。立刻有人把坐骑给我们牵了过来，我们去了林子里，到了所谓"禁猎区"。这禁猎区位置偏远，但野禽繁多。阿尔卡季·巴甫雷奇表扬了索弗隆，赞许地拍了拍他的肩膀。对于森林的养护，佩诺奇金先生坚持俄罗斯式的理念。他跟我讲了一段自己觉得非常有趣的逸闻。有个爱开玩笑的地主，为了向自家的护林员证明砍伐过的林子不可能再长得多茂密，硬是扯掉了护林员一半的胡子……不过，在其他方面，无论是索弗隆还是阿尔卡季·巴甫雷奇都并不排斥新的事物。回到村里之后，管家还给我们展示了从莫斯科订购的风扬机。风扬机挺不错。可是，要是索弗隆事先知道陪我们散心的这最后一段中会遭遇如此不快，他估计会跟我们一起待在家里了。

　　是这么回事。一出棚子，我们便见到如下场景。离门不远的地方有一摊泥水，三只鸭子正在里面兴奋地扑腾着。旁边却跪着两个汉子，一个是六十岁上下的老头，另一个是二十出头的年轻人。两人衣衫褴褛、腰上系着草绳，光着脚。那位叫费多谢伊奇的乡间绅士正在他们旁边忙活着，看样子是想劝他们趁我们还在棚子里耽搁的时候赶紧离开。一见我们，他站直身子，呆在了原地。村长也不解地站在一旁，张着大嘴，攥着拳头。阿尔卡季·巴甫雷奇皱起了眉头，咬着嘴唇，走近请愿的人。两人一言不发，对他深深鞠躬。

"你们这是要干什么？有什么要求？"他略微拖着鼻音，严厉地问道。（两个汉子相互瞧了瞧，一言不发，只眯起了眼睛，仿佛阳光的缘故，呼吸也急促起来。）

"到底怎么回事？"阿尔卡季·巴甫雷奇接着问，然后便转向索弗隆问道，"这是哪家的？"

"托波列耶夫家的。"管家慢吞吞地答道。

"你们怎么啦？"佩诺奇金继续道，"舌头哪儿去了？你来讲讲，到底要怎样？"他用头点了点那老头说，"傻瓜，不要害怕。"

老头伸了伸自己深褐色的、爬满皱纹的脖子，张开发青的嘴唇，声音嘶哑："替我们做主吧，主子！"说着便磕了个响头。年轻的那位也深深行礼。阿尔卡季·巴甫雷奇不动声色地看了看他们的后脑勺，扬了扬头，将两脚略微叉开。

"怎么了？你这是对谁有意见？"

"行行好吧，主子！叫我们喘口气……我们被折磨坏了。"老头艰难地说道。

"谁折磨你了？"

"老爷，是索弗隆·雅科夫里奇。"

阿尔卡季·巴甫雷奇沉默了。

"你叫什么名字？"

"安季普，老爷。"

"旁边这是谁？"

"是我儿子，老爷。"

阿尔卡季·巴甫雷奇又沉默了，捋了捋胡子。

"他是怎么折磨你了？"他问道，透过浓密的胡须看了看老人。

"老爷，他把我们家都掏空了。把我两个儿子直接送去当了兵，都还没轮到他们呢。现在又要把我小儿子也送去。老爷,昨儿把我家最后一头奶牛牵走了,还揍了我老婆。就是他干的。(他指了指村长。)

"哼!"阿尔卡季·巴甫雷奇道。

"老爷呀,不能叫他们把我们彻底掏空呀。"

佩诺奇金皱起了眉。

"这都是怎么回事?"他面带不满,低声问着管家。

"是个酒鬼,"管家答道,头一次用了正式的敬语,"干不了啥活儿,欠租都已经欠到第五年了。"

"老爷,索弗隆·雅科夫里奇替我交了租,"老头继续说,"的确是第五年了。不过这代价也太大了呀!为了这,他已经把我榨干了,老爷,这不⋯⋯"

"你为什么会欠租呢?"佩诺奇金先生厉声问。(老头低下了头。)"你是不是爱喝酒,成天在酒馆儿里混?(老头本想张嘴说话。)我可是知道你们,"阿尔卡季·巴甫雷奇怒气冲冲地继续说,"你们就想喝着小酒往炉炕上一躺,让一个靠谱的人来负责。"

"而且他还挺会顶嘴。"管家跟着主子加了一句。

"这是肯定的了。往往就是这样,我早就发现了。一整年浑浑噩噩,到处顶嘴,然后就会跪到脚边求情。"

"老爷,阿尔卡季·巴甫雷奇,"老头子绝望地说,"行行好吧,替我们做主呀,我哪儿敢顶嘴呢?我对着上帝发誓,实在是没法过了。索弗隆·雅科夫里奇对我不公。为何对我不公,上帝明眼看着!他快叫我倾家荡产了,老爷⋯⋯连这小儿子⋯⋯也不放过⋯⋯(老头发黄的布满皱纹的眼睛闪着泪花。)行行好吧,主子,替我们做主呀⋯⋯"

"也不只是我们。"年轻的那位本来也想说什么⋯⋯

阿尔卡季·巴甫雷奇忽然大发雷霆:

"谁允许你说话了，嗯？没人叫你开口，你就住嘴……这都是怎么回事？叫你住嘴呢！住嘴！……上帝呀！这简直是要反了。我说，老兄，在我这儿你还敢造反……（阿尔卡季·巴甫雷奇朝前迈了一步，估计是忽然意识到我在场，又退了回来，将手插进口袋。）请原谅我，亲爱的朋友 [1]。"他带着勉强的微笑说道，拉低了声音，"这是奖牌的另一面 [2]……好吧，"他不再看两位农民，继续说道，"我会做出决定……你们退下吧。（两位并未起身。）我不是都跟你们说了吗……好吧，你们退下吧，我会吩咐下去的。"

阿尔卡季·巴甫雷奇背过身去。"就没有满意的时候。"他龇牙咧嘴地说，然后便大步走回家去。索弗隆跟了回去。那位绅士瞪大了眼睛，仿佛要跳向很远的什么地方。村长把鸭子们赶出了水洼。两位请愿的在原地停留了很久，互相瞧了两眼，便头也不回地跑回家去了。

两个小时后，我已经到了利亚波沃，叫上了一位熟识的叫安帕吉斯特的农民，准备开始打猎。一直到我离开前，佩诺奇金都在责备索弗隆。我跟安帕吉斯特聊起什比罗夫卡的农民和佩诺奇金先生来。我问他认不认识那边的管家。

"索弗隆·雅科夫里奇吗？……肯定认识呀！"

"他这个人怎么样？"

"简直是条狗，不是人。一路走到库尔斯克也难遇到这样的狗。"

"怎么了？"

"其实什比罗夫卡只是名义上属于那位佩诺奇金，真正拥有它的是他，索弗隆。"

---

1 原文为法语。
2 同上。

"真的啊？"

"那可就是他的财产。那儿的农民都欠着他，成天为他忙得累死累活。他一会儿叫人参加车队拉大车，一会儿又是干啥……把大家折腾得够呛。"

"他们的地是不是不多？"

"不多？他在赫雷诺沃租了八十俄亩地，在我们这儿又租了一百二十俄亩，除此之外还有一百五十来俄亩。他不光种地，还养牲口、马匹，炼焦油，制奶油，加工大麻纤维，还有其他的……机灵着呢，有钱得很！但就是太心狠手辣了。简直就是禽兽，不是人。跟您说了，就是条狗，十足的畜生。"

"那为什么大家都不提意见呢？"

"哎哟！他们主子才不管呢！没人欠租，那他有什么可理的呢？你等等，"他沉默了一会儿说，"请等一下。他会把你……等等……不是，他会把你……"

我想到了安季普，便将看到的场景讲给他听了。

"哎，"安帕吉斯特道，"他会把安季普给吞了，整个吞了。那村长会好好收拾他的。真是个苦命的人哟！真是受罪……他在村里的集会上跟那管家有过口角……可这算啥嘛！从那时起，管家就开始找安季普的茬儿。这下可好！那管家是个禽兽、走狗。上帝饶恕我这不干净的话，不过他知道我说的是谁。这秃鬼，那些富裕些的、家里人口多的老头，他不敢碰，这回抓住一个狠狠折磨！安季普的儿子们都没轮到该当兵呢，就被他送进了军队。简直就是个彻头彻尾的敲诈狂，恶狗！上帝呀，请饶恕我！"

我们终于开始打猎了。

1847 年 7 月于萨尔茨布伦，西里西亚

办事处

那是发生在一个秋天里的事。接连几个小时，我端着猎枪在田野里游荡。本来，傍晚前我是要回到库尔斯克大道上的旅馆的，我的马车停在那里。然而，异常细密阴冷的秋雨像个老姑娘一样，一大早起就纠缠着我，毫无怜悯之心，逼得我不得不就近先找一个暂时的栖身之地。我正琢磨着该往哪个方向走，眼前突然出现了一座低矮的小屋，立在一片种满豌豆的地里。

我走进屋子，看见茅草顶下坐着一位异常干瘪的老头，让人联想到鲁滨逊在岛上的洞里发现的那只快要死去了的羊。老头蹲着，眯着发暗的小眼睛，兔子一般急急地却又小心地（可怜的人一颗牙也没有）嚼着又干又硬的豌豆粒，不停地把它们在两腮间倒来倒去。他吃得如此专心，都没有察觉到我的到来。

"老爷子！老爷子！"我呼喊着。

他停止了咀嚼，竖起眉毛，费力地睁开双眼。

"怎么？"他扯着嘶哑的嗓门回应道。

"这儿附近有什么村子吗？"

老头继续吃了起来。他没听清我的问话。我提高嗓门又问了一遍。

"村子？……你要干啥？"

"想去躲躲雨。"

"什么？"

"去躲雨。"

"噢！（他搔了搔晒得黝黑的后脑。）这样，你这么走，"他胡乱挥舞着双手道，"这么着……你经过前面那片小树林，就这么走，会看见条路。你不要理那路，继续往右走，走啊走，走啊走……就走到阿纳尼耶沃了。兴许还能走到西托夫卡呢。"

我听得糊里糊涂。他那胡子有点碍事，舌头也不大好使。

"你是从哪儿来的？"我问他。

"什么？"

"你从哪儿来？"

"从阿纳尼耶沃来。"

"你在这儿做啥？"

"什么？"

"你在这儿干啥？"

"看守东西呢。"

"看守啥？"

"豌豆。"

我不禁大笑起来。

"不好意思，你多大年岁了？"

"天晓得。"

"你是不是眼神儿不好？"

"怎么？"

"眼睛不好使，对吧？"

"不好使。有时候啥也听不见。"

"那你怎么看守呢？"

"掌权的人心里有数。"

"掌权的人！"我同情地看了看可怜的老头。他在身上摸了摸，从口袋里掏出一块黑面包，像个孩子一般嗫了起来，拉伸着本来就深陷的双颊。

我往小树林方向走去，拐到右方，一直走呀走，就像老头吩咐的那样。终于，我来到一个颇具规模的村落。村中的砖石教堂是新式的，带廊柱。地主家的宅子很是不小，也修了廊柱。透过细密的雨网，我远远地发现一座板木铺顶的屋子，伸着两只烟囱，比其他的木屋高一些，应该是村长住的。我向着屋子走去，希望他们能用茶炊、茶水、白糖，和尚未发酸的淡奶油招待我。我那冻得不行的狗儿跟我一直到了前廊，经过穿堂。我打开门，发现与一般此类屋子里的陈设所不一样的景象。

屋子里摆着几张堆满了纸张的桌子，两只红色的柜子溅满了墨点，锡质的撒沙器看上去有一普特[1]重，还有不少长长的鹅毛笔及其他物品。一个二十岁上下的年轻人坐在桌边，胖乎乎的脸上神情紧张，双眼细小，前额肥厚，两鬓光秃秃的。他穿戴得挺不错，套着一件灰色的南京土布的长外套，领口和腹部镶了发亮的料子。

---

1 俄罗斯旧时重量单位，等于 16.38 公斤。

"您这是要做啥？"他像一匹没有料到会被揪住脸的马儿一样扬了扬头，问道。

"管家是不是住在这儿……还是……"

"这儿是我们老爷的办事处，"他将我打断，"我是值班的……您没看见外面的牌子吗？挂牌子是干啥用的？"

"这里什么地方能把衣服烘干吗？村里谁家有茶炊吗？"

"怎么可能没有茶炊呢，"这位穿着灰色长袍的年轻人反驳道，"您去找季墨菲神父，或者到下人房里去，要不去找纳扎尔·塔拉瑟奇或者看管家禽的阿格拉菲尼娅也行。"

"你这是跟谁叨叨呢，你这个蠢货？还让不让人睡觉了？"隔壁房间传来一个声音。

"来了一位先生，问在哪儿可以把衣服烘干。"

"哪儿来的先生？"

"不知道。带着猎犬和枪。"

隔壁房间传来床的吱呀声响。门敞开来，走出一位五十岁上下的胖乎乎的小个子，脖颈粗厚，双眼突出，脸颊出奇地肥圆，泛着油光。

"您这是怎么着？"他问我。

"我想把衣服烘干。"

"这儿不行。"

"我不知道这里是办公的。我可以付钱……"

"这样的话，在这儿也行吧，"胖子说，"您往这边来怎么样？（他将我领到另外一个房间，并非他刚待过的那间。）您在这里觉得舒坦不？"

"挺好……能不能给我上点加了淡奶油的热茶？"

"没问题，这就来。您可以先把外套脱了，休息一下。热茶马上就好。"

"这里是谁的领地呀？"

"是女地主叶莲娜·尼古拉耶芙娜·洛斯尼亚科娃的。"

他走了出去。我环顾四周。沿着把屋子与办公区隔开的屏障，放着一张宽大的皮沙发、两把后背极高的皮椅。椅子中间是屋子里唯一一扇窗户，面向道路。铺着绿底玫瑰纹饰墙纸的墙壁上挂着三幅挺大的油画。其中一幅画上画着一只猎禽犬，套着天蓝色的项圈，挂牌上写着："这是我的宝贝"；一条河从狗儿的脚边淌过。河对岸的松树下坐着一只个头巨大的兔子，耳朵高高竖起。另一张画上面画的是两位吃西瓜的老头；西瓜后面远远的地方，可以看到希腊式的柱廊，上书："享受的殿堂"。第三幅画上是一位缩小比例的半躺着的女子，膝盖红通通的，脚后跟极为肥大。只见我的狗儿毫无犹豫，以超自然的力量钻到了沙发下面。估计是吃了不少灰，打了好一通喷嚏。

我走到窗前。从地主的宅子到办事处，横跨整条街，斜斜地铺满了木板。这是个不错的办法。由于连日阴雨，加上黑土的缘故，街上泥泞异常。地主宅子周围的景色非常普通，与其他的类似宅子无异。穿着皱巴巴的印花布裙的年轻女孩子们来来往往着；仆从们在泥泞的地里忙活，偶尔停下来搔搔背；甲长的马儿拴在一旁，懒洋洋地扫着尾巴，仰着脸，啃着篱笆；鸡群在鸣叫；火鸡们无精打采地不停互相呼唤着。一座看上去应该是澡堂的、颜色发深、朽烂严重的建筑的前廊上坐着一位身材结实的小伙子，弹着吉他，自告奋勇地哼着著名的小曲：

哎！我要去向那沙漠

离开这美丽的地方……

和其他。

胖子又回来了。

"这不，热茶上来啦。"他带着微笑，和气地说。

那位穿着灰色长外套的值班小伙子在一张旧牌桌上架好茶炊，放上茶壶、由一只破损了的碟子托着的茶碗，一小罐淡奶油，一串硬得跟石头似的博尔霍夫的小面包圈。胖子出去了。

"刚才那位是谁？"我问值班的，"管家吗？"

"才不是呢。他之前是主要的出纳员，现在升为主要的办事员之一啦。"

"你们这里没有管家吗？"

"没有的。有个总领事务的，叫米哈伊拉·维库洛夫，管家是没有的。"

"有人主管事务吗？"

"当然有，是个德国人，叫卡尔洛·卡尔雷奇·林达曼多尔，不过他并不发号施令。"

"那一般是谁来发布命令呢？"

"女主子自个儿。"

"原来如此！……你们这办事处里有很多人吗？"

小伙子想了想。

"六个人。"

"都是谁呀？"我问。

"首席出纳员呢，是瓦西里·尼古拉耶维奇；一位叫彼得的办事员；彼得的兄弟，伊万，也是办事员；另外还有一个叫伊万的办事员；科斯肯金·纳尔基佐夫，办事员；再有就是我了。其他的数也数不过来。"

"看来你主子手下的农奴挺多？"

"也并不算太多吧……"

"究竟是多少呢？"

"也就一百五十人左右吧。"

我俩都沉默了。

"你看来挺能写的？"我又问道。

小伙子咧开嘴乐了，点了点头，去办公室里拿来一张写好的纸。

"这是我写的。"他一边说一边继续笑着。

我看了看。在一张四折的灰纸上，用漂亮宽大的字体写了如下一些字：

命 令

由地主家族庄园阿纳尼耶沃村办事处发给总管米哈伊拉·维库洛夫第209号

请接到此命令后即刻查清，昨晚究竟是谁醉酒之后哼着下流小曲经过阿格利茨花园，并惊扰了熟睡中的法国教师欧热妮？警卫们究竟是怎么履行职责的？昨晚他们中究竟是谁在花园里值班，怎么会允许此类行为发生？请你就上述问题展开调查，并将结果迅速告知办事处。

首席办事员尼古拉·赫沃斯托夫

命令上还盖了一枚嵌有家徽的大印，上面的题语："地主家族庄园阿纳尼耶沃村办事处之印"，下面还有附言："严格执行。伊莲娜·洛斯尼亚科娃。"

"附言是女主人自己写的吗？"我问。

"那可不！她总是自己写。否则命令无效。"

"所以你们就把这张命令发给总管？"

"不是的。而是他自己过来读一下。确切地说，我们会读给他听。他并不识字。（值班的又沉默了。）怎么样？"他得意地问道，"写得还不错吧？"

"挺好。"

"内容倒不是我写的。科斯肯金更在行。"

"怎么？……原来你们这儿的命令是有人先写好的？"

"否则呢？总不能下笔就写吧？"

"你的工钱是多少？"我问道。

"三十五卢布，另外还发五个卢布买鞋。"

"你满意不？"

"自然是满意的。我们这办事处并不是想进就能进的。我得承认，我也是有些门路的，我叔叔给主子看门。"

"你过得还不错咯？"

"挺好。说实话呢，"他叹了口气继续说，"给商人干的话，那自然更好。在商人那里，我们能过得非常不错。这不，昨晚我们这里来了一位维尼奥沃的商人，他手下的人都跟我讲了……是不错，没的说。"

"商人给的工钱更多吗？"

"上帝保佑！你要是敢要工钱，他一准儿把你轰出去。在商人那里，那得靠信念和畏惧。他会供你吃喝，供你穿。要是讨他的欢心，还会有更好的条件……你还要工钱做啥呢！完全不需要……商人自己是按照我们俄罗斯的习惯过的，挺简单。比如，跟着他出门儿的话，他喝茶，你也跟着喝。他吃啥，你就吃啥。商人又不是地主老爷。他待人不会太客气，生气的话，兴许就收拾你一顿。收拾完了就了事。不会磨磨唧唧，也不挖苦讥笑……跟着地主老爷就惨咯！怎么着都不行，不是这儿不好，就是那儿不对。给他上杯水或是吃食吧，他会说：'水臭烘烘的，吃的也臭烘烘的！'你赶紧端出去，稍等一会儿，原样又端回来，他会说：'这下子好了，这下不臭了。'跟您说吧，老爷们哪，还不算啥！……这要是女主子！……"

"费久什卡！"胖子的声音传了过来。

值班的匆匆地离开了。我喝完了茶，躺在沙发上睡着了。我睡了两个小时左右。

醒来之后，我本来想起身，却被慵懒所征服。我闭上眼睛，却并未再次睡去。屏风后面的办公区，有人在轻声交谈着。我不禁听了起来。

"是的，是的，尼古拉·叶列梅伊奇，"一个声音说道，"是这么回事，这事不能算数，的确不能……哼！"（说话的人咳嗽了一声。）

"请您相信我，加夫里拉·安东内奇，"胖子的声音说道，"我又不是不知道咱们这儿的规矩，您想想看呀。"

"有谁不知道呢，尼古拉·叶列梅伊奇，您可以说是这儿的老大。是不是这样？"陌生的声音继续说道，"我们该怎么决定呢，尼古拉·叶列梅伊奇？请允许我好奇一下。"

"能怎么决定的，加夫里尔·安东内奇，事情不都是取决于您吗？但您看来不大乐意。"

"尼古拉·叶列梅伊奇，您这是怎么说话呢？我是个买卖人，做生意的。我就是想买进罢了。可以说，我们就是这么行事的，尼古拉·叶列梅伊奇。"

"八个卢布。"胖子一字一句地说道。

一声叹息传来。

"尼古拉·叶列梅伊奇，您这要价也太高了。"

"我开不出其他的价码呀，加夫里拉·安东内奇。我对上帝发誓，真的不行。"

两人沉默了。

我半坐起来，透过屏风的缝隙看过去。胖子背对着我坐着。面对着他的是一位商人，四十来岁，精瘦白皙，像是整个用素油涂了一遍。他一直不停地揪着胡子，频繁地眨着眼睛，抽动着嘴唇。

"今年的幼苗真是抽得茂盛，"他又开口说道，"我这一路都在欣赏着。从沃罗涅日一路过来都不错，可以说是一等品。"

"没错，幼苗是很不错，"首席办事员说，"加夫里尔·安东内奇，您是知道的呀，秋季播了种，春季看老天。"

"没错儿，尼古拉·叶列梅伊奇，一切都是上帝的旨意，您说的可太对了……您那客人好像醒了。"

胖子转过身来，仔细听了听。

"没有，睡着呢。不过也可能……"

他走到门边。

"没醒，睡着呢。"说着他便回到了位置上。

"怎么样，尼古拉·叶列梅伊奇，"商人继续说道，"得把这事儿了解了呀……就这么着吧，尼古拉·叶列梅伊奇，就这么着吧，"他不停地眨着眼睛道，"给您两张灰票子和一张白的[1]，那边呢（他向主子家方向点了点头），六个半。成交不？"

"四张灰票子。"首席办事员答道。

"三张！"

"四张灰票子，不加白的。"

"三张，尼古拉·叶列梅伊奇。"

"三张半，一分不能少了。"

"三张，尼古拉·叶列梅伊奇。"

"想都别想了，加夫里拉·安东内奇。"

"真是说不通，"商人嘟囔着，"我还不如直接跟你们女主子去买呢。"

"您请便，"胖子回答，"早该如此。您看您白白着急什么呢？……早这样就好了！"

"行了，行了，尼古拉·叶列梅伊奇！生什么气呀！我不过说说而已。"

"我看真不如……"

"行了！不都跟您说了吗，开玩笑的。好吧，拿去你那三张半吧，还能咋的呢。"

---

1 此处暗指当时通行的纸币的面值。灰色的为五十卢布，白色的为二十五卢布。

"本来该要四张的。我这傻瓜太着急了。"胖子不满地嘟囔着。

"那么，主子那边就给六个半了，尼古拉·叶列梅伊奇。给六个半能把粮食卖给我们吗？"

"不是都说了吗，六个半。"

"那就成交了，尼古拉·叶列梅伊奇（商人张开手掌击打了一下办事员的手心）[1]。上帝保佑！（商人站起身来。）尼古拉·叶列梅伊奇老兄，我这就去见一下你们女主子，去请个安，顺便跟她通报一声，说尼古拉·叶列梅伊奇同意了六个半卢布的价格。"

"就这么说吧，加夫里拉·安东内奇。"

"您把钱收下吧。"

商人给了首席办事员一小叠纸币，鞠了个躬，晃了一下脑袋，用两根手指抓起帽子，耸了耸肩，引起全身一阵波浪般的运动，便拖着靴子，一路刮着地板离开了。尼古拉·叶列梅伊奇来到墙边，据我观察，是在整理商人给的钞票。门外伸进一个栗色头发的脑袋，满脸络腮胡。

"怎么样？"那个脑袋问，"一切都办妥了？"

"一切都办妥了。"

"得了多少？"

胖子沮丧地挥了一下手，指了指我的房间。

"明白了！"脑袋说道，随后便消失了。胖子走到书桌前，打开账本，拿出算盘，哗啦哗啦地拨动起来，用的并不是食指，而是右手的中指。这样感觉更像样些。

值班员走了进来。

---

1 旧时俄罗斯商人的习惯。摊开手互相击掌，以示交易成功。

"你要干啥？"

"西多尔从戈洛普廖克回来了。"

"啊！把他叫过来。等等，等下……你先去看看那位陌生的先生，是睡着呢还是已经醒了。"

值班员小心翼翼地走进我的房间。我赶紧把头靠在充当枕头的猎物袋上，闭上眼睛。

"睡着呢。"值班员又回到了办公区，轻声说。

胖子嘟囔着。

"行吧，你把西多尔叫来。"他终于说。

我又半坐起来。走进来一个大高个，三十岁上下，脸颊红扑扑，很健康的样子。他一头麻灰色的头发，蓄着一小撮胡子。他对着圣像祈祷了一番，跟首席办事员鞠了躬，将帽子攥在手里，笔直地站好。

"你好呀，西多尔。"胖子拨动着算盘说道。

"您好，尼古拉·叶列梅伊奇。"

"怎么样，路上还顺利吧？"

"挺顺利，尼古拉·叶列梅伊奇。就是有点泥泞。"（这位大汉说话不紧不慢，声调也不高。）

"老婆身体可好？"

"她还能咋的！"

大汉叹了口气，伸出一只脚。尼古拉·叶列梅伊奇把笔夹在耳后，擤了下鼻涕。

"那么，你来是有何贵干呢？"他把格子手帕塞进口袋，继续问道。

"是这么回事，尼古拉·叶列梅伊奇，跟我们这儿要木匠呢。"

"你们那儿没木匠吗？"

"怎么会没有呢，我们那儿可是林地。不过现在正是忙季，尼古拉·叶列梅伊奇。"

"忙季！我看你们就是想干私活，给自己主子效力就很勉强……活儿不都一样吗！"

"没错，尼古拉·叶列梅伊奇，活儿的确是一样，不过……"

"怎么？"

"这工钱也……有点儿……"

"真有你们的！你们这是被惯坏了。给我走开！"

"还有哇，尼古拉·叶列梅伊奇。活儿往往总共也就一星期，但总把人要留个把月。一会儿料不够了，一会儿又让人去花园里扫地。"

"怎么着？女主子既然这么吩咐了，我们在这儿有啥可瞎嘀咕的。"

西多尔住了嘴，却不停地倒腾起双脚来。

尼古拉·叶列梅伊奇把头转向一边，继续摆弄算盘。

"我们那儿……大家……尼古拉·叶列梅伊奇……"西多尔一字一顿地说道，"给您凑了点儿……在这儿……"（他把大手伸进怀里，往外掏一个红色花纹巾子包裹。）

"你这个蠢货，疯了还是怎么着？"胖子急忙将他打断，"你到我家去，"他继续说道，几乎是把满脸惊异的汉子推了出去，"你去找我老婆，她会招呼你吃茶点。我随后就来。你去吧。否则会有人说的。去吧。"

西多尔走了出去。

"这个熊货！……"首席办事员对着他的背影嘟囔着，摇了摇头，又继续算了起来。

突然，外面传来一阵叫声："库普利亚！库普利亚！拿库普利亚是没办法的！"随后，办事处里进来一个小矮个，病恹恹的样子，鼻子老长，大大的眼睛仿佛呆滞不动，神态倒是颇有点傲慢。他穿着一件又破又旧的深蓝色常礼服，带棉绒领子，纽扣极小。他肩上扛着一捆木柴。他的身旁围了五个农奴，一直叫着："库普利亚！库普利亚！拿库普利亚是没办法的！库普利亚升职啦！当上了锅炉工咯！"不过穿着带棉绒领子常礼服的这位呢，面不改色，对起哄的同伴们毫不理睬。他匀步走到炉子前，放下柴木，从后袋里掏出烟盒，瞪大了眼睛，往鼻子里填混合了草灰的木樨粉。

在这帮人吵吵嚷嚷进来时，胖子本要皱起眉毛，起身训斥，结果一看这场景，便笑了。他只吩咐大家不要叫嚷，提醒说，隔壁房间有个猎人正在歇息。

"哪儿来的猎人？"有两个人异口同声地问。

"一个地主。"

"噢！"

"就让他们嚷嚷呗，"棉绒领子摊开手道，"关我啥事！只要别来惹我就行。说我这当上了锅炉工……"

"当上了锅炉工！锅炉工！"人群继续起哄。

"女主子的命令，"他耸了耸肩，继续说，"你们别急……会叫你们当猪倌儿的。我本是个裁缝，好裁缝。在莫斯科跟一流的师傅学过的，给奖军（将军）们缝过衣服呢……手艺可错不了。你们在这儿嚷嚷个啥？……嗯？得了自由了，还是怎么着？你们这些好吃懒做的、吃白饭的家伙，啥也不是。要是让我当自由人，我可饿不死，不会咋地。给我深粉证（身份证）的话，我就给好好交代役租，叫主子满意。换了你们呢？一准儿完蛋，跟苍蝇一样！"

"你就瞎编吧，"一位满脸麻点、浅色头发的小伙子打断他，他围着红色的巾子，双肘粗糙不堪，"你明明就拿过深粉证（身份证），但主子连一分钱的代役租也没见你交过。你自个儿也没挣到啥钱。这不，终于灰溜溜回来了，从此就只能穿着这件破礼服。"

"能怎么办呢，康斯坦丁·纳尔基泽奇，"库普里扬[1]不爱听了，"我这不是陷入情网了吗，没法自拔，把自个儿毁了。你经历一下，卡斯坦丁·纳尔基泽奇，就不会来说我啦。"

"爱的那叫啥人哟！简直就是个丑八怪！"

"不许这么说，康斯坦丁·纳尔基泽奇。"

"谁信你呢？我见过她呀，去年在莫斯科亲眼见过。"

"去年她的确有点变丑了。"库普里扬道。

"诸位，我看这样，"一个细高个子、满脸青春痘，衣着光鲜的近侍模样的家伙带着鄙夷的口吻道，"就让库普里扬·阿法纳西奇给我们唱支歌儿吧。您开始吧，库普里扬·阿法纳西奇！"

"对，没错儿！"其他人跟着起哄，"这位亚历山德拉！把库普利亚迷得不行，简直没得说……唱呀，库普利亚！……好样的，亚力山德拉！（农奴们常常以亲昵的口气用阴性词尾来形容男性。）唱呀！"

"这儿不适合唱歌，"库普里扬坚决反对道，"这是主子的办事处。"

"关你啥事呢？你是不是想当办事员！"康斯坦丁鲁莽地笑问着，"应该就是这么回事！"

"主子的权威统领一切。"可怜的家伙回答。

"看看，他多有心眼儿！看看，看看？哇！哇！喔！"

大家都笑开了，有人甚至蹦了起来。笑得最开心的是十五岁上下的少年，看上去像是贵族跟下人生的孩子。他穿着镶着铜扣的坎肩，系着淡紫色的围巾，挺着小圆肚皮。

"我说，库普利亚，你就承认吧，"尼古拉·叶列梅伊奇看来是被逗乐了，

---

1 库普利亚为"库普里扬"的指小表爱形式。

心情不错，颇为得意地说，"当锅炉工并不咋的，对吧？是个没啥意思的差事？"

"瞧您说的，尼古拉·叶列梅伊奇！"库普里扬回道，"您可是这办事处的头头，谁敢说啥呢！不过您不是也失宠过的吗，还住过农民的房子，对不？"

"你给我听好了，可别放肆！"胖子气呼呼地打断他，"大家也就跟你这个蠢货开开玩笑。大伙儿愿意理你，你应该表示感谢！"

"顺嘴胡说的，尼古拉·叶列梅伊奇，您别介意……"

"我看就是顺嘴胡说。"

门开了，跑进来一个哥萨克。

"尼古拉·叶列梅伊奇，女主子叫您去呢。"

"女主子那儿有谁？"他问来人。

"阿克西妮娅·尼基什娜和维尼奥沃来的商人。"

"我这就去。你们呀，兄弟们，"他坚决地说道，"赶紧带着这位新上任的锅炉工离开这儿。德国佬要是进来，又该告状了。"

胖子理了理头发，对着几乎被外套袖口盖住了的手掌干咳了一声，扣好衣服，迈开大步，去往女主子那儿了。不久，整队人和库普利亚也离开了。只有我已经熟识了的值班员留了下来。他本要清理一下鹅毛笔，却坐着睡着了。几只苍蝇立刻抓住这有利时机，围到了他嘴边。一只蚊子停在了他额头上，稳稳地撑开肢体，缓缓地将针刺进他松软的身体里。门外又伸进刚才那个大胡子的栗色脑袋，左看右看了一阵，然后走进办事处。只见他穿着一件挺不像样的皮袄。

"费久什卡！喂，费久什卡！"栗色脑袋道。

值班员睁开眼睛，坐起身来。

"尼古拉·叶列梅伊奇去主子那儿了？"

"是的，去主子那儿了，瓦西里·尼古拉伊奇。"

"喔!"我想起来了,"这就是那位首席出纳员。"

首席出纳员在屋里踱来踱去。准确地说,是踮着脚晃来晃去,感觉像是一只猫。旧旧的、后襟极为细窄的黑色燕尾服松垮地挂在他身上。他一只手握在胸前,另一只则不停地拽着系得又高又紧的马毛领带,紧张地晃着头。他穿着山羊皮靴,不带后跟,走起路来没什么声响。

"今天亚库什金的地主问起您来着。"值班员说。

"哦,问起我了?他说了啥?"

"说是晚上顺路去趟丘丘列沃,会在那儿等您。说有件事要跟瓦西里·尼古拉伊奇商量一下。究竟啥事,他没提,说瓦西里·尼古拉伊奇自己清楚。"

"噢!"首席出纳员说罢走到了窗前。

"尼古拉·叶列梅耶夫在办事处吗?"穿堂里传来一个响亮的声音。紧接着,一个怒气冲冲的大个子迈进了门槛。这家伙长相一般,神情却炯然、大方,穿戴也挺讲究。

"他不在这儿吗?"他迅速环顾了一下四周,问道。

"尼古拉·叶列梅伊奇在主子那儿,"出纳员答道,"您有什么事可以跟我说。巴维尔·安德烈伊奇,您可以跟我讲讲。您有什么要求?"

"有什么要求?您想知道,我有什么要求?(出纳员殷勤地点点头。)我想教训教训他,这个大肚皮蠢货,爱告密的家伙……我看他敢再乱说话!"

巴维尔气呼呼地坐到了椅子上。

"这是怎么的呢,巴维尔·安德烈伊奇!您消消气……您怎么好意思呢?你别忘了,您说的是谁,巴维尔·安德烈伊奇!"出纳员急忙说。

"怕啥?他被提拔成首席办事员,关我啥事!简直无话可说!提拔的这叫什么人!真可谓是赶鸭子上架!"

"行了,够了,巴维尔·安德烈伊奇,别说了!快别提了……都是什么

些芝麻小事呢？"

"呵，这只老狐狸去跟主子献殷勤去了！我非等他回来不可，"巴维尔恨恨地说着，用手拍了一下桌子，"这不，已经来了，"他看了看窗外，接着说，"说曹操，曹操到。欢迎哪！"（他站起身来。）

尼古拉·叶列梅耶夫进了办事处。他满脸得意地放光。不过，一见到巴维尔，神情略微阴沉了些。

"您好呀，尼古拉·叶列梅伊奇，"巴维尔装模作样地说，缓缓地迎了上去，"您康健呀！"

首席办事员没说任何话。门边闪出商人的脸。

"您怎么不回答我呢？"巴维尔继续说道，"不过，算了……算了，"他说，"这样不行。吵吵闹闹不解决问题。您好好跟我说说，尼古拉·叶列梅伊奇，为啥要跟我过不去？您是想毁了我吗？您倒是说话呀。"

"这儿不是跟您解释的地方，"首席办事员颇为激动地说，"也不是时候。不过，我倒是很惊奇，您怎么就觉得我要毁了您或者跟您过不去呢？何况，我有什么本事跟您过不去呢？您又不在我这办事处里干。"

"还说呢，"巴维尔回道，"谁敢在这儿干？您装什么装呢，尼古拉·叶列梅伊奇？……您完全明白，我说的是什么。"

"我不明白。"

"不，您非常清楚。"

"我真的不明白。"

"还装傻！既然这样，您倒是说说，你可别怕上帝惩罚！您为啥不让可怜的姑娘安生？您究竟想对她怎样？"

"您说的是谁呀，巴维尔·安德烈伊奇？"胖子佯装惊讶地问道。

"哟呵！装不知道？我说的是塔季扬娜。您就不怕上帝吗！您为啥要报复？您有点羞耻心行不！您是有家室的，您的孩子都快跟我一样高了。我又不是想别的……我是想娶她。我是想按照规矩来的。"

"我有什么错儿呢，巴维尔·安德烈伊奇？主子不许你们成亲呀，这是她的意志呀！我有啥法子？"

"您跟那老巫婆不是一伙儿的吗？您肯定乱告密了，对吧？您说说，是不是说了不少姑娘的坏话？是不是因为您，她才从洗衣房里被调到了后厨洗碗？她成天挨打，只能穿粗布衣服，也是因为您吧？……您有点羞耻心吧，您是上了年纪的人！保不准哪天您就瘫痪了……到时候就该等上帝发配了。"

"骂吧，巴维尔·安德烈伊奇，尽管骂……看您还能骂多久！"
巴维尔怒火高涨。

"呵！你还想威胁我？"他满腔怒气地道，"你觉得，我怕你咯？兄弟，你是算计错人了！我没啥可怕的……我在哪儿都能有饭吃。你可就不一样了！你只能在这儿过下去，一边打小报告，一边偷偷摸摸……"

"这可真是彻底放肆了，"办事员将他打断，渐渐失去了耐心，"不就是个小破村医吗？你倒是听听他这番慷慨陈词，咦，还真把自己当人物了呢！"

"没错，是个村医。可当初要不是这个村医，您今天就得躺在墓地里腐烂……真不该把他治好。"他从牙缝里蹦出几句话。

"你把我治好的？……你根本就是想毒死我来着，一个劲儿给我喝芦荟干汁。"办事员说道。

"除了芦荟干汁，其他别的对你不都不管用吗？"

"芦荟干汁都已经被药管局禁止了，"尼古拉继续说，"我还想告你呢，你是想把我害死来着！上帝没允许。"

"两位，行了，两位……"出纳员原本还想说下去。

"住嘴！"办事员叫道，"他想毒死我来着！你明白不？"

"我吃饱了撑的……我说，尼古拉·叶列梅耶夫，"巴维尔绝望地说道，"我最后一次求你了……是你逼我的，我实在是忍不住了。你就放过我们吧，行不？否则我们中肯定有人要遭殃，我跟你说。"

胖子气得不行。

"我不怕你，"他嚷道，"你这个初来乍到的，给我听好了！我跟你爹都较量过的，把他收拾得服服帖帖。这就是给你个教训！"

"不许你提我爹，尼古拉·叶列梅耶夫，不要提！"

"好家伙！你是给我立规矩的咯？"

"跟你说了，不许提！"

"你倒是不要放肆……不管主子那儿多需要你。如果让她从我俩中间选的话，你待不下去！谁都不许捣乱，你看好了！（巴维尔气疯了，浑身发抖。）而那姑娘塔季扬娜……你等着，她还有的是苦头吃呢！"

巴维尔举起双手冲了过去，办事员应声倒地。

"给他上镣铐，上镣铐。"尼古拉·叶列梅耶夫呻吟着……

有关整个事件的结尾，我就不再赘述了。我担心令各位读者不快。

当天，我便回到了家里。一星期后，我得知，女地主洛斯尼亚科娃把巴维尔和尼古拉都留下了，而那姑娘塔季扬娜却被打发走了，看样子是不再需要她了。

狐狼

　　某天傍晚，我一个人赶着赛跑用的轻便马车打猎归来。离家大约还有八俄里远。我那大走马精神地在土路上飞奔，时不时打着响鼻，晃两下耳朵。狗儿虽然累坏了，却仿佛被拴住了一般，紧紧跟在车轮后。雷雨云聚集起来。一蓬巨大的淡紫色的雨云缓缓地从林子后面探了出来。我头顶和正前方拉出一条条灰色的云。爆竹柳紧张地抖动、熙攘着。湿润的清凉忽然间驱走了闷热，黑影在四处聚集起来。

　　我对着马儿甩了甩缰绳，赶着车进入一条沟子，穿过长满柳丛的干涸的小溪，上了一个小坡，进了树林。路的两旁是茂密的榛树丛，黑暗已经笼罩下来。我行进得很艰难。马车在百年老橡树和椴树伸出地面的坚硬的树根上颠簸，不停碾过一条条沿着道路方向延伸的浅沟——那是先前的车辙。马儿被牵绊着。

　　强风忽然卷袭上空，树枝一阵骚动，硕大的雨点砸了下来，敲打着枝叶。闪电划过，雷雨开场。雨水汇成小溪。我没走几步，便停了下来。马儿陷进泥里，周围黑得伸手不见五指。我好不容易停到了一片宽阔的树丛边。我蒙住脸，颇有点沮丧，只好耐心地等待雨停。突然，一道闪电间，路中央现出一个高大的身影。我仔细地朝那个方向看了看。那身影仿佛是从马车旁的地里钻出来的一样。

"来人是谁？"一个洪亮的声音问道。

"你自己又是谁？"

"我是这儿的守林员。"

我报了自己姓名。

"啊，我知道您的！您这是往家赶吗？"

"回家。不过，这不，遇上雷雨了……"

"是呀，这雷雨。"声音回答道。

一道白色的闪电将守林员从上到下照了个透亮。短促的雷声随之炸响。暴雨加倍地倾泻下来。

"一时半会儿停不了。"守林员接着说。

"有什么办法呢！"

"我看还是请您到我家去避一避吧。"他时断时续地说。

"那我就从命了。"

"您请上车吧。"

他走到马跟前，牵住笼头，将它拉起走。我们上路了。我抓住马车的垫子，它颠簸得像"大海中的一叶扁舟"，叫上了猎犬。可怜的马儿举步维艰，在泥泞里一路打滑，磕磕绊绊。守林员在车辕前面走着，摇摇晃晃，宛若幽灵。我们走了挺久。终于，守林员停了下来。"老爷，我们已经到啦。"他说道，语气安详。栅栏门响了一声，几只看家的小奶狗叫了起来。我抬起头，借着闪电的光亮，看见眼前是一座不大的木屋。屋子坐落于一片开阔的院子里。院子周围由篱笆圈起。一扇窗子里闪着微弱的光亮。守林员将马儿牵到前廊跟前，敲了敲门。"这就来，就来！"一个纤弱的声音传来，接着响起一阵光脚的小跑声。门锁响了一下，出现一个十二岁左右的小姑娘。她穿着一件肥大的衬衫，腰上系着布条，手里提着灯笼。

"给老爷照下亮，"守林员对她说，"我这就把您的马车牵到棚子里去。"

小姑娘打量了我几眼，便转身进屋了。我跟着她走了进去。

守林员家只有一间屋子，被熏得黑黢黢的，屋顶很低，空荡荡的，既没有板床，也没有任何间隔。一件旧皮袄挂在墙上。椅子上放着一把单管猎枪，角落里则堆着各类破烂。炉子旁放着两只巨大的陶罐。桌上燃着一个小火把，微弱的光芒忧伤地摇曳着。屋子的正中间挂着一张摇床，一端拴在一根长杆上。姑娘吹灭了灯笼，坐在旁边的一把小凳子上，右手推着摇床，左手调着火把。我四下里看了一下，心里一阵发紧。大半夜到一个汉子家里，真是让人郁闷哪。摇床里的娃娃呼吸沉重而急促。

"你就一个人在这儿？"我问小姑娘。

"一个人。"她模模糊糊地答道。

"你是守林员的女儿？"

"守林员女儿。"她轻声说。

门吱呀响了一声，只见守林员低下头，跨了进来。他把灯笼提起来，走到桌子旁，点亮了照明灯。

"您不习惯火把吧？"他问道，甩了甩满头鬈发。

我将他打量了一番。这么英俊挺拔的人真是少见。他个头高大、宽肩，身材结实。打湿了的麻布衬衫下，肌肉绷紧突起。茂密的黑胡须将他那冷峻坚毅的脸盖住了一半。又浓又宽的眉毛下，一双不大的棕色眼睛坦然望着人。他微微用手叉腰，站在了我跟前。

我对他表示感谢，询问了他的姓名。

"我叫福玛，"他回答，"外号孤狼¹。"

---

1 在奥廖尔省，"孤狼"指孤独而阴沉的人。——原注

"噢，你就是孤狼？"

我带着双倍的好奇再次将他打量了一番。从叶尔莫莱和其他人那里，我经常听到有关守林员孤狼的种种传闻。周围的汉子们都对他敬畏有加。按照他们的话说，世上还没有过如此尽职尽责的人："捡几根枝条回去编点啥，他都不会允许。无论什么时节，哪怕是深更半夜，他都能突然出现，把你逮个正着，你就别想逃。他力气大得很，又像魔鬼一般机灵……想要贿赂他是不可能的，塞酒塞钱都没用，啥法子都不行。不止一次有人想要把他干掉，总没法成功。"

讲起孤狼来，附近的汉子们都是这个说法。

"原来你就是孤狼，"我说道，"兄弟，我可是久闻你的大名。据说你谁都不会放过。"

"我不过履行职责罢了，"他阴沉地说，"总不能白吃主子家的粮食。"

他从腰间拔出斧头，往地上一跪，砍起点火把用的柴火来。

"你家没有女主人吗？"我问他。

"没有。"他答道，用力挥着斧头。

"死去了吗？"

"没有……是的……死掉了。"说完他便转过身去。

我沉默了。他抬眼看了看我。

"跟个城里人跑了。"他狠狠地笑着说。小姑娘弯下身去，原来是娃娃醒了，哭闹起来。小姑娘走到摇床前。"拿去喂喂他，"孤狼说道，把一只脏乎乎的奶瓶塞到她手里，"把孩子扔下了。"他低声补充道，指了指娃娃。他走到门边停下，转过身来。

"老爷，"他说，"想必您是瞧不上我这儿的面包的。可我除了面包……"

"我不饿。"

"您看着办吧。我本想给您烧起茶炊的，但我这儿没有茶叶……我这就去瞧瞧您的马。"

他走了出去，带上了门。我又四下看了看。这屋子给人感觉更加忧郁了。陈旧的烟火味苦苦地冲击着我的呼吸。小姑娘坐在原地未动，也没抬眼，只偶尔推一推摇床，胆怯地拉一下往下滑的衬衫，荡着光溜溜的脚，一动不动。

"你叫什么名字？"

"乌丽塔。"她答道，忧伤的小脸更加低垂了。

守林员回来了，在椅子上坐下。

"雷雨快消停了，"他沉默了一小会儿说道，"如果需要的话，我可以把您带出林子。"

我站起身来。孤狼抄起猎枪，查看了一下火药池。

"这是做啥？"我问道。

"林子里有人在捣鬼……公狗顶子 [1] 那边有人在砍树。"他对着满眼狐疑的我说道。

"在这儿能听到是怎么的？"

"在院子里能听到。"

我们一起走了出来。雨已经停了。远远的天边，仍有大片的乌云堆积，间歇闪出长长的电光。不过，我们的头上已经隐隐现出墨蓝色的天空，星星穿过稀稀拉拉、迅速流动的云丝眨着眼睛。被暴雨浇透、扰动的树木渐渐在黑暗中现出轮廓。我们侧耳倾听。守林员摘下帽子，低下头。"看看……看看，"他忽然说道，伸着手，"选了这么个晚上。"我呢，除了树叶的沙沙声，什么也没听见。孤狼把马儿从棚子下牵了出来。"要不，我呀，"他说道，"就

---

1 "顶子"在奥廖尔省指的是高坡旁的深沟。——原注

208

放过他们得了。""要不……我跟你一起去吧？""行吧，"他回答，把马儿往前引了引，"我们很快把他们逮住，然后我就送您出林子。走吧！"

我们出发了。孤狼在前，我跟在他身后。上帝知道他是怎么认路的，但他即使偶尔停下来，也是为了分辨斧头的声音。"看，"他咬着牙说道，"您听见了没？听到了吧？""在哪儿呀？"孤狼耸耸肩。我们下到了一条沟里，风暂时停住了，有规律的敲击声终于传到了我耳朵里。孤狼看了我一眼，摇了摇头。我们沿着湿乎乎的蕨草和荨麻继续走着。沉闷的敲击声持续扩散着……

"砍倒了……"孤狼嘟囔着。

天空愈发晴朗了，林子里略微亮了一些。我们从沟里爬了出来。"您在这儿等一下。"守林员悄声道，将猎枪举过头顶，钻进了树丛里。我紧张地竖起了耳朵。透过呼呼的风声，我仿佛听到不远处微弱的斧头敲击声：斧头小心地击打着树枝，车轮滚滚，马儿在嘶鸣……"往哪儿跑？站住！"突然，孤狼钢铁般的声音响起。另外一个声音兔子一般哀叫起来……较量开始了。"撒谎，撒——谎，"孤狼喘着气，不断重复着，"你逃不掉……"我赶紧往声音传来的方向冲了过去，磕磕绊绊，到了争斗现场。只见守林员跪在被伐倒的树旁，用斧子逼着偷儿，把他的双手用粗布条绞在背后。我走上前去。孤狼站起身，把那家伙也拎了起来。这是一个浑身湿透、衣衫褴褛的汉子，长长的胡子乱作一团。一匹老马，半个身子盖着粗席，套着车站在一旁。守林员一言不发，那家伙也沉默着，只是不停晃着头。

"把他放了吧，"我对孤狼耳语道，"我来偿付这棵树的钱。"

孤狼左手抓着马儿的耆甲，右手拽着偷儿的腰。"给我转过身来，贼子！"他厉声道。"别把斧头给忘了。"那汉子嘟囔着。"可别把它浪费了！"守林员说着把斧头拾了起来。我们动身了。我走在最后……蒙蒙细雨转眼又变成了豪雨倾泻下来。我们好不容易到了木屋。孤狼把那匹马儿留在院中，把那汉

子带进了屋。他替他松了松粗布条，叫他坐在角落里。小姑娘本来已在炉边睡着了，这会儿带着满脸惊疑瞧着我们。我在椅子上坐下。

"这会儿又下起来了，"守林员说，"得等一等。您要不要躺下歇歇？"

"谢谢。"

"我看不如把他关到储藏室里，"他指了指那汉子继续说道，"门闩在那儿……"

"就让他待在这儿吧，不要碰他。"我打断孤狼。那汉子怯怯地看了我两眼。我暗自下定决心，无论如何也要把这个可怜的家伙解救出来。灯光下，我看到一张醉醺醺的、布满皱纹的脸，翘起的黄眉毛，不安的双眼，瘦弱的四肢……小姑娘躺在了孤狼脚边的地上，又睡去了。他坐在桌边，用手托着脑袋。蝈蝈在哪个角落里叫着……雨击打着房顶，顺着窗户往下流。我们都沉默了。

"福玛·库兹米奇，"那汉子突然扯着低沉的破嗓子说，"喂，福玛·库兹米奇。"

"你做啥？"

"放了我吧。"

孤狼没理他。

"放了我吧……我实在是因为饥寒交迫……放了我吧。"

"我可是知道你们，"守林员阴沉地反驳道，"你们整个镇子都这个德行，全是贼。"

"放了我吧，"那汉子重复道，"管家……我们都过不下去了……放了我！"

"过不下去！……那也不能偷盗。"

"放过我吧，福玛·库兹米奇……别害我呀。你们那位主子，你知道的，还不把我吃了。"

孤狼转过身去。那汉子抽动起来，就像是发起高烧来。他晃着头，呼吸困难。

"放了我，"他绝望地重复着，"求求你，放了我吧！我会付钱，真的！真的是因为没饭吃……孩子们饿得直叫。你自己知道的，不容易呀。"

"那你也不能偷偷摸摸。"

"那马儿，"汉子接着道，"那马儿，可以把它……就剩它了……放了我！"

"都说了，不行。我也不能做主的。会找我麻烦的。对你们不能太客气。"

"放了我！迫不得已呀，福玛·库兹米奇，迫不得已……放了我吧！"

"我可知道你们！"

"放了我！"

"跟你有啥可瞎扯的。你老实坐着，否则，你是知道的。没看见我这儿有地主老爷歇着吗？"

可怜的家伙垂下头去……孤狼打了个哈欠，趴在了桌上。雨依旧不肯停。我等着看事情的结果。

那汉子忽然直起身子，双眼发亮，脸色泛红："喏，你索性把我吞了，噎死你，"他说道，睐起双眼，嘴角下垂，"你这个该诅咒的害人精，你就喝我这基督徒的血吧，喝吧……"

守林员转过身来。

"跟你说话呢，你个吸血鬼，你！"

"你这是喝醉了，所以骂起人来了？"守林员惊问道，"发疯了吗？"

"喝醉！……那也不是用你的钱，你个该死的刽子手，禽兽，禽兽，禽兽！"

"你个家伙……给你点颜色看看！……"

"能咋样？不都一样，反正也是得完蛋！没有马儿我能干啥？你下手吧，都一样。饿死还是被你害死，都一样。都完蛋吧：老婆，孩子，都去吧……你等着，你会遭报应的！"

孤狼站起身来。

"打呀，下手呀，"那汉子嘶叫着，"打呀，喏，打呀……（小姑娘赶紧从地上起来，瞪着他。）打呀，打呀！"

"住嘴！"守林员吼道，向前迈了两步。

"行了，行了，福玛！"我叫了起来，"别理他，随他去吧……"

"我才不住嘴呢，"那不幸的家伙继续道，"怎么死不都一样。你个刽子手，禽兽，怎么害人都不够……你也威风不了多久了！你等着，你会被干掉的！"

孤狼抓起他的肩膀……我冲上去救那汉子……

"老爷，你别动！"守林员对我吼道。

我并不怕他的威胁，本要伸出手来。不过，令我万分吃惊的是，他一下子解掉了汉子手腕上的粗布条，揪着他的领子，把帽子往他头上一按，大敞开门，将他推了出去。

"带着你的马儿给我滚得远远的！"他对着汉子的背影喊道，"给我小心点儿，下次再被我捉到……"

他回到屋子里，在角落里翻着什么。

"我说，孤狼，"我终于开口说道，"你真是让我吃了一惊。你呀，原来是个心软的家伙。"

"行啦，老爷，"他沮丧地打断我，"你可别说出去。我还是送您出林子吧，"他说，"这雨看来是不会停了。"

院子里传来那汉子的车轮声。

"看看，跑了！"孤狼嘟囔着，"真想收拾他！……"

半小时后，我跟他在林子边上分别了。

两个地主

各位热心的读者，之前我已经有幸向各位介绍过我的几位地主邻居。那么，现在请允许我顺便（对我们作家来说，事事皆为顺便）再介绍两位地主。我常常在他们那儿打猎。他们颇受人尊敬，心地善良，在临近的几个县里广受赞许。

我先来描述一下退伍少将维切斯拉夫·伊拉里昂诺维奇·赫瓦雷恩斯基。这是个个头挺拔的人，苗条干练，如今略有些发福，但还完全没有年迈，甚至不大显老态。他处于最成熟的年龄，可以说是正当年。曾经端正的轮廓如今依旧俊美，当然，脸部的一些细节有所变化：两腮略显臃肿，眼睛旁边时常显出条条皱纹，牙也掉了几颗。就像普希金曾提到的，萨阿迪曾经说过：亚麻色的头发仿佛还是完整的，不过却用一种染发剂染成了淡紫色。[1]这染发剂是从罗门市场上一个伪装成亚美尼亚人的犹太人那里买来的。维切斯拉夫·伊拉里昂诺维奇动作灵敏，笑声爽朗，走路精神抖擞，胡子修理得整整齐齐，还喜欢自我称呼为老骑兵，尽管众所周知，真正的老家伙们非常忌讳

---

1 见亚·谢·普希金所著的《叶甫盖尼·奥涅金》第八章。

提"老"这个字。

通常，他喜欢穿常礼服，扣子一直扣到领口，领带系得高高的，配上浆得笔挺的假领子和点缀着红星的灰色军裤。他喜欢把帽子压到额前，露出整个后脑。他是个非常善良的人，尽管有些观念和习惯挺奇怪。比如，他始终无法平等对待不富裕的贵族和没有官职的人。跟他们交谈时，他往往侧视对方，一半脸搭在白色的硬领子上；要不就是忽然用清澈静止的目光看着别人，一言不发，扯着整个头皮。他不会正经地对人说："谢谢您，巴维尔·瓦西里奇"，或是"请往这边来，米哈伊洛·伊万内奇"，而是慵懒地道："谢咯，巴尔·阿西里奇""这儿来，米哈尔·万内奇"。[1]

对待社会底层人的话，他的态度就更奇怪了，看都不看对方。对他们提要求或者下命令之前，他总是带着某种关注和想象的神情问："你叫什么名字？……你叫什么名字？"重音往往落在"什么"一词上，其他的单词被他一嘴带过，使得整个句子听起来像公鹌鹑的号叫。他挺能折腾，还是个吝啬鬼，却不算是个好主子。他请了一位退伍的骑兵司务长、一个蠢得不得了的乌克兰人来替他管理家业。

说起来，一提到管理家业，现如今谁都比不过一位彼得堡的大官儿。他从管家那里得知，家里的谷物干燥棚经常着火，损失了不少粮食，于是便下了一道严厉的命令：火不完全扑灭的话，不许把粮食放到棚里去！这位官老爷决定把家里的地全部种上罂粟，估计是单纯地认为罂粟比黑麦值钱多了，所以也就更合算。他还命令自家所有的女农奴都必须戴上按照彼得堡寄过来的样式做的盾形头饰。至今，他领地上的女农奴们还戴着这头饰……只不过是戴在双角帽外面……不过，我们还是回到维切斯拉夫·伊拉里昂诺维奇。

---

1 这指的是赫瓦雷恩斯基跟身份卑微的人说话时吞音严重，态度随意傲慢。

维切斯拉夫·伊拉里昂诺维奇极好女色。他要是在县城哪个街心花园里见到一位漂亮女子，就会立即跟上去，还会跛起来。这可真是令人惊奇的场景。他爱打牌，而且只跟比自己军衔低的人打。他们毕恭毕敬地称呼他为"阁下"。他呢，则对他们百般挑剔责骂。然而，哪天他要是跟州长或者哪位要员在一张牌桌上，那转变可就惊人了。只见他微笑着、点着头，望着宾客的眼睛，整个人显得温柔甜蜜……就算是输大了，也不会抱怨。

维切斯拉夫·伊拉里昂诺维奇不大读书。阅读的时候，往往坐立不安，搔搔胡须、弄弄眉毛，仿佛掀起一阵自下而上的波浪，盖住全脸。维切斯拉夫·伊拉里昂诺维奇脸上这波浪形的动作在阅读《评论杂志》的各个专栏（自然是当着客人的面）时尤为明显。

选举的时候，他往往扮演重要角色。不过却拒绝当名誉首领，主要是怕花费。"诸位，"他对涌上前来的贵族们说道，声音充满庇护和独立的意味，"我衷心感谢各位的信任，但我决定把时间还是用来独自消遣。"说完，他左顾右盼一番，带着尊严用下巴和脸颊蹭一蹭领带。

年轻的时候，他当过一位要员的副官，至今称呼老上司的时候还用名和父称[1]。传闻彼时他履行的可不仅是副官的职责。据说他还得穿好全套正装，甚至系好领扣，在澡堂里用桦树枝扫帚给上司抽打按摩[2]。不过，赫瓦雷恩斯基将军并不大爱提及自己的职业生涯。特别奇怪的是，他似乎并未上过战场。

赫瓦雷恩斯基将军独自住在一座小屋里，从没享受过夫妻生活的幸福，因此被大家当作未婚男士，甚至可以说是颇有些资本的未婚男士。他有一个管着粮仓钥匙的女管家，三十五岁左右，黑眼黑眉，丰满清新，唇边有隐隐

---

1 此处体现赫瓦雷恩斯基对老上司的尊重。
2 传统俄式蒸浴，往往有用桦树枝叶扎成的小扫把适当抽打身体的习惯，以达到放松和清洁的目的。

的黑须。平时，她总穿着浆得硬硬的裙子，周日的时候，还会戴上花边袖口。

参加地主们为州长和其他要员举办的大型宴请时，维切斯拉夫·伊拉里昂诺维奇打扮得特别精神，可以说是如鱼得水。在这类场合，他往往不是坐在州长的右手边，就是近前。宴请开始时，他颇为矜持，正襟危坐，略微后仰，并不左顾右盼，而是悄悄地用余光打量着宾客们圆乎乎的后脑和僵硬的领口。到了最后，他就放松了，四下里对人微笑着（对着州长的方向则是一开始就微笑着），有时还会提议为女士们干一杯，并称赞她们装点了整个星球。

在其他的正式场合，诸如公开活动、测试、聚会、展会等，赫瓦雷恩斯基将军也是像模像样，领宗教人物的祝福时也举止得体。在道路交会处、码头等公共交通场所，维切斯拉夫·伊拉里昂诺维奇家的人从不叫嚷，请人让路或者避车的时候，他们操着动听的男中音道："请各位给赫瓦雷恩斯基将军让个路"，或者是"赫瓦雷恩斯基将军的车马来了"。不过，将军的车马挺陈旧，仆从们的制服皱巴巴的（至于说那制服是灰色带红色镶边的，那自然不用提了），马儿们也是上了年岁的了。不过，维切斯拉夫·伊拉里昂诺维奇倒是不大讲究，也不觉得对自己的地位来说，这有多丢脸。

赫瓦雷恩斯基不算是个善于言辞的人。或许，他不曾有过机会展示自己的口才。总之，他不爱听人反驳，尤其是躲避与青年人的任何长谈。这倒是也对。如今的人呀，真是不如以前。不仅不服从，连对人的基本尊重也没了。在重要人物面前，赫瓦雷恩斯基多数时候保持沉默；对相处较多的地位不高的那些人，他是鄙视的，因此说话时断时续，语气也较为激烈，常常使用如下的词句："您呀，讲的净是些鸡毛蒜皮的东西"，或者是"尊敬的先生，您可要知道，我是迫不得已待在这儿的"，要不就是"您实在应该搞清楚，是在跟谁说话"，等等。邮局的、法院里的人和各个驿站长们对他尤其敬畏。

他在家从不招待任何人，十分吝啬。除此之外，他则是个不错的地主。"老派人，挺无私，有自己的原则，是个好抱怨的老家伙[1]。"讲起他来，邻居们都这么说。一位省里的检察官，在听人提及赫瓦雷恩斯基将军的种种优点和长处时不禁微笑道，是呀，还真叫人嫉妒呢！……

不过，让我们还是来讲讲另一位地主吧。

马尔达利·阿波隆内奇·斯捷古诺夫与赫瓦雷恩斯基毫无任何相似之处，他几乎从没在什么地方履过职，更不是什么美男子。马尔达利·阿波隆内奇是位个头矮小、胖乎乎的老爷子，秃头、双下巴，双手肥软，挺着个大肚皮。他热情好客，爱插科打诨，冬夏均穿着一件棉质的带条杠的居家长衫，过得心满意足。有一点，他跟赫瓦雷恩斯基倒是一样，两人都是光棍。他有五百个农奴，却对自己的领地管理得不大尽心。十年前，为了不落后于时代，他从莫斯科的布特诺普公司买了一架脱粒机，结果却把它拖进棚子里，就忘得一干二净。明朗的夏日里，他倒是会架起轻便马车到地里看看庄稼，采一把矢车菊。

在生活上，马尔达利·阿波隆内奇是个老派的人。他的宅子也属于老式建筑：前厅自然是充满了格瓦斯、蜡烛油和皮子的味道，右侧立着摆着烟斗和手巾的餐柜。餐厅里挂满了家族画像，苍蝇飞来飞去，还摆着一罐子老鹳草和一架钢琴。客厅里安放着三张沙发、三张桌子、两面镜子和一架喑哑的发暗的、带镂刻指针的珐琅钟。书房的桌子上堆满了纸，竖着蓝色的屏风。屏风上贴满了各类从十八世纪的书刊上剪下来的画儿。除此之外，还有几架散着霉味儿的、爬满蜘蛛、积满灰尘的旧书，一把松软的椅子。书房里开了一扇意大利式的窗户和一扇封死了的通往花园的门……总之，一切都很平常。

---

1 原文为法语。

马尔达利·阿波隆内奇家的仆从不少，全是旧式装扮，无不穿着蓝色的高领长袍、深色裤装和颜色发黄的短坎肩。他们称呼客人们"老爷"。他的管家是从农奴里面选的，胡子长得盖住皮袄，家务则由一个系着褐色头巾、皱纹满脸、精打细算的老太太操持。马尔达利·阿波隆内奇的马厩里养着三十匹毛色不同的马儿。他所乘坐的马车是自家组装的，重一百五十普特。他乐于招待宾客，就是说，他常以俄式菜肴将人喂得饱饱的，以至于客人直到傍晚除了打牌什么也做不了。他自己却往往无所事事，连《解梦书》[1]也读不下去。不过，在我们俄罗斯，这样的地主还有很多。那么，问题来了，我为何要讲起他来呢？……为了回答这个问题，请允许我讲述一番有次在马尔达利·阿波隆内奇家做客的事。

我在一个夏日里到了他家，晚上七点左右。他家刚举行过晚祷，一位年轻的神父，坐在客厅门边的一把椅子边上，看上去羞涩谦卑，应该是刚从神学校毕业不久。马尔达利·阿波隆内奇跟往常一样，特别亲切地迎接了我。他的确是真诚地欢迎每一位客人的到来，他本来就是个特别善良可亲的人。神父站起了身，抓过帽子。

"等等，神父，"马尔达利·阿波隆内奇说道，还握着我的手，"先别走……我吩咐给你上点伏特加的。"

"我不喝酒。"神父慌张地嘟囔着，满脸通红。

"这算个啥！你们这个身份怎么能不喝酒！"马尔达利·阿波隆内奇答道，"尤什卡，尤什卡，给神父上酒！"

尤什卡，一个八十来岁的瘦高老头，用一只深色的、满是污点的托盘端着一杯伏特加，走了进来。

---

1 彼时俄罗斯民间流行的解读各类梦境的通俗读物。

神父推辞起来。

"喝吧，神父，不要推脱，这就不好了。"地主责备道。

可怜的年轻人服从了命令。

"好了，神父，现在你可以走了。"

神父鞠了几个躬。

"行啦，行啦，你走吧……真是个好人，"马尔达利·阿波隆内奇望着他的背影说道，"我对他非常满意，就是年轻了点儿。真是遵守教规，这不，连酒都不喝。您怎么样呀，兄弟？……最近过得如何呀？来，我们去阳台上坐坐，今晚真是美妙。"

我们来到阳台上坐了下来，开始闲聊。马尔达利·阿波隆内奇向下看了看，突然慌张起来。

"这是哪儿来的母鸡？谁的母鸡？"他喊道，"谁的母鸡在院子里逛荡？……尤什卡！尤什卡！赶紧去弄清楚，谁的母鸡在园子里逛？……谁的？我都说过多少遍了，禁止多少次了！"

尤什卡一路小跑而去。

"乱七八糟的！"马尔达利·阿波隆内奇嘟囔着，"真是糟糕！"

可怜的母鸡们，我记得好像是两只花斑的和一只长着白翎子的，正悠闲地在苹果树下闲逛，偶尔咕咕地表达一下自己的情感。只见尤什卡，没有戴帽子，拎着一根棍子，带着三个成年的仆从，一起朝它们扑了过去。一阵鸡飞狗跳。母鸡们叫着、蹦着，呼扇着翅膀，声嘶力竭地咕咕着。仆从们追来跑去，不断有人绊倒。他们主子站在阳台上，激动地指挥着："逮住！逮住！逮住！逮住！逮住！逮住！逮住！……谁的鸡？谁家的鸡？"最后，一位仆从抓住了长着翎子的那只，把它按在了地上。正在此时，有个十一岁左右的小女孩儿越过篱笆，走进院子，浑身上下乱蓬蓬的，手里攥着一根细树条。

"原来是他们家的母鸡！"地主激动地喊道，"是车夫叶米尔家的！这不，他叫他家的娜塔尔卡来赶鸡了……怎么不叫他家的帕拉莎来呢，"地主低声道，冷笑着，"尤什卡！别理那些鸡了，把娜塔尔卡给我带过来。"

还没等气喘吁吁的尤什卡捉到吓坏了的小姑娘呢，就见那女管家抓住她的手，对着她的后背一阵拍打……

"活该，就该这样，"地主附和道，"该！该！该！……阿芙多基亚，把那些鸡扣下来，"他高声道，满脸放光地转向我，"怎么样，老兄，是不是挺热闹？您看看，我出了一身汗。"

马尔达利·阿波隆内奇开怀大笑起来。我们留在了阳台上。这夜晚的确很爽朗。有人给我们上了茶点。

"我说，"我问道，"马尔达利·阿波隆内奇，那被迁到沟子后面的大路上的农户，都是您家的吗？"

"我家的……怎么？"

"怎么能这样呢，马尔达利·阿波隆内奇？这不太好吧。分给农民们的房子不怎么样，也很挤，周围连一棵树也见不到，水池也没有，只有一口井，还完全不够用。您就不能给他们找个别的什么地方吗？……听说，他们的大麻地也被收了。"

"这不是要划地界吗？"马尔达利·阿波隆内奇回答，"地界的事已经叫我十分头疼了（他指了指后脑）。我是看不到能有什么好处。是，我是收了他们的大麻地，也没给他们挖水池，兄弟，这我心里都明白。我是个简单的人，都是按老规矩办的。在我看来，主子就是主子，农奴就是农奴……就是这样。"

如此简单明了的理由，叫人没法再说什么。

"还有哇，"他继续说，"这些农奴也是不咋地。那儿有两家，我那先父，愿他进入天国，就不待见。特别不待见他们来着。我吧，有这么个迷信：父

为贼，子也必是贼，毫无办法……这血缘关系可是重要着呢！我老实跟您说吧，这两家的男丁，我都早早地送去充军了，好削弱他们。否则没有别的办法呀！他们特别能生。"

空气已经完全静了下来，只偶尔波动一下。在屋子近旁彻底安静下来之前，微风将马厩那边规律的敲打声吹进我们的耳朵。马尔达利·阿波隆内奇把盛满茶水的碟子抬到嘴边，张大鼻孔，准备饮茶，——任何一个地道的俄罗斯人似乎都喜欢如此喝茶，[1] 却突然停了下来，仔细听了听什么，点了点头，喝尽茶水，将碟子放到了桌上。他满脸善良的笑意，仿佛模仿着那敲击声道："丘克——丘克——丘克！丘克——丘克！丘克——丘克！"

"这是什么？"我惊奇地问道。

"按照我的命令，那儿正在惩罚一个犯了事的家伙呢……您知不知道我家管餐厅的瓦夏？"

"哪个瓦夏？"

"前阵子伺候我们吃午饭的那个，满脸络腮胡子的。"

再激烈的不满也无法应对马尔达利·阿波隆内奇那澄净温和的双眼。

"年轻人，您这是什么表情嘛？"他摇摇头，说道，"我难道是个恶棍吗，需要您这么瞪着我？犯了事，就要惩罚，这您也知道的。"

一刻钟后，我便与马尔达利·阿波隆内奇道别了。经过他的村子时，我遇到了瓦夏。他走在路上，吃着坚果。我叫车夫停下车，将他招呼到跟前。

"兄弟，今天挨罚了吧？"我问道。

"您是怎么知道的？"瓦夏回问。

"你家主子说的。"

---

1 俄罗斯民间传统习俗，爱用浅底小碟子饮茶。

"主子自己说的？"

"他为啥要惩罚你呢？"

"有原因的，老爷，有原因。我家主子不会无缘无故惩罚人，我们这儿不这样，一点都不。我家主子不是那样的人，我家主子……全省怕是也难找。"

"走吧！"我对车夫吩咐道，"俄罗斯自古不就是如此吗！"回家的路上，我不禁想着。

列别健

　　各位亲爱的读者，打猎的一个好处，就是让人不停地转换地方。对平时并不大忙碌的人来说，这其实挺快活。当然，有些时候（特别是雨天里），在乡间的土道上颠簸，也并不十分愉快。一路上还得向每个遇到的农民问："喂，请问，怎么才能到莫尔多夫卡？"真到了莫尔多夫卡以后，还得向愚笨的村姑（汉子们都在地里干活）继续问，如何才能到大路上的小旅馆。之后，再行进十俄里左右，却没发现什么旅馆，而不得不栖身在某个地主的快破产的小村胡多布博诺沃，惊得村里一大群陷在深褐色的泥泞里的猪们吃惊万分。

　　同样叫人不愉快的，还有经过摇摇欲坠的桥；进入深沟；跨过沼泽地里的溪流；整夜地在微微泛绿的大路上行驶，结果却在某个一面标有数字"22"，另一面标有"23"的里程杆前深陷泥泞而不得不停留几小时；数个星期里只能吃到鸡蛋、牛奶、大家交口称赞的黑麦面包……可是呀，这些不愉快和不便都被其他的益处与享受所补偿了。不过，还是让我们来讲讲故事本身吧。

　　有了上面的铺垫，我想我不必再向读者们赘述，五年前的一天里，我是如何在村里集市最热闹的时候到了列别健的。一般来说，我们这样的猎人可以在某个愉快的清晨离开自己的领地，带着第二天傍晚返回的计划，一路走走停停，多多少少地猎获些田鹬，甚至还能到达毕巧拉河畔呢。而且，除了猎枪和猎犬之外，任何一位猎人都会对世界上最优异的动物——马儿，爱惜有加。

这不，我到了列别健，住进了一家旅店，换了身衣服，便出门去集市上了。（店家的伙计，二十来岁的瘦高的小伙子，说话带着温存的鼻腔高音，告诉我说，某位大人，H 公爵，也是某团的军马采购员，已经入住旅店。还有很多人物也住了进来。最近几晚，都有茨冈人演唱，剧院里在上演《特瓦尔多夫斯基先生》[1]。他透露，马儿最近挺值钱。当然，都是些好马。）

集市广场上，停满了一排排望不到边的车，车后是品质花色各异的马：大走马、养马厂的马、比秋格马、拉车大马、驿站马，还有普通的干农活的马。有一些看上去喂得饱饱的，皮毛光滑，按花色精心挑选出来的，盖着五彩斑斓的罩子，拴在高高的架子跟前，双眼怯生生地斜看着后方主人手里的鞭子。地主家的马儿，往往是被生活在草原上的贵族们从一两百俄里以外赶过来的。它们被某个年迈体弱的车夫或者三两个结实的马倌看着，伸展着长长脖颈，跺着蹄子，无聊地啃着木桩。黄褐色的维亚特卡马紧紧地依靠在一起。宽臀大走马呼扇着波浪般的尾巴，撑着毛茸茸的蹄子，如狮子一般，郑重地站着不动。它们中有灰色带圆斑的、黑色的、枣红色的。懂行的人颇带着些尊重停在了它们跟前。

车马所隔成的街道上聚满了各色头衔、年龄、相貌的人。贩子们穿着蓝色长褂，戴着高筒帽子，狡猾地寻觅或者等待着买家。突眼睛、鬈发的茨冈人疯子一般地前拥后挤，看看马儿的牙齿，抬抬它们的腿或者尾巴，叫嚷着骂来骂去。他们中有一些充当着中间人，掷着色子，或者在某位戴着军帽、

---

1 作曲家阿列克谢·尼古拉耶维奇·维尔斯托夫斯基于 1828 年所创作的歌剧。

穿着镶海狸皮的制服的军马采购员身边晃悠。

一位矮胖的哥萨克，骑着一匹瘦弱的、长着鹿一般的脖子的骟马，说是要把它"整个"卖掉，也就是说连马鞍和笼头一起。农民们穿着腋下破损厉害的袄子，绝望地在人群里穿梭，有时候几十个人一起聚到某架车旁，想要试一试那马儿。要不他们就是站在一边，在一个机灵的茨冈人的帮助下，讨价还价到精疲力竭，各自坚持着自己的价格，无数次地击掌成交。而那作为争论的焦点的老马呢，盖着四处翘皮的席子，眨着眼睛，就仿佛没它的事一般……事实上，对那个打它的人将会是谁，它也的确无所谓。

地主们仰着高高的额头，胡须明显染过，满脸尊严，戴着四角帽，穿着厚呢长外衣，只套着一只袖子，带点嫌弃地跟挺着大肚子、戴着皮帽和绿手套的商人们交谈着。

来自不同队伍的军人们也混在人群中。一位个子极高的胸甲骑兵，德国人，面无表情地问一位跛脚的牲口贩子，他的栗色马儿卖多少钱。一个浅色头发的骠骑兵，十九岁上下，正在为自己的溜蹄马选配一匹拉梢马。一位驿站车夫将点缀着孔雀翎的帽子拉得低低的，身着褐色的短外套，连指皮手套插在窄窄的浅绿色的腰带上，正在物色一匹辕马。车夫们将马儿的尾巴拴上，将它们的鬃毛打湿，给主子们提着各种建议。已经完成交易的，根据各自所需，匆忙往旅店或者酒馆赶着……人们熙来攘往，就这样站在及膝的泥泞里叫闹着，推搡着，争吵着，和解着，对骂着，大笑着。

我想给自己的轻便马车配三匹吃苦耐劳的马儿，目前的这三匹快撑不住了。我已经相中了两匹，第三匹还没找到。吃完一顿不想描述的午餐之后（埃涅阿斯就已经懂得，回忆曾经的苦痛是何等的不愉快[1]），我来到所谓的咖啡馆。

---

1 此处引用的是古罗马诗人维吉尔的《埃涅阿斯纪》中的典故。

每晚，军马采购员、养马厂的人和各色其他人等，都会聚集在这里。

桌球房里弥漫着铅灰色的烟雾，挤了不下二十个人。年轻的地主们穿着仿匈牙利骠骑兵制服的外套和灰色裤子，留着长长的鬓角和涂了油的胡须，大大方方地四下里张望着。其他的一些穿着卡萨金外套的贵族们，露着极短的脖颈，双眼浮肿，夸张地喘着粗气。商人站在一旁，即所谓"留意"[1]着。军官在自由交谈。H公爵正在打桌球。他看上去二十二三岁，欢快的表情里略带些鄙夷。他的外套敞开着，露出红色的丝衬衫，穿着肥大的天鹅绒灯笼裤。他的对手是退伍中尉维克多·赫罗帕科夫。

退伍中尉维克多·赫罗帕科夫是个皮肤黝黑的精瘦的小个子，三十岁左右，一头稀稀拉拉的黑发，棕色眼睛，鼻子扁平朝天，是各类选举和集市的常客。他走起路来一蹦一跳，大摇大摆地甩着圆乎乎的双手，帽子歪在一边，将有灰衬里的军服的袖子挽起来。赫罗帕科夫先生特别擅长模仿彼得堡的那些游手好闲的富家子弟，跟着他们一起抽烟喝酒，打牌作乐，还互相以"你"称呼。

很难理解他为何如此受欢迎。他既不聪明，也不逗乐，连插科打诨也很勉强。当然，那些人跟他相处是友善中带着轻视的，就像是敷衍一个无关痛痒的小人物，往往跟他厮混两三个星期，之后忽然就连见面礼也不行了。他呢，也就知趣地不再回礼。

这位赫罗帕科夫先生有一个特点，

---

1 此处原文为奥廖尔省方言。

他可以一整年，甚至是在两三年的时间里总是重复同一个句子，也不管是不是合适。句子本身并不见得多么有趣，却不知为何能将大家逗乐。八年前，他成天把"对您表示尊敬，诚挚地感谢您"挂在嘴边。他彼时那些伙伴们一听到便笑得不行，还总让他重复"对您表示尊敬"这句。之后，他开始唠叨更为复杂的一句："这个，您就，是怎么回事[1]，这不就这样了吗？"获得成功后，又过了两年，他又想出了新的俏皮话："可别着急呀[2]，披着羊皮的上帝子民。"对吧，各位瞧瞧，这些并不复杂的俏皮话简直就是他的衣食父母呢。（他早就将自己的产业败光了，如今完全依靠友人过活。）请注意，别的其他什么长处，他可没有了。不过，他一天里可以抽个上百斗的朱可夫烟，打桌球的时候，会将右脚翘过头顶，瞄准的时候，更是会疯子一般地来回摩挲着球杆。当然，并不是任何人都会认同上述那些特点。他的酒量倒是也不错……可是，在俄罗斯这算不得什么……总而言之，他如此受欢迎，叫我难以理解……倒是有一点：他嘴很严，不会乱传话，更不会说谁不好……

"好吧，"我望着赫罗帕科夫，暗自想道，"他如今的口头禅又是什么了呢？"

公爵击中了一枚白球。

"三十比零！"病恹恹的脸色发黑、挂着黑眼圈的记分员嚷道。

公爵又咚的一下将一只黄球击进边网里。

"呵！"一位胖乎乎的商人晃了晃肚皮赞道。他坐在屋角一张晃悠悠的单脚桌旁，赞叹了一声，便怯怯地住口了。不过，倒是也没人注意到他。他松了口气，抚着胡须。

"三十六比零！"记分员拉着鼻音喊道。

---

1 原文为用俄语拼读的法语。
2 同上。

“怎么样，兄弟？”公爵问赫罗帕科夫。

“还能怎么呢？这不就是无无无无赖伊伊伊 ¹吗，十足的无无无无赖伊伊伊！”

公爵笑得前仰后合。“什么，什么？再说一遍？”

退伍中卫得意地重复道：“无无无无赖伊伊伊”。

“原来是这么个词儿！”我暗自想。与此同时，公爵又将一枚红球击入网中。

“哎！不是这样，公爵，不对，”那位浅色头发的军官突然嚷道，只见他双眼通红，孩子般睡眼惺忪的脸上挺着一只小鼻子，“你这打得不对……应该是……不是这样！”

“应该怎样？”公爵将头转过肩头问道。

“应该是……那个……走三重线……”

“是吗？”公爵透过齿缝嘟囔着。

“怎么样，公爵，今晚还去不去茨冈人那儿了？”一位一脸窘态的年轻人急急地问道，“会由斯捷什卡来演唱……还有伊柳什卡……”

公爵没有回答。

“无无无无赖伊伊伊，兄弟。”赫罗帕科夫说，狡黠地眯起左眼。

公爵大笑起来。

“三十九比零。”记分员宣布。

“零……看着，我这就把这枚黄球给……”他摩挲了几下球杆，瞄准了一会儿，谁知却滑杆了。

“哎，无无赖伊。”他沮丧地嚷着。

公爵又笑了。

---

1 原文为俄语无赖（ракалия）一词的变体加拖长音。

"什么？什么？什么？"

不过，赫罗帕科夫不再愿意重复那口头禅了：也得矫情一下嘛。

"您刚才滑杆了，"记分员说道，"请允许我上点粉……四十比零。"

"我说，诸位，"公爵对全体人员说道，并没有特别针对谁，"你们呀，待会儿在剧院要呼唤维尔热姆彼茨卡娅出场。"

"那还用说，肯定啦，"几个家伙附和着，对能回复公爵的要求感到无限荣幸，"肯定是维尔热姆彼茨卡娅……"

"维尔热姆彼茨卡娅是个出色的演员，比索普尼亚科娃强多啦。"角落里一个留着胡子、戴着眼镜的丑八怪嚷嚷着。真是令人同情！他其实暗自很是迷恋索普尼亚科娃。公爵呢，连看都没看他一眼。

"喂，上一斗烟！"一个高个子、相貌端正、身材挺拔的人喊了一声。他看上去像个赌棍。

有人跑去找烟斗了，回来以后向大人禀报，车夫巴克拉加正等着他们。

"噢！叫他再等等。给他送点伏特加过去。"

"遵命。"

随后，我得知，巴克拉加是一位年轻俊美的年轻人，被公爵惯坏了。公爵送他马匹，跟他一起驾车出游，整夜不归……这位公爵之前就是个挥霍无度的赌徒，如今却变了个样……他变得热情而骄傲！他因公务而忙碌，而且变得通情达理！

烟雾熏得我双眼难受。又听了一次赫罗帕科夫的新口头禅和公爵的大笑之后，我便回自己的房间去了。靠背极高的狭窄的翻毛沙发上，我的仆从已经铺好了寝具。

第二天，我开始挨家挨户地寻找马匹了。我从远近闻名的贩子西特尼科夫家开始。我打开栅栏的门，走近铺满沙粒的院子。主人站在马厩大敞的门前。

他已不年轻，又高又瘦，穿着兔皮袄，领子向上翻起。一见到我，他缓缓迎面走来，双手按住头上的帽子，唱歌般地说道：

"向您致敬。您是不是要看看马匹？"

"是的，我是来挑马儿的。"

"请允许我问一句，您想要哪种呢？"

"您给我看看，您这儿都有哪些。"

"这是我们的荣幸。"

我们进了马厩。几只白色的小土狗从干草上爬起，摇着尾巴跑过来。一只老羊不满地躲到一边。三位穿着厚实的、满是油污的皮袄的马倌一言不发，对我们行了礼。人工加高的马栏的左右两边，站着三十匹马儿，打理喂养得非常不错。横梁上，鸽子飞来飞去，咕咕叫着。

"您需要马儿做啥？用作交通呢还是繁殖？"西特尼科夫问我。

"既用作交通，也用于繁殖。"

"明白啦，懂啦，明白啦，"贩子拖长了腔说道，"彼佳，给这位先生看看'白鼬'。"

我们来到了院子里。

"需不需要给您搬一把凳子出来？……不需要？……您请便。"

只听马蹄子踏在木板上直响，有人扬起鞭子。彼佳四十岁上下，黝黑的脸上有麻点，不一会儿便从马厩里牵出一匹壮实的灰公马。他先是让它坐起来攀住立柱，然后又带着它在院子里跑了两圈，之后便停在了展示区。白鼬伸展着肢体，嘶鸣了一声，甩了甩尾巴，抬起脸斜看着我们。

"真是个聪明的家伙！"我想道。

"行啦，可以啦。"西特尼科夫说完便专注地看着我。

"怎么样，您觉得如何？"他问道。

"马儿不错，就是前蹄有点发软。"

"蹄子可结实了呢！"，西特尼科夫确信地反驳，"屁股呢……您看看……像火炕一样宽实，在上面睡一觉也没问题。"

"腕骨太长了。"

"哪里长了，瞧您说的！叫它跑跑，彼佳，叫它跑跑，小步跑，小步跑……别让它跳。"

彼佳又拉着白鼬跑了一圈。我们都不说话了。

"带它回去吧，"西特尼科夫说，"把'鹰'带来。"

鹰浑身像甲虫一般黑，是一匹荷兰种的公马，后臀耷拉着，精壮得很，比白鼬好一些。猎人们讲起这类马儿来总会说："它们跑起来连砍带削。"也就是说，跑动的时候，它们的前蹄左右舞动、飞甩，却并不特别向前甩。中年的商人们会比较偏爱这类马儿。它们的跑动让人想到机灵的店小二的步子。它们特别适合单独行动，比如说饭后消遣：它们乐于扭起脖子，雄起起气昂昂地拉起某架粗笨的马车。拉车的往往是某个吃撑得说不出话来的车夫，车里坐着吃了什么而正烧心的商人，和他那臃肿的披着天蓝色丝斗篷、系着淡紫色头巾的妻子。

我没要鹰。西特尼科夫又吩咐给我看了几匹马……终于，我看上了有一匹灰色带圆斑的沃耶伊科夫种的公马。我拍了拍它的肩胛，欢喜得不得了。西特尼科夫却立刻摆出一副漠不关心的样子。

"怎么样，它行进起来不错吧？"我问道。（提到走马的时候一般不用"拉车"这样的字眼。）

"能行进吧。"贩子平静地回答。

"能不能看看？……"

"当然可以咯。库兹亚，给它套一副轻便车试试。"

库兹亚是一位骑手，技艺超群，驾着马车在街上来回走了三回。马儿跑得很踏实，没有不畅的地方，后臀也不乱甩，蹄子挥舞自如，尾巴略微拉开，而且保持着"姿势"，算是匹阔步马。

"您要价多少？"

西特尼科夫开了个天价。我们便在街上砍起价来。突然，街角蹿出一辆装备精良的三套马车，在西特尼科夫家门前骤然停住。这辆狩猎用的招摇的马车上坐着的是 H 公爵，混在他旁边的是赫罗帕科夫。驾车的便是那巴克拉加……还真有一手！好家伙，简直能穿过皮带环！枣红色的边套马，个头不大，十分活泼，黑眼珠、黑蹄，躁动着，紧张着，似乎只要一吹哨子，就可以飞驰而去，不见踪影！褐色的辕马如天鹅一般伸长了脖子，挺着胸膛，四蹄如箭，高傲地晃着头、眯着眼……真是棒极了！简直可以在节日里给沙皇伊凡·瓦西里耶维奇[1]当座驾了！

"大人，欢迎光临寒舍！"西特尼科夫叫道。

公爵从车上跳下来。赫罗帕科夫慢吞吞地从另一边下了车。

"你好呀，兄弟……你这儿有马吗？"

"为了您也得有呀！您快请进……彼佳，把'孔雀'牵过来！叫人把'好样的'备好。老爷，至于您的话，"他转向我继续说道，"我们另外找时间再谈……福姆卡，快给大人把椅子端来。"

孔雀被从我之前没注意到的一座特殊的马厩里牵了出来。这是一匹雄壮的深枣红色大马，只见它四肢在空气里飞腾，以至于西特尼科夫甚至转过头去，眯起眼睛。

---

1 这里指俄罗斯古代史上著名的伊凡雷帝。

"哇，无无赖伊！"赫罗帕科夫叹道，"我喜欢！ [1]"

公爵笑了起来。众人很是费了一番力气，才使孔雀停了下来。它几乎是拖着马倌在院子里转圈。最后，大家不得不把它逼到墙角。它呼哧着，浑身痉挛，筋肉紧绷。西特尼科夫还在不停地挑逗它，冲着它挥鞭子。

"你往哪儿看呢？看我不收拾你！哎！"贩子的责骂声中带着亲昵，不由自主地欣赏着这马儿。

"要价多少？"公爵问。

"也就向您要五千卢布。"

"三千。"

"不行呀，大人，这怎么行呢……"

"都跟你说了，三千。"赫罗帕科夫起哄着。

我没等交易完毕，便走了。街的极尽头处的一座颜色发灰的小屋门前，贴着一张纸。上半边画着一匹尾巴呈烟囱状的马，脖子长得没边，马蹄子下，用旧体字写着这样一段话：

> 本地出售各色马儿，均由坦波夫地主阿纳斯塔谢·伊万内奇·切尔诺拜伊的草原养马厂专门运来列别健集市。马匹个头匀称，调教有方，性情温和。买家若有意，请向阿纳斯塔谢·伊万内奇本人咨询。他不在时，亦可询问车夫纳扎尔·古贝什金。各位买家，请多多关照老人家的生意！

我停了下来。我暗自思忖，那就瞧瞧这位切尔诺拜伊先生草原养马厂的马儿吧。

---

1 原文为用俄语拼读的法语。

我本想推开栅栏门，结果发现它上了闩。我敲了敲门。

"谁呀？……是买主吗？"响起一个刺耳的女人的声音。

"买主。"

"这就来，老爷，这就来。"

栅栏门开了，出现一个五十岁上下的女人，没戴头巾，踏着靴子，皮袄大敞。

"主顾，您请进。我这就去报告阿纳斯塔谢·伊万内奇……纳扎尔，喂，纳扎尔！"

"怎么？"马厩里传来一个七十岁老头的声音。

"备好马。买主来啦。"

老妇人跑进了屋。

"买主，买主，"纳扎尔对她嘟囔道，"我还没把它们的尾巴全洗干净呢。"

"好一个世外桃源！"我暗自想。

"这位老爷，欢迎，"我身后传来一个饱满而令人愉快的声音。我转身一看，是一位年岁不算太大、穿着蓝色及地大衣的老头，满头银发，带着热心的微笑，湛蓝的双眼漂亮有神。

"你要买马儿？请吧，老爷，请……要不要先进屋来一顿痛快的茶点？"

我拒绝了，表示了感谢。

"你请便。这位老爷，你得原谅我。我年岁不小啦。（切尔诺拜伊先生讲话不紧不慢，单词的重音落在字母 o 上。）我这儿一切都很简单……纳扎尔，喂，纳扎尔。"他拖长了音呼唤着，并没有提高嗓门。

纳扎尔是个满脸皱纹、长着鹰钩鼻、留着刀片胡的老头，只见他站在马厩的门槛边。

"这位老爷，你需要啥样的马儿？"切尔诺拜伊先生继续问道。

"不必太贵，多少跑过点路，能拉带篷马车。"

"可以……有这样的，可以……纳扎尔，纳扎尔，把那匹发灰的骟马牵来给老爷看看。你知道的，就是边上的那个，还有那匹枣红色的，带点秃。不是那匹，是枣红色的。美人儿生的那匹，知道吧？"

纳扎尔回到了马厩里。

"你就把它们套着笼头牵出来！"切尔诺拜伊先生对着他的背影喊道，"这位老爷，我这里呀，"他接着说，坦白而温驯地望着我，"可不像贩子那儿。他们那儿真该一匹马也没有才对！他们给马儿喂姜啦、酒糟啦，[1] 上帝该惩罚他们！……我这儿呢，你看看，全是公开的，不使坏。"

马儿被牵了出来。我并没有看上。

"叫它们回原地去吧，"阿纳斯塔谢·伊万内奇说道，"把其他的牵出来看看。"

他们又给我看了几匹马。最后，我选了一匹比较便宜的。我们开始讲价。切尔诺拜伊先生没有急躁，而是通情达理，带着几分郑重，仿佛是要请上帝来当证人一般。于是，我不能不"关照老人家的生意"，交了订金。

"那么，现在呀，"阿纳斯塔谢·伊万内奇说道，"请允许我按照老规矩把马儿亲手交给你……你呀，会因为买到匹好马感谢我的……多年轻！多壮实……宛如初生……草原马儿！套什么样的车都没问题。"

他在胸前画了一个十字。把大衣的前襟抓在手里，牵住马笼头，把马儿交给了我。"好好地拥有它吧……怎么，还是不想喝点茶吗？"

"不啦，非常感谢，可是我该回家了。"

"请便……要不要我的车夫替你把马儿骑回去？"

---

1 马儿被喂了姜和酒糟的话，身体很快就会发沉。——原注

"如果您允许，可以呀。"

"可以的，伙计，可以……瓦西里，喂，瓦西里，跟这位老爷跑一趟，把钱拿回来。再见啦，老爷。一切顺利。"

"别啦，阿纳斯塔谢·伊万内奇。"

车夫帮我把马骑回了家。第二天，它便一副又累又瘸的样子。我本要给它套上车，结果它却后退。用鞭子抽它吧，它犯倔，乱踢一阵，索性躺下了。我立刻去了切尔诺拜伊先生家。我问："有人吗？"

"有。"

"您这是怎么回事呢，"我道，"卖了我一匹疲累不堪的马。"

"疲累不堪？……上帝保佑！

"它还一瘸一拐的，脾气坏得很。"

"一瘸一拐？这我可不清楚，应该是车夫路上把它伤了……我可是当着上帝的面……"

"阿纳斯塔谢·伊万内奇，您真该把它收回去。"

"老爷，这可不行。您也别生气，既然把它从院子里牵出去了，事情就完结了。之前你该看好嘛。"

我明白是怎么回事了，认了命，大笑了一阵，便离开了。幸好这堂课的学费不算太贵。两天之后，我便离开了。又过了一星期，我在回程路上又顺便去了列别健。咖啡馆里几乎还是那些人，而且我又见到了H公爵在打桌球。不过，赫罗帕科夫先生的命运却已发生了常见的转变。浅色头发的军官代替他成了公爵的新宠。可怜的退伍中尉当着我的面仍旧试图说着自己那俏皮话，心里充满侥幸，以为能再次受宠。然而公爵不仅没笑，甚至皱起眉头，耸了耸肩。赫罗帕科夫先生垂下头，缩成一团，躲到了角落里，默默地将烟丝塞进烟斗……

塔季扬娜·鲍里索夫娜与她的侄儿

　　亲爱的读者，请允许我牵着您的手，一起出行吧。天气如此美好，五月的天空温存地泛着蓝，年轻光滑的爆竹柳的叶子闪着光芒，像是被清洗过一样。道路是如此宽阔舒展，路面的新绿里隐隐闪烁着微红的茎叶。羊儿们畅快地啃食着。绵延舒缓的坡丘上，青葱的麦浪在摇荡，乌云在上面投下小块斑影。远处是乌压压的森林，水塘波光闪耀，一座座村落里泛黄的木屋依稀可见。云雀成群结队地腾起，鸣叫，然后又飞速下降，伸长了脖子，在石块上逗留。白嘴乌鸦在道路上游荡，望着我们，它们贴着地，等我经过之后，扑腾两下，笨重地飞向一旁。沟子后面的小丘上，有位汉子在耕种。一匹尾巴被剪短了的小马驹，鬃毛蓬起，步履蹒跚地跟着母亲跑着，它轻盈的啼鸣依稀可闻。

　　我们进了一片白桦林，清新的气息冲击着我们的呼吸。这不，已经到了村口的栅门。车夫下了车。马儿们嘶鸣着。边套马儿四下里张望着，辕马摇摇尾巴，将头靠到拱木上……吱呀一声，门开了。车夫上了车。开动吧！

　　一座村落出现在我们眼前。经过五座院子后，我们拐向右边，再经过一片洼地，我们来到了坝上。一片不大的水塘后，掩映在茂密的苹果树和丁香

丛下的，是板木屋顶，红色的漆斑驳剥落。屋顶上伸出两只烟囱。车夫沿着院篱左边继续行进，在三只看家老狗激动嘶哑的叫声中，驶进敞开的院门，在宽阔的院子中飞驰一圈，经过马厩和窝棚，对正侧身越过门槛、从粮仓里出来的拿钥匙的女管家精神地行了个礼，最后终于停在了一座窗明几净的深色小屋的前廊旁……

我们来到了塔季扬娜·鲍里索夫娜家。这不，她打开通风的小窗，冲我们点头……大婶子，您好呀！

塔季扬娜·鲍里索夫娜五十岁左右，一双灰色的大眼外突，鼻子略微扁平，脸色红润，双下巴。她的表情殷切而温柔。她曾经嫁过人，不过，很快便成了寡妇。塔季扬娜·鲍里索夫娜是一位不凡的女性。她住在自己不大的领地上，大门不出二门不迈，与左邻右舍也疏于往来，只愿意接待年轻人。

她出生在贫困的地主家庭，并未受过什么良好的教育，也不会说法语，甚至连莫斯科都没去过。尽管如此，她举止朴素得体，身心自由，几乎没有小地主家庭女性惯有的陋习，实在是令人惊奇的……可不是吗，一个女人，经年累月住在偏远的村子里，不家长里短，不胡闹，不卑躬屈膝，不焦虑苦闷，也不对事物过分好奇……简直就是奇迹呀！

她通常穿着灰色塔夫绸裙，头戴白色的镶有淡紫色飘带的包发帽。她胃口不错，却不暴饮暴食。果酱、干制品、腌菜都由女管家来操办。那么，您会问了，她一整天待在家里做什么呢？……阅读吗？不是，她不读书，书籍并非她所好……如果家里没有客人，那么冬天里，她便坐在窗边织长袜；夏天呢，则会在园子里逛逛，侍弄花草，逗逗小猫，喂喂鸽子，可以玩儿上几小时……家里的产业她也并不大管。

不过，要是家里来了客人，或者某位她喜欢的年轻邻居，塔季扬娜·鲍里索夫娜整个人便容光焕发。她让客人落座，招待他吃茶点，听他讲各类奇闻轶事，开怀笑着，偶尔还会拍拍他的脸。她自己倒并不多话，但是对方要是遇到了灾难或者不快，她必然加以安慰，还会提些建议。多少人都跟她倾诉过家里的或个人的隐秘，在她的怀里哭泣过！

有时候，她跟客人对坐，撑着双肘，满脸同情地望着对方的眼睛，她那充满善意的笑容叫客人不禁想："塔季扬娜·鲍里索夫娜，你可真是位可爱的女人！就让我把心里话跟你全盘托出吧。"在她那小房间里，人会感到温暖舒适。形象地说的话，她家里永远是好天气。

塔季扬娜·鲍里索夫娜是一位令人惊叹的女性，但大家却对她的思维、坚毅、自由，对深陷苦痛或者遇上幸事的人的感同身受感到理所当然，就仿佛她的这些优点都是与生俱来的，不费吹灰之力……她就是这样一个人，因此大家也不觉得需要对她表示感谢。

她尤其喜欢观察年轻人的种种任性与玩闹，往往把手往胸前一叉，伸着头，眯着眼睛，微笑地坐着，摇头叹息："哎，你们这些孩子哟！……"有时候特别想走到她跟前，抓住她的手说："塔季扬娜·鲍里索夫娜，您没有意识到自己的价值，您虽然没什么学识，身世普通，却是个非凡的人物！"

她的名字本身就让人觉得熟悉亲切，朗朗上口，使人露出微笑。有几次，我在途中问路人，伙计，去格拉乔夫卡怎么走？"老爷，您呀，先到维亚佐沃耶，再从那里往塔季扬娜·鲍里索夫娜家方向去，到了那里谁都能指路啦。"而且，一提到塔季扬娜·鲍里索夫娜的名字，大家都会特意摇头晃脑。

她家的仆从并不算多，与家业相匹配。屋子本身、洗衣房、粮仓、厨房，由拿钥匙的女管家阿加菲娅管理。她原来是塔季扬娜·鲍里索夫娜的保姆，是一位非常慈祥、爱哭，牙齿已全部掉光的老太太。两位脸颊如安东诺夫卡苹果一般硬朗发灰的女孩是她的手下。贴身侍卫、门卫和餐厅管理员则由年过七十的老仆波利卡尔普充当。这是一个非常奇怪、博览群书的家伙，曾

经的小提琴手，崇拜维奥蒂[1]，对拿破仑充满了私人仇恨，称其为波拿巴季什卡[2]，还对夜莺极度喜爱。他总爱在屋里养那么五六只，早春的时候，他整天守在鸟笼旁，等着听"初啼"。听到之后，他会用双手捂住脸，呻吟着："哎，真受不了，受不了"，接着泪流满面。给波利卡尔普帮忙的，是他那十二岁的小孙子瓦夏，一头鬈发，双眼灵动。波利卡尔普疼他疼得不得了，成天到晚围着他转。

"瓦夏，"他教育道，"跟我说：波拿巴季什卡是个强盗。"

"爷，那你给我啥？"

"给啥？……啥也不给你……你是谁？你是不是俄罗斯人？"

"我是阿姆岑斯克[3]人，我是在阿姆岑斯克出生的。"

"笨蛋！阿姆岑斯克在哪里？"

"我上哪儿知道去？"

"阿姆岑斯克在俄罗斯，笨蛋。"

"在俄罗斯又怎么了？"

"什么怎么了？已故的斯莫棱斯克公爵大人米哈伊洛·伊拉里昂诺维奇·戈列尼谢夫－库图佐夫在上帝的帮助之下，把那波拿巴季什卡赶出了俄罗斯。有歌子纪念这事件呢：波拿巴顾不上舞蹈，把自己的袜带丢了……知道了吧，公爵大人救了你的祖国。"

"这跟我有何相干？"

"你这个蠢孩子，愚蠢！如果米哈伊洛·伊拉里昂诺维奇公爵没把波拿

---

1 乔万尼·维奥蒂（1755—1824），意大利小提琴演奏家、作曲家。
2 "波拿巴"的卑称。
3 在民间，奥廖尔省的姆岑斯克市常被称为阿姆岑斯克，该市居民则被称为阿姆岑斯克人。阿姆岑斯克人机灵难缠。因此，我们这儿警告仇家时，经常会希望他"遭遇阿姆岑斯克人"。——原注

巴季什卡赶出去，估计你现在正被哪位法国佬教训呢。就这么走到你跟前说：
'你好吗？[1]'然后用棍子当当敲你的头。"

"那我就用拳头捶他的肚皮。"

"他会对你说：'你好呀，到这边来。'[2]然后揪住你的头发。"

"那我就踩他的脚，踢那洋葱似的脚踝。"

"的确,他们那脚踝的确跟洋葱似的……如果他把你的手绑起来怎么办？"

"那我也不会投降，会叫车夫米赫伊来帮我。"

"不过，瓦夏，米赫伊要是打不过法国人呢？"

"咋会打不过！米赫伊那么壮实！"

"你们又能把他怎样呢？"

"我们会敲他的背，对，敲他的背。"

"他会求饶的，会叫道：'对不起，对不起，饶了我吧！'"[3]

"那我们就对他说：'不会饶了你，你这个法国佬！……'"

"好样的，瓦夏！……你就这么叫：'波拿巴季什卡强盗！'"

"你快给我糖吃！"

"你这家伙！……"

塔季扬娜·鲍里索夫娜跟临近的女地主们不大打交道。她们不怎么来，她呢，也不会哄她们开心，往往就在她们的叽叽喳喳中睡了过去，然后突然惊一下，使劲睁开双眼，之后又睡着了。塔季扬娜·鲍里索夫娜对女人们没什么好感。她的一位友人，温和老实的年轻人，曾有一个姐姐，三十八岁半的老处女。她为人其实非常善良，相貌却有点走样，还比较爱激动。他弟弟

---

1 原文为用俄语拼读的法语。
2 同上。
3 同上。

经常跟她提起女邻居。

　　于是，一个美好的早晨，这位老处女，二话没说，叫人备好马，出发去拜访塔季扬娜·鲍里索夫娜了。她身着长裙，戴着草帽，面罩绿纱，鬈发披散下来。她进了前厅，经过惊慌失措、把她当成了人鱼的瓦夏，跑进了客厅。塔季扬娜·鲍里索夫娜吓坏了。她本要站起身，却双脚发软。"塔季扬娜·鲍里索夫娜，"女客人恳求道，"请原谅我的冒昧，我是您的朋友阿列克谢·尼古拉耶维奇·K 的姐姐，从他那儿听到了不少关于您的事，于是前来与您结识一下。"

　　"非常荣幸。"惊恐万分的女主人嘟囔道。女客人摘下草帽，甩了甩头发，坐到了塔季扬娜·鲍里索夫娜身旁，抓起她的手……

　　"原来，这便是她呀，"她动容地说道，若有所思，"这个善良、开朗、忠厚、神圣的人！这就是她，一位平凡却又深刻的女人！我真是太兴奋了，太兴奋了！我们一定会非常珍爱对方！我得休息一下……在我的想象里，她就是如此。"她呢喃着，直望着塔季扬娜·鲍里索夫娜的双眼。"您没有生我的气吧，善良的大好人？"

　　"我其实也十分高兴……您要不要来点茶点？"女客人体谅地微笑了一下。

　　"如此真实，如此直接，"[1] 她就像是在自言自语，"请允许我拥抱你一下，我亲爱的！"

　　老处女在塔季扬娜·鲍里索夫娜家里足足待了三个小时，一直说个不停。她试图跟自己的新相识解释自身存在的意义。不速之客离开后，可怜的女地主立马去洗了个澡，喝了不少椴树花茶，然后便躺下睡了。然而，老处女第二天又来了，坐了四个小时，离开时还承诺说要天天来看望塔季扬娜·鲍里

1 原文为德语。

索夫娜。她呀，各位看到了吧，按照其说法，是要将塔季扬娜·鲍里索夫娜丰富的本质完全发展出来，也很有可能将自己的女邻居折磨得疲惫不堪。

不过，首先，两周之后，她便对弟弟的朋友"充分"失望了。其次，她爱上了一位路过的大学生，与他展开了务实而热烈的通信。在信中，她祝福他能过上神圣而美好的生活，她将"自己整个"牺牲了出去，只要求当对方的姐姐，还时不时展开大段的自然描写，提到了歌德、席勒、贝蒂娜和德国哲学，最终使那可怜的年轻人陷入阴郁的绝望中。不过，年轻战胜了一切。某个美好的清晨，他发现自己对这"姐姐与最好的朋友"厌恶得发狂，以至于差点揍了自己的侍卫。之后很久，只要一听到有人提及什么崇高而无私的爱，他就想咬人……不过，从那以后，塔季扬娜·鲍里索夫娜与女邻居们更加不相往来了。

哎，这世上没有什么是持久的！我与各位讲的这些有关这位善良的女地主的种种故事都已经是过往了。她家里原先的安宁被彻底打破了。她的侄儿，一位来自彼得堡的画家，已经在她家住了两年多。事情是这样的。

八年前，塔季扬娜·鲍里索夫娜家里住过一位十二岁的男孩，一个孤儿，她已故的弟弟的孩子，叫安德柳沙。安德柳沙长了一双湿润的大眼，小嘴，鼻子直挺，高高的前额很光滑。他说起话来声音细微甜蜜，将自己收拾得整齐规矩，招待客人温存热情。他喜欢带着他那孤儿特有的敏感亲吻姑姑的手。有时候，你人还没到呢，他便将椅子给你搬过来了。他丝毫不淘气，不吵闹，喜欢坐在角落里看书，特别安详文静，连椅背都不靠。客人进来的话，安德柳沙连忙起身，大方地微笑一下，脸颊发红。客人一走，他便坐下，从口袋里掏出带镜片的小梳子，梳理一下头发。

幼年起，他便对绘画特别感兴趣。要是手里有张纸片，他便立刻向管家阿加菲娅要来剪刀，剪出规矩的四边形，把边角弄平整，便开始画起来：画上一只有着大大的瞳孔的眼睛，或者希腊式的高鼻子，或者是带烟囱的房子，螺旋形的炊烟袅袅升起，或者是某只长得像长椅的狗儿的正面像，或者是一株停了两只鸽子的树苗。然后还署名"安德烈·别洛弗佐洛夫作于某年某月某日，小布雷基村"。

塔季扬娜·鲍里索夫娜命名日的前两周，他便画了起来。到了日子，他是第一个来祝贺的，捧上束着粉红色带子的卷轴，在观众好奇的目光下打开，原来画的是一座圆形的教堂，配有廊柱，还灵巧地打上了阴影。教堂的中心位置是一座圣坛，圣坛上供着一颗红星和一束花。而在上方的包装纸上，用清晰的字迹写着："献给姑姑、恩人，塔季扬娜·鲍里索夫娜·博格丹诺娃，热爱您的侄子敬上，谨表深切的情谊。"塔季扬娜·鲍里索夫娜对他亲了又亲，给了他一个卢布。然而，她其实并不觉得对他有多亲。安德柳沙的这番情真意切她也并不多么喜欢。与此同时，安德柳沙长大了。塔季扬娜·鲍里索夫娜开始替他的未来操心。一个偶然的事件使她看到了出路……

八年前的一天，她家来了一位叫彼得·米哈伊雷奇·别涅沃伦斯基的客人。此人是六品文官，获得过勋章。别涅沃伦斯基先生曾经在邻近的县城履行过公务，也曾是塔季扬娜·鲍里索夫娜家的常客。之后，他去了彼得堡，进了部里工作，还获得了高位。有一次，在办理公务的途中，他想起了自己的老朋友，就顺便拜访了她，想在她家里休息两日，在公务之余"享受乡间的宁静"。塔季扬娜·鲍里索夫娜一如既往地殷切地接待了客人，而别涅沃伦斯基先生却……不过，在讲述故事之前，亲爱的读者，请允许我介绍一下此人。

别涅沃伦斯基略微有些发福，中等身材，看上去很温和。他的双腿不长，手胖乎乎的。他通常穿着宽松而得体的燕尾服，宽大的领带系得高高的，内衣洁白如雪，绸坎肩上挂着一条金链子，食指上还戴着镶有宝石的戒指。他顶着浅色的假发，说起话来语气简短而确信，不大吵大嚷，总是微笑着，愉快地看着四周，将下巴舒服地伸进领带中。总的来说，这是个叫人愉快的人。上帝还叫他有颗极善良的心，他很容易流泪动容，除此之外，还对艺术有无私的热爱。这的确是种无私的爱，因为，说实话，他对艺术其实一窍不通。令人不解的是，究竟是怎样神奇而隐秘的力量使得他对艺术有如此的热情？他似乎就是这么一个正派而平凡的人……不过，这样的人在我们俄罗斯着实不少。

对艺术和艺术家的热爱使这些人身上带有某种难以形容的造作。跟他们打交道也好，交谈也罢，都相当困难。那是一群裹着糖衣的蠢货。他们从来不称拉斐尔为拉斐尔、柯勒乔为柯勒乔，而称"梦幻般的桑齐奥，无法复制的阿雷格里斯"[1]，重音还一定放在"o"音节上。任何一个没受过什么教育的、自恋的、狡猾的、平庸的画匠在他们嘴里都成了天才，确切地说是"田才"[2]。他们成天唠叨着意大利蔚蓝的天空，南部的柠檬，布伦塔河边芬芳的雾气。"哎，万尼亚哟，万尼亚，"或者"哎，萨沙哟萨沙，"他们往往喜欢互相叹道，"就想去南边……我们是精神上的希腊人，古希腊人！"也可以在各类艺术展上遇见他们，站在某些俄罗斯画家的作品前。（需要提到的是，他们中大多数都是情绪高昂的爱国人士。）只见他们一会儿退后两步，仰起头，一会儿又走到画作跟前，眼睛里泛起油亮的光泽……"噢哟，上帝哟，"终于，他们拖着激动的声音评论道，"用心哟，真是用心！真是动情哟！真是投入了哟！整个心都投入进去了哟！……构思得真不错！实在太巧妙了！"

而他们挂在自己客厅里的，又是些什么画儿呢！他们每晚招待喝茶、与之攀谈的，又是些什么所谓艺术家呢！而他们展示给这些画家的又是些什么

---

1 桑齐奥和阿雷格里斯是两位画家的姓氏。
2 此处模仿的是上文中那些人土气而夸张的口吻。

所谓自家房间的风景画呢：房间右边是一把刷子，锃亮的地板上陈列着一堆破烂，窗边的桌上摆着黄色的茶炊，房间的主人则穿着长衫、戴着小圆帽，脸上发着光！那些带着鄙夷的微笑来拜访他们的长发的缪斯之子哟，都是些什么人哪！在他们家里弹琴哀叹的，又都是些什么面带菜色的小姐们呀！看来，在我们俄罗斯是这样的：一个人是不可能迷恋一种艺术创作的，他必然是全能的。因此，这些艺术爱好者们还特别热衷于对俄罗斯文学加以提携，尤其是戏剧……《贾科贝·萨纳扎尔》[1]就是为他们所写：无数次地描述什么天才与凡人、与整个世界的斗争。这才能令他们感动至深……

别涅沃伦斯基先生到访的第二天，塔季扬娜·鲍里索夫娜招待他吃茶点，并叫侄子过来给客人展示自己的画作。"他画画？"别涅沃伦斯基先生惊奇地问道，带着兴趣看着安德柳沙。

"画呀，"塔季扬娜·鲍里索夫娜回答，"可喜欢画啦！而且也并没有老师指导。"

"喔，给我瞧瞧，给我瞧瞧。"别涅沃伦斯基先生说道。安德柳沙红着脸、面带微笑，将自己的画册送到了客人手里。别涅沃伦斯基先生带着一副内行的神情翻阅了起来。"不错，年轻人，"他终于道，"不错，不错，不错。"他摸了摸安德柳沙的头，安德柳沙激动地吻了吻他的手。"才华横溢呀！……祝贺您，塔季扬娜·鲍里索夫娜，祝贺您啦！"

"瞧您说的，彼得·米哈伊雷奇。在这儿找不到老师。从城里请的话，太贵了。邻居阿尔塔莫诺夫家倒是有个会画画的仆从，据说挺不错。但他家小姐不允许他教课，说是会影响他自己的品位。"

---

1 俄罗斯十九世纪诗人、剧作家、翻译家涅斯托尔·瓦西里耶维奇·库柯尔尼克所创作的浪漫主义戏剧作品。屠格涅夫曾在著名的《现代人》杂志发表文章评论库柯尔尼克的创作，认为其作品造作庸俗。

"哦，"别涅沃伦斯基先生望了望安德柳沙，陷入沉思，"我们再商量商量吧。"他补充道，搓了搓手。当天，他要求与塔季扬娜·鲍里索夫娜单独谈谈。他们关在房间里谈了一会儿，半个小时后，把安德柳沙叫了过去。安德柳沙走进屋子。别涅沃伦斯基先生站在窗边，脸色愉悦，双眼放光。塔季扬娜·鲍里索夫娜坐在角落里，擦着眼泪。

　　"安德柳沙呀，"她终于开了腔，"好好感谢彼得·米哈伊雷奇吧。他决定照顾你，把你带到彼得堡去。"安德柳沙呆在了原地。

　　"您坦白地跟我说说，"别涅沃伦斯基先生的声音里充满尊严与宽厚，"年轻人，您想不想当画家？您有没有感到艺术的神圣召唤？"

　　"我想当画家，彼得·米哈伊雷奇。"安德柳沙激动地肯定道。

　　"我感到非常欣慰。不过，您呢，"别涅沃伦斯基先生继续说，"与尊敬的姑姑分别自然是非常伤心，您对她一定是非常感激的。"

　　"我特别喜欢姑姑。"安德柳沙打断他，眨了眨眼。

　　"当然，当然，这很好理解，也叫人对您产生好感。不过，您想一下，今后您成功之后……会有多大喜悦……"

　　"拥抱我一下，安德柳沙。"善良的女地主嘟囔着。安德柳沙扑到了她的怀里。"现在，感谢一下自己的恩人吧……"安德柳沙抱住了别涅沃伦斯基先生的肚皮，踮起脚，吻了吻他的手。他那恩人呢，不紧不慢地接受了感谢……当然，孩子的愿望要满足，自己呢，也要享受一番这谢意。两天后，别涅沃伦斯基先生带着自己新收的孩子离开了。

　　在分别的最初三年当中，安德柳沙经常写信回来，有时还会在信里附上自己的画作。别涅沃伦斯基先生偶尔也会加上几句自己的话，多数时候是褒奖。后来，信渐渐少了。直到有一天，完全终止了。侄儿一整年没有任何音讯，塔季扬娜·鲍里索夫娜担心起来。忽然，她收到这样一张便条：

亲爱的姑姑！我的庇护人彼得·米哈伊雷奇已经去世四天了。严重的中风夺去了我最后的支柱。当然，我现在已经二十岁了。在过去的七年中，我取得了不小的成绩。我对自己的才能很有信心，也可以靠此为生。我不会消沉。但是，如果可以的话，还是希望您能给我寄二百五十卢布救急。亲吻您的手，等候中。

　　塔季扬娜·鲍里索夫娜寄了二百五十卢布给侄子。两个月之后，他又来要钱。塔季扬娜·鲍里索夫娜凑齐了最后一点钱，寄给了他。第二次汇款后不到六个星期，他又第三次来要钱了，说是要为给女伯爵捷尔捷列舍涅娃画肖像买颜料。塔季扬娜·鲍里索夫娜拒绝了。"这样的话，"他在给她的信里写道，"我决定回村里投奔您，也好修养一下身体。"之后，当年的五月，安德柳沙便回到了小布雷基。

　　一开始，塔季扬娜·鲍里索夫娜没能认出他来。读着信时，她想象的是一位病态的、消瘦的人。而她所见到的，却是一个肩膀宽阔的胖子，脸盘也很阔，脸色红扑扑的。一头鬈发看上去油腻腻的。纤弱苍白的安德柳沙变成了胖墩墩的安德烈·伊万诺维奇·别洛甫佐洛夫。而且，他不仅是外貌发生了变化。原先的拘泥与扭捏、小心与整洁被年轻的不拘小节和让人难以忍受的邋遢所取代。他走起路来左摇右晃，喜欢扑坐在椅子上或者瘫坐在桌子上，总是懒洋洋的，高声打哈欠，与姑姑和其他人打交道都非常不客气。那架势就是：我是画家，如哥萨克般自由！都看好了！

　　有时候，他整天不碰一下画笔。不过，一旦要是来了所谓的灵感，就如喝醉了一般。只见他满脸通红、双眼放光，扯着嗓子沉重而笨拙地唠叨着自己的才华与成功，讲述自己的发展与前景……事实上，他的能力也就只够画两幅勉强能够让人接受的肖像画而已。他也没什么学识，什么书都没读过。不过，画家又为何要读书呢？大自然啦，自由啦，诗意啦，这就够了。没事

摇头晃脑，哼哼小曲，大口大口地吸朱可夫牌烟。俄罗斯式的放浪不羁倒是不错，但并非人人适合，尤其是那些毫无才气可言的张三李四，装模作样起来真是让人难以忍受。

这安德烈·伊万内奇便在姑姑这儿住下了，白吃白喝看来挺不错。对客人来说，他极为无聊。有时候，他会坐到钢琴旁（塔季扬娜·鲍里索夫娜家里是有钢琴的），用一根手指弹起《勇猛的三套车》[1]来。要不就是抓过谱子，拨弄琴键，整小时地弹唱瓦尔拉莫夫的小曲《顾影自怜的松树》，或者《不，医生，请不要来》[2]，眼里泛着油光，脸颊膨胀得像面鼓……要不就是突然唱起《退却吧，澎湃的激情》[3]……塔季扬娜·鲍里索夫娜往往在一旁哆嗦着。

"真是奇怪呀，"有次，她对我说，"如今这都是些什么歌儿呀，满是绝望。在我年轻的时候，可不是这样的。那时也有一些忧伤的歌儿，却叫人爱听的……比如：

到原野里来寻我吧，

我无望地等着你的到来；

到原野里来寻我吧，

我无望地泪流成河……

就算你真的来这原野里寻我，

我的朋友啊，却已为时已晚！[4]

1 不知名的作曲家为俄罗斯十九世纪诗人费奥多尔·尼古拉耶维奇·格林卡作于 1825 年的诗作谱曲而成的民歌。彼时非常流行。

2 此处屠格涅夫的叙述有误。《顾影自怜的松树》其实是俄罗斯十九世纪作曲家尼古拉·阿列克谢耶维奇·季托夫为上文提到的诗人库柯尔尼克的诗歌谱曲而成的民歌。而《不，医生，请不要来》才是作曲家亚历山大·叶戈尔维奇·瓦尔拉莫夫为格林卡的诗歌谱曲而成的民歌。

3 俄罗斯十九世纪著名作曲家米哈伊尔·伊万诺维奇·格林卡为库柯尔尼克的诗歌谱曲而成的民歌。

4 流行于 1820 年代的知名小曲，作者不详。

塔季扬娜·鲍里索夫娜狡黠地笑了笑。"我苦痛，我受折磨。"只听她侄儿在隔壁房间嚎着。

"行啦，安德柳沙。"

"心儿无法承受分裂的苦痛。"那上了弦的歌者不肯停止。

塔季扬娜·鲍里索夫娜摇了摇头。

"哎，这些画家们哟，真叫人头痛！……"

自那时起又过了一年。别洛甫佐洛夫还住在姑姑家，说是准备回到彼得堡去。他在村子里休养得不错，胖得不成样子。又有谁能料到，姑姑依旧对他疼爱有加，而那些农奴女子还都纷纷爱上了他……

不少老朋友却早已不再拜访塔季扬娜·鲍里索夫娜了。

死

我有一位邻居，是个年轻的地主、猎人。在七月里的一个美好的早晨，我骑马去了他家，邀请他跟我一起去打黑琴鸡。他同意了。

"只是，"他说道，"麻烦您跟我去一趟祖沙，我去处理点小事。我顺便再去查普雷金诺看看。您知道我在那儿的橡树林吗？我正在叫人砍掉。"

"那么我们去吧。"他吩咐人备好马，穿上一件绿色带铜扣的长褂——那扣子上刻着野猪头，背上粗绒线织的猎物袋和银水壶，肩上挂着崭新的法国猎枪，还颇为得意地在镜子前面晃了晃。之后，他叫上了名叫埃斯佩兰斯，由心善的秃头老处女表姐送给他的猎犬，我们便出发了。

我的邻居还带上了他手下的一名甲长，一位名叫阿尔希普的粗壮的汉子，四方脸，颧骨早已定型；以及不久前从波罗的海东部沿岸省份聘来的德国管家。管家是一位十九岁上下的年轻人，精瘦，浅色头发，眼神不大好，双肩下垂，长脖颈——戈特里伯·冯-德尔-科克先生。我这位邻居不久前才得到这份产业，是从他的姑姑，五等文官卡尔东-卡塔耶娃那儿继承来的。那是一位生前极度肥胖的女人，就算是躺在床上，也是呼哧呼哧地喘气。我们先去"办小事"。

"你们在这空地上等我一会儿。"阿尔达利昂·米哈雷奇（我的邻居）对随从们说道。德国人鞠了个躬，跳下马，从口袋里掏出一本书，好像是约翰·叔本华的，坐在了一片树丛下。阿尔希普留在了太阳地里，整整一个小时没动地方。我们在树丛里钻来钻去，结果什么收获也没有。阿尔达利昂·米哈雷奇于是宣布要进真正的林子里去。其实，那天我并不觉得能打到什么，却也就跟上了他。我们回到了空地上。德国人插好书签，站起身，将书放回口袋，颇费力地坐上那被淘汰了的短尾母马。那马儿根本碰不得，否则就是一阵乱踢。阿尔希普抖了抖身子，甩了甩两根缰绳，又晃了晃脚，终于使惊呆在原地的坐骑动了起来。我们出发了。

阿尔达利昂·米哈雷奇这片林子，我从童年便熟知。那时，我跟法国来的家庭教师德季雷·弗雷利先生，一个特别善良的人（不过，他曾叫我每晚吃勒卢阿药水[1]，差点彻底毁了我的健康），常常去查普雷金诺。

整个林子里有两三百棵橡树与梣树。在绿里泛金的榛树和花楸树的映衬下，它们那伟岸的树干显得尤其深沉，而树梢则纤巧地伸向蔚蓝的天空，棱角分明的枝丫最终展开成篷顶。苍鹰、红脚隼、红隼啼叫着从静止的树梢上滑过；身着华衣的啄木鸟在厚实的树干上笃笃敲着；乌鸫与黄莺扯起清脆的嗓子在茂密的林间你唱我和。

在低处的灌木丛中，知更鸟、黄鹂、柳莺在婉转啼唱，燕雀在林间的小径上匆忙来去。雪兔偷偷摸摸地在林子边上经过，不时警觉地站起来侧耳倾听。红褐色的松鼠轻盈地在树枝间蹦来蹦去，忽然又坐了下来，将尾巴高高竖过头顶。

草丛里，隆起的蚂蚁窝旁，蕨类植物美丽的叶子投下的婆娑光影间，紫罗

---

1 当时一种由法国传入的泻药。

兰与铃兰正在盛放，密密地长满了红菇、乳菇、卷边乳菇、橡树菇和红灿灿的蛤蟆菇。在宽阔的灌木丛间的水洼边，野草莓正泛着红光……树荫又是多么美妙呀！哪怕是在正午的酷热里，林子里也静谧如夜，充满清新的芬芳……

那时，我在查普雷金诺总是玩得很愉快。于是，当我如今再次进入这片熟悉的林子，心情不免沉重。1840 年无雪的严酷冬天可真是没饶过我视为老友的橡树与桦树们。只见它们干枯裸露着，躯干上偶尔泛出几片病态的绿色，忧伤地立在年轻的树苗上方。小树苗们已"占领这位置，却无法取代它们"……[1] 也有一些老树的下方抽出了新的枝条，而原先那已没了生命的树枝却绝望地向上伸着，仿佛在诉苦。早已死去的枝丫虽已不如原先那般茂密，却还是厚实的。有一些的树皮已经剥落，还有一些干脆瘫倒朽去，尸体一般躺在大地上。谁又能预想到，在查普雷金诺再也见不到当初那美妙的树荫了呢！我望着死去的树木，不禁想：哎，你们是不是感到无限羞愧与伤心？……我不由得记起科尔佐夫的诗句：

那高尚的言语，

傲然的力量，

皇帝般的威仪，

去了哪里？

如今，为何你那碧绿的能量，

荡然无存？……

---

1 1840 年，尽管寒流剧烈，直到十二月底，却一直没有下雪。绿色植物全被冻死。那个严酷的冬天毁掉了不少美妙的橡树林。林子的更新与取代却很难：大地的生产力明显削弱。在"禁止砍伐"（人们举着圣像绕行过）的空地上，为了取代原先那些俊美的树木，人们想当然地种下白桦树和杨树。以其他的方式培育小树林我们这里还没学会。——原注

"这是怎么回事，阿尔达利昂·米哈雷奇，"我忍不住问道，"为什么这些树木没在第二年就干脆砍掉呢？如今它们连之前十分之一的价格都不值了。"

他只耸了耸肩。

"这得去问姑姑。当时有商人来过，开过价，缠着她呢。"

"我的上帝！上帝哟！"[1]冯－德尔－科克每走一步叹一口气，"怎么会淘气成这样呢！怎么回事！"

"哪里淘气了？"我那邻居微笑着问道。

"我的意思是说，多可惜呀。"（众所周知，那些学会了我们语言的德国人，都把字母"Л"发得特别重。）

他对那些倒在地上的橡树尤其觉得可惜。的确，有的磨坊主原本是会为了它们出个好价钱的。不过，那位甲长阿尔希普则安然自得，无动于衷。相反，他颇为惬意地骑着马儿在枯木间穿来穿去，不时用鞭子抽打着它们。

我们到了伐木的地方。忽然，一棵树轰然倒下，紧跟着响起一声尖叫，接着又有人语传来。不一会儿，从树丛里钻出一个脸色苍白、浑身蓬乱的人，向我们迎面跑来。

"怎么回事？你往哪儿跑？"阿尔达利昂·米哈雷奇问他。

他立刻停了下来。

"老爷呀，阿尔达利昂·米哈雷奇，出事儿啦！"

"怎么了？"

"老爷，马克西姆被树撞倒了。"

"怎么会撞倒？……是那位承包人马克西姆吗？"

---

1 原文为德语。

"是承包人，老爷。我们在砍一棵桦树，他站在一边看着……站了一会儿便要去井边打水，口渴了。只听那桦树轰地一下便向他砸去。我们冲着他叫：快跑，快跑，跑呀……他本该往边上跑，却径直跑了起来……估计是吓蒙了。那桦树顶部的树枝便将他盖住了。老天知道，这树为啥这么快就被伐倒了……可能是内芯已经烂掉了。"

"怎么，马克西姆被狠狠砸到了吗？"

"是的，老爷。"

"砸死了？"

"没，老爷，还活着……手脚被砸得够呛。我这不赶紧去叫医生谢里维尔斯特奇吗？"

阿尔达利昂·米哈雷奇命令甲长快马回村去叫谢里维尔斯特奇，自己则急急地进了伐木场……我跟上了他。

可怜的马克西姆躺在地上。十个汉子站在他旁边。我们下了马。他已几乎不再呻吟，仅偶尔张开并试图睁大眼睛，仿佛吃惊地望着周遭，咬着发紫的嘴唇……他的下颌颤抖着，头发贴在前额上，胸口不规律地起伏着，快要死了。一株椴树苗轻盈的影子在他脸上扫过。

我们弯下身去。他认出了阿尔达利昂·米哈雷奇。

"老爷，"他勉强说道，"请叫个……神父……来吧……上帝……惩罚我了……腿脚、胳膊全被砸断了……今儿是星期天……而我……我也没给大伙儿放假。"

他停了停，呼吸得相当困难。

"请把我的工钱交给……我老婆……交给我老婆……结清之后……奥尼西姆清楚……我欠了……谁的钱……"

"我们已经去叫医生了，马克西姆，"我那邻居说道，"你也许不会死的。"

他本想睁开眼，却只使劲地抬了抬眉毛和眼皮。

"不，我要死了。这不……死亡已经快来了，这不……伙计们，请原谅我吧，要是我……"

"上帝会原谅你的，马克西姆·安德雷奇。"汉子们齐声低沉地说道，摘下帽子，"你也原谅我们吧。"

他忽然绝望地晃了晃头，哀伤地挺了挺胸，便又安静下来。

"不能叫他在这儿死呀，"阿尔达利昂·米哈雷奇喊道，"大伙儿快把他抬进推车，得把他送进医院。"

两个人立马朝推车跑去。

"我跟叶菲姆……瑟乔沃村的……"那垂死的人挣扎着说道，"昨儿买了一匹马……订金已经给了……那马儿……给妻子……也……"

大家试图把他放到粗席上……他整个人像中了枪的鸟儿一般痉挛起来，然后就挺直了。

"死了。"大家嘟囔着。我们默不作声地上了马，离开了。

可怜的马克西姆的死使我陷入了沉思。俄罗斯的汉子死得可真是奇怪！他濒死的状态既不能说是冷漠，也非胆怯。他像是在进行某种仪式一般死去，冷静而简单。

几年前，我另外一位邻居家里的谷物干燥棚起火，烧到了一个农民。（他本来差点就彻底烧死在里面了，结果一位路过的市民把半死不活的他拽了出来。那人先是在身上浇了一桶水，然后打破门，冲进熊熊燃烧着的棚子里。）我去他家看过他。屋子里非常憋闷。我问受伤的人在哪里。"那不，老爷，躺着呢。"一位一脸愁容的女人拖长了声调回答我。我走上前一看，那汉子躺着，盖着皮袄，呼吸沉重。

"你自我感觉如何？"病人在炕上动了动，想要起身，整个人浑身是伤，注定不久人世。

"躺下吧，躺下吧……怎么样？觉得如何？"

"特别难受。"他说。

"你疼不疼？"

他没回答。

"需不需要什么？"

还是不回答。

"要不要给你端点茶来？"

"不需要。"

我走开几步，坐到了凳子上。我坐了大约一刻钟，沉默着。整个屋子里一片死寂。屋角的圣像下，躲着一个五岁上下的小姑娘，正在啃着面包。母亲不时教训她两声。

穿堂里有人走来走去，还有笃笃声传来，原来是弟媳妇在切白菜。"阿，阿克西尼亚！"病人终于叫唤起来。"

"怎么？"

"端点格瓦斯过来。"阿克西尼亚喂他喝了格瓦斯。然后便又静下来。

我悄声问："他领过圣餐了吗？"

"领过了。"

看来，一切都正常：就等死了。我无法忍受，走出了屋子……

我想起来，有次我去了红山村的村医院，去找一位熟人卡比东医生。他特别爱好打猎。

医院设在地主旧宅子的厢房里，是由女地主亲自创办的，也就是说，她叫人在门上挂起了一块天蓝色的牌子，上书白字"红山村医院"，还交给卡比东一本漂亮的册子，用来记录病人的姓名。册子的第一页上，善心的女地

主家里的某位好溜须拍马的食客写了如下诗句：

在那美妙欢愉之乡，

美丽的化身建起这座圣堂；

请为您主子的慷慨而欢呼吧，

红山村的善良村民们！[1]

另外一位先生在下面加了一句：

我也热爱大自然！

伊万·柯贝里亚特尼科夫[2]

　　医生自己出钱买了六张床，便一边接受主人的祝福，一边投入到救治病人的工作中了。除了他之外，医院里还有两位工作人员：一位叫巴维尔的疯疯癫癫的雕刻家，还有一位叫梅里基特礼萨的手脚不好使的女人。老太太负责烧饭。他俩都参与药物制作，将草药晒干、调成药剂，还负责照顾热病患者。雕刻家总是一脸阴郁，话也不多。他整夜哼着什么歌颂"美丽的维纳斯"的歌，一见谁来，便上去要求人家允许他娶一位早就死去的叫玛拉妮娅的姑娘。那腿脚不灵便的女人总是打他，还叫他去看火鸡。

　　这不，有次我正在卡比东医生这儿做客，我们聊起上一次打猎的趣闻。

---

1 原文为法语。
2 同上。

忽然，院子里驶进一辆马车，由一匹特别肥壮的灰马拉着。这样的马往往只有磨坊主家才有。车里坐着一位胖乎乎的汉子，身着短外套，胡子斑白。"啊，原来是瓦西里·德米特里奇，"卡比东向着窗外喊去，"欢迎呀……柳波夫申诺村的磨坊主。"他悄声对我说。只见那汉子喘着粗气下了马车，进了医生的房间。他用目光寻到了屋里的圣像，对着它画了个十字。

"怎么，瓦西里·德米特里奇，出啥事儿了？……您看着不大健康，脸色不大好。"

"是呀，卡比东·季莫菲伊奇，是觉得不大舒服。"

"怎么了？"

"是这么回事，卡比东·季莫菲伊奇。前不久，我在城里买了磨盘，把它们运回了家。我正把它们从车上卸下来呢，一使劲儿，还不知怎么着，反正肚子里就不大对了，就仿佛长了什么……从那时起就一直不舒服。今儿感觉特别不好。"

"噢，"卡比东说道，闻了闻鼻烟，"应该是疝气肿。您不舒服很久了吗？"

"已经第十天了。"

"第十天？（医生倒抽了一口气，摇摇头。）让我来给你摸摸。我说，瓦西里·德米特里奇，"他终于说道，"我真是为你可惜呀。你这情况不大好，病得挺重。你就留在我这儿吧。我一定竭尽全力，但没法保证什么。"

"真有这么糟哇？"磨坊主吃惊地嘟囔道。

"是的，瓦西里·德米特里奇，很不好。您要是早来两天，就没什么问题了，一下子就能解决。现在，您体内已经有炎症了，搞不好还会变成坏疽。"

"这怎么可能呢，卡比东·季莫菲伊奇！"

"不都跟您说了吗？"

"这怎么可能！（医生耸了耸肩。）难道我会为了这点儿破事死掉？"

"我可没这么说……不过您得在我这儿住下。"那汉子想了想，看了看地板，又看了看我们，搔了搔后脑勺，又去拿帽子。"您这是去哪儿，瓦西里·德米特里奇？"

"去哪儿？这不明摆着吗——回家。既然情况这么糟，我得回去交代一下。"

"您这么做会加重病情的，瓦西里·德米特里奇。您能把车赶到这儿来，我已经十分惊奇了。快留下。"

"不行呀，兄弟，卡比东·季莫菲伊奇，要死也得在家里死呀。我要是死在这儿，上帝晓得家里会发生啥。"

"瓦西里·德米特里奇，情况还不知会怎么发展呢……是的，是危险，非常危险，的确如此……所以您才应该留下来。"

那汉子摇摇头。"不啦，卡比东·季莫菲伊奇，我不留……您就给我开点药吧。"

"只吃药不管用。"

"都说了不住院。"

"行吧，爱咋咋……之后可别捶胸顿足！"

医生从本子里撕下一张纸，写了处方，交代了一番还需要做些什么。那汉子拿起纸，给了卡比东五十戈比，走出了屋子，上了车。"别了，卡比东·季莫菲伊奇，请别记恨啥。既然如此，我家的孤儿以后也请关照一下吧……"

"瓦西里，你给我住下！"汉子摇了摇头，抽打了一下马儿，驶出了院子。我也走了出去，望着他的背影。路上满是泥泞，崎岖不平。磨坊主行进得很小心，并不急匆匆，灵活地驾驭着马儿，还跟过往的人打着招呼……这之后的第四天，他便死去了。

总的来说，俄罗斯人死得令人惊奇。这会儿，我想起很多逝去的人。我

272

想起了你，我的老朋友，未能完成学业的大学生阿维尼尔·索洛科乌莫夫，多么善良的一个好人！我仿佛看到了你那因结核病的侵蚀而泛着菜绿色的脸庞，你那稀疏的亚麻色头发，你那温存的笑容、热烈的眼神，你那修长的四肢。我仿佛听到了你微弱可亲的声音。

你曾住在俄罗斯地主古拉·克鲁皮亚尼科夫家，教他家的孩子弗拉和久佳识字、地理和历史，忍受着古拉那些沉重的玩笑、看门人的粗鲁行径、两名品行恶劣的学生的淘气。你时不时露出苦笑，却还是一丝不苟地完成女主人各类吹毛求疵的要求。晚饭后，当你终于卸下所有的包袱、课程，你坐在窗前，点起烟斗，享受着歇息的时光。你也会贪婪地翻阅着已经破烂不堪、泛着油光的厚杂志。那是土地测量员从城里捎来的。他跟你一样，是个无家可归的苦命人！

你是多么喜欢那些诗歌呀，小说呀，又是多么容易动情落泪。你笑的时候总是满心喜悦，你那颗孩童般的心里，总是充满了对人们真诚的爱意、对一切善与美的崇高感知！说实话，你算不上多么聪慧。你没有记忆的天赋，也并不特别勤奋。在大学里，你被认为是最差的学生之一。你在课上睡觉，在考试时庄重地一言不发。[1] 但是，是谁因为同学的成功而满眼欣喜、呼吸急促？是阿维尼尔……是谁对朋友的崇高使命坚信不疑？是谁念起他们的名字时满是骄傲，激烈地维护他们的名誉？是谁毫无妒忌与自恋，无私地奉献自己？是谁总是乐意地顺从那些连给他系鞋带都不配的人？……这些都是你，是你，善良的阿维尼尔！

我还记得，你是多么伤心欲绝地离开了朋友们，前去"应聘"，不祥的预感折磨着你……的确，在那村子里，没有人值得你倾心聆听，没有人值得

---

1 彼时俄罗斯大学的考试多以口试方式进行，学生根据所抽题签上的题目，做陈述回答。

你为之惊喜，没有人值得你去爱……无论是草原上的农民还是受过些教育的地主们，都把你当普通教师对待：前者对你粗鲁，后者则无视你。你不装模作样，反而常常胆怯、脸红、冒汗，甚至口吃……连村子里的空气也没能挽救你的健康。可怜的人呀，你如蜡烛般销蚀！虽然你的房间面向花园，稠李、苹果树和椴树将轻盈的花瓣撒在你的书桌上、墨水瓶里、书本上。你的墙上挂着天蓝色的丝绸钟垫。那是一头浅色鬈发、双眼碧蓝，善良而敏感的德国女教师在分别时送给你的。有时，会有老友从莫斯科来看你，给你朗读自己或者别人写的诗，使你激动万分。然而，寂寞、家庭教师这份职业的奴役，毫无解脱的可能。无休止的秋冬轮回间，那病症也步步紧逼……可怜的阿维尼尔呀！

在索洛科乌莫夫死前不久，我去拜访了他。他已几乎无法行走。地主古尔·克鲁皮亚尼科夫倒是没将他赶出家门，却也不再发给他薪水了，还给久佳请了个新老师……弗拉则被送去了武备学校。阿维尼尔坐在床边老旧的伏尔泰式的椅子里。天气非常舒爽。秋季明亮的蓝天欢快地闪耀在一片深褐色的、落光了树叶的椴树林上空。只有零星的尚未落净叶子的枝丫举着黄灿灿的叶片随风摆动、簌簌作响。大地被霜冻所制服，此时则冒着汗珠，在阳光下慢慢化开。玫红色的阳光斜斜地扫着苍白的草儿。空气中弥漫着某种轻微的吱呀声。园子里工人们的谈话声清晰可闻。

阿维尼尔披着一件破旧的布哈拉长褂，绿色围巾在他消瘦得脱了相的脸上投下死亡的阴影。他对我的到来表现得很兴奋，伸出手来，还试图与我聊天，却又咳嗽起来。等他安静下来后，我坐到了他身旁……阿维尼尔的膝盖上放着一个笔记本，里面是他细心抄写下来的科尔佐夫的诗歌。他微笑着用手敲敲那本子。"这才是诗人呀，"他竭力忍住咳嗽说道，接着就要用微弱得依稀可闻的声音念道：

是鹰的翅膀

被紧紧缠绕？

还是它的前路，

早已注定？

我赶紧叫他停下。医生不许他说话。我知道，什么可以使他高兴。索洛科乌莫夫从未对学问特别上心过，却对如今的思想家们有了什么成就非常好奇。之前，他会叫住某位同学，问这问那，听着对方的讲述，感到吃惊，还笃信不疑，之后便会四处重复对方的话。他对德国哲学曾经特别感兴趣。我跟他讲起了黑格尔（诸位要知道，这已经是很久远的事了）。阿维尼尔深信地晃着头，抬起眉头，微笑着念叨着："明白，明白了！……啊！不错，真是不错！……"一个濒死的无家可归的人的孩童般的好奇心，使我感动落泪。需要说的是，与通常的肺结核病人不同，对于病情，阿维尼尔丝毫不自欺……又能怎样呢？他既不叹息，也不垂头丧气，甚至对病情提也不提……

他攒足了力气讲起莫斯科来，聊了聊同学们、普希金、戏剧、俄罗斯文学，回忆起我们那些聚会和圈子里那些热烈的交谈。讲到两三位过世了的友人，他叹了口气……

"还记得达莎不？"他终于道，"那可真是个好心肠的人哪！金子般的心灵！她那时多爱我呀！……她现在怎么样了？不会是彻底消沉了吧，可怜的人？"

我没敢叫病人失望。他何必知道呢，他那位达莎如今胖得走样，跟康达奇科夫商人兄弟眉来眼去，成天涂脂抹粉，满嘴脏话。

忽然，我望着他那精神透支的脸庞想，是不是该将他从这个地方救出去？也许还有办法将他医好……可是阿维尼尔还没等我把话说完便打断道：

"不了，兄弟，谢谢啦，"他说，"在哪儿死不都一样嘛。我是活不到冬天的……为啥要再无故麻烦别人呢？我对这家已经习惯了。尽管这儿的主人……"

"不是好人，对吧？"我附和着。

"不，不能这么说。他们就是农村人罢了。其实我对他们也没啥可抱怨的。邻居里也有不错的：地主卡萨特金家的女儿，受过教育，很善良的一个姑娘……也不傲慢……"

索洛科乌莫夫又狂咳起来。

"其实倒也没啥，"他继续说道，"就是，如果能让我抽烟就好了……不让我抽一斗，我不会死呢！"他俏皮地眨了眨眼，补充道，"上帝保佑，我也算没白活，交往的都是些好人……"

"你该给亲戚们写信。"我打断他。

"有什么可写的？他们不会帮我啥。等我死了，他们会知道的。快别说这些啦……来，给我讲讲，你在国外见识了些啥？"

我讲了讲国外的见闻。他听得津津有味。傍晚时分，我离开了。几天后，我接到了克鲁皮亚尼科夫先生的来信。信的内容如下：

尊敬的先生，谨以此信通知，您的友人，曾在我府上居住的阿维尼尔·索洛科乌莫夫先生已于四日午后二时去世。今日安葬于我教区教堂，费用由我承担。他生前要求将所有书籍与笔记寄去您处。他尚有余款二十二卢布五十戈比。钱款及其他遗物将寄给亲属。您友人去世时神智完全清醒，可以说，对死亡无动于衷，哪怕我们全家与之道别时，他也丝毫没有伤心的表露。我的妻子克列奥帕特拉·亚历山德罗夫娜向您致意。您友人之死对她的情绪产生了影响。至于我，上帝保佑，还算康健，能继续过活。

您忠实的仆人，

古·克鲁皮亚尼科夫

我的脑海里还浮现出许多其他例子，但无法一一讲述。再提其中的一个吧。

有位年迈的女地主快不行了。我当时在场。神父已经开始诵读临终祷词了，发现病人确实已入弥留之际，便赶紧将十字架举给她亲吻。女地主不满地向后蹭了蹭。"神父，你急什么呢，"她蠕动着僵硬的舌头说，"来得及……"终于，她吻了吻十字架，本要将手伸到枕头背后，却就这么呼出了最后一口气。原来，枕头背后压着一个卢布，她是想为自己的临终祷词向神父支付费用呢……

哎，俄罗斯人的离世呀，实在是令人惊奇！

歌者

科洛托夫卡是一座不大的村落，曾经属于某位女地主。她因自己急躁而机灵的脾性而被远近乡邻称为"剃刀婆"（真实姓名无人知晓）。如今，村子落在了一位从彼得堡来的德国人名下。

整座村子铺在一片光秃秃的斜坡上，从上到下被一条深沟隔开。沟子深不见底，蜿蜒曲折，被冲刷得坑坑洼洼，径直穿过村中的街道，比河流还空荡——河上起码还可以架一座桥。就这样，深沟将可怜的村子截成了两段。几株瘦削的爆竹柳胆怯地趴在它布满砂石、又黄又干、宛如黄铜的侧壁上，这里还躺着大块大块的黏土质石头。景色并不宜人，乏善可陈。不过，乡邻们却都熟悉去科洛托夫卡的路，还乐颠颠地去得挺勤。

在这沟子的头部，离它起始处的狭窄裂缝几步远的地方，立着一座四方形的小木屋，与其他的屋子都有一定距离。它以茅草铺顶，伸着一个烟囱。屋子只开了一扇窗，像一只炯炯的眼睛，望向沟子。冬夜里，屋子里的灯火照亮这扇窗，远远地闪烁在寒夜的迷雾中，就像给过路的人们点亮了一盏指路灯。屋门的上方挂着天蓝色的木匾。原来这是间小酒馆，被大家戏称为"收容所"[1]。这酒馆里的酒价并不低，却比远近类似的场所生意都要好。这其中的原因就是掌柜尼古拉·伊万内奇。

尼古拉·伊万内奇曾经是个长着鬈发、脸色红扑扑的苗条青年。如今却已发福得走了样，头发也都花白了，整个脸耷拉下来，前额肥满得将皱纹撑成针般的细线，善意的眼神里透着几分狡黠。他在科洛托夫卡住了已经将近二十年。像多数掌柜一样，尼古拉·伊万内奇是个机灵、善于变通的人。他并不算多么殷勤，话也不多，却有本事能够吸引并留住客人。大家特别乐意坐在他的长桌前，被他安详愉快，却也淡然机敏的目光扫视。他的想法往往很合理，无论对地主们还是农民们，抑或是小市民们的生活习性，他都很了解。有谁遇到了什么困难，他还能给点不错的建议。不过他是个审慎的个人主义者，喜欢旁观，只有对那些偏爱的主顾，他才会以无意的口气绕着弯子点拨点拨，好叫人看到问题本质。

俄罗斯人生活里至关重要的种种，马儿、牲口、森林、砖料、餐具、布料皮革、歌曲舞蹈，他都十分懂行。没有客人的时候，他便像只大布袋一般坐在屋门前的地上，盘起细细的双腿，向所有过路的人亲切问好。他算是见多识广，不少曾来他这里借酒浇愁的小贵族都已不在人世。方圆一百俄里的种种，他都知晓，却从不乱说话，不显摆他的见识，哪怕是再干练的警察，从他身上也看不出什么来。他守口如瓶，无非就是笑笑，喝两杯小酒罢了。邻居们都对他特别尊敬。县里官位最高的现役将军谢列别坚科，每次经过他家，都会体贴地行礼问好。

尼古拉·伊万内奇是个有威望的人。他曾经迫使著名的盗马贼把从他一位朋友那儿偷来的马儿还了回去，说服邻村的农民们接受新来的管家。当然，

---

1 指的是任何人都可以聚集或被收留的地方。——原注

他做这些并非因为要维护正义，或者出于对身边的人的关爱——完全不是如此！他只不过是要消除一切有可能干扰他个人安稳的因素。

尼古拉·伊万内奇已婚，也有孩子。他妻子是个机灵的、尖鼻头的市民，近些年来，跟丈夫一样发了福。他对她万分信任，钱也交给她看管。那些吵吵闹闹的醉鬼对她很是畏惧。她颇不待见他们，觉得从他们那儿获得不了什么利润，还经常出事。她喜欢那些爱郁郁喝闷酒的客人。尼古拉·伊万内奇的孩子们尚年幼。之前生的几个全死了，活下来的像跟父母从一个模子里出来的。看着他们那健康聪明的小脸蛋儿，真叫人高兴。

那是七月里燠热不堪的一天。我拖着沉重的步子，带着猎犬沿着科洛托夫卡的沟子走过来，往"收容所"的方向走去。太阳火力全开，在空中可劲燃烧着，蒸烤着大地。空气里弥漫着闷闷的土腥味。白嘴鸦和乌鸦们毛色锃亮，张大了鼻孔，无奈地望着路人，像是在祈求怜悯。只有麻雀们没有痛苦的表现，扑扇着羽毛，比之前叫得更起劲儿，停在栅栏上打打闹闹。只见它们呼地一下从土路上腾起，像成片的乌云一般在绿油油的大麻地上盘旋。我口渴万分。附近没有什么能喝的水。科洛托夫卡的农民们跟其他草原村落的居民一样，因为找不到泉水和井水，只好在水塘里挑脏水来喝……谁敢把那令人作呕的泥汤称作水呢？所以，我想在尼古拉·伊万内奇这儿喝杯啤酒或者格瓦斯。

说实话，一年当中的任何时节，科洛托夫卡都不算景色宜人。七月烈日无情的烘烤下，那场景就更叫人忧郁了：农舍那一排排棕色的乱蓬蓬的屋顶；那深沟；那快被烤秃了的草场上，只有几只长脚母鸡在游荡；那灰色的杨木棚上，代替窗子的是一个个黑洞；那地主旧宅的废墟周围长满了荨麻和各种野蒿草；漆黑的水塘像是被烧开了一般，浮着一层鹅毛；塘边是一圈儿半干的烂泥和一处歪歪斜斜的水坝；坝前一小片被浅浅地踏出来的灰土一般的地里，羊儿们挤来挤去，被酷热折磨得奄奄一息，一个个将头尽可能低垂，仿佛是在企盼这难熬的炎热尽快退去。

我步履沉重地走到尼古拉·伊万内奇家跟前，惊得孩子们紧张慌乱地看着我。狗儿们也对我的到来感到不解，恶狠狠地吠叫起来。它们仿佛要把五脏六腑都吼出来，以至于自己随后都咳嗽起来，快要窒息。忽然，酒馆门前闪出一位高个汉子，没戴帽子，身穿粗呢外套，腰间低低地系着天蓝色布条。他看上去像个仆从，一头乱蓬蓬的灰发，干瘦的脸上布满皱纹。他正呼唤着谁，双手飞快地舞动着，看样子挥动的幅度超过了他预期。很明显，他刚喝了酒。

"来呀，来呀！"他费力地扬起浓密的眉毛，急急说道，"眨眼鬼，来呀！你看你，兄弟，简直就是在爬嘛。这可不好呀，兄弟。大伙儿都在这儿等你，你却在磨蹭……来呀。"

"来啦，来啦。"一个颤颤巍巍的声音传了过来，从屋后右方钻出一个又矮又胖的家伙，还是个跛子。他穿着一件挺不错的厚呢长外套，只套了一个袖子，高高的尖顶帽压到眉毛的位置，使得他胖乎乎的圆脸带上了一种狡猾戏谑的表情。他那发黄的小眼睛快速地转来转去，薄薄的嘴唇上挂着节制而紧张的微笑，又长又尖的鼻子如船舵般嚣张地向前伸着。"来啦，伙计，"他说道，朝着酒馆的位置一瘸一拐地走去，"你叫我干啥？……有谁在等我不成？"

"为啥叫你？"穿着粗呢大衣的家伙责备道，"你呀，眨眼鬼，可真是怪人。叫你去酒馆，你还要问为啥。等着你的可都是好人：土耳其人雅什卡，还有'疯老爷'、日兹德拉来的包工头。雅什卡跟包工头比试起来了呢，以八分之一桶啤酒为赌注，看谁唱歌唱得好……知道了吧？"

"雅什卡要唱吗？"那个绰号叫眨眼鬼的人兴奋地问道，"蠢货，你没骗人吧？"

"我可没骗人，"蠢货颇严肃地回答，"你嚷嚷个啥。既然已经下注了，那么肯定是要唱的。你呀，可真是满肚子花花肠子，滑头，眨眼鬼！"

"好吧，我们去瞧瞧，老实人。"眨眼鬼答。

"那你至少先亲亲我呀，我亲爱的。"蠢货说着，便将双臂张开。

"瞧瞧，这多愁善感的伊索[1]。"眨眼鬼鄙夷地回道，用手肘将他拨开，两人弯下身子，进了低矮的门。

这番对话着实引起了我的好奇。我不止一次听说，土耳其人雅什卡有一把远近闻名的好嗓子。这会儿，我得到一个机会可以在他与另外一位歌者的比赛中，领略他的歌声了。我加快步子，走进了酒馆。

显然，我多数的读者是不大有机会光顾乡村酒馆的，可我们这些猎人哪儿没去过！这类地方的装潢特别简单。通常，它们由阴暗的穿堂和一间相对明亮的木屋组成。木屋被隔成两半，客人们绝对不可以进入内屋。在作隔离用的木墙板旁会放置一张宽阔的橡木桌，桌上方的墙板上会开一个洞。这桌子通常就是啤酒售卖处。正对着洞的，是一排排拉着帘子的架子。屋子前半部分的待客区，放着凳子、两三只空木桶和角形桌子。乡村的酒馆里一般都比较昏暗，原木墙壁上，您也基本看不到一般民居里常见的鲜艳的版画。

当我走进"收容所"的时候，里面已经聚集了不少人了。

尼古拉·伊万内奇站在啤酒桌旁，几乎完全遮住了墙上的窟窿。他穿着花里胡哨的印花布衬衫，胖乎乎的脸上挂着慵懒的微笑，用肥圆白嫩的手给刚进来的眨眼鬼和蠢货倒了两杯酒。他身后角落里靠窗的位置，站着他那眼尖的妻子。

土耳其人雅什卡是个精瘦苗条的年轻人，二十三岁左右。只见他身着及

---

1 此处以古希腊寓言家伊索代指说话令人费解的人。

地的天蓝色南京土布外套，站在屋子中央。他看上去像个精干的工厂主，而且并不算太健康。他脸颊塌陷，一双灰色的大眼睛里闪着不安，笔直的鼻子配着细小好动的鼻孔，洁白的前额呈缓坡形，一头亚麻色的鬈发向后梳着，厚实漂亮的嘴唇看上去很有感染力——他的整张脸给人多愁善感、充满激情的印象。他很是激动，不停眨着眼睛，呼吸急促，双手颤抖着，像是得了热病。事实上，他的确像那些在众人前讲话或者演唱的人一样，突然浑身发热。

他身旁站着一位四十岁上下的汉子，宽肩、高颧骨，额头很低，长着一双鞑靼人的小眼睛和又短又平的鼻子，下巴呈四方形，一头乌黑发亮的头发看上去像胡茬。他那黝黑的泛着浅灰色的脸上，特别是苍白的嘴唇上带着某种奇特的表情，说不上是安静沉思还是狰狞。他几乎没有动，只是缓慢地四下里看着，仿佛戴着枷锁。他穿着一件镶着光滑铜扣的旧长褂，粗壮的脖子上系着一条黑色的旧丝巾。大家都叫他"疯老爷"。雅什卡的对手，日兹德拉来的包工头坐在对面圣像下的长凳上。

这是一位个子不高、三十岁上下的男人，麻脸、鬈发，鼻子扁平朝天，褐色的双眼非常灵活，胡子稀稀拉拉的。他插着手，机灵地四下里张望着，套着考究的镶边皮靴的双脚无忧无虑地荡着晃着，敲打着地板。他穿着一件灰呢薄外套，带棉领子，里面深红色的衬衫领口系得紧紧的，扎眼地外露着。门右方的屋角的桌子旁，坐着一位身穿窄小的、肩上破了一个大洞的斯维塔袍的汉子。阳光穿过积满灰尘的小窗玻璃投下稀薄泛黄的光束，似乎没法战胜屋子里持久的仄暗。屋里的一切物件都如斑斑点点一般勉强被照亮而已。不过，这里几乎称得上凉爽。我一跨过门槛，闷热感就如包袱一般从我肩上卸了下来。

我发觉自己的到来没有引起尼古拉·伊万内奇的客人们的注意。不过，他本人一见我来了，便像熟人一样行了个礼。客人们这才静下来，多看了我几眼。我点了啤酒，在角落里那位穿着破斯维塔袍的汉子旁边坐了下来。

"那么！"蠢货一气喝干了啤酒，突然大叫了一声，只见他仍旧奇怪地挥舞着双手，若不这样，他看来是没法说话的，"还等什么？该开始了吧，啊，雅沙[1]？"

"开始吧，开始吧。"尼古拉·伊万内奇支持道。

"是可以开始了，"那包工头面带自信的微笑，冷冷地说道，"我准备好了。"

"我也准备好了。"雅科夫激动地说道。

"开始吧，伙计们，开始吧！"眨眼鬼嚷嚷着。

虽然大家都一致表示同意，却没人开始。那包工头甚至都没站起身。大家似乎都在等待着什么。

"开始！"疯老爷阴沉而激烈地说道。

雅科夫抽搐了一下。包工头站起身，扯了扯腰带，咳嗽了几声。

"谁先开始？"他略微换了一个声调问疯老爷。那家伙呢，张开肥厚的双腿，将双手几乎及肘插到灯笼裤的裤袋里，依旧站在屋子中间不动。

"你来吧，你先，包工头，"蠢货嘟囔着，"你先来，兄弟。"

疯老爷斜斜地瞧了他一眼。蠢货微微哼了一声，胆怯了。他看了看天花板，耸耸肩，不吱声了。

"得抓阄，"疯老爷缓缓地说，"把那一大壶啤酒放到桌面上来。"

尼古拉·伊万内奇弯下身去，呼哧呼哧地将啤酒提起来，放到了桌上。

疯老爷看了看雅科夫，说道："怎么着！"雅科夫在口袋里翻了翻，掏出一枚铜币，用牙咬了一个记号。包工头从外套里面掏出新的皮夹，不紧不慢地解开绳扣，将大把硬币倒在手里，选出一枚崭新的铜币。蠢货把他那顶又

---

1 雅沙为"雅科夫"的指小表爱形式，雅什卡是"雅科夫"的爱称。

脏又破、帽檐都已经撕破了的大檐帽递了过去。雅科夫和包工头都将自己的硬币抛了出去。

"你选吧。"疯老爷对眨眼鬼说。

眨眼鬼得意地冷笑了一下，双手抓起那帽子晃了起来。

一瞬间，屋子里变得异常寂静。铜币互相击打着，发出轻微的响声。我四下里仔细打量了一番，每张脸上都带着紧张而期待的表情。疯老爷自己也眯起眼睛来。我的邻座，那位穿着破斯维塔袍的汉子，则伸长了脖子好奇地瞧着。眨眼鬼将手伸进帽子里，抽出了包工头的铜币。大家都叹了口气。雅科夫红了脸，包工头捋了捋头发。

"我都说过了，该你先来，"蠢货嚷道，"都说过的嘛。"

"你别叽叽喳喳的！ [1]"疯老爷鄙夷地说，"开始吧。"他朝包工头点了下头说道。

"我该唱哪首歌呢？"包工头问着，开始有点紧张了。

"愿意唱哪首就哪首，"眨眼鬼答，"想起哪首就唱哪首。"

"是呀，乐意唱啥就唱啥，"尼古拉·伊万内奇缓缓地将手叉到胸前补充道，"没人给你下命令。想唱啥就唱啥。反正你就好好唱吧。我们随后会凭良心评价的。"

"那肯定，凭良心的。"蠢货附和着，舔了舔空杯子的边儿。

"诸位，请允许我清清嗓子。"包工头说道，用手松了松外套的领口。

"行了，别磨蹭了，开始吧！"疯老爷下了命令，垂下头。

包工头略想了一会儿，甩了甩头，朝前跨了一步。雅科夫紧紧盯着他。

在描述比赛本身之前，我认为有必要对各主要人物做些交代。对他们中

---

1 鹰子们感到害怕时往往会叽叽喳喳。——原注

288

的一部分人，我已经有些了解。我之前在"收容所"里遇到过他们。其余的人的情况，我是在这之后打听到的。

就从蠢货开始吧。此人真名叫叶甫格拉夫·伊万诺夫。但远近乡邻都叫他蠢货。他自己也这么叫。这绰号算是紧紧地贴上他了。的确，这绰号与他那卑微而总是慌慌张张的特点十分吻合。这是一个嗜酒成性的光棍仆从。他自己的主子早就放弃他了。他没有任何职业，没有一分钱的收入，每日却总能在别人那里蹭酒喝。他倒是结交甚广，熟人们还总是给他酒喝、招待他吃茶点。他们自己也很纳罕为什么要这样做，因为蠢货不仅不会逗乐，成天没头脑地唠叨这唠叨那，厚颜难缠，肢体语言激烈怪异，还总发出不自然的大笑，令大家十分嫌弃。他既不会唱，也不会跳，从出生起连句正常的话都没说过，满嘴胡说八道，东骗西骗，是个十足的蠢货！方圆四十俄里内只要哪里有酒会，那肯定少不了他。他肯定会赖皮赖脸地在客人们中间周旋。大家对他都习惯了，把他的出现当成了某种不可避免的坏事。当然，对他的态度也是鄙夷的。能镇住他让他不捣乱的只有疯老爷一个人。

眨眼鬼跟蠢货没有丝毫相似之处。虽然他的外号如此，但其实他眨眼并不比别人频繁。众所周知，俄罗斯人民起外号是非常在行的。尽管我曾尝试探清此人的过去，在他的履历里，还有不少地方对我和其他人来说是盲区——说得文绉绉一点的话，就是笼罩在迷雾之中。我只知道，他曾经是某位年迈无子的女地主的车夫，将托付给他的三匹马拐跑了，并且消失了一整年。估计是受够了流浪生活的不便与苦难，他主动回来了。不过，回来时已经是个瘸子了。他扑倒在女主人脚下求情。之后几年，他以模范的表现补偿了自己之前的罪行，还慢慢地得到了女主人的赏识，当上了管家。女主人临终前，他不知通过什么法子得了自由，成了一个小市民。他跟邻居们租地来种，发了财，如今过得很是不错。

这是个见过世面的人，心眼儿很多，不好也不坏，精于算计。这家伙老谋深算，善于把人看透和利用别人。他像只狐狸一般，既谨慎又敢于行动，又跟女人一样爱唠叨些家长里短。不过，不该说的他从来不说，而且还总能让别人吐露心声。跟其他那些滑头不同的是，他并不装傻。他也没法子装：我从来没见过他那样的敏锐而有洞察力的狡猾的小"看珠子"[1]。他从来不会简单地看着人，而总是在试着看出点什么，或是暗中观察着。某件看似简单的事，他却往往要盘算好几个星期。有时候，却又突然孤注一掷，非要做一件有风险的事。最后往往也能逢凶化吉。他是个幸运的人，且对自己的幸运深信不疑。他还挺迷信的。大家并不喜欢他，因为他从不把别人的事放在心上，却还挺尊敬他的。他唯一的亲人是儿子，被他宠爱有加。有这样的老爹调教，这儿子估计会很有作为。夏夜里，远近乡里的老人家们坐在墙根旁的土台子上聊天时，总会悄声说："小眨眼鬼跟他爹是一个模子里出来的。"对此，不需要再多说什么，大家都心知肚明。

有关土耳其人雅科夫和包工头，没什么可大书特书的。雅科夫外号土耳其人，因为的确是一名土耳其女俘虏生的。他的本性是个完完全全的艺术家。现实中呢，则在一个商人的造纸厂里当汲水工。对于那包工头，我得承认，我没什么了解。他看上去像个机灵敏捷的市民。

有关这位疯老爷，可就值得好好说一说了。第一眼看去，这人会给您粗鲁、沉重、力大无穷的印象。他的身形挺粗壮，按本地话来说，是"被热蜜水喂大的"，强健得不可摧毁。奇怪的是，他那熊一般的身躯还透着某种独特的优雅。这优雅恐怕源于他对自身力量的完全而安详的信任。头次见他的

---

1 奥廖尔人把眼睛称为"看珠子"，嘴则称为"吃洞"。——原注

话，您会很难明白，这位赫拉克勒斯[1]属于哪个阶层。他既不像仆从，也不像市民；既不像退了休过穷日子的小官员，也不像那些破落的家业不大的爱打打闹闹的小贵族。他完全是自成一派。谁也不清楚，他是从哪儿来到了我们县。只听说，他曾经是个独院地主，似乎还曾履行过什么公职。但确切的信息谁也不知道，也无从知晓。他自己是不会说的。像他这么不多话又阴沉沉的家伙很是少见。同样，谁也没法说清他靠什么过活。他什么手艺也不会，从不去谁家做客，不跟谁打交道。钱他倒是不缺，虽然不是什么大钱，但总还是有的。他为人说不上谦卑——他身上毫无谦卑之处，却很低调。他仿佛对周围的人视而不见，也丝毫不需要任何人的帮助。

疯老爷（这是他的绰号，他的真名是别列弗列索夫）在这周围的区域里非常有权威。尽管他其实并没有权力命令别人，甚至对那些偶然遇到的人毫无强迫其服从之意，大家却都对他很是服气顺从。只要他说什么，大家就乖乖听从。强势在任何时候都管用。他并不热衷饮酒，也不好女色，却十分热爱唱歌。此人身上有太多神秘之处，就仿佛某种巨大的力量郁郁地栖身在了他体内。而这力量似乎明白，如果一旦涌起、获得自由，那么它将毁灭自身与所接触到的一切。我想我不会说错：此人在之前的生活里，已经遭遇过类似的爆发。他勉强熬过了一劫，但也吸取了教训，如今将自己牢牢地控制着。尤其令我震惊的是，他身上有一种与生俱来的暴戾与同样与生俱来的高尚的融合。这样的融合，我在其他人身上从没见过。

这不，包工头向前走了一步，半闭上眼睛，扯起极高的尖嗓子唱了起来。他的声音非常甜美动听，略带些沙哑。他像操控陀螺一般操控着自己的声音，无休止地起起伏伏，从低音不断回到高音。高音部分他把持得很好，而且极

----

1 希腊神话中的大力士。

力拖延。有时，他突然停住，接着重又活泼豪放地唱起之前的副歌。他的转折部分有时显得大胆，有时则又颇为滑稽有趣。自然，懂行的人应该可以从中得到享受。换了德国人的话，则会疑惑不解了。这是一种俄罗斯的抒情高音[1]。他唱的是一首欢快的歌舞曲。由于他在演唱中不断地修饰，添加了许多辅音和感叹词，我勉强听出下面几句：

青春无邪的我，
开出土地一小片；
青春无邪的我，
种下拖红的花朵。

他唱着。大家都听得很入神。他估计是明白，听众里颇有些懂行的，所以唱得动情入神。没错，我们这儿的人的确对歌唱颇为懂行。难怪奥廖尔大路旁的谢尔季耶夫村的人以动听而和谐的歌唱闻名全俄罗斯。包工头唱了挺久，却没能在听众中引起多大共鸣。大家对他并不大支持。最后，他完成了一个特别成功的转折。疯老爷满意地微笑着。蠢货没忍住，兴奋地叫了起来。大家都一激灵。蠢货和眨眼鬼开始低声附和鼓励起来："不错！……继续，机灵鬼！……继续，拉高，鬼头！再拉高点！再拉高点，你这疯狗！……真该叫你下地狱！"尼古拉·伊万内奇站在桌子后面，满意地左右晃着头。终于，蠢货跺了下脚，晃了晃腿，肩膀抽搐了一下。雅科夫目光如炬，他整个人像片树叶一样抖着，笑得非常不自然。只有疯老爷一人面不改色，没动地方。他盯着包工头，目光略有些缓和，唇边的表情却还是鄙夷的。

---

1 原文为法语。

包工头唱得极为满足，完全进入了状态，开始展示一段段花腔。只见他牙齿咯咯作响，舌头不断敲击着，嗓子吊得近乎疯狂。最后，他整个人精疲力竭，脸色惨白，浑身被热汗浸湿，整个身体向后倾斜，唱完了最后一段垂死的哀调。大家对他报以热烈的尖叫与欢呼。蠢货扑到他身上，用自己瘦骨嶙峋的长手紧紧抱住他。尼古拉·伊万内奇的肥脸上泛起红色，仿佛变年轻了。雅科夫疯子一般地叫着："好样的，好样的！"我那穿着破斯维塔袍的邻座也没忍住，敲了一下桌子，叫道："啊呀！不错！见鬼了，真是不错！"还朝一旁狠狠地吐了口唾沫。

"老兄，真叫人欣慰！"蠢货叫着，继续将包工头紧紧抱着，"真是没的说！你赢了，老兄，赢了！祝贺你，那啤酒是你的了！雅什卡比你差远啦……我跟你说吧，真是差远啦……你可得信我！"（他再次把包工头搂在胸前。）

"把他放开，放开，瞎纠缠啥……"眨眼鬼沮丧地说，"让他坐一会儿，他累坏了……你可真是个笨蛋！你纠缠人家做啥？"

"行吧，让他坐下来吧，我要为他的健康干一杯，"蠢货说着走到了柜台边，"你付钱，兄弟。"他对着包工头补充了一句。

包工头点了下头，坐到了凳子上，从帽子里抽出毛巾擦着脸。蠢货贪婪地将酒一下子饮光，像那些醉鬼一样，哼唧着，现出一副忧伤焦虑的表情。

"唱得不错，兄弟，不错，"尼古拉·伊万内奇热情地说道，"现在轮到你啦，雅沙。你别胆怯呀。我们倒要看看，谁能赢过谁……包工头的确很会唱，很不错。"

"非常不错。"尼古拉·伊万内奇的妻子评论道，微笑着看了看雅科夫。

"真是不错哟！"我那邻座低声重复着。

"你这令人抓狂的波列哈¹！"蠢货突然叫了起来，走到外套肩上有个洞的汉子旁边，用手指着他，蹦着，刺耳地大笑着，"波列哈！波列哈！'哈、吧介、坠赶'²。你这家伙怎么跑这儿来了？"他笑着问道。

那可怜的家伙本要起身离开了，只听疯老爷威严的声音响起。

"你不就是个令人难以忍受的畜生？"他咬牙切齿地说道。

"我没咋，"蠢货嘟囔着，"我没想咋……我就是……"

"那就给我闭嘴！"疯老爷道，"雅科夫，开始！"

雅科夫用手托住喉咙。

"这个，兄弟，这个……有点……咳咳……我不知道该，真的，这个……"

"行了，别怯场。长点儿脸！……你晃悠啥？……该唱啥就唱啥。"

说着疯老爷低下头去，作等待状。

雅科夫沉默了，环顾了一下四周，用手捂住脸。大家的目光都集中到了他身上。尤其是包工头，他那惯有的自信和胜利的表情中，不由自主地闪过一丝轻微的不安。他靠着墙，又叉起双手，脚倒是没有再晃来晃去了。

雅科夫松开手，露出惨白如死人一般的脸，浓密的睫毛下，他的眼神依稀可见。他深深地吸了口气，开唱了……他的第一声又弱又斜，仿佛不是从他胸腔里发出来的，而是从什么遥远的地方偶然传进这屋子的。这骚动的嗡鸣对我们产生了奇怪的作用。我们相互看了看。尼古拉·伊万内奇的妻子更是挺直了身子。这段歌声之后，是更加坚定而悠长的声音，却还带着些许颤抖。就仿佛那琴弦，用手指突然拨一下，它抖动的声响会迅速消失。第二段之后

---

1 波列哈指的是南波列谢人。南波列谢是博尔霍夫县和日兹德拉县交界处的一片林地。波列哈人在生活方式、习俗、方言上都有明显的特点。称他们"令人抓狂"是因为他们那令人生疑、迟缓的性格。——原注

2 波列哈说话时往往在每个词后面都加上"哈""吧介"等语气词，把追赶说成"坠赶"。——原注

是第三段，越来越热烈舒展，一首悲凉的歌子就此铺开。"田野间的小路不止一条。"他唱道。甜蜜的激动将我们俘虏。

我得承认，这样的声音我很少听到。这是一种略带破碎感和嘶鸣的声音，似乎布满小裂痕。初听上去，带着某种病态，但却深藏真实的激情、青春、力量与甜蜜，还浸透了某种无忧无虑的伤感。纯正的俄罗斯式的炽热心灵在他体内唱响、呼吸着，带着我们跟随他那俄式的演绎起起伏伏。歌儿荡漾开来。雅科夫进入了状态，他已不再胆怯，全心投入到歌唱的幸福中去。他的声音不再颤抖。不过，他的身体尚在抖动，但那是一种由内而外的激情的抖动，箭一般地刺入听众的心。只见他一步步沉稳下来，彻彻底底地发挥着。

我记起某个傍晚退潮时分，我站在浅浅的沙滩上，伴着远处海浪的轰鸣，看见一只白色的大个儿海鸥。它坐在那里一动不动，丝滑的胸脯面向深红色的晚霞，只偶尔缓缓地对着熟识的大海、低垂的红日张开长长的羽翅。听着雅科夫的演唱，我想起了它。他唱着，似乎忘记了自己的对手和我们这些听众，却像一位被浪花托起的精神的游泳健将一般，被我们沉默而激烈的感应所撑起。他唱着，发出的每一个声音都带着某种熟悉而开阔的气息，就像那亲切的草原在眼前展开，伸向无穷的远方。

我渐渐感到内心激荡不已，眼里涌出了泪水。忽然，一阵低沉而节制的哭声惊到了我……我回头一看，是掌柜的妻子在哭泣，她用胸口抵着窗户。雅科夫快速扫了她一眼，唱得更起劲更甜美了。尼古拉·伊万内奇垂下了头。眨眼鬼回过神来。蠢货整个人快融化了，张大了嘴，傻乎乎地站着。穿灰色外套的汉子在角落里悄悄抽泣，痛苦地低喃着、摇着头。疯老爷紧紧皱起眉头，那钢铁一般的脸上流下一行沉重的泪水。包工头用拳头抵住前额，一动不动……如果雅科夫不在一个特别细高的音节上停止的话，我不知道大家的沉醉会怎样收场。他的声音就像断了一般停住，没有人尖叫，没有人动弹，

大家似乎都在等待，他会不会继续唱下去。他张开眼，好像被我们的沉默所惊醒，询问的目光扫了一圈，终于明白，胜利属于他……

"雅沙。"疯老爷开口说道，将手放到他肩上，便又沉默了。

我们像被拴住了一般站在原地。包工头静静地起身，走到雅科夫跟前。"你……是你的……你赢了。"他艰难地说完，便一下子冲出了屋子。

他迅速而决绝的动作仿佛打破了魔咒，一瞬间，大家热闹欢快地聊了起来。蠢货蹦着，挥舞着双手，像转动的磨子一般。眨眼鬼一瘸一拐走到雅科夫面前，对他亲了又亲。尼古拉·伊万内奇站起身，隆重地宣布，自己掏腰包再给胜者加一桶啤酒。疯老爷的脸上绽放出我之前从未见过的善意的笑容。穿灰色外套的汉子躲在角落里，双手擦擦眼睛，摸摸脖子和鼻子，抚了抚胡子，不断念叨着："真是不错呀！不错！真他妈的太棒了！"尼古拉·伊万内奇的妻子满脸通红，快速起身离开了。雅科夫享受着胜利，孩子一般容光焕发，双眼满是喜悦。大家把他推到柜台前，他叫来那位哭得稀里哗啦的穿灰外套的汉子，还叫掌柜的儿子去把包工头找回来。包工头没能找到，畅饮却开始了。蠢货高高举起双手唠叨着："你还得给我们唱，你晚上还得给我们唱。"

我又看了一眼雅科夫，便走了出去。我不想再留下，怕破坏了自己的印象。屋外依旧炎热难忍。热浪仿佛在地面上结了厚厚一层。透过薄薄的发黑的尘埃，只见深蓝色的天空中仿佛闪烁着几点火光。周围一片死寂。在大自然这精疲力竭的寂静中，隐藏了某种无望而受压迫的情绪。

我走到干草房里，在刚割下不久却已几乎干透了的草堆上躺下。我很久没能睡去，耳边久久回荡着雅科夫的声音……终于，被炎热折磨得疲惫不堪，我沉沉地睡着了。当我醒来时，天色已经暗下来。周围四散的草堆发出浓郁的湿漉漉的芬芳。星星穿过半翘起的屋顶细木条间的缝隙，暗淡地眨着眼睛。我走了出去。晚霞早已退去，天边只留下一丝它白色的影子。白日里蒸腾的

空气中充满了夜晚的清新，却还留有温热。胸腔还是渴望着清凉。这是一个无风无云之夜，深色的天空清澈透明，满天繁星隐隐地闪烁着。

村子里亮着星星点点的灯火。不远处的酒馆里灯火通明，传来一阵阵混沌的喧哗。我仿佛听到了雅科夫的声音。不时有激烈的笑声从那个方向腾起。我走到窗子前，贴近玻璃往里看。里面的场景乱七八糟、热闹非凡，却叫人不快。大家全都醉醺醺的，包括雅科夫。他光着膀子坐在凳子上，扯着嘶哑的嗓子唱着某个低俗的小曲，不时懒洋洋地拨弄一下吉他。头发湿成一绺一绺，脸色惨白。

屋子中央是蠢货，已经醉得东倒西歪，脱了外衣，对着穿灰色外套的汉子蹦蹦跳跳。

那汉子呢，勉强跺着不听使唤的脚，透过乱蓬蓬的胡子傻笑着，不时挥着一只手，仿佛是在说："随便它！"他的表情非常滑稽：无论他怎么尽量抬着眉毛，沉重的眼皮都没法抬起，就这么差不多盖住了无精打采的却满是善意的眼睛。他处在典型的醉酒状态中。任何一个人此时看到他，恐怕都会说："够了，兄弟，可以了！"眨眼鬼脸红得像只虾子，只见他坐在角落里，大张着鼻孔，刻薄地笑着。只有尼古拉·伊万内奇像个称职的掌柜，保持住了不变的冷静。屋里又多了很多人，疯老爷却不见了。

我转过身，走下山坡，离开科洛托夫卡。一大片开阔的平原在这山坡脚下铺展开来。夜色中，平原整个被起起伏伏的雾气盖住。它仿佛更加无边无际了，几乎就要与暗下来的天空融为一体。我沿着沟子边的路大步走着，忽然，远处的原野里传来小男孩响亮的叫声。"安特罗普卡！安特罗普卡——卡！……"他叫着，声音里满是带泪的绝望，将最后一个音节拖得很长很长。

他停了一会儿便又叫了起来，声音在静止的、微微打鼾的空气里响亮地传开来。他至少呼叫了这个安特罗普卡的名字三十遍，只听空地的另一头传来隐约的回答，仿佛来自另外一个世界：

"怎么啦——啊——啊？"

小男孩的声音立刻变得喜悦而恼怒：

"过来，你这个坏蛋——"

"干啥——啊——啊？"回音许久之后才传过来。

"爸爸想要教训你一顿。"第一个声音赶紧喊了回去。

第二个声音没再回应。男孩又开始呼叫安特罗普卡了。他呼唤的频率渐渐变低，声音也弱了下去，等天色完全暗下去，我已走到树林边时，还能隐约听到。那林子所环绕的则是我自己的村子了，离科洛托夫卡四俄里远……

"安特罗普卡——卡！"那声音还在夜影婆娑的空气里隐隐回响。

彼得·彼得罗维奇·卡拉塔耶夫

　　五年前的一个秋日里，从莫斯科回图拉的途中，因为缺驿马，我不得不在一座驿站里坐了一天。我是打猎归来，粗心地将自己的三驾马车先打发了回去。驿站长是个上了年纪的家伙，神色郁郁，长长的头发直挂到鼻尖，一双小眼睛睡意蒙眬。对我的要求，他只是报以嘟嘟囔囔的回答，每次都狠狠地将门摔上，仿佛诅咒着自己的职务。只见他走到前廊上，对着车夫们叫骂着。车夫们有的手里抱着沉重的桅木在泥泞的地里缓慢行进，有人坐在长凳上，打着哈欠、搔着痒，对长官的叫骂无动于衷。

　　我已经喝了好几顿茶，几次试着打盹，把墙上和窗户上的告示统统读了个遍，实在是无聊透了。我默然而绝望地望着自己乘坐的那驾四轮马车翘起的车辕，忽然听到铃铛响起，一辆不大的马车驶进来，停在了前廊跟前，拉车的三匹马儿累得气喘吁吁。来人跳下车，嚷了一句："快给我换马！"走进屋子。在他带着纳罕的表情听驿站长解释没有马可换的时候，我带着百无聊赖的人特有的好奇，将此人从头到尾打量了一番。

　　他看上去三十来岁，天花在他干瘪发黄、泛着不健康的铜色光泽的脸上留下了不可磨灭的印记，黑色的长发向后梳着，在领口处盘成圈，前额上的头发则紧贴着凸起的太阳穴。一双小眼睛浮肿而无神，唇上留着几丝胡须。穿戴上，他看着像一个放荡不羁、经常光顾马市的地主：身着花里胡哨、油渍斑斑的高加索式上衣，淡紫色的丝领巾已经褪色，套着配有铜扣的坎肩，下身穿着开大喇叭口的裤子，几乎遮住了污渍斑斑的靴子。他浑身散发着剧烈的烟酒气，几乎被外套袖口遮住的肥厚的红扑扑的手指上套满了图拉的银戒指。

这样的人在我们俄罗斯成千上万。说实话，跟他们打交道并没任何乐趣。尽管如此，看着这名来客，我不得不注意到他脸上无所顾忌的善良而热情的表情。

"这不，他们在这儿已经等了一个多小时了。"驿站长指着我说。

"一个多小时！这家伙是在笑话我。"我暗自想。

"他们或许并不急需。"来人说道。

"这我们可不好说。"驿站长阴沉地说。

"难道真的不行吗？完全没有马匹？"

"不行。一匹马也没有。"

"那么，请吩咐给我备好茶炊吧。没办法，只好等等了。"

来人往凳子上一坐，将大檐帽丢在桌子上，用手捋了捋头发。

"您已经喝过茶了？"他问我。

"喝过了。"

"愿不愿意再跟我一起喝点？"

我同意了。那棕红色胖墩墩的茶炊被第四次端上了桌。我拿出一瓶罗姆酒。我倒是没认错，这位先生的确是位小贵族。他叫彼得·彼得罗维奇·卡拉塔耶夫。

我们聊了起来。还没过半个小时，他就大大咧咧地将自己的过去跟我和

盘托出。

"我这是往莫斯科去，"他喝着第四杯茶，对我说道，"在农村我已经没事可做了。"

"这又是为什么呢？"

"就这么着——没事可干。家业经营得不好，农民们也都破产了。不过，也算是遇到了坏年头。庄稼歉收，还有其他乱七八糟的……不过，说起来，"他郁郁地朝一旁看了两眼对我说，"我也不是啥好主子！"

"这又是怎么说呢？"

"就是这样，"他打断我说，"的确有这样的主子。您看，"他将头斜到一边，用力吸着烟斗，接着说，"您也许看着我会想，我也……我跟您坦白吧，我也没受过什么好教育，基本没啥优点。您不要介意，我就是这么个坦白的人，而且……"

他没把话说完，挥了挥手。我对他解释，他其实想得不对，我非常高兴与他结识等等……之后又说，就管理领地来说，也并不需要多少好的教育。

"我同意，"他回答，"我同意您说的。不过，总得能服人吧！有的主子把农民掏得一干二净，他们也不敢怎样！可我呢……请允许我问一句，您是彼得堡的还是莫斯科的？"

"我是彼得堡的。"

他用鼻孔喷出一串长长的烟。

"我要去莫斯科干了。"

"您打算具体干什么呢？"

"还不清楚，能干啥就干啥。跟您直说吧，我害怕给公家干，那可是得负责任的事。我一直是住在农村的，习惯了……不过也是没办法了……得养活自己！真是生活所迫呀！"

"不过，这下您就可以住在都城里了。"

"都城……我不觉得那都城里有啥好的。走着瞧吧，兴许是件好事呢……不过，再没有什么比农村更好的地方了。"

"您难道就不能继续在村子里住下去了吗？"

他叹了口气说：

"不能了。村子现在已经不是我的了。"

"怎么回事呢？"

"来了个好邻居……还有一些票据问题……"

可怜的彼得·彼得罗维奇摸了摸脸，想了想，甩了甩头。

"还有什么好说的呢！……得承认，"他沉默了一会儿说道，"我没有理由怪别人，怨我自己。就爱逞能！……就他妈爱逞能！"

"您之前在村子里过得挺快活吧？"

"我那儿呀，老兄，"他一字一顿地说着，看着我的眼睛，"曾经有十二队猎犬。实话跟您说，那可是少见的追逐犬（最后一个词他是拖长了调子说的）。捉灰兔三下五除二。格力犬我那儿也有不少来着。现在，这些都是过去了。没啥好骗的。我也用猎枪打猎。我曾经有过一只叫康杰斯卡的狗儿，那可真是机灵，直觉灵敏极了。有时候，在沼泽边上，我命令它搜。它要是不理的话，你再带多少狗儿去搜，都找不到啥；它要是乐意搜的话，那简直就是欢天喜地！……在屋里它也特别听话。如果用左手喂它面包，说犹太人啃过，它就不肯吃。如果用右手喂，说小姐吃过，那么它就立刻吞下去。它生过一只很棒的狗崽儿，我本来想带着去莫斯科的。一个朋友连同猎枪一起要走了，说，兄弟，在莫斯科你可就顾不上这些啦，那儿的生活完全是另一个样儿。我把狗崽儿和猎枪都给了他。要知道，反正都已经是过去了。"

"您在莫斯科也可以打猎呀。"

"不了，有什么必要呢？没能保住家业，那么就忍着吧。请允许我问一句，莫斯科的生活是不是挺贵？"

"不，并不特别贵。"

"不特别贵？……那么是不是有茨冈人生活在莫斯科？"

"哪些茨冈人？"

"那些在集市上混的？"

"是的，在莫斯科有的……"

"不错。我喜欢茨冈人，见鬼了，就是喜欢……"

彼得·彼得罗维奇的眼里闪着剽悍的快意。他忽然在凳子上扭动了几下，便又陷入了沉思。他低下头，将空杯子递给我。

"请给我倒点您的罗姆酒吧。"他说。

"茶已经喝完了。"

"没有茶也没关系……哎！"

卡拉塔耶夫用手抱住头，将手肘撑在桌子上。我沉默地望着他，等待他动情的叹息，或者是醉酒的人常爱流下的泪水。当他抬起头，那满脸深深的愁容使我震惊。

"您怎么了？"

"没什么……想到了从前。简直是个笑话。倒是可以跟您讲讲，就怕叨扰了您……"

"您说吧！"

"是这样的，"他叹了口气接着说，"比如，在我身上发生过这样的事。您要是乐意，我可以讲给您听。不过，我不知道……"

"您说吧，彼得·彼得罗维奇。"

"看来，兴许也……您看看，"他说道，"不过，我真不清楚……"

"行啦，彼得·彼得罗维奇。"

"行吧。是这么回事。我那时住在村子里……突然，我看上了个姑娘。真是个好姑娘呀……漂亮、聪明，还特别善良！名叫马特廖娜。出身很普通的姑娘，您知道的，是个农奴，下人。但她不是我家的。这就挺糟的。我爱上了她。这的确是个笑话吧。她也喜欢上了我。马特廖娜开始求我把她从女主子那里赎过来。我其实也已经考虑过了……她那女主子是个很富有、脾气挺大的老太婆。她家离我十五俄里。这不，有一天，我吩咐给车套好三套马，辕马是一匹外来的亚洲种马，特别棒，取名拉姆普尔多斯。我换上一身体面衣服，便去拜访马特廖娜的女主人了。

"我到了一看，宅子很大，配有厢房、花园……马特廖娜在转弯处路口等我，想跟我说点什么，却只亲了亲我的手，闪到一旁。我进了前厅，问：'有人在吗？'

"一个高个儿仆从问我：'来客何许人？'

"我说：'兄弟，你就禀报说地主卡拉塔耶夫到访，有事相谈。'仆从出去了。我就想，事情会怎样呢？也许会要个高价吧，可别看她这么有钱，说不定会要五百卢布呢。

"仆从终于回来了，说：'您请。'我跟他进了客厅。椅子上坐着一位眼珠发黄的小个子老太太，眨着眼睛。'您有何贵干？'我一开始先表示说很高兴认识她。

"'您想错了，我不是这儿的主子，就是个亲戚……您有何贵干？'我解释说，我需要跟女主人谈谈。

"'玛利亚·伊利伊尼奇娜今天不见客，她身体不舒服……您有何贵干？'没办法了，我暗自想，只能跟她说说情况了。老太太听了我的解释。'马特廖娜？哪个马特廖娜？'

"'马特廖娜·费奥多罗夫娜，库里科的女儿。'

"'费奥多尔·库里科的女儿……您怎么认识她的？'

"'偶然认识的。'

"'她知道您的打算吗？'

"'知道的。'

"老太婆沉默了一会儿：'看我不收拾这个废物！……'

"我惊呆了：'您这是怎么呢！……我愿意赎她出来。您就出个价吧。'

"那老太婆嚷嚷起来：'这可真叫人吃惊。我们可不缺您那些钱！看我不收拾她，收拾她……好好教训她这个蠢货。'老太婆怒气冲冲地咳起来，'她在我们这儿待得不舒服是怎么的？……这个妖怪，上帝饶恕我！'

"我也火了起来：'您为什么要威胁可怜的姑娘？她又有什么错？'

"老太婆画了个十字：'耶稣基督！我还不能教育自己的奴才了吗？'

"'她不是您的！'

"'玛利亚·伊利伊尼奇娜知道怎么回事。老爷，这跟您无关。我得叫马特廖娜清楚，她是谁家的奴才。'

"我得承认，我差点朝那死老太婆扑了过去。但一想到马特廖娜，我就没下手。我有点心虚了，开始请求那老太太：'您出多少价都可以。'

"'您要她做啥？'

"'老妈妈，我喜欢上她啦。您就想想我的处境吧……请允许我亲一下您的手。'还真就亲了那骗子的手！

"'这么着，'那骗子说，'我跟玛利亚·伊利伊尼奇娜说一声，看她怎么吩咐。您两天后再来。'我惴惴不安地回了家。我猜到，事情处理得不对，我不该告知自己的处境，但为时已晚。

"两天后，我又去了那女地主家。我被带到书房里。房间里满是花，收拾得非常舒适。女主人坐在奇怪的椅子里，头深深靠在垫子上。那女亲戚也坐在一旁，还有一位穿着绿裙子的女子，头发淡黄，嘴歪斜，可能是女伴。老太婆含糊地说：'您请坐。'我坐下了。她开始问我，岁数多大，在哪里供职过，对未来有何打算。一副高高在上的样子。我都做了详细的回答。老太婆从桌上拿起手绢，冲着自己扇了扇……

"'卡捷琳娜·卡尔波夫娜跟我汇报了您的要求，'她说，'都汇报了。我呢，定了一个规矩，自己的仆从一个也不放出去。这简直不成体统，在体面的家里也不像个事儿，坏了规矩。我已经吩咐过了。您呢，也不必再为此事操心。'

"'怎么是操心呢，瞧您说的……您是不是特别需要马特廖娜·费奥多罗夫娜呢？'

"'倒也不是。'

"'那您为何不肯把她让给我呢？'

"'因为我不乐意，不乐意。就这么着。我已经吩咐过了，把她打发到我的一个偏远的草原上的村子里去。'这对我简直就是晴天霹雳呀。老太婆对那绿衣女人说了几句法语，那女人走了出去。'我这儿的规矩很严，'她说，'我身体不大好，不能被惊扰。您还年轻，我却已经上了年纪，有权对您提些建议。您是不是该好好张罗一番，找个合适的伴侣呢？有钱的未婚妻不好找，可没钱的、品格好的，还是可以找到的嘛。'我看着那老太婆，怎么也不能明白，她满口胡扯些什么。就听她唠叨着有关婚礼啦什么的。而那'草原上的村子'几个字一直在我耳边回响。还结婚呢！……真见鬼……"

他突然停下来看了看我。

"您没结婚吧？"

"没有。"

"当然，这很好理解。我没忍住：'老妈妈，您都在胡扯些什么？哪儿来

的什么婚礼？我只是想知道，您会不会把马特廖娜让给我？'

"老太婆叫了起来：'他惊扰到我了！赶紧吩咐他离开！天呐！……'那女亲戚赶紧走到她跟前，还对着我一阵大叫。老太婆呻吟着：'为何这样对我？……难道我在自己家里不是主子吗？……天呐！天呐！'我抓起帽子，疯一般地冲了出去。"

"也许，"他继续说道，"您会责备我，对一个低贱姑娘如此动情。我也并不想辩白……事情就是如此！……您信不信，我白天黑夜不得安宁……真是受折磨呀！我怎么就把这姑娘给害了呢！我回想起她穿着无领上衣驱赶鹅群。主子命令严厉待她，于是那穿着胶皮靴子的村长便对她破口大骂。我在一旁听得直出冷汗。我没忍住，打听到了她被发配到了哪个村子，便骑马过去了。看来他们没料到我会来，也没下令怎么接待我。我径直去了村长那儿。像个邻居一样进了院子，看了看。马特廖娜用手撑着坐在前廊上。她本来想喊我，我摆了摆手，指了指后院和田野的方向。我进了屋，跟村长聊了聊，对他撒了一通谎。后来，我找准机会，出来找马特廖娜。可怜的姑娘抱住我的脖子不肯放。我的小可怜脸色苍白，消瘦了不少。我对她说：'不要紧，马特廖娜，不要哭。'自己却泪流成河……最终，我也觉得有些不好意思了，就对她说：'马特廖娜，光流泪是不解决问题的，得行动起来。要坚决地行动起来。你得跟我跑。咱们得这么干。'

"马特廖娜呆在了原地……'这怎么行！我会完蛋的，他们还不把我吃了！'

"'你这傻瓜，谁会找到你呢？'

"'找得到，肯定找得到。感谢您，彼得·彼得罗维奇，我一辈子都不会忘记您的柔情。但请您放了我吧。这看来是我的命。'

"'唉，马特廖娜呀，马特廖娜，我还以为你是个有个性的姑娘呢。'她其实是挺有个性的……心眼儿真是特别好！

"'你在这儿有啥可待的呢？不会比在这儿更糟了。你说说，村长的拳头尝过没有，啊？'马特廖娜显得非常激动，嘴唇颤抖着。'我们一家子会为了我遭殃的。'

"'你家能怎么样呢……难道会被发配吗？'

"'会的，弟弟会被送走的。'

"'爹爹呢？'

"'爹爹不会被发配，他在我们这儿是唯一的好裁缝。'

"'看吧，你弟弟不会因此怎么样的。'我对她好一番劝哟。她呢，又说东说西说了好多，还说，您得对这负责……'这个，'我说，'就不要你操心了……'我最终还是把她带走了……不是那次，是另外一次带走的，夜里赶着车去把她带走的。"

"带走了？"

"带走了……这不，她就在我那儿住下了。我那屋子并不大，仆人也不多。大家对我挺尊重的，不会因为受苦就把我出卖了。我过得还算不错。马特廖努什卡[1]缓过来了，胖了一些。我对她特别依恋……可真是个了不得的姑娘！也不知道哪儿来的！能唱能跳，会弹吉他……我没跟邻居们介绍过她，怕被传出去！我呢，有个好朋友，铁哥们儿，叫戈尔诺斯塔耶夫·潘杰列伊，您听说过不？那家伙对她喜欢得不得了，像对小姐一样对待她来着，还亲她的手。

"跟您说吧，戈尔诺斯塔耶夫跟我不是一类。他受过教育，读过普希金全集。有时候他跟马特廖娜和我聊天，我们听得简直入迷。他还教会了她写

---

1 马特廖娜的爱称。

字，真够行的！我呢，给她穿戴得也很不错，比待家庭教师之类的人强多了。我给她做了一件红色的天鹅绒袄子，镶了毛皮边……她穿着别提多带劲了！那袄子是个莫斯科的女裁缝按照流行款式缝制的，窄腰的。

"这马特廖娜也真是脾气古怪。有时候一坐就是几个小时，看着地板陷入沉思，眉毛都不抬一下。我呢，也坐在旁边看着她，简直看不够，就像从来没见过似的……她会突然对我笑一下，我这心呀，就跟被谁挠了一把似的，颤抖不停。有时候，她会突然大笑大闹起来，蹦蹦跳跳，把我抱得紧紧的，弄得我头晕目眩。我成天地琢磨，该怎么哄她开心。我送她东西的话，其实也就是为了看着她，我的小可爱，怎么兴奋地脸红、试着新衣服，然后换好新衣跑来亲我。

"不知道她老爹库里科怎么知道了。反正，有一天他来看我们，哭得稀里哗啦……其实是高兴坏了，您以为呢？我们也没亏待库里科。她在分别的时候还给了爹爹五卢布纸币。他就扑倒在她脚下！真是个奇怪的老头！我们就这么着过了五个月。我多想就这么跟她过一辈子呀，谁知我那么不走运哟！"

彼得·彼得罗维奇停了下来。

"发生了什么呢？"我同情地问他。

他摆了摆手。

"一切都很糟。我把她害了。马特廖娜特别喜欢滑雪橇。有时候自己把袄子一穿，戴上托尔热克产的编织连指手套，大呼小叫地要去滑雪橇。一般我们都是晚上出去滑，怕遇到什么人。这不，就有这么一天，特别舒服，晴朗寒冷，却也没有风……我们就出门滑雪橇了。马特廖娜牵着缰绳。我一看，她这是往哪儿去呢，这不是去她女主人的村子库库耶夫卡吗？没错，就是去库库耶夫卡。我对她说：'你这疯子，这是去哪儿？'

"她转过头看了我一眼，冷笑了一声。说是要放肆一番。好吧，我就想，随她去吧！……从主子的宅子前经过看来挺过瘾？您说说看，是不是过瘾？我们就这么继续前进。我那溜蹄马健步如飞，边套马也都跑得特别起劲儿。没多久就看到库库耶夫卡的教堂了。路上还有一架绿色雪橇在缓慢行进，仆从在尾部晃荡着……是他们女主人的雪橇！我有点心虚了。可马特廖娜猛地一甩缰绳，便催着马儿向那雪橇冲过去！他们车夫一看，有个超大个的客迈拉[1]冲了过来，赶紧往一边闪。谁知躲得太急，整架雪橇栽进了雪堆。玻璃碎了一地，那女主子号着：'哎呀！哎呀！哎呀！哎呀！哎呀！'她的女伴嚷道：'挺住！坚持住！'我们赶紧从一旁冲了过去。我们逃开了，但我却想，这事儿挺糟，不该让她来库库耶夫卡的。

"您猜怎么着？女主子认出了马特廖娜和我，把我给告了，说她那逃跑的女仆人住在贵族卡拉塔耶夫家，对我好一通抱怨。这不，警察局长就上我家来了。倒是个熟人，叫斯捷潘·谢尔盖伊奇·库佐夫金，还不错的一个人。就是说呢，本质上这人不怎么样。他跑到我这儿来说：'这个，彼得·彼得罗维奇，您怎么可以这样呢？……这责任可不小呀，法律讲得很清楚呢。'

"我对他说：'当然，对此我们得好好谈谈，不过，您要不要先吃口东西？'

"他倒是同意吃了，却继续说：'裁决必须公正，彼得·彼得罗维奇，这您知道的。'

"'那肯定要公正裁决，'我说，'肯定的嘛……不过，我听说您有匹黑色的小马。怎么样，要不要跟我的拉姆普尔多斯换？……我这儿可没有叫马特廖娜·费奥多罗夫娜的姑娘。'

"'这个，'他说，'彼得·彼得罗维奇，姑娘就在你这儿，我们又不是住

---

1 此处以古希腊神话中的怪物形象代指驾着雪橇飞速行驶的马特廖娜。

在瑞士……换拉姆普尔多斯我可以同意。我看可以干脆就把它牵走。'

　　"不过，第一次我好说歹说把他打发走了。可那女地主闹得更厉害了，说是要不惜一切代价。您知道吗，她脑子里忽然出现了一个念头，想要把自己那位穿绿衣的女伴嫁给我。不过这是我后来才知道的。就是因为这，她才恼羞成怒的。这些女地主们可真是什么都想得出来！……大概是闲着没事干。我的确挺难的，没少花钱，还把马特廖娜藏了起来，反正就是不行！他们对我百般折腾。我不得不借了债，健康也受到了影响……有天夜里，我就躺在床上想：'上帝呀，我为啥要受这些罪？但既然我没法不爱她，那也就没办法了……我不能不爱她，就这么回事！'马特廖娜偷偷跑进我的房间。我那时候把她藏到了村子里，离家两俄里远的地方。

　　"我惊慌失措地问：'怎么？他们让你跑出来了？''不是的，彼得·彼得罗维奇，'她说，'在布博诺沃没人打搅我。但这还要持续多久呢？我心里特别难受，彼得·彼得罗维奇，亲爱的，我好心疼您呀。我一辈子也忘不了您的柔情，彼得·彼得罗维奇。我这是来跟您道别的。'

　　"'你这是怎么了，你这个疯子……怎么道别？道什么别？'

　　"'我这就去自首。'

　　"'我把你这个疯子关到阁楼里去……你要毁了我还是怎么的？要害死我，是吧？'姑娘不作声了，看着地板。

　　"'说话，你倒是说话呀！'

　　"'不想再惹得您不得安宁了，彼得·彼得罗维奇。'

　　"这还怎么跟她说话呢……'你呀你，你个傻瓜！你知道不知道，你个疯……你个疯子……'"

　　彼得·彼得罗维奇失声痛哭。

　　"您猜怎么着？"热泪顺着他发烫的脸颊汩汩流下，他用拳头捶了一下桌子，使劲皱起眉毛，继续说道，"她真的自首了，跑去自首了……"

"马已经备好了！"驿站长走了进来，隆重地宣布。

我俩都站起身。

"马特廖娜后来怎么样了？"我问道。

卡拉塔耶夫摆了摆手。

与卡拉塔耶夫结识一年后，我有事去了趟莫斯科。有天午饭前，我去了猎物市场后的一家咖啡厅。那是一家极有特色的莫斯科咖啡厅。桌球间里烟

雾缭绕，各色人等汇聚，一张张涨红的脸、胡须、挺立的额发、旧式的匈牙利短上衣、新式的斯拉夫外套在眼前晃来晃去。瘦削的穿着旧常礼服的老头子们读着俄文报纸。伙计们端着托盘踩着软软的绿地毯，来回穿行。商人们带着某种痛苦的表情喝着茶。忽然，从桌球间走出个人来，蓬头垢面，步伐不稳。他把手插进口袋，低下头，毫无表情地四下里望了望。

"呀，是彼得·彼得罗维奇！……您最近如何呀？"

彼得·彼得罗维奇几乎是激动地朝我扑了过来。他摇摇晃晃地将我拉进一个单间。

"在这儿，"他关切地把我按在椅子上说，"在这儿您就舒坦啦。服务员，上啤酒来！不，要香槟！我得承认，真没想到，没想到哇……您啥时候来的？待多久？这不，上帝安排的……"

"您还记得不……"

"怎么会不记得，哪能不记得呢，"他急忙将我打断，"过去的事……都是过去了……"

"彼得·彼得罗维奇，您在这儿待得如何呀？"

"您看到了呀，活着呢。这儿挺不错，老百姓很实在。我算是安下心来咯。"

他叹了口气，抬眼看了看。

"在哪里供职？"

"没有，并没上班。不过，我想很快能有结果吧。班有啥可上的？……人才是最重要的嘛。我在这儿认识了些很不错的人！……"

一个小男孩用黑色托盘端了一瓶香槟进来。

"这就是个不错的人……瓦夏，你是个不错的人，对吧？为你的健康干杯！"

男孩站了一会儿，像模像样地甩了甩头，微笑了一下，走了出去。

"这儿的人很不错，"彼得·彼得罗维奇继续说，"有感情，交心……要不要我带您结识一下？非常可爱的一群人……他们会非常高兴认识您的。不过……博布罗夫死了，可真叫人伤心。"

"哪个博布罗夫？"

"谢尔盖·博布罗夫。很可爱的一个人，原先还瞧不起我这个没受过教育的乡下人呢。戈尔诺斯塔耶夫·潘杰列伊也死了。大家都死了，都死了！"

"您这些时间一直住在莫斯科？没回村去看看？"

"回村……我的村子被卖了。"

"卖了？"

"拍卖的……您真该买下来呀！"

"您靠什么过活呢，彼得·彼得罗维奇？"

"上帝不会叫我饿死的。没有钱，会有朋友的。钱又是什么？粪土！黄金也是粪土！"

他皱起眉毛，在口袋里掏了掏，用手掌托着两枚十五戈比和一枚十戈比的硬币，送到我面前。

"这是什么？就是粪土！（说着硬币就飞散到了地板上。）您说说，您读过波列扎耶夫[1]吗？"

"读过。"

"看没看过莫恰洛夫[2]演的哈姆雷特？"

"没看过。"

"您没看过，没看过呀……（卡拉塔耶夫脸色发白，眼珠焦灼地转动着。

---

1 亚历山大·伊万诺维奇·波列扎耶夫（1804—1838），十九世纪上半期俄罗斯诗人、翻译家。
2 巴维尔·斯捷潘诺维奇·莫恰洛夫（1800—1848），十九世纪上半期俄罗斯最著名的戏剧演员之一，为当时莫斯科小剧院（Малыйтеатр）演员。

他转过头去，嘴唇微微痉挛着。）啊，莫恰洛夫呀，莫恰洛夫！'死掉；睡去；'"
他扯着嘶哑的声音继续念叨：

> 完结；若说凭一瞑我们便结束了，
>
> 这心头的怆痛和肉体所受千桩
>
> 自然的冲击，那才真是个该怎样
>
> 切望而虔求的结局。死掉，睡眠……[1]

"睡去了，睡去了！"他嘟囔着。

"您说说，"我本要开口问，他却继续热烈地念叨着：

> 因为谁甘愿受人世的鞭笞嘲弄，
>
> 压迫者的欺凌虐待，骄横者的鄙蔑，
>
> 爱情被贱视，法律迁延不更事……
>
> 如果他只须用小小一柄匕首
>
> 将自己结束掉？……
>
> 请记住祈祷时替我忏悔。[2]

他将头垂倒在桌上，开始口吃地胡扯起来。

"短短一个月！"他用力地说道。

---

1 引自《哈姆雷特》，〔英〕威廉·莎士比亚著，孙大雨译，上海译文出版社 2012 年版，第三幕第一景。

2 同上。

短短一个月，她和那荷琵一个样，

涕泪交横，跟着我父亲去送葬

穿的鞋还没有穿旧，她呀，就是她——

上帝啊！一头全没有理性的畜生

也会哀悼得长久些……[1]

他将一杯香槟举到嘴边，却没喝，继续念着：

是为海居白！

海居白是他什么人，他与她何关，

故而要为她哭泣？……

可是我，

一条懒虫，一头病偃塞的瘦鹿……

我是个懦夫吧？

谁叫我坏蛋？……

骂我撒谎无耻？……

我都得吞下去：因为我十足

是个胆小鬼，没有一点点仇怨

感到被欺负的苦……[2]

卡拉塔耶夫打翻了酒杯，抱住头。我觉得我仿佛懂了他的心思。

---

1 同上，第一幕第二景。
2 同上，第二幕第二景。

"这么着吧，"他终于说道，"谁要是念旧，就叫他滚蛋吧……是这样对吧？（他说着笑了起来。）为您的健康干杯！"

　　"您继续留在莫斯科吗？"我问他。

　　"我要死在莫斯科！"

　　"卡拉塔耶夫！"隔壁房间传来一个声音，"卡拉塔耶夫，你在哪儿？伙计——你快过来！"

　　"叫我哪！"他沉重地站起身说道，"再见了。您要是可以，就来看看我吧。我住在 ×××。"

　　然而，第二天我因为突发的事情必须要离开莫斯科，便没能再见到彼得·彼得罗维奇·卡拉塔耶夫。

约会

　　某个秋日，我坐在一片白桦林里。那正是九月中旬。清早起便下起细密的秋雨，偶尔天空也会泛晴，露出些许暖意。天气挺多变。空中一会儿悬满了松软的白色云团，一会儿又露出一块块蓝天，像是闪开的阴云间探出的温存而美好的眼睛。我就这么坐着，看着周围，聆听着。

　　树叶在我头顶微微作响，仅凭那响声，便可知道这是一年当中的哪个时节。那不是春季里那种欢悦的激动，不是夏天轻柔短暂的低语，也不是暮秋清冷的低诉，而是一种依稀可闻的带着睡意的闲语。微风吹拂得树梢轻轻摆着。

　　树林里，因雨水而泛着湿气，因阳光普照抑或是阴云压顶，始终不停变化着：一会儿整个明亮起来，就像是忽然充满了笑意，不算密集的白桦纤细的树干泛着绸子般的光泽。地上细碎的落叶忽然间五彩缤纷，如金子般闪着颇有质感的光芒。高高的蕨类伸着漂亮的枝叶，染上熟透了的葡萄般的秋色，在眼前摆动缠绕。不一会儿，林子里又隐隐泛青，亮丽的色彩瞬间消失。一棵棵白桦树显得惨白，失去光泽，宛如冰冷的冬日游戏的阳光尚未照到的初雪。细雨又偷偷地、狡黠地洒了进来，引起林子里一片呢喃。白桦树的叶子几乎还都是绿的，不过却明显苍白了。偶尔可见一棵小树苗，整个金灿灿的，美丽极了。它那迎着阳光生气勃勃的样子真是值得一看。光线穿过它那经雨水洗濯的枝丫，瞬间将它映照得五彩缤纷。完全听不到任何鸟鸣。鸟儿们都藏了起来不出声。偶尔有山雀嘲讽的啼叫，那是一种带有金属感的铃铛声。

在这片林子里歇下来之前，我和狗儿穿过了一片高高的杨树林。我得承认，我不大喜欢杨树。我不喜欢它那淡紫色里透着苍白的躯干和灰绿色的泛着金属光泽的叶子。它往往将叶子举得很高，在半空颤颤巍巍展开成扇形。我不喜欢看它那笨拙地贴着枝丫的不好看的圆形叶片的摆动。在某些夏夜里，周围全是低矮的灌木丛的地方，它独自挺立的姿态倒是好看的。只见它对着夕阳的余光闪耀抖动，从头到脚染上金红色。要不就是哪个起风的日子，它在蓝天的映衬下响亮地摇摆着，每片叶子似乎都蠢蠢欲动，想要脱离，逃向远方。不过，总的来说，我不喜欢这树，所以也就没在杨树林里歇息。我来到这片小白桦树林，栖身在一棵小树下，它的树枝从离地很近的地方就生长起来，足可以替我挡住雨水。我看够了林子里的景色，正如猎人们所熟知的那样，舒适安稳地睡去。

我不知道大约睡了多久。当我醒来时，林子里四处都充满着阳光。树叶在欢快地摇曳，透过它们，通透的蓝天一星星地闪现着。风占了优势，将云儿们驱赶开去。天气变得如此干净，空气中充满了那特别的干燥的清新，叫人也跟着精神起来。这意味着，经过了淅淅沥沥的一天，夜晚将是平静而清澈的。我本要起身再去碰碰运气，却看见一个静止不动的身影。

我仔细瞧了瞧，原来是一位年轻的农村姑娘。她坐在离我二十步远的地方，若有所思地垂下头，手搭在膝盖上。其中一条半裸的腿上，躺着一小束野花，随着她的呼吸在格子裙上滑来滑去。她穿着白衬衫，领口袖口系得牢牢的，顺着她的躯体缓缓地折出褶子。一串珠子挂了两圈从脖子一直耷到胸前。

她长得挺好看。浓密的头发是漂亮的烟灰色[1]，仔细梳理过后用红头绳扎成两个半圆，直顶到白净如象牙的额头。脸的其他部分晒成了细薄皮肤常见的金色。我看不到她的眼睛，她没有抬起头。但是我可以看到她细高的眉毛和长长的睫毛，它们看上去湿湿的。一侧脸颊上的泪痕直到发白的嘴边，反射着阳光。她的头不大，看着很可爱，就连圆乎乎、胖墩墩的鼻子也没能破坏什么。我特别喜欢她的表情，是那样淳朴、顺从而忧伤，充满对自身忧愁的童稚的疑虑。

　　她看上去是在等谁。林子里发出一阵微弱的簌簌声，她立刻抬起头，转过身看了看。在清澈的光影下，我看到了她的眼睛。那是一双大而明亮的眼睛，怯生生的，像鹿一样。她睁大了眼睛对着声音的方向仔细听了一会儿，叹了口气，静静地转过身去，将头垂得更低，开始摆弄起花儿来。她的眼皮泛起红色，嘴唇痛苦地颤抖着，密密的睫毛下又有泪珠滚出来，停住，闪耀在她脸颊上。时间又过了很久，姑娘还是没有动弹，只偶尔忧愁地晃晃手，一直静静地听着……

　　林子里再次传来声响，她显得很激动。声音没有停止，而是变得越来越清晰，不断接近。终于，坚定而匆忙的脚步声清晰可闻了。她坐直了身子，仿佛胆怯了，专注的眼神抖动起来，满是期待。树丛间闪现出一个男人的身影。她仔细看了看，突然激动了，热烈而幸福地笑起来。她本想站起身，却又整个人低了下去，脸色苍白，神色凝重。直到来人在她身旁停下，她才对着他抬起紧张的，几乎是恳求的目光。

　　我躲在藏身处，饶有兴致地看了看来人。他给我的印象不大好。看上去，他应该是被某个年轻富有的地主宠坏了的贴身侍卫。他的穿着透着对品味的

---

1 指浅淡的金色，是俄罗斯中部常见的发色。

追求，却表现出某种纨绔的漫不经心：他穿着铜色的短大衣，应该是主子穿剩的，领口系得高高的，配着淡紫色边的粉红领带，一顶镶金边的黑色的天鹅绒大檐帽低低地压在额前。白衬衫的圆领子不客气地挤着他的耳朵和脸颊，浆得直直的袖口将整个手都盖住，只露出红通通的弯曲的手指。只见他手指上套满了镶有勿忘我形状的绿松石的金银戒指。红扑扑的脸看着挺年轻，带着一副无耻的表情。

据我观察，这类人总惹得男人们气愤不已，却讨得女性的欢心。他努力使自己略显粗鲁的神情带上某种鄙夷和无聊，不停眯着那本来就不大的奶灰色的眼睛，皱起眉毛，歪着嘴角，放松地打着哈欠。只见他带着不自然的放肆，一会儿用手捋捋向后梳得溜光的栗色鬓角，一会儿又摸摸厚实嘴唇上方的黄胡子。总之，他看着很不耐烦。他一见到等待着自己的年轻村姑，便开始不耐烦了。他慢吞吞地迈着随意的步子走到她跟前，站了一会儿，抖了抖肩，将双手插进大衣口袋，只对那可怜的姑娘漠然地快速瞥了两眼，便坐到了地上。

"怎么，"他继续看着别处，晃着脚、打着哈欠，"你来了很久了？"

姑娘没有立即回答。

"挺久了，维克多·亚历山德雷奇。"她终于回答，声音微弱得勉强可以听到。

"噢！（他摘下大檐帽，郑重地用手顺了顺一头浓密的、几乎遮满前额的鬈发，装模作样地四下看了看，然后又戴上帽子，将他那宝贵的头颅遮住。）我差点完全给忘了。而且，你看，还下雨了！（他又打了个哈欠。）我事儿很多，没法顾全，主子还总骂人。我们明天就走了……"

"明天？"姑娘说着，惊惧地盯着他。

"明天……哟，哟，行啦，"见她整个颤抖起来，将头低下去，他沮丧地急急说道，"行啦，阿库琳娜，别哭。你知道我最受不了这个。（他皱起扁平的

鼻子。）否则我立马就走……哭什么劲儿呢！"

"不，我不哭了，不了，"阿库琳娜赶紧说道，勉强忍住泪水，"您明天就走了吗？"她沉默了一会儿问道，"维克多·亚历山德雷奇，什么时候上帝能再让我们相见呢？"

"会再见面的，会的。明年见不成的话，那么就是以后咯。老爷好像是要去彼得堡上班，"他带着鼻音，漫不经心地接着说，"兴许我们还会出国。"

"您会忘了我的，维克多·亚历山德雷奇。"阿库琳娜忧伤地嘟囔着。

"不会，怎么会呢？我不会忘了你啦。不过呢，你学聪明点儿，别犯傻，老实儿听你爹的话……我不会忘了你的，不——会。"（他舒服地伸了伸腰，又打了个哈欠。）

"请不要忘了我，维克多·亚历山德雷奇，"她继续哀求道，"我这么爱您，也都是为了您呀……维克多·亚历山德雷奇，您叫我听父亲的……可我怎么听父亲的呢……"

"又怎么了？"（他躺了下来，将手靠在脑后，仿佛是从肚子里发出声音。）

"维克多·亚历山德雷奇，您自己不清楚吗……"

她沉默了。维克多把玩着自己的钢表链。

"阿库琳娜，你不是个蠢姑娘，"他终于开了腔，"也就别再说胡话。我是为了你好，你知道不？没错，你不笨，不完全是个乡下姑娘，你娘也不完全是个乡下人。但你受过啥教育？所以呢，别人跟你说话，你就该听着。"

"我害怕，维克多·亚历山德雷奇。"

"哎，这都是什么废话。我说，你怎么就害怕了！你拿的是啥，"他朝她靠了靠，问道，"花儿吗？"

"花儿，"阿库琳娜忧伤地回答，"我摘的野艾菊，"她略微来了些精神，继续说道，"小牛犊吃了有好处。这个是鬼针草，可以治瘰疬。您快看这个，多奇妙的花儿呀！这样的花儿我还从没见过呢。这个是勿忘我，这个是香堇……还有这个，是给您的，"说着她从黄色的花楸下面抽出一小束用细草绑好的天蓝色的矢车菊，"您要不要？"

维克多懒洋洋地伸出手接了过来，随便闻了闻，在手间把玩着。他一脸沉重地看着天空。阿库琳娜望着他……眼神里满是温柔与忠诚，恭顺与爱意。她对他很怕，不敢哭泣，就这样与他道别，最后一次欣赏着他。他则像个苏丹一样躺着，仿佛带着大度与宽厚，仁慈地忍受着她的爱意。我得承认，我颇为不解地看着他那红扑扑的脸。除了佯装的鄙视与漠然，那脸上还浮现出一种满意十足的自恋。而在这一刻，阿库琳娜是如此美丽，她的整个心灵毫无保留地、热烈地铺展在他面前，亲近他，向他靠近，而他却……他将矢车菊丢在地上，从侧袋里掏出一枚裹着铜框的镜片，塞到眼睛部位。无论他如何皱眉、收脸、抬鼻，那镜片就是架不住，掉到他手里。

"这是啥？"阿库琳娜吃惊地问。

"单目镜片。"他一本正经地答道。

"做什么的？"

"为了看清东西。"

"请给我看看。"

维克多皱了皱眉，倒是把镜片递给了她。

"小心别打碎了。"

"别担心，不会的。（她小心翼翼地将镜片对准眼睛。）我什么也看不到。"她无辜地说。

"你把眼睛眯一眯。"他说，不满的声音里带着教训。（她将镜片后面的那只眼睛眯了起来。）"不是那只，笨蛋！另外一只！"维克多嚷嚷着，没等她纠正，就把镜片抢了回来。

阿库琳娜红了脸，笑了笑，扭过头去。

"看来咱们是搞不懂。"她说。

"还用说嘛！"

可怜的姑娘沉默了一会儿，深深地叹了口气。

"唉，维克多·亚历山德雷奇，我们这儿没了您可怎么办呢！"她忽然道。

维克多用衣襟擦了擦镜片，将它放回口袋。

"是呀，"他终于说道，"你一开始肯定会觉得不容易。（他宽厚地拍拍她的肩，她静静地从肩上拿过他的手，小心翼翼地亲了亲。）是呀，没错，你是个善良的姑娘，"他自满地笑了，继续说，"不过，又能怎么办呢？你自己想想！老爷和我总不能待在这儿吧。冬天就快到了，村子里的冬天，你是知道的，要多糟糕有多糟糕。怎么能跟彼得堡比呢！那儿充满了奇迹，你呀，在梦里都见不到。大楼多带劲，街道宽敞，还有学校，简直叫人惊奇！……（阿库琳娜热烈而专注地听着，微张着嘴，像个孩子一样。）不过，"他躺在草地上扭了扭身子说，"跟你又有什么可讲的？你又听不懂。"

"怎么会呢，维克多·亚历山德雷奇？我听懂了，都听懂了。"

"哟，真有你的！"

阿库琳娜垂下头。

"您之前跟我可不是这么说话的，维克多·亚历山德雷奇。"她没抬眼，说道。

"之前？……之前！好家伙！……之前！"他嘟囔着，仿佛颇为不解。

他俩都沉默了。

"不过我也该走了。"维克多说着，准备用手肘撑起身子。

"请再等等。"阿库琳娜恳求道。

"还等什么？……我不是已经跟你道别了吗？"

"请等等。"阿库琳娜重复着。

维克多重又躺下身，吹起口哨来。阿库琳娜一直望着他。我发现，她渐渐激动起来：她的嘴唇哆嗦着，苍白的脸颊微微泛红……

"维克多·亚历山德雷奇，"她断断续续地说，"您可真是罪过呀……真是罪过，维克多·亚历山德雷奇！"

"怎么罪过了？"他皱起眉头，半坐起身，转向她问道。

"罪过，维克多·亚历山德雷奇。您道别的时候连句善意的话都不肯跟我说，哪怕是跟我这个可怜人说一句好话……"

"跟你说啥呢？"

"我不知道。您应该更清楚，维克多·亚历山德雷奇。您这就要走了，连句好话都没有……我这是怎么得罪您了呢？"

"你可真是奇怪！我能说啥呢？"

"哪怕一句好话……"

"这是叨叨啥呢。"他说着沮丧地站起身。

"别生气，维克多·亚历山德雷奇。"她强忍住泪水，赶紧说。

"我不生气。不过你也实在是蠢……你想怎样？我又不能娶你。不能，对吧？你究竟想怎样，怎样？"（他伸着脸，张开五指，仿佛在等待回答。）

"我不想怎样……什么也不想，"她结结巴巴地回答，将颤抖的手伸向他，"分别时就不能说句好的吗……"

只见她泪流成河。

"这不，又哭起来了。"维克多冷血地说，用手将大檐帽推到额前。

"我不想怎样，"她用双手捂住脸，声音嘶哑，"可如今我在家里该怎么办呢，怎么办？我这可怜人会怎样呢？会把我嫁给一个不怎样的人……我可真命苦呀！"

"你就嚷嚷吧，嚷吧。"维克多低声嘟囔着，窘在原地。

"就说句好话呗，一句也行……就比如，阿库琳娜，我……"

突如其来的撕心裂肺的号哭使她没法说完话。她脸扑向草地，痛苦地哭泣起来……她的整个身子激烈地颤抖着，后脑勺起起伏伏……长时间压抑的苦痛终于爆发了出来。维克多站在她一旁，耸了耸肩，转过身，大步离开了。

又过了一会儿……她安静了下来，抬起头，跳了起来，四下里看了看，甩了甩手。她本来想去追他，腿脚却不听使唤，又跪了下去……我没忍住，赶紧冲到了她跟前。然而，她一见到我便不知哪儿来的力气，低声叫了一下，瞬间消失在林子里，花儿散落了一地。

我站了一会儿，将那束矢车菊拾起来，走出林子，来到田野里。太阳低低地悬在泛白的晴空中，它的光芒也苍白冷却下来。阳光不再闪耀，而是流水一般平缓地洒下来。离傍晚只剩不到半小时了，晚霞已隐隐燃起。一阵阵风从黄色的、已干透的茬地上刮过，朝我扑过来。风儿从茬地上腾起，穿过道路，贴着林子边，惊扰了细碎的枝叶。树林正对着田野的那一面整个抖动起来，闪着明晰却不耀眼的碎光。泛红的草皮上，枯萎的茎秆上、稻草上，到处结满了亮闪闪的秋日的蜘蛛网。我停了下来……我有点忧伤。大自然清新却不快活的微笑里，似乎隐藏着对即将到来的冬日的郁郁的恐惧……一只小心的乌鸦，高高地在我头上猛地用沉重的翅膀劈开空气。它回头侧看了我几眼，飞了起来，断断续续地叫着扎进林子里。一大队鸽子从谷仓欢快腾起，忽然排成柱形，纷纷落在了田野里——这就是秋的征兆！光秃秃的小丘后，有人经过，车马声震天……

我回到了家。那可怜的阿库琳娜的模样却久久在我脑海里徘徊。那束矢车菊早已枯萎，我却还珍藏着。

希格雷县的哈姆雷特

在一次旅行当中，我接到邀请，去一位富有的地主兼猎人亚历山大·米哈伊雷奇·格×××家里用餐。他的村子离我当时住的小村五俄里远。我穿上了燕尾服，——我强烈建议各位，就算是出门打猎也要穿上它，——去了亚历山大·米哈伊雷奇那里。晚餐定于六点开始。我是五点到的，发现已经来了不少身着制服或是便服，以及其他不大正式的衣服的贵族。主人热情地迎接了我，却又立刻跑进侍应生休息间了。他在等一位要员的到来，略微有些紧张，这与他在上流社会里的自由地位和财富有些不相称。

亚历山大·米哈伊雷奇从没结过婚，也不喜欢女性，他家的客人也都是光棍。他过得很是潇洒，将祖屋大规模扩建装修了一番，每年从莫斯科订购大量的酒，很受大家的尊敬。亚历山大·米哈伊雷奇早就退伍了，也没得到过什么荣誉……究竟是什么让他非要请一位要员，还为此从一大早一直紧张到晚饭时分呢？"这笼罩在未知的迷雾中。"我认识的一位检察官，在被问到会不会接受别人的主动行贿时，曾如是说。

主人离开后，我在各个房间里转了转。客人们里几乎没有我认识的，其中二十来位已经坐到了牌桌前。在这群朴列费兰斯牌爱好者中有两位漂亮的、

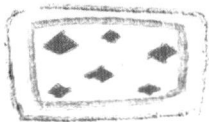

略显沧桑的军人；几位身着便服的先生，领带系得又高又紧，飘逸的胡须染过色。留这样的胡子的往往是果决而又善心的人（这些善心的人认真地理着牌，有旁人过来，他们并不转过头，只是用余光瞟一眼）；五六个县里的官员挺着溜圆的肚皮，肥软的手汗津津的，脚倒是规矩地不动（这些先生轻声细语地交谈着，对着四周露出温驯的笑容；他们将牌紧紧地握在胸前，出牌的时候也不敲桌子，而是将牌波浪般地铺在绿呢桌面上；抓牌的时候，他们会发出谦卑而体面的滋滋声）。

剩下的贵族们，有的坐在沙发上，有的聚在门边或者窗户旁。其中一个已经不再年轻、看上去有些娘娘腔的地主站在角落里，脸红发抖，疯一般地摆弄着挂在腹部位置的表链上的小图章。不过，并没有谁注意到他。其余的先生们穿着莫斯科裁缝、该行业协会里著名的师傅、外国人菲尔斯·克留辛缝制的浑圆的燕尾服和格子裤，伶俐地谈天说地，不停晃着自己光秃秃、肥乎乎的后脑勺。还有一位二十岁上下的浅发年轻人，眼神不大好，从头到脚一身黑，看上去有些胆怯，却讥讽地微笑着……

我正觉得有些无聊，有个名叫沃伊尼琴的家伙凑了上来。这是一个没有读完书的年轻人，住在亚历山大·米哈伊雷奇家里。至于是什么身份呢……这可就有些说不清了。他善于射击和驯狗。我在莫斯科时便认识他了。他属于那类在考试时"扮演木桩"的人，也就是说对教授提的问题一言不发。为了好听，这些人也被称为"络腮胡子先生"（您要知道，这可是很久以前的事了）。场景通常是这样的：考官叫沃伊尼琴进场。在这之前，他笔直地坐在考场外的长凳上，从头到脚冒着汗，缓慢而无序地用眼睛扫着四周。只见他站起身，将制服一直扣到领口，从侧面溜到考官桌前。

"请拿好考题。"考官和善地对他说道。

沃伊尼琴伸出手，紧张地用手指在考签中扒了扒。

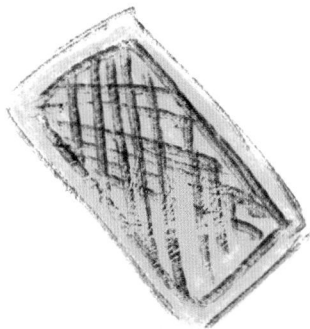

"不可以这样选。"旁边一位老头面带愠色，声音颤抖地指责。那是另外一个系的教授，对可怜的"络腮胡子先生"深恶痛绝。沃伊尼琴只好认命，抽出自己那张考题，走到窗边坐下，等待自己前面的人先回答完考官的提问。除了像通常那样缓缓地环顾四周几眼，沃伊尼琴盯着考题一动不动。

这不，他前面的已经答完了，考官对他说："可以了，您去吧。"要是那人水平不错，很可能还会嘟囔："很好，答得很好！"考官呼叫沃伊尼琴了。他站起身，步伐坚定地走向主考官的桌子。

"请把考签上的题目读一遍。"考官们要求道。

沃伊尼琴用双手将考签抬到鼻子前，缓缓读完，然后又缓缓将手放下。

"那么，请回答吧。"教授将身体向后一仰，双手叉在胸前，懒洋洋地说道。一片死寂。

"您怎么了？"教授问。

沃伊尼琴沉默着。

一旁的老头坐不住了："您倒是说点什么呀！"

沃伊尼琴沉默着，像是呆住了一样。他那剃得光光的后脑勺一动不动地直直地对着身后同学们好奇的目光。老头子的眼珠子快要蹦出来了，他对沃伊尼琴已是厌恶至极。

"这可真是奇怪了，"另一个考官问道，"您像个哑巴一样站在那里做什么呢？是不是不会回答？那就请直说吧。"

"请允许我再抽一张考签吧。"可怜的家伙瓮声瓮气地说。

教授们互相看了看。

"那么，请吧。"主考官挥了挥手，回答道。

沃伊尼琴又抽了一张签，再次走到窗前准备了一番，又回到考官桌前，继续像个死人一般沉默着。那老头简直要把他吃了。最后，他被赶了出去，

得了零分。您以为，他会离开了吧？才不呢！他又回到位子上，一直坐到考试结束。临走的时候，还会感叹："真够受的！真不容易呀！"然后，他就整天在莫斯科闲逛，时不时抱住头，抱怨自己的无才无能。书他是不看的，第二天考试同样的场景再次上演。

就是这样的一位沃伊尼琴凑到我的跟前。我们聊了聊莫斯科，还有打猎。

"您是否乐意，"他忽然悄声说，"让我带您结识一下本地的头号俏皮鬼？"

"请吧。"

沃伊尼琴将我领到一个小个子跟前。只见他留着高高的额发和胡子，穿着褐色燕尾服，戴着花领带。他那挖苦而灵活的神态的确散发着智慧和狡猾。匆匆而过的带着讥讽的微笑扭曲了他的嘴唇。一双黑眼睛眯着，直直地从不平整的睫毛下看过来。一位地主站在他身边，宽肩、温和，甚至柔情，简直就是个甜蜜的家伙，不过却是个斜眼。他对小个子尖刻的话语报以及时的大笑，好像要在享受中融化了一般。沃伊尼琴将我介绍给小个子。他叫彼得·彼得罗维奇·卢比辛。我们互相问了第一声好，就这么认识了。

"请允许我向您介绍一下我最好的朋友，"卢比辛忽然道，声音刺耳，一把抓住那温柔的地主的手，"您别不好意思呀，基里拉·谢里凡内奇，"他说道，"不会有人咬您。这不，就是他。"他接着说。基里拉·谢里凡内奇满脸窘态，不自然地行了个礼，那模样，仿佛肚子要垂下来一样。"这不，我隆重推荐，一位很棒的贵族。五十岁以前，他的身体一直都是棒棒的。忽然他就决定要治治眼睛，结果就变成了斜眼。从此，他也以此等方法治自己的农民们……当然啦，他们也就成了这个德行……"

"就是这么回事。"基里拉·谢里凡内奇嘟囔了一句，便笑了起来。

"说呀，我的朋友，您倒是把话说完呀，"卢比辛道，"您可是有可能被选为法官的呢，说不定就被选上了。当然啦，陪审员到时候会替您思考。不过，您自己也起码能稍微表述点思想吧。否则，省长一来，就会问，为什么法官说话结结巴巴的？然后大家回答，法官之前瘫痪过，他估计会勃然大怒。您得承认，对您来说，这挺不成体统的。"

好脾气的地主就这么一直笑着。

"看看，还笑呢，"卢比辛看了看基里拉·谢里凡内奇起伏的肚皮，恼怒地继续说，"他怎么能不笑呢？"他对着我道，"不愁吃喝、身体健康、无儿无女，农民也没抵押出去。他还给他们治病呢。老婆傻乎乎的。（基里拉·谢里凡内奇略微侧过身，仿佛没听见，却依旧大笑着。）我虽然笑话他，可我老婆跟一个土地测量员跑了。（他咧嘴笑了。）你们没听说吗？这怎么会呢！还真就跑了，给我留了一封信，写道：亲爱的彼得·彼得罗维奇，请原谅，我被激情所征服，跟心爱的人走了……那土地测量员呢，无非就是蓄着指甲、穿紧身裤罢了。你们感到惊奇吗？怎么样，足够坦诚吧……我的上帝！我们草原上的兄弟真敢说实话呀。不过，让我们靠边一点吧……我们可别挨着未来的法官站……"

他挎起我的手，我们走到了窗边。

"我是这儿出了名的俏皮鬼，"他继续对我说，"您可能不信，其实，我就是恼怒而骂出声罢了，因此我也就肆无忌惮。确实，我又有什么可顾虑的呢？我对谁的意见都无所谓，也不想争什么。我就是恼怒罢了，这又怎样？至少恼怒的人是不需要智慧的。您可能不信，这其实挺来劲……比如说吧，您看看这晚宴的主人！他这么跑来跑去，不停看着时间、微笑着，满脸是汗，一副不得了的表情，可就是不开饭，究竟是因为什么？真是少见——不就是来个大官儿！看看，他又往哪跑去了，还一瘸一拐起来，您看看呀。"

卢比辛龇牙咧嘴地笑起来。

"真糟糕，一位女地主都没有，"他深深叹了口气，继续说道，"简直是

光棍儿聚餐,我们弟兄们可真没好日子过。快看,您快看,"他突然叫起来,"科泽尔斯基公爵来啦,就是那个留着胡子的高个子,戴着黄手套。看得出来是在国外待过……他总是来得很晚。我跟您说吧,这家伙蠢得就跟地主家的拉车马一样。可您倒是瞧瞧,他跟我们的人说话那副居高临下的德行,对我们的女眷殷勤地报以多么勉强的微笑!……他有时候说话也不客气,虽然不在这儿常住,挖苦人的话倒真会说!就好像用钝刀砍绳子一般。他是受不了我的……我这就去给他问个好。"

卢比辛迎着公爵跑去。

"这不,我的私敌来也,"他回到我旁边,继续说着,"您看见那个紫红脸、留着平头的胖子了吗?就是手里攥着帽子、靠着墙,四下里张望的那个,像匹狼的家伙?我把价值一千卢布的马儿四百卢布就卖给了他,这不会说话的家伙现在倒是有理由鄙视我了。其实,他那脑瓜儿可真是不好使,尤其是早

饭前或者是晚饭后，你要是跟他问声好，他会回答：'咋的？'啊，将军来了，"卢比辛继续说道，"是个退伍的将军，破了产。他家的女儿甜美可人，工厂却玩完了。抱歉，不该这么说……不过，您是明白的。啊，连建筑师都来了！就是那个留着小胡子的德国人，完全不懂行，简直是奇迹！……不过。他又何必懂行呢。只需要拿着贿赂，然后为我们那些脑满肠肥的贵族多盖些廊柱啦，顶柱啦就好了嘛！"

　　卢比辛又笑了起来……忽然，屋子里掀起一阵骚动。要员到了。主人赶紧冲到了前厅，后面跟着忠实的一家老小和热心的客人……原本沸腾的喧哗变成了温柔的低语，就如春季里蜂房边上蜜蜂的嗡嗡声。只有疯狗一般的卢比辛和出了名的吃白饭的家伙科泽尔斯基不肯放低声音……这不，主角入场了，要员走了进来。众人的心脏似乎都朝他的方向跳动着，坐着的人都挺直了身板，包括那个从卢比辛那儿低价买走了马儿的地主，也乖乖地将下巴埋

进领子里。

要员将自己气宇轩昂的姿态把持得不能再好了。只见他将头略向后仰着，似乎是在致意。他说了几个表示肯定的词，每个都以字母"a"开头，还拖着鼻音把这个字母拉得长长的。他带着万分不解瞧了几眼科泽尔斯基公爵的胡子，对那位退伍的有厂子有女儿的将军伸出左手的食指。要员两次说到他很高兴来到此地，而且没有迟到。过了几分钟，在大人物们的带领下，大家进了餐厅。

至于如何排位，其实不必跟读者们赘述了。要员坐到了首座，居于将军和省首席贵族之间。省首席贵族带着自由而得体的表情，跟他那浆过的胸衣、宽大的坎肩和圆形的盛满法国烟丝的烟盒很相配。主人跑来跑去忙活着，招待着客人，顺便对着要员的背影微笑着。管家像个中学生一样站在角落里，迅速将一盘子汤或者一块牛肉递过来，还端上来一条嘴里塞了一束花的足足有一俄尺半长的鱼。仆人们身着制服，表情威严，给每个贵族都殷勤地倒上马拉加或者马德拉产的葡萄酒。贵族们呢，尤其是那些上了年纪的，则带着一副不得已的表情，好像是履行义务，一杯接一杯地喝着。最后，香槟被隆重地打开，大家开始互相为健康干杯。上述场景读者们都应该非常熟悉了。

在大家都欣喜地沉默时，要员讲了一个笑话，我觉得非常有意思。好像是那位破了产的将军，对新时期的文学作品有些了解，提到了女性的影响，尤其是她们对年轻男性的影响。

"没错，"要员接着话茬说道，"这是事实。不过年轻人还是该严格遵守规矩，否则怎会拜倒在哪位的石榴裙下。（客人们的脸上闪过孩童般欢乐的笑容，其中一位地主简直是满眼感激。）因为呀，年轻人是愚蠢的。（估计是为了强调，要员说话时会改变单词通常的重音。）就比我说我儿子伊万吧，"他接着道，"那傻瓜才刚二十岁，突然跑来跟我说：'爹，请允许我娶亲。'我对他说：'笨蛋，你得先上班再说……'然后他就发狂了，流泪了……而我呢……其实……"（"其实"一词要员与其说是用嘴说的，不如说是腹腔发出的。说完他沉默了，威严地看了看邻座的将军，眉毛抬得老高。将军礼貌地将头侧向一边，对着要员迅速地眨了下眼睛。）"这不，"要员继续道，"现在，他写信跟我说，谢谢啦，老爹，是你教我不犯傻……就该这样才对。"自然，客人们都表示完全同意讲述者的意见，似乎都受到了教育而感到满足而兴奋……晚餐后，大家起身进了客厅，交谈声大了些，但还是很成体统的，似乎是被允许的……众人开始打牌了。

我等到夜晚降临，吩咐车夫第二天早上五点备好车，便去歇息了。不过，就在那一天，我还得去认识一位杰出的人物。

由于客人来得太多，因此谁也没能被安排单独入寝。亚历山大·米哈伊雷奇的管家带我进了一间略显潮湿、铺着绿墙纸的小房间。房间里已经有人入住，且此人已脱光了衣服。一见到我，他匆忙钻进被子里，直盖到鼻尖，在松软的毛褥子上扭动了几下，便安静下来，从睡帽的花边下警觉地看着我。我走到另一张床跟前（屋里总共有两张床），脱下衣服，躺到了潮乎乎的床单上。我的同屋在另一张床上翻着身……我向他道了晚安。

半小时过去了。我无论如何都没法入睡，各种毫无意义、没头没脑的思绪无休止地涌出来，单调而固执，像水泵打上来的一桶桶水。

"您看来是睡不着？"我的同屋问道。

"是呀，"我答，"您也睡不着？"

"我从来睡不着。"

"怎么呢？"

"不怎么。我往往都不知道怎么入睡的，躺着躺着就睡过去了。"

"那您为什么在没有睡意的时候上床呢？"

"那您觉得该怎么着？"

我没有回答同屋的问题。

"我挺吃惊，"他沉默了一小会儿说，"为啥这里没有跳蚤。怎么会没有呢？"

"您好像还觉得挺可惜。"我评论道。

"不，不可惜。我就是喜欢凡事都合乎逻辑。"

"呵，"我暗自想，"挺会用词儿呀。"

我的同屋又沉默了。

"您想不想跟我赌一把？"他突然挺大声地说。

"赌什么？"

我的同屋开始调侃了。

"嗯……赌什么？就赌这个吧：我确信，您肯定把我当成傻瓜了。"

"瞧您说的。"我吃惊地嘟囔着。

"把我当成了个粗人，没教养的……您就承认吧！"

"我还没能有幸认识您呢，"我反驳道，"您怎么就以为……"

"怎么？就因为您的声音：您对我的提问爱理不理的……我呢，才不是您想的那样呢……"

"您这是怎么说的呢……"

"不，您才'怎么说的呢'。首先，我法语说得不比您差，德语甚至说得更好些。其次，我在国外待了三年，光在柏林就住了八个月。先生呐，我可是研读过黑格尔的，还能背诵歌德的诗句。除此之外，我长期爱着一位德国教授的女儿。在国内还娶了一位害了痨病的女地主，有点秃，但是人很不错。所以，我跟您是同类，而不是什么粗人，您应该清楚……我也是经常反省的，并非直来直往鲁莽的人。"

我抬起头，颇为认真地瞧了瞧这位怪人。夜灯昏暗，我几乎看不清他的轮廓。

"您现在倒是看着我了，"他整了整睡帽，继续说道，"您应该是在问自己：我今天怎么没注意到他呢？我告诉您，您为啥没注意到我吧。我这个人从来不提高嗓门说话，我总是躲在别人身后，或是站在门后，不跟任何人交谈。管家端着托盘从我身边经过时，总会把手肘抬到我胸部的高度……这都是怎么回事呢？原因有两个：一、我很穷；二、我认命了……您说实话，您是没有注意到我吧？"

"我是没能有幸……"

"对呀，对呀，"他打断我的话，"我知道的。"

他半坐起来，叉着手，睡帽长长的投影从墙上跃至天花板上。

"您就承认吧，"他忽然侧看着我说道，"对您来说，我就是个大怪物，或者说是独一无二的人，要不就是更糟，或许您觉得我在装疯卖傻？"

"我还是得跟您重复一句，我不认识您……"

他垂下头去片刻。

"为啥我会跟您，一个完全不认识的人，意外地打开话匣子呢？只有上帝清楚！（他叹了口气。）总不是因为我们心灵相通吧！您和我，我们都是正派人，也就说，都只管自己的事。您对我，我对您，都没有丝毫的关心，对吧？但现在，我们却都睡不着……为啥不聊聊呢？我受了打击。其实这很少在我身上发生。我是有些胆怯的人。倒不是因为我是乡下人，没有一官半职、没什么钱，而是因为我特别自恋。不过，有时候，在友好的环境之下，或是因为什么我无法预见或者确信的偶然因素，我的胆怯会完全消失。就像此刻。此时此刻，哪怕让我跟达赖喇嘛面对面，我都敢问他要撮烟吸吸。不过，您该不是想睡了吧？"

"正相反，"我赶紧说，"我很乐意跟您聊聊。"

"您是想说，我挺逗乐？……也挺好……既然这样，跟您说吧，我在这儿被认为是个怪人。那些聊东聊西，偶尔也会提到我名字的人，都如此称呼我。'无人关心我的命运。'他们会这么讽刺我……上帝呀！他们要是知道……其实，除了跟您搭话这类行径之外，我身上一丝一毫独特之处也没有。但这类行为又值个啥呢。这大概是最不值钱、最低级的独特之处了吧。"

他将脸转向我，挥起手来。

"好心的先生呐！"他叹道，"我认为，只有独特的人才有活头，他们才有生存的权利。'我的杯子不大，但我用自己的杯子饮水。'[1] 曾经有人这么说。您知道吗，"他低声补充道，"我经常不由自主说法语。不过，这又能怎样呢，脑瓜好使、能装东西，懂的知道的特别多，一直学啊学，但任何自己的思想却完全没有！无非就是世上又多了一个储物室呗，又有谁能因此而满足呢？不，还不如当个独特的蠢人呢！得有自己的气息，自己独特的气息！您别以为，我对此有多高的标准……上帝保佑！这样的人多了去了。随便一看，到处都是。每个人都是独特的。我却不是其中之一！"

"不过，"他沉默了一会儿后继续说，"年轻的时候我的期望可是很高的！出国之前和刚回国那会儿，我对自己的评价可是不得了！在国外，我一直竖着耳朵学啊学，保持独立的姿态。我们学呀学，了解这了解那，到了最后一看，啥都没了解到！"

"独一无二，独一无二！"他不满地摇摇头，说道，"大家说我独一无二……事实上呢，这世界上就没有比您眼前这名忠实的奴仆更平庸的人了。我大概生下来就是学了谁的样儿……真的！我过得也好像跟那些我研读过

---

1 原文为法语。

的作家所写的一样。我活得特别辛苦，学习过、恋爱过、结过婚，但都好像不是出于自身的愿望，而是在履行某种义务，或是完成什么课程——简直叫人搞不清！"

他将睡帽一把从头上拽下来，扔在床上。

"您想不想听听我的人生故事，"他断断续续地说，"或者是其中的一些片段？"

"您请讲吧。"

"要不这样吧，我还是跟您讲讲，我是怎么结婚的吧。婚姻是件大事，是人生中的试金石。它像镜子一样会反映出……这比喻实在是太老套了……请允许我吸两口烟。"

他从枕头下面抽出烟盒，将它打开，便挥舞着继续讲起来。

"先生，您呀，替我设身处地想一想……您说说看，从黑格尔的学说中，我能学到些啥呢？黑格尔的学说跟我们俄罗斯的生活有啥共同之处吗？您说说，怎么能将不仅仅是他的学说，还有整个德国哲学，乃至科学，运用到我们的生活中呢？"

他在床上蹭了两下，咬牙切齿地低声继续说：

"这样，是这样的！……你说你跑到国外去干啥呢？你为啥不待在家里研究一下周围的生活呢？你本来能够了解它的需要、它的未来，也会把自己在其中的使命弄个清楚……您听我说呀，"他换了个声音继续说，好像是在胆怯地澄清什么，"我们这样的人又怎么搞得清那些聪明人都还没弄懂的东西呢？我是很想跟俄罗斯的生活学学的，可亲爱的它呢，却沉默着。它像是在跟我说：我就是这样的。可我没法理解呀。我需要有个结论呀……结论？结论就是听听莫斯科人说些啥。难道说得不好听吗？是，他们说的跟库尔斯克的夜莺唱的一般好听，可叫人听不懂啊……我就这么想呀想。科学在任何地方不都是一样的吗？真理也是如此。所以呢，我就下了决心跑出去了，跑到那些异族人那里去了……您说有什么办法！那时候年轻气盛嘛。不承想没到年纪就变得脑满肠肥的，可据说这其实也不错。不过，大自然要是没有眷顾谁呀，他也就别想长肉！"

"话说回来，"他想了想继续说，"我本来是要跟您说说自己是怎么结了婚的。是这么回事。首先要说明一下，我的妻子已经不在世上了。其次呢……其次，看来我得跟您讲讲我年轻时候的事，否则您不会明白的……您真的不想睡吗？"

"不，不想睡。"

"好极了。是这样的……隔壁房间里的康塔戈留辛先生呼噜真是打得震天动地！我出生在并不富裕的家庭。除了母亲之外，据传说，我还曾有过父亲。我并不记得他，大家都说他是个不靠谱的人，鼻子很大，满脸雀斑，栗色头发，喜欢用一只鼻孔吸烟。母亲的房间里挂着他的画像，身穿红制服，高高的黑领子直顶到耳朵，看着特别别扭。有时候我被带去受罚，会经过那画像。母亲就会指着它对我说，换了你爹会更严厉。您想想，我会是什么感受。我没有兄弟姐妹。事实上有过一个弟弟，后脑勺上发了软骨病，很快就痛苦死去了。说起来，这英国的病怎么会传到库尔斯克省的希格雷县的呢？但这并不重要。从我出生起，我母亲便带着草原上的女地主特有的执着对我进行教育，一直到我长到十六岁……您跟得上我的讲述吧？"

"当然了，您请继续。"

"好吧。这不，我满十六岁了。我母亲毫不迟疑，赶走了教我法语的家庭教师、涅日诺的希腊裔德国人菲利波维奇，将我带到了莫斯科，给我登记进了大学。之后，她便去世了，我由当诉讼代理人的亲叔叔科尔图恩-巴布拉照料，这家伙的名声可远播到了希格雷县之外。我这亲叔叔，科尔图恩-

巴布拉将我剥削得一干二净。不过，事情的关键倒不在此。感谢母亲，我以很好的成绩进了大学。不过，缺乏个性这一点，当时便在我身上显现出来了。我的童年跟其他人并没什么区别，我就这么傻乎乎、心不在焉地长大了，像是裹在褶子里。早早地开始背诵诗歌、画画，好像是有某种才能。什么才能呢？追求美好的才能……在大学里，我也是循规蹈矩的，很快就进了活动小组。那是另一个年代……不过，您也许不知道什么是小组。记得席勒曾经说过：

> 唤醒狮子是可怕的，
>
> 虎牙亦是可怖，
>
> 然而，最为可怕的则是
>
> 处于疯狂中的人。[1]

您得相信，他其实想说的不是这个，而是'莫斯科城中的小组'[2]！"

"您为什么觉得小组如此可怕呢？"我问道。

我的同屋拾起睡帽，戴上，推到鼻子前。

"为什么我觉得可怕？"他嚷道，"这么回事：小组对任何一种个性的成长来说，都是毁灭性的。小组是社会、女人、生活的一种糟糕的替代品。小组……等等，我这就给您说说，什么叫作小组！小组是一种懒惰而低效率的共处方式，它被赋予意义，被看作是有益的事。在小组里，谈话被各类议论所替代。小组叫人学会闲扯，妨碍人做独立而有益的事，叫人得上文学的疮，叫人丧失内心的清新与纯真力量。小组以兄弟情谊为幌子，却庸俗无聊；以

---

1 原文为德语。
2 同上。

坦诚与参与为借口，却成为误会与钩心斗角的场地。在小组里，每个人都有权力将肮脏的手指伸进同伴的内心，没有人的心里还有任何净土。在小组里，大家都崇拜夸夸其谈的家伙、自恋的机灵鬼、莫名其妙的老资格，把毫无才华的人当诗人吹捧，却又各自'怀着鬼胎'。小组里那些十七岁的年轻人狡猾而古怪地谈论着女人与爱情。而真到了女人面前，他们要么不敢说话，要么像在跟书本聊天，根本就不会说话！在小组里，受欢迎的是巧舌如簧，大家互相盯梢起来不亚于警察……小组哟！你哪儿是什么小组，你就是魔窟，多少正直的人葬身于此！"

"请允许我说一句，您这是夸张了。"我打断他的话。

我的同屋默默地看了看我。

"也许吧，只有老天知道，也许吧。不过，像我这样的人，也只有这么一种享受了——夸张。这不，我就这么在莫斯科住了四年。亲爱的先生，我没法跟您描述，那段时间是多么迅速地过去了，现在回想起来，简直叫人伤心。有时候，早上起床，觉得这人生呀，就像坐滑板一样往下走……转眼一看，已经到了终点，夜晚已经降临。仆人睡眼惺忪地帮你穿上外套，你跑到朋友那儿去，抽几斗烟，一杯接一杯地喝茶，谈谈德国哲学，聊聊爱情、永恒的心灵的太阳等遥远的话题。即便这样，我还是遇见过不凡的人。有的人无论遭受过怎样的打击，被压弯到何种地步，还是被本性所拯救。只有我这可悲的家伙，像拿捏蜡烛一样拿捏自个儿。我那可怜的本性里一点对抗的精神也没有！满二十一岁那年，我得以继承财产。确切地说，是继承了我那监护人良心发现剩给我的那部分财产。我将家业交给一位叫瓦西里·库德里亚舍夫的获得了自由身的农奴去照管，自己则出国去了，到了柏林。之前我已经跟您提到过，我在国外待了三年。怎么着？哪怕是在国外，我还是原先那个平庸的德行。首先，没啥可说的，对欧洲本身也好，

欧洲的生活也罢，我都没能够有丝毫了解。我在他们本国听了德国教授讲课、读了德国书籍……区别仅仅在于此而已。我像个修士一般，过着离群索居的生活。我跟一些退伍的中尉打过交道。他们跟我一样，求知若渴，却缺乏理解力、不善言辞。还跟来自奔萨和其他一些产粮大省的愚笨家庭有过来往。我是咖啡馆的常客，喜欢读读杂志，晚上逛逛剧院。跟本地人我没怎么交往，跟他们交谈起来很是紧张，除了两三个厚脸皮的常跑来借钱的欧洲人之外，我不曾认识过谁。他们觉得我这俄国佬[1]挺容易轻信。奇怪的机缘终于把我带进一位德国教授的家里。

"是这么回事，我去登记听他的课，他就忽然请我晚上去他家做客。这位教授有两个女儿，二十七岁上下，身材敦实，这倒也没啥。她们的鼻子可真是漂亮，鬈发一绺绺地披着，眼睛是淡蓝色的，红扑扑的手指配着雪白的指甲。一位叫林辛，另外一位叫明辛。我成了教授家的常客。这位教授吧，倒不是说蠢，而是仿佛受过什么损伤似的。在讲台上，他讲话很顺畅。在家里却有些大舌头，还总把眼镜架在额头上。其实他是个极有学问的人……您猜怎么着？忽然，我觉得我爱上了林辛，这感觉一直持续了六个月。其实我都没怎么跟她说话，而是一直看着她。不过，我为她朗读过一些动人的作品，偷偷握过她的手，到了晚上，还会望着月亮或者天花板，企盼她能在我身边。而且她还特别会煮咖啡！……还能再要求啥呢？只有一点令我不安，在难以描述的最甜蜜的时刻，我的心口总会有些酸痛，胃里打着寒战。我没能忍受住这幸福，最终还是逃离了。

"在这之后，我在国外又待了整整两年。我去了意大利，在罗马瞻仰过'耶稣变容'圣像，在佛罗伦萨观赏过维纳斯像。我忽然进入某种夸张的狂喜状

---

1 原文为德语。

态之中，就像是着了魔似的。跟多数人一样，我开始在晚上写写诗歌，记记日记。其实呀，您想想，要想独特也挺容易的。比如，我其实对绘画雕塑一窍不通……本该大声承认这点的……不，那可不行！还是赶紧雇一位讲解员，去看罗马时期的镶嵌画吧……"

他又低下头去，再次将睡帽扔在一边。

"最终，我回到了祖国，"他的声音很疲惫，"去了莫斯科。在莫斯科，我发生了惊人的转变。在国外，我一直都是少言寡语。到了这里，忽然伶牙俐齿起来，还对自己充满了幻想。我倒是遇到了一些几乎把我当天才看的好心人。女士们耐心地听着我东拉西扯。不过，我没能保持住自己的声誉。某个早上，忽然开始流传起关于我的谣言（是谁在青天白日里造谣，我并不清楚。应该是某个男性化的老处女。这种老处女在莫斯科多了去了）。谣言像发了芽般四下里疯长。我被纠缠得没法，想要脱身而出，砍断一切难缠的联系，却毫无办法……我离开了。哪怕是在这件事情上，我也显得足够愚蠢。我本该安静地等着风波过去，就像等着荨麻疹热退去一样。之前的那些好心人还会对我张开怀抱，女士们还会微笑着听我讲述的……但问题就在于我没有个性。我的良心好像忽然苏醒了。我对无休止的瞎聊感到不好意思了，昨天在阿尔巴街上，今天在特鲁巴街上，明天又跑到西弗泽维伊－弗拉什卡大街……总是老一套，大家想听，又能怎么办呢？你看看今天这个领域的领军者们，他们完全无所谓，正相反，这正是他们所需要的。有的人要嘴皮子一要就是二十年，一成不变……这才叫自信与自恋呢！我当然也是有些自恋的，而且至今也没有完全消失……可是，跟您说吧，糟糕的就在于我没有自己的特点，我就这么停在了某个中间的位置。大自然应该多给我一些自恋的脾性的，要么还不如一点都不给。情况一出，一开始我确实过得很紧巴。何况出国一趟，我把钱也花得差不多了，而且我也不想随便娶个年纪轻轻，身体却已松弛的女地主，所以我就回到了村里。其实，"我的同屋再次侧看了我几眼，说道，"乡下生活的最初印象，我可以略过了：诸如美丽的大自然啦，独处的静谧啦，等等……"

"可以，可以的。"我说。

"那更好，"他继续讲述道，"何况，至少在我看来这些都是胡扯。待在村子里，我像个被关起来的小狗崽儿，感到很难熬。不过，我得承认，最初返乡的途中，我第一次经过了春天里熟悉的桦树林，我满脑子充满了某种隐隐的甜蜜的期待，心也跟着怦怦跳。不过，您知道的，这些朦胧的期待，永远不会实现。相反，现实中出现的往往是另外一些你不想要的东西，牲畜病死、农民欠缴租子、财产被公开拍卖，等等，等等。在管家雅科夫的协助下，我勉强挨着。他是替代了之前的总管上来的，时间证明，跟前任相差无几，或者说是个更加猖狂的强盗。而且，他那胶皮靴子总把我熏得够呛。有那么一天，我忽然记起了一家邻居，一位上校的寡妻带着两个女儿。我叫人备好车，便去探望她们了。这一天对我来说永远都是值得纪念的，因为六个月后，我娶了他们家的小女儿！……"

他垂下头，将双手抬向空中。

"不过，"他热切地继续说道，"我可不想在您面前说什么故去的人的不好。上帝保佑！她是个非常好、非常善良的人，敢于爱，敢于付出。我得跟您坦白，如果不曾经历失去她的不幸，我今天也许就不会跟您在这儿聊天了。当时我可是一直想上吊来着，我家棚子里的梁木到现在还准备着呢！"

　　"有些梨子，"他沉默了片刻继续说道，"需要在地下室里放一放，真实的味道才会显现出来。我那亡妻也属于大自然的此类产物。只有现在，我才能完全公正地认识她。现在，当我想起那些婚礼前与她共度的夜晚，我感觉到的不是苦痛，而是近乎落泪的感激。他们家并不富裕。家里的老房子是木制的，却很舒适，坐落在一座小坡上，在一座荒芜的花园和长满杂草的院子之间。小坡下，密林掩映间，流淌着一条小河。宽阔的露台从屋子一直伸向花园，露台前是椭圆形的花坛，种满了玫瑰。花坛的两端各种了两株金合欢。男主人生前将它们缠成了螺旋形。不远处的无人照料长疯了的马林果丛里立着一座凉亭，里面曾被用心地粉刷过，外部却已老朽不堪，看着叫人发麻。

　　露台的玻璃门通向客厅，客厅里是这样一番景象：屋角砌着贴了瓷砖的炉子；

右边放着一架老旧的钢琴，上面摆满了手抄的琴谱；一张沙发套着褪了色印有白色花纹的蓝布套子；两小堆陶瓷和小玻璃珠串成的叶卡捷琳娜[1]时代的玩具；墙上挂着那幅著名的浅发女子的画像[2]，胸前戴着鸽子形别针，双眼浮肿；桌上放着一大瓶新采的玫瑰……您看，我记得多么详细呀。就在这间客厅里，这露台上，上演了我的整个爱情悲喜剧。

"他家的女主人是个坏脾气婆娘，说话的时候满嗓子的恶意，小心眼儿、爱耍脾气。其中一个女儿薇拉跟县里通常的小姐没啥两样。另外一位叫索菲亚。我爱上了索菲亚。姐妹俩另外还有一个房间，是她们合用的卧室，放着两张窄小的木床，堆着泛黄的相册，一束木犀草，墙上挂着男女好友的铅笔画像，水平很一般。（其中一幅画像上的先生特别精神，签名也很帅气，年轻时那叫一个意气风发，到了最后，可以想象，没成啥气候。）屋里还摆放着歌德和席勒的半身像、一些德文书籍、干枯的花束和其他一些看来是留作纪念的物品。不过，这间屋子我当时很少进去，待在里面让我觉得很憋闷。还有，奇怪的是，当我背对索菲亚坐着或者晚上在露台上逗留想念着她的时候，我好像更喜欢她。

"我望着晚霞和树林，翠绿的细小的树叶在夜色中变暗了，却还是与粉红色的天空形成鲜明的对比。索菲亚在客厅里，坐在钢琴旁，用心地弹奏着某段热烈而深沉的贝多芬的作品。她那坏脾气的娘坐在沙发上睡着了，打着鼾。在被深红色的晚霞映透的餐厅里，薇拉在张罗着茶点。茶炊滋滋响着，似乎在欢迎着谁的到来。甜面包圈被脆生生地撕开，勺子与茶杯叮叮当当地碰撞着。金丝雀无休止地闹腾了一整天，此时忽然消停下来，只偶尔吱吱叫

---

1 指俄罗斯历史上著名的叶卡捷琳娜二世女皇（1729—1796）统治的时代。
2 指的是彼时风行的法国画家让－巴蒂斯特·格勒兹（1725—1805）的人物画。

两声，像是在问着什么。透亮轻薄的云朵偶尔洒下几滴雨点……我就这么坐着，听着，看着，心灵随之舒展开来。我觉得，我仿佛爱着。

"就在这么一个傍晚的影响之下，有一天，我跟老太婆提出，想要娶她女儿。两个月之后，我便结婚了。我觉得，我应该是爱过她的……事到如今，应该是非常清楚了的。可我还是不能确定，是否爱过索菲亚。她是一个聪明善良的人，话不多，心特别好。不知道是为啥，是长久住在乡下的缘故呢还是别的什么原因，她的心底（如果心有底的话）隐藏着某种伤痛。或者说是形成了一个无法治疗的伤口。她自己没法说清，我也解释不了。这伤痛的存在，我婚后才猜到。我很是跟它做了一番斗争，但毫无用处！小的时候，我养过一只黄雀，它有次被猫给蹂躏了一番。我们把它救了下来，医好了。可是那黄雀却没能缓过来，就此没了精神，不再歌唱了……最后，有只耗子钻进了笼子，将它的鼻子给咬了下来，于是它就终于决定要死去了。我不清楚，究竟是哪只猫蹂躏过我妻子，但她就这么慢慢没了精神，像那只黄雀一样。有时候，她自己也想在户外空气清新的地方欢腾玩闹一番，却总是又缩了回去。而且她是爱过的。她跟我发誓过很多次（真是见鬼了），除了爱我，别无所求，可她的眼睛却就此暗淡下去。我当时想，是不是过去曾经发生过什么？我打听了一番，并没有任何发现。您想呀，这要是个有个性的人，估计也就耸耸肩，或是叹两口气，然后该怎么过还怎么过。我呢，就是因为没有个性，便开始胡思乱想了。我妻子过惯了老姑娘的生活，喜欢贝多芬、傍晚散步、木犀草、跟友人们通信、各类画册相册。她完全不能适应其他的生活方式，尤其是女主人的角色。可是，一个结了婚的女人，成天沉浸在莫名的忧伤里，晚上唱唱'请别在清晨唤醒她'¹，是多么可笑呀！

---

1 作曲家瓦尔拉莫夫为诗人阿法纳西·阿法纳西耶维奇·费特的诗歌谱曲而成的民歌中的句子。

"我们就这样过了三年。第四年，索菲亚在头次生产中死去。奇怪的是，我似乎事先就明白了，她没法给我生个女儿或者儿子，也没法给大地带来一个新的生命。我还记着给她下葬的情景。那是在春天里。我们教区的教堂不大，很老了，整个圣像壁都已发黑，墙壁光秃秃的，有的地方还脱砖了，每座唱诗台上方都挂着一幅有年头的圣像。棺材抬了进来，放在教堂中央，正对着圣门。我们给棺材盖上布，周围放了三个烛台。仪式开始了。老迈的辅祭，辫子歪斜，腰间低低地系着绿布条，在讲经桌前忧伤地念叨着。神父也上了年纪，神色慈祥，眼神不好，穿着淡紫色带黄色条纹的教服，除了自己的职责外，也充当了辅祭的角色。窗子外，白桦树哀怨的枝叶在晃动着，院子里传来一阵阵草香。在这明媚欢快的春光里，蜡烛的红色火光显得如此苍白。麻雀的叽叽喳喳声在教堂里回响，圆顶之下，偶尔还会传来误飞进来的燕子响亮的鸣叫。金色的阳光混合着教堂里的尘雾，只见为数不多的乡民们亚麻色的头起起伏伏，他们在替逝者祈祷。淡蓝色的烟雾细细地一股股地从香炉的缝隙间幽幽涌出。我看了看亡妻的脸……上帝呀！连死亡都没能治好她的伤痛，她脸上依旧是那病态的、胆怯的、漠然的表情，就仿佛躺在棺材里不自在一样……我浑身的血痛苦地涌动起来。这是一个多么善良的人呀，但对她自己来说，死了也好！"

讲述者的双颊泛红，眼睛迷糊了。

"终于，"他继续说道，"摆脱了妻子的死带给我严重的抑郁，我觉得可以做点事了。我去省城里当了公职人员。然而，在宽敞的办公室里，我头痛万分，眼睛也不大好使，再加上其他原因……我便退了休。

"我是想去莫斯科的。不过，首先，钱不够了。其次……我已经跟您说过，我妥协了。妥协好像是忽然间降临的。其实，内心里我早就妥协了，却一直不肯低头。我认为，我低沉的心情和愚钝的思想是乡村生活和所遭受的不幸

所致……另一方面，我早就发现，我的那些乡邻，无论长幼，一开始就算被我的学识、国外经历和其他方面的教养所折服，后来对我就完全熟悉了，跟我打交道还颇有点粗鲁，往往不肯听完我的话，说话的时候也不再用敬语。

"忘了跟您提了，婚后第一年，无聊所致，我开始尝试文学创作，如果我没记错的话，还向杂志投了稿，是一部小说。之后，我接到了编辑客气的回信，意思是说，不能说我没有思想，但才华颇为欠缺，而文学所需要的正是才华。

"除此之外，我还得知，一位路过的莫斯科人，其实是个挺好的年轻人，在省长家做客时说我是个江郎才尽的空虚的人。然而，我这半自愿的讨苦吃还在继续，我不想自己扇自己耳光。直到有一天，我终于醒悟了。

"事情是这样的。这天，县里的警察来到我家，提醒我要处理一下领地上一座塌了的桥。我呢，完全没钱去修那桥。就着干咸鱼喝了一杯伏特加后，这位社会秩序的捍卫者慈父般地指责了我的粗心大意。他倒是也站到了我的立场上考虑了一下，因此只要求我叫农民用肥料去填一填。之后，他点了一斗烟，开始聊起选举来。省首席贵族这一荣誉职位当时正被一个叫奥尔巴萨诺夫的人争取着。这人是个空虚的爱说大话的家伙，而且还受贿。他并没有什么财富，也没有显赫出身。我讲了讲自己对他的看法，说话没大注意。我得承认，我挺看不起这位奥尔巴萨诺夫先生。警察看了看我，友善地拍了拍我的肩，大咧咧地说：'瓦西里·瓦西里奇，咱们可不该这么议论这些人物哟。我们是谁？该有自知之明呀。'

"'瞧您说的，'我沮丧地反驳，'我又怎么不如奥尔巴萨诺夫先生了？'

"警察从嘴里拔出烟斗，翻了翻眼睛，忍不住笑了。'您可真能逗乐，'他笑出了眼泪，'您说的这是什么笑话呀！真有您的！'直到临走前，他都一直在取笑我，还时不时用手肘戳着我，对我以'你'相称。他终于离开了。

这就是那最后一滴水，杯子终于满溢了。

"我在屋子里踱来踱去，站在镜子前，久久地望着自己发窘的脸，缓缓地伸出舌头，苦笑着摇摇头。蒙眼布掉下，我一下子看清了，简直比镜子中自己的脸还清晰——我是一个多么空洞、渺小、无用、平庸的人呀！"

讲述者沉默了。

"在伏尔泰的一部悲剧里，"他郁郁地继续道，"有位先生对走到了不幸的最极端表示兴奋。尽管在我的命运里并没有什么悲剧，但我承认，我体会到了类似的东西。我体会到了冷冷的绝望过后那种恶意的欢愉。我体验过，一整个早上躺在床上，不紧不慢地诅咒自己出生的那个日子与时辰——我还

是没法一下子接受这现实。

"您想想看是不是这样：因为没钱，我不得不住在自己所厌恶的乡下，无论是家业、公职，还是文学创作，一事无成。我不跟地主们来往，书籍使我厌烦，对体态松软、性格敏感病态，喜欢甩着鬈发、神经质地重复'省（生）活'一词的小姐们来说，我也是非常无趣的，尤其是我不再神神道道地谈天说地之后。

"而我又没能够完完全全地独处……你猜怎么着？我开始在邻居间串起门儿来。就像被自卑给蛊惑住了一般，我主动地接受一些小小的侮辱。宴请时，我被漏掉过；被冷淡而傲慢地迎接过；甚至被完全忽视过。有几次，我被禁止参与谈话，而我还坐在角落里有意附和着那个愚蠢的讲话者。在莫斯科那会儿，这类人恐怕会热烈地舔我的脚和衣襟呢……我都没允许自己反应过来，怎么就开始享受起嘲讽了……不过，我孑然一身，嘲讽又算得了什么！这不，我这么过了好几年，至今还是如此……"

"这究竟是怎么回事，"隔壁房间传来康塔戈留辛先生的牢骚，"是哪个傻瓜大半夜在那里叽叽喳喳的？"

讲述者赶紧钻到了被子下面，怯生生地向外望了几眼，对我摆了个警告的手势。

"嘘……嘘……"他轻声道，然后对着康塔戈留辛发出声音的方向低了几下头，像是表示道歉，恭敬地说："遵命，遵命，抱歉啦……他该睡觉，他需要睡觉，"他低声继续道，"哪怕是为了明天继续吃饱喝足，他也需要攒足力气。我们无权惊扰他，而且，想说的我好像也都说啦。您应该也想睡了吧。祝您晚安。"

讲述者急急地转过身去，用枕头盖住脑袋。

"请允许我至少再问一句，"我问，"我这是有幸跟谁……"

他急忙抬起头。

"不，看在上帝的分儿上，"他打断我的话，"请不要问我的名字，也不要跟别人打听。就让我以无名的、被命运所击倒的瓦西里·瓦西里耶维奇的形象留在您的脑海中吧。而且我是没啥个性的人，不配有什么名字……如果您非要给我起个什么外号的话，就叫我……叫我希格雷县的哈姆雷特吧。类似的哈姆雷特在任何一个县里应该都不少，不过您之前也许没遇到过……就到此吧。"

他又钻进了褥子里。第二天，当我被叫醒时，他已经不在了。他在黎明前就离开了。

切尔托普哈诺夫与涅多比尤斯金

　　某个炎热的夏日，我坐着马车打猎归来。叶尔莫莱在我旁边打着盹儿。狗儿们在我们脚边睡得死死的，随着车子一颠一颠。车夫不时用鞭子赶着马身上的虻子。马车后腾起一片轻盈的白色尘云。我们驶进了灌木丛。路愈加坑坑洼洼起来，车轮不断被干树枝绊到。叶尔莫莱激灵醒了，环顾了一下四周……

　　"哎！"他嚷道，"这里应该有黑琴鸡，咱们下车吧。"我们停了车，进入"场地"。我的猎犬发现一窝雏鸟。我开了一枪，本打算再上好火药，只听后面一声断裂般的响声，一匹马儿拨开树丛，奔到了我面前。"请——请允许我问一句，"来人口气傲慢地说，"这位先生，您有什么权利在这里打——打猎？"这位陌生人语速相当快，断断续续的，还带着鼻音。

　　我看了看他，这可真是罕见的一张脸。亲爱的读者们，请各位想象一下，一位浅发小个子，红通通的朝天鼻，栗色的胡子留得老长。包着紫红色呢子的尖顶波斯帽将他的额头完全盖住，直到眉毛。他身着一件破损不堪的高加索式上衣，胸前有黑色绒毛子弹带，拼接处镶满了褪色了的银丝带。只见他肩背角笛，腰上别着匕首。棕色的高鼻子老马在他的胯下一副疲惫不堪的样

子。两只又瘦又丑的猎犬在马儿的脚边晃悠。此人的脸、眼神、声音，以及每个动作，无不散发着疯疯癫癫的无畏以及某种无边的、罕见的傲气。他那淡蓝色的眼珠闪着玻璃般的光泽，转来转去，斜看着我们，像是喝醉了一般。他的头朝后仰，双颊气呼呼地鼓起，整个躯体不满地晃动着，活脱脱像一只火鸡。他重复了一遍自己的问题。

"我不知道这里不能开枪。"我回答。

"亲爱的先生，"他继续道，"您这是在我地盘儿上。"

"好吧，我这就走。"

"请——请允许我问一句，"他说，"我这是有幸跟一个贵族在对话吗？"

我自报了家门。

"这样的话，您就打猎吧。我自己也是贵族，自然也就乐意满足贵族的要求……我叫潘杰列伊·切尔——托普——哈诺夫。"

他弯下腰，吆喝了一声，拉紧缰绳，绷直了马脖子。马儿惊叫着竖起前蹄，跑到了一边，踩到了一只狗儿的脚。狗儿激烈地哼哼起来。切尔托普哈诺夫生气了，用拳头在马儿头部两耳间捶了捶，迅速跳了下来。他看了看狗儿的脚，冲着伤口吐了口唾沫，用脚轻踹了它两下，好叫它不要再嚷嚷。然后，他抓住马儿的肩隆，把脚伸进镫子。马儿仰着头，竖起尾巴，往侧方的树丛逃去。他单腿蹦着追了上去，终于上了马鞍，怒气冲冲地甩了甩鞭子，吹起角笛，扬长而去。我还没从切尔托普哈诺夫的忽然出现中反应过来，只见树丛里又来了一位四十岁上下的胖子，骑着一匹黑色小马。他停了下来，摘下绿色的皮质大檐帽，问我有没有见到过一个骑着栗色马儿的人，声音细软温和。我回答说见到过。

"他向哪个方向去了？"他攥着帽子，温和地继续问道。

"往那边。"

"非常感谢。"

他嘬了两下嘴[1]，用脚踢了踢马儿的侧胸，便一颠一颠地骑着马儿向我们给他指明的方向跑去。我望着他的背影，直到他那尖顶大檐帽消失在树丛中。这个人在外貌上跟之前那位毫无相似之处。他的脸又胖又圆，像只皮球，满是羞怯、善良与顺从。鼻子也是肥圆的，布满了蓝色的血管，将他好色的本性暴露出来。他的额头已经完全秃了，后脑还留着几撮亚麻色的毛儿。他那双小眼睛像是割出来的，友善地忽闪着。厚墩墩的红嘴唇上带着甜蜜的微笑。他身穿镶着铜扣的立领外套。衣服已经很旧了，却很干净。呢子裤高高地挽起。黄色的靴帮上堆着肥呼呼的小腿肚子。

"这是谁？"我问叶尔莫莱。

"这位？这是涅多比尤斯金，吉洪·伊万内奇。他住在切尔托普哈诺夫家。"

"怎么，他很穷吗？"

"不大富裕。不过切尔托普哈诺夫也没啥钱。"

"那他为什么住到了他那儿呢？"

"成了朋友呗。两人根本分不开……俗话怎么说来着？马蹄子往哪儿甩，螃蟹就往哪儿跟。"

我们从树丛里钻了出来。忽然，两只追逐犬从我们身边呼地飞驰而过，只见一只雪兔在已经长得挺高的燕麦地里穿梭而去。狗儿们从树丛边上冲了过去。紧跟着狗儿的是切尔托普哈诺夫本人。他没有对着狗儿们大呼小叫，催着它们去追猎物，而是累得呼哧呼哧、上气不接下气，张大的嘴巴里断断续续地发出一些奇怪的声音。他瞪着眼睛追着，狠狠地用鞭子抽着可怜的马

---

1 俄罗斯人赶马的口令，相当于中文里的"驾"。

儿。猎犬们几乎要追到了。只见雪兔站了起来，猛地回头一看，便从叶尔莫莱的身边钻进了树丛……猎犬们追了上来。"追呀——追！"叶尔莫莱呆在了原地，像是口吃了一般用力嚎着，"伙计，你保重哟！"叶尔莫莱发了一枪……受伤的雪兔在干爽的草地上滚了几圈，向上一跃，落入一只猎犬口中，一径哀叫着。狗儿们瞬间扑了上去。

切尔托普哈诺夫一个筋斗从马上翻了下来，拔出匕首，撒开腿朝狗儿们跑去。他狠狠地叫骂着，从狗儿嘴里夺下已被撕扯得不像样子的兔子，脸都歪了，一下子将匕首插入兔子的喉咙，直到把手位置……接着便嘎嘎乐了起来。吉洪·伊万内奇也出现在了林子边上。

"嚯嚯嚯嚯嚯嚯嚯！"切尔托普哈诺夫继续放声笑着……

"嚯嚯嚯嚯嚯！"他的同伴也跟着笑起来。

"不过，夏天其实是不该打猎的。"我指着被碾压得不像样的燕麦地，对切尔托普哈诺夫说。

他将兔爪割了下来，兔身绑在马鞍后，将爪子分给狗儿们。

"按照打猎的规矩，我欠你一发弹药。"他对叶尔莫莱说，"这位先生，至于说您呢，"他生硬而断断续续地说，"我表示感谢。"

他骑上了马。

"请——请允许我再问一遍……我……忘记了您姓甚名谁。"

我再次报了姓名。

"很荣幸与您相识。既然如此，就请您到舍下去做客……福姆卡跑到哪儿去了，吉洪·伊万内奇？"他气呼呼地继续问，"没有他照样抓到了兔子。"

"他骑的那匹马倒下了。"吉洪·伊万内奇笑着回答。

"怎么回事？奥尔巴桑倒下了？呸！……它在哪儿呢？"

"在林子后面。"

切尔托普哈诺夫用鞭子抽了一下马脸，风驰电掣地飞驰而去。吉洪·伊万内奇对我行了两个礼，说是替自己和同伴行的，便也一颠一颠地钻回林子里。

这两个家伙引起了我强烈的好奇……是怎样的不可分割的友情能够将两个如此不同的人绑在一起呢？我打听了一番。下面是我打听到的信息。

潘杰列伊·叶列梅伊奇·切尔托普哈诺夫被远近乡邻认为是危险而疯癫的人物，为人傲慢、爱吵闹。他曾在军队里服役过一小段时间，因为"不愉快的事"而退役，军衔也不高，无非是个大家嘴里上不了台面的准尉罢了。他出身于一个古老的、曾经颇为富有的家族。祖上的日子过得很是不错，却也算不上多讲究。有身份、没身份的客人，他家都招待过。每每叫客人们吃饱喝足，把别人的马儿也喂得饱饱的。家里养着乐师、歌手、专供逗乐的小丑和很多狗儿。节日的时候，他们家往往招待客人喝伏特加和家酿啤酒。冬天的时候，则赶着沉重的四轮马车去莫斯科过。有时候，家里一连几个月没什么钱，只好靠各类家禽过活。

等到了潘杰列伊·叶列梅伊奇父亲这一辈，继承的是已经破产的家业了。他自己却还是大肆铺张了一番。临死前，他留给潘杰列伊的是已经抵押出去的小村别斯索诺沃、三十五个男性农奴、七十六个女性农奴，以及十四又四分之一俄亩的土地。那土地位于科洛布罗多夫荒地中，品质很糟，而且死者的文件中也没有任何关于这块地的契约。

值得一提的是，死者的破产很是蹊跷。正是所谓的"产业精算"毁了他。按照他的观念，一个贵族不该受制于商人啦，市民啦之类被他称作"强盗"的人。因此,他在家里设立很多手工业作坊。"又体面又实惠,"他曾经说,"这就是产业精算!"一直到死,他也没能放弃这毁灭性的想法,也就因此破了产。

当然，他倒是挺会享受！自己任何的物质愿望，他都要满足。除了一些乱七八糟的玩意之外，有那么一次，他还下令建造了一辆自己设计的巨大的家用马车。尽管他指使全村的马儿和劳力一齐来赶车，那笨重的车子还是在过第一个小坡时就散了架。叶列梅伊·卢基奇(潘杰列伊的父亲叫叶列梅伊·卢基奇)随后叫人在小坡上竖了一块纪念碑，却丝毫没有沮丧。

他也曾想过要建一座教堂，自然是不需要建筑师的帮助。为了烧砖，他毁了几乎一整片林子，堆起了一片巨大的地基，那规模几乎是要跟省城里的教堂比肩。墙倒是竖起来了，之后开始封顶。谁知那圆顶却坠落下来。他又尝试封顶，顶再次掉了下来。第三次封顶——圆顶第三次坠落。叶列梅伊·卢基奇陷入沉思：事情看来不妙……看来是陷入了魔咒……于是就下令把村里的老妇们都抽一顿。老妈子们挨了揍，圆顶却始终没能架上去。

他又开始下令按照新的方案给农民们建木屋，还是从所谓产业精算的角度：每三家排成一个三角形，中间竖一根杆子，上面架一个涂得花花绿绿的椋鸟窝，还配一面旗。有时候，他每天都能想出新的主意来：一会儿要用牛蒡熬汤，一会儿又吩咐把马尾剃下来给仆人们织大檐帽，一会儿又要拔掉亚麻改种荨麻，一会儿又下令用蘑菇喂猪……有一天，他在《莫斯科纪事报》上读到哈尔科夫的一位叫霍里亚克-赫鲁皮奥尔斯基的地主写的文章，强调了道德修养对农民生活的作用。第二天，他便下令，叫所有家奴立即把哈尔科夫地主的这篇文章背熟。大家倒是背了。主人于是问他们：明白文章里写的是什么吗？管家回答：怎么能不明白呢！就在那段时间，为了秩序与产业精算，他还要求所有家奴在衣领绣上自己的号码。于是，见老爷的时候，只听他们叫道：某某号前来报到！老爷则和气地说：你去吧。

不过，尽管执着于秩序和产业精算，叶列梅伊·卢基奇还是慢慢陷入窘境。一开始，他将所拥有的村落接连抵押了出去，之后干脆就给卖了。所幸的是，他祖父留下来的最后一座村子，连带一座没建好的教堂，是在他去世后两周被公家拍卖的。他要是活着肯定经受不了这样的打击。他死在了自己家里、自己的床上，被自己人照料，由自己的医生看护。然而，可怜的潘杰列伊只得到了一座别松诺沃。

潘杰列伊是在履行公职时得知父亲的病情的。彼时，上文所提到的"乱象"正进入高潮。他当时十九岁。他从小没有离开过家，一直都是由母亲瓦西里萨·瓦西里耶夫娜管教。母亲虽然心地非常善良，却相当愚笨。他也就成了一个被惯坏了的公子哥。母亲一人负责他的教育，父亲叶列梅伊·卢基奇沉浸在折腾自己的产业中，无暇顾及他。不过，他有一天倒是亲自惩罚了儿子，因为后者把字母"p"念成了"ap"[1]。不过，那一天，叶列梅伊·卢基奇心情相当沉重，他最喜爱的狗儿撞树死了。瓦西里萨·瓦西里耶夫娜对潘久沙[2]教育的操心主要体现在一种痛苦的努力上。她好不容易给儿子请来一位家庭教师，是一个阿尔萨斯裔的退伍兵，名叫比尔科普夫。直到死，她都在他面前战战兢兢，生怕他哪天要是不干了，她就完蛋了！还能有什么出路？上哪儿再去找老师？这位也是从邻居那里诱过来的呢！那比尔科普夫聪明得很，立即把自己这独特的地位利用了起来。他成天喝得醉醺醺的，从早睡到晚。等到学完"一系列课程"之后，潘杰列伊去公家上班了。彼时，瓦西里萨·瓦西里耶夫娜已不在人世。她在这重要时刻来临前的半年死去了。原因是受了惊吓：她梦到了一个一身白衣骑着熊的人。叶列梅伊·卢基奇很快也随自己的另一半而去。

潘杰列伊一接到父亲病倒的消息，便快马加鞭往家赶，却没能见到他最后一面。不过，令恭顺的儿子大吃一惊的是，他意外地由一位富有的财产继

---

1 此处指的是小切尔托普哈诺夫俄语大舌音发得不纯正。
2 潘杰列伊的指小表爱形式。

承人变成了一个穷鬼！不是所有人都能经受这类打击。潘杰列伊变得阴郁而暴戾。原本他是个诚实大方的人，尽管有些不着调、血气方刚，却很友善。这下，他变得傲慢而好斗，与邻居们也不相往来了。跟有钱人他不好意思打交道，对没钱的又不屑一顾。他仗着自己是所谓贵族，对包括权力机构在内的所有人都相当不客气。有一次，就因为一位区里的警察进屋来见他没有摘掉大檐帽，他差点朝对方开枪。当然，从另一方面来说，政府也不曾放过他，一有机会就找上门来。不过，大家对他还是有点怕，因为他是个出了名的急脾气，说不了两句便要动刀子的那类人。一遇到哪怕是微弱的反对意见，切尔托普哈诺夫的眼睛就会乱转，声音结结巴巴……"啊！哇哇哇哇哇！"他嚷着，"真是头痛呀！"还一副恨不得撞墙的表情！

不过，他倒是很洁身自好，不掺和什么事。当然，谁也不会去他家做客……尽管如此，他的心肠是非常好的，可以说是伟大的，他受不了任何不公与排挤，坚决替自己的农民撑腰。"怎么着？"他往往会激烈地敲着自己的头说，"敢动我的家奴？除非我不是切尔托普哈诺夫了……"

跟潘杰列伊·叶列梅伊奇不同，吉洪·伊万内奇·涅多比尤斯金没有如此值得骄傲的出身。他的父亲出身于独院地主家庭，靠了四十年的公职，才获得贵族身份。涅多比尤斯金老爹属于那种被不幸像宿敌一般不停息地紧紧跟随的人。从出生起一直到去世的六十年中，他一直与各类小人物生活中典型的需求、病症、不幸作斗争。他像条在冰面上打挺的鱼儿一般挣扎着，吃不饱、睡不好，到处给人行礼，张罗这张罗那，消沉抑郁，对每分钱都攥得紧紧的，确实是在工作中白白受了一通苦，最后不知是死在了阁楼还是地窖里。他自己没过上好日子，也没给孩子们留下什么。命运像驱赶兔子一样赶着他。他其实是个善良诚实的人，就是收受贿赂，那数目也都是严格地在自己的职级范围之内：从十戈比到两卢布不等。

涅多比尤斯金曾有过一位妻子，体弱多病，孩子们也都一一死去，只剩下儿子吉洪和女儿米特罗多拉。米特罗多拉外号"商人家的时髦女郎"，在许多伤心和可笑的情感经历后，嫁给了一个退休的诉讼代理人。涅多比尤斯金老爹生前还把儿子安排进某个单位当了正式员工。结果，他一死，吉洪便离职了。无休止的惊扰，与饥寒交迫的痛苦斗争，母亲的抑郁，父亲冰冷的绝望，各类场所的老板和商贩的讥笑排挤——这些吉洪每天所必须面对的残酷现实使他成了一个极为胆怯的人。一见到长官，他便抖得像只被捉到的鸟儿。他放弃了公职。

大自然的态度是冷漠而嘲讽的，它在人们身上塑造了不同的能力与嗜好，却不考虑他们在社会中的地位以及财力。它带着关注与爱将吉洪，一个穷困小公务员的儿子，塑造成了一个敏感、慵懒、温和而逆来顺受的人。这是一个特别善于享受，气度和品味都极为不凡的人。它将这样一个人塑造、修整成功后，便将他置于粗鄙的环境中，让他吃糠咽菜过活。这不，它的这一作品已经长成，开始生活了。一连串的哭笑不得不随之展开。

命运将涅多比尤斯金老爹折磨得够呛之后，又盯上了他儿子，对他张开了血盆大口。不过，它对待吉洪倒是不大一样，没有折磨他，而是拿他取乐。命运没有使他陷入过绝望，没让他羞耻地挨过饿，却赶着他满俄罗斯转悠，从大乌斯求戈到察列沃－科克沙伊斯克，从一个低贱可笑的职位到另一个；一会儿叫他当上了某个坏脾气、爱争吵的贵族女善人的"大管家"，一会儿把他以食客身份安排进了某个富商家里，一会儿又让他当上了一个金鱼眼、留着英式发型的地主家私人办事处的长官，甚至还叫他当过一个带犬猎人的管家加逗乐小丑……总之，命运迫使吉洪一口一口地喝下作为一个附属品而生活着的苦酒。他这一辈子都是在为那些无所事事的人各类游手好闲与充满恶意的爱好服务……

有多少次，当他被享乐够了的一大群客人放了，回到自己的房间，眼睛里充满了冰冷绝望的泪水，他暗自发誓，第二天他要悄悄逃跑，去城里闯一闯，哪怕是当个文书，或者甚至是饿死在街头也行。不过，首先，上帝没有给他足够的勇气。其次，内心的胆怯占了上风。再次，上哪儿去给自己谋职位呢，该求谁呢？"不会给我位子的，"有时候，这可怜的家伙躺在床上辗转反侧，"不会给的！"于是，第二天，也就只好继续愁眉苦脸地干下去。

令他的工作更为痛苦的是，那热心的大自然居然没有给他一丁点对逗乐的小丑来说至关重要的插科打诨的本事。比如，他既不会披着熊皮载歌载舞，也不会在喜欢挥舞皮鞭的客人面前讨好献殷勤。有时候，被光溜溜地赶到零下二十度的室外，他还会感冒。他的肠胃消受不了混合了墨汁的酒及其他乱七八糟的饮料，也没法接受醋浸的蛤蟆菇和红菇。要不是他最后一位雇主，一个发了财的包税商一时兴起在遗嘱里写明，把自己所拥有的村子别谢连捷耶夫卡赠予久佳（也就是吉洪）·涅多比尤斯金，由其世代拥有的话，他还不知道会怎样呢。

几天后，这位施主在喝鲟鱼汤时中风了。之后就起了风波，法庭的人也来了，照例查封了财产。家眷们都来了，打开遗嘱一看，便叫来了涅多比尤斯金。涅多比尤斯金出现了。家眷中的多数自然知道吉洪·伊万内奇在施主身边扮演的是什么角色，因此对他报以震耳欲聋的叫嚷和嘲讽的祝贺。

"这不，新出炉的地主来也！"其他的财产继承人叫着。"这可真是，"其中一个嘴巴很刁钻的家伙说道，"这可真是，可以说……是千真万确的……那啥……继承人啦。"众人起哄着。

大家给他看了遗嘱。他红了脸，皱起眉头，双手挥舞起来，接着就泪流成河。众人停止了哄笑，声音低沉地哭作一团。这座名叫别谢连捷耶夫卡的小村仅有二十二位村民，没人觉得特别可惜，可又为什么不趁机讥笑涅多比

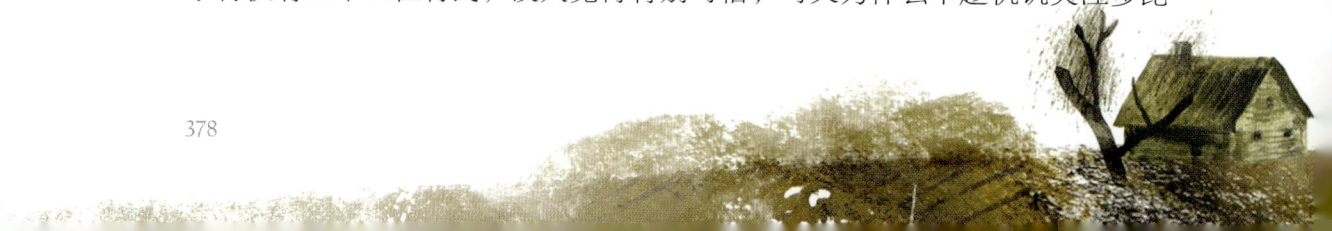

尤斯金一番呢？

其中一位继承人来自彼得堡，叫罗斯季斯拉夫·亚当梅奇·施托别尔，是个重要人物，长着希腊式的高鼻子，神色极为庄重。他没能忍住，侧身转向涅多比尤斯金，越过肩膀高傲地看了看他。"亲爱的先生，您呀，在我看来，"他带着轻慢不屑的口吻说，"在费奥多尔·费奥多雷奇生前是所谓给他逗乐的仆人吧？"这位彼得堡先生的用语极度清晰、灵活、准确。

既沮丧又激动的涅多比尤斯金没有听清这位他不认识的先生的话。旁人却瞬间安静了下来。先前那位嘴巴刁钻的家伙同情地微笑了一下。施托别尔先生搓了搓手，重复了问题。涅多比尤斯金一脸惊奇地抬起双眼，张开嘴巴。罗斯季斯拉夫·亚当梅奇挖苦地眯起眼睛。

"祝贺您哟，先生，真是祝贺，"他接着说，"当然，并不是每个人都乐意以此方式为自己挣口饭吃。不过，品味之事，无可争辩[1]，也就是说，每个人都有自己的品味……是这样吧？"

只听后排有人快速地惊叫了一声，声音里满是惊奇与崇拜。

"您请说说看，"施托别尔先生明显受到了众人微笑的鼓励，"您这么走运，是靠着何种才能呢？您别不好意思呀，说说看吧，我们这里都是自己人。一家子[2]。诸位，我说的对吧，我们是一家子[3]吧？"

遗憾的是，被罗斯季斯拉夫·亚当梅奇问到的可怜的继承人并不会说法语，因此只能轻微地哼唧着表示赞许。另外一位继承人，一位额头上长着黄斑的年轻人，倒是赶紧跟着起哄："哟，哟，那是当然。"

"也许，"施托别尔先生说，"您擅长倒立，然后用双手行走？"

---

1 原文为拉丁文。
2 原文为法语。
3 同上。

涅多比尤斯金忧伤地环顾了一下，众人都在幸灾乐祸地笑着，眼睛里满是享受的亮光。

"或许，您会像公鸡一样打鸣？"

大家爆发出一阵哄堂大笑，转瞬间又停止了，等待着下文。

"或者是您会用鼻子……"

"请您住嘴！"突然，一个响亮而尖厉的声音打断罗斯季斯拉夫·亚当梅奇，"您这样侮辱一个可怜人，不害臊吗？"

众人转身一看，只见切尔托普哈诺夫站在门边。作为已故施主的远房侄子，他也收到了来参加这亲戚大聚会的邀请。在宣读遗嘱的时候，他像往常一样，傲气地站在了一边。

"请住嘴。"他傲然地将头仰了仰，重复道。

施托别尔先生迅速转身一看，原来是个衣着朴素、其貌不扬的家伙，便低声问身边的人（凡事总还是小心为是）：

"此人是谁？"

"切尔托普哈诺夫。不是啥人物。"那人对他耳语道。

罗斯季斯拉夫·亚当梅奇摆出一脸傲慢。

"您在这儿指挥什么？"他拖着鼻音说道，眯缝起眼睛，"请允许我问一句，您是什么玩意儿？"

切尔托普哈诺夫像被点燃一般爆发了。狂怒几乎抑制住了他的呼吸。

"喷喷喷，"他声音嘶哑，像是被扼住了喉咙，突然又嚎叫起来，"我是谁？我是谁？我是潘杰列伊·切尔托普哈诺夫，世袭贵族。我的祖上为沙皇服务过。你又是谁？"

罗斯季斯拉夫·亚当梅奇脸色苍白，向后退了一步。他没料到会遭遇这样的答复。

"我是玩意儿，我，我是玩意儿……啊，啊，啊！……"

切尔托普哈诺夫冲了上来。施托别尔惊慌失措地跳开。大家赶紧冲上去拦住怒气冲天的地主。

"射击决斗，射击决斗！就隔着手帕好了，现在就射击决斗！[1]"潘杰列伊激烈地嚎叫着，"要不就是向我、向他道歉……"

"您就道歉吧，道歉吧，"大家围住施托别尔，低声道，"他就是个疯子，会杀人的。"

"抱歉啦，抱歉，我事先并不知道，"施托别尔说，"我不知情……"

"还得向他道歉！"狂怒的潘杰列伊继续嚷道。

"那么，也请您原谅吧。"罗斯季斯拉夫·亚当梅奇转向涅多比尤斯金说道，后者像害了热病一般疯狂抖着。

切尔托普哈诺夫安静了下来。他走到吉洪·伊万内奇跟前，抓起他的手，犀利地四下瞧了瞧不敢抬起目光看他的众人，在一片死寂中，带着别谢连捷耶夫卡村的新主人，昂然走了出去。

从那天起，他们便再没分开过。（别谢连捷耶夫卡村离别松诺沃村总共也就八俄里远。）涅多比尤斯金无尽的感激之情很快就化成谄媚的崇拜。对英勇无私的潘杰列伊，弱小、温和，又不很纯洁的吉洪简直是顶礼膜拜。"难道这容易吗！"他有时候暗自想，"敢看着省长的眼睛跟他说话……不是只有耶稣基督敢如此看人吗！"

他对他的存在感到无比惊奇，到了不可思议、竭尽全力的地步。在他眼里，他是个非凡、智慧、有学识的人。当然，无论切尔托普哈诺夫所受的教

---

1 极度残忍的一种决斗形式。决斗双方抽签选好手枪（其中一支上了弹药），然后各拽住手帕的一角，拉开极有限的距离，互相射击。其中抽到上了弹药的手枪的一方必定会将对方打死。

育有何缺陷，与吉洪相比，仍然算是出色的。切尔托普哈诺夫不大用俄语阅读，法语说得非常差。差到了什么地步呢？有一天，瑞士籍的家庭教师问他："先生，您会说法语吗？[1]"他答道："我听不懂。"想了想又接着说："不。"[2] 不过，他总还知道，世上有个文笔犀利的作家叫伏尔泰，知道法国人和英国人总是打仗，还知道能征善战的普鲁士国王腓特烈一世。俄罗斯的作家里，他很尊敬杰尔查文，偏爱马尔林斯基，并给最心爱的狗取名阿玛拉特·别克[3]……

---

1 原文为法语。
2 切尔托普哈诺夫的回答是用俄语拼读的极不通顺的法语。
3 阿玛拉特·别克是俄罗斯作家亚历山大·亚历山德罗维奇·马尔林斯基（1797—1837）于1831年发表的高加索题材的小说的主人公。

首次偶遇两位朋友几天后，我去了别松诺沃村拜访了潘杰列伊·叶列梅伊奇。远远地，我就看到了他的小木屋。它坐落在一片开阔的地里，离村子大约半俄里，独自兀立，像是田地里站着的一只鹰。切尔托普哈诺夫的整个所谓庄园由四座老旧的大小不一的木屋组成：厢房、马厩、干草棚、澡堂，相互独立不连接，周围既没有篱墙，更没有大门。

我的车夫在一口腐烂拥堵的井边停下了车，颇为不解。干草棚边，几只毛发乱蓬蓬的小瘦狗正在啃一匹死马，想必就是奥尔巴桑了。其中一只抬起满是血污的脸，对着我们匆匆吠了几声，便又去啃那裸露的马肋骨了。马儿背后站着一个十七岁上下的孩子，胖乎乎的小脸有些发黄，他穿着高加索式的衣服，赤着脚，一脸傲慢地看着看来是被托付给他的狗儿们，不时用鞭子抽着其中最贪婪的几只。

"主人在家吗？"

"谁知道呢！"他答道，"您去敲门试试吧。"

我跳下马车，走近厢房的前廊。

切尔托普哈诺夫先生的寓所看着挺叫人伤心。原木块都发黑了，一块块挺了出来。烟囱歪斜着，屋角下沉，底部有些发霉。乱蓬蓬、压得很低的屋顶下面，探着几扇灰蒙蒙的小窗，像是老淫妇的灰眼睛。我敲了敲门，无人应答。不过，我听见门后有激烈的声音传来：

"а，б，в，[1]不就是这样吗，蠢货，"一个嘶哑的声音吼着，"а，б，в，г……不对！г，а，吃吧，吃呀……真是个笨蛋！"

我又敲了敲门。

同一个声音叫道：

"进来吧，谁呀……"

我进了小小的、空荡荡的前厅，看见一扇大敞着的门后的切尔托普哈诺夫。他披着一件满是油渍的布哈拉式长袍，穿着宽松的灯笼裤，戴着一顶红色的小圆帽，坐在椅子上。只见他一只手戳着一只卷毛小狗崽的脸，另一只手将一块面包举到它鼻前。

"啊！"他并不起身，带着尊严道，"欢迎您的光临。请坐。我正在这教训文佐尔呢……吉洪·伊万内奇，"他抬高声音唤着，"请过来一下，客人来啦。"

"这就来，这就来，"吉洪·伊万内奇在隔壁房间应着，"玛莎，把领带给我。"

切尔托普哈诺夫又转向文佐尔，把面包块放到了它鼻子上。我环顾了一下。除了一张可以伸缩折叠、表面翘曲不平，且有十三条高低不一的脚的桌

---

1 包括下文出现的俄语字母排列，都是切尔托普哈诺夫在以字母数数，玩弄小狗。

384

子和四张秸秆编的软塌塌的椅子外，屋里再无其他家具。墙壁是很久以前粉刷过的，白底小蓝星花纹，不少地方已经起皮了。两扇窗户间挂着一面镶有红木框的模糊且有裂纹的镜子。角落里堆着烟袋和猎枪。天花板上垂下一张张黑色的蜘蛛网。

"а, б, в, г, д，"切尔托普哈诺夫慢慢地念着，忽然又大叫起来，"吃呀！吃呀！吃吧！……真是个蠢家伙！……快吃！……"

然而，那可怜的卷毛狗只一径抖着，不肯张嘴。它夹着尾巴，继续坐在那里，一脸扭曲，忧伤地一会儿眨着眼，一会儿又眯起眼来，像是在暗自说，当然啦，还不都是您想怎样就怎样！

"吃呀，快吃！接住！"地主毫不放松地重复着。

"您把它吓到啦。"我说。

"好吧，随它去吧。"

他用脚踢了一下。可怜的狗儿安静地站起身，把鼻子上的面包甩掉，仿佛踮起脚尖一般轻轻地走去前厅了，一副深受侮辱的表情。的确呀，家里来了生客，见到了它被如此对待的场景。

另一个房间的门吱呀一声小心地打开。涅多比尤斯金先生走了进来，友好地微笑行礼。

我站起身回了礼。

"您别多礼，不要多礼。"他赶紧说。

我们坐了下来。切尔托普哈诺夫进了隔壁房间。

"您啥时候来到我们这荒郊野外的？"涅多比尤斯金咳了一声，礼貌地用手指挡在嘴唇前，声音温和地问。

"已经是第二个月啦。"

"原来如此。"

我俩沉默了。

"最近天气不错，"涅多比尤斯金一脸感激地看了看我，仿佛天气由我掌控，"粮食长势真好呀。"

我点了点头表示同意，我们便又沉默了。

"潘杰列伊·叶列梅伊奇昨天逮到了两只灰兔，"涅多比尤斯金努力地说着，看样子是想活跃谈话气氛，"可大个儿的两只呢。"

"切尔托普哈诺夫先生养的狗儿怎么样？"

"非常棒！"涅多比尤斯金满意地说，"可以说是全省最好的。（他朝我的方向挪了挪。）这个呀！潘杰列伊·叶列梅伊奇这个人呀，想到什么，还没两下，就已经完成了，总是劲头十足。我跟您说吧，潘杰列伊·叶列梅伊奇呀……"

切尔托普哈诺夫走了进来。涅多比尤斯金笑了一下，便住口了。他用眼神向我示意，仿佛想要说，您自个儿瞧吧。我们开始聊起打猎来。

"要不要我带您瞧瞧我的狗儿们？"切尔托普哈诺夫问道，还没等我回答，便将卡尔普叫了进来。

来人是个敦实的年轻人，身着蓝领子、镶制服扣子的绿色南京土布外套。

"吩咐福姆卡，"切尔托普哈诺夫断断续续地说，"叫他把阿玛拉特和萨伊加备好，知道了吗？"

卡尔普咧开大嘴乐了，含混地嘟囔了一句什么，便走了出去。不一会儿，福姆卡带着狗儿来了。他头发梳得溜光，体态舒展，穿着靴子。我客气地观赏了一番这些蠢笨的生物（格力犬类通常都特别愚笨。）切尔托普哈诺夫对着阿玛拉特的鼻孔吐了几口唾沫，不过看来并没有给这狗儿带来任何享受。涅多比尤斯金也在后面抚摸了几下阿玛拉特。我们继续聊了起来。

切尔托普哈诺夫慢慢平静了，不再叽叽歪歪，脸上的表情也发生了变化。

他看了看我和涅多比尤斯金……

"哎！"他忽然叫了一声，"她一个人坐在那里干啥呢？玛莎！玛莎！你过来一下。"

隔壁房间里有人动了动，却没有回答。

"玛——啊——莎，"切尔托普哈诺夫温柔地唤着，"到这边来，不要害怕。"

门不声不响地开了，我见到一位二十岁上下的女子，身材高挑，脸色如茨冈人一般黝黑，褐色中带点黄的眼睛，留着一根乌黑的辫子，大白牙在丰满的红唇后闪闪发光。她穿着白色长裙，天蓝色的披肩用别针一直扣到领口，将她美丽细长的手臂遮住了大半。她带着野蛮人的羞怯与窘态，向前跨了两步，停了下来，垂下头去。

"来，我来介绍一下，"潘杰列伊·叶列梅伊奇说，"倒也不是妻子，不过也算是妻子了。"

玛莎略微红了脸，显得有些激动，微笑了一下。

我对她低低地行了个礼。

她挺招人喜欢。她那细长的鼻子很挺拔，鼻孔半透明，有些朝天；高高的眉毛透着勇敢；苍白的脸颊略微凹陷。整张脸给人充满个性与激情、无忧与无畏的印象。盘着的辫子后面垂下一缕缕秀发，透露着血气方刚。

她走到窗边坐下。

我不想增加她的窘迫，便与切尔托普哈诺夫聊了起来。

玛莎轻轻地转过头，悄悄看着我，俏皮机敏的样子。她的目光扫着我，就像蛇信子一般。

涅多比尤斯金坐到她身边，对她耳语了几句。她又笑了。只见她微微皱了皱鼻子，上唇略抬，使她的表情带上某种猫儿或是狮子的神态……

"喔，你可别招惹我哟。"我暗自想，偷望着她那富有弹性的身躯、塌陷的胸部、灵活的动作。

"我说，玛莎，"切尔托普哈诺夫问道，"是不是该招待一下客人哪？"

"家里有果酱。"她答。

"那就把果酱拿来，顺便再上点伏特加。听着，玛莎，"他对着她的背影喊道，"把吉他拿过来。"

"拿吉他做啥？我不会唱的。"

"怎么？"

"不想。"

"那没啥，你会想唱的……"

"什么？"玛莎问道，一下子皱起眉。

"这不是叫你唱吗？"切尔托普哈诺夫补充道，有些恼怒。

"噢！"

她离开了，很快便拿来了果酱与伏特加，便又坐到了窗边。她的额上显出一道皱纹，两道眉毛抬起又放下，如胡蜂的须一般……读者们，你们有没有见过，胡蜂长着一张多么凶的脸？好吧，我暗自想，暴风雨要来啦。

聊天进行得断断续续。涅多比尤斯金不再出声，只是紧张地笑着。切尔托普哈诺夫喘着粗气，脸色通红，瞪着眼睛。我准备告辞了……

玛莎突然站起身，呼啦一下推开窗，伸出头去，怒气冲冲地对着一位路过的女人喊道："阿克西妮娅！"那女人惊了一下，本要回过头，却脚底打滑，重重摔在了地上。玛莎仰起身子，哈哈大笑起来。切尔托普哈诺夫也笑了。涅多比尤斯金乐得声音都变了。我们都笑得发抖。一道闪电后，暴雨来袭。空气瞬间变得清新了。

半小时后，谁也无法认出我们了：我们像孩子一般聊着、笑闹着。玛莎比谁都乐，切尔托普哈诺夫一直热烈地盯着她。玛莎脸色发白，鼻孔张着，

目光又热烈又阴沉。这个野姑娘完全放开了。涅多比尤斯金拖着短粗的双脚，像公鸭追逐母鸭子一般跟在她身后。就连文佐尔也从前厅的凳子下钻出来，站在门边看了看我们，突然又跳又叫起来。

玛莎冲到隔壁房间，拿来吉他。只见她把披肩一甩，呼地坐下，仰起头，唱起一首茨冈歌子来。她的声音颤抖着，嗡嗡作响，像只被惊扰了的玻璃风铃，时而热烈，时而安静……一种痛苦的甜蜜抓住了我们的心。

"哎，就这么燃烧起来吧！……"切尔托普哈诺夫说罢跳起舞来。涅多比尤斯金换着脚也跟着跺了起来。

玛莎蜷起身子，像一片被烤着的树皮。她那细长的手指激烈地拨动着吉他，缠着两道琥珀项链的黝黑的脖子缓缓地抬起。忽然，她停住声音，整个人筋疲力尽的样子，勉强地拨动着琴弦。

切尔托普哈诺夫也停了下来，不知所措地站在原地，肩膀耸动着。涅多比尤斯金脑袋摇晃得像个中国瓷偶。

接着玛莎又疯一般地弹奏起来，伸直了腰身，挺起了胸膛。

切尔托普哈诺夫也跟着时而扑地时而蹦高地舞动，陀螺一般旋转着，大叫："快点儿！……"

"快点儿！快，快，快！"涅多比尤斯金快语附和着。

夜色彻底降临后，我终于离开了别松诺沃……

切尔托普哈诺夫的终结

一

在我拜访潘杰列伊·叶列梅伊奇的两年后，他便开始遭遇灾难，真正的灾难。在这之前，种种的不快与失败，甚至是不幸，在他身上也都发生过。但他都没当回事，继续当着生活的"主人"。第一个令他震惊的灾难，对他来说是最敏感的：玛莎与他分开了。

玛莎对他的庇护已经非常适应了。很难说清是什么使她放弃这庇护。直到最后，切尔托普哈诺夫都认为，使玛莎变心的是一位年轻的邻居。这是一位退伍的枪骑兵大尉，外号雅夫。按照潘杰列伊·叶列梅伊奇的话来说，他无非就是成天摆弄胡子，拼命给它涂油膏，时不时发出冷笑罢了。看来，还是玛莎自己身上放浪的茨冈血液起了作用。总之，一个美好的夏夜，玛莎将自己的衣物收进一只小包裹，便从切尔托普哈诺夫家离开了。

在这之前，她蜷缩在屋角，靠着墙壁，像只受伤的狐狸一般整整坐了三天，跟任何人不说一句话，一会儿用目光扫着周围，一会儿又陷入沉思，要不就是挑起眉毛，微微龇着牙，双手合抱着，仿佛要将自己裹起来。这种"安静"之前在她身上也发生过，只不过从未持续得如此久。切尔托普哈诺夫是知道的，因此没有去打搅她，自己也没太在意。不过，当他在狗舍里处理完最后两只按照驯犬师的话来说是"眼睛翻白"了的追逐犬，回到屋里时，女仆声音颤抖地向他禀报，玛丽亚·阿金费耶夫娜吩咐向他问好、祝他一切顺心，她自己再也不会回来了。切尔托普哈诺夫在原地转了两圈，嘶吼了几声，便立刻冲出去找逃跑的人了。走之前他还带上了手枪。

他在离家两俄里左右的地方追上了她。她正走在白桦林边去往县城的大路上。太阳低低地悬在空中，将周围的树木、草儿和大地，一切的一切，映照得一片殷红。

"去找雅夫！找雅夫！"一见到玛莎，切尔托普哈诺夫便呻吟道，"找雅夫！"他嘟囔着跑到她跟前，几乎一步一绊。

玛莎停了下来，转过头来。她背光站着，仿佛整个人都是黑色的，就像用深色木头雕刻出来的一样，只有眼白闪着银光，而那瞳孔好像因此变得更暗了。

她将包裹丢在了一边，双手叉了起来。

"去找雅夫了，这个混蛋！"切尔托普哈诺夫重复着，本想要一把抓住她的肩膀，一见她的目光便胆怯地停在了原地。

"我这并不是去找雅夫，潘杰列伊·叶列梅伊奇，"她的语气平稳安静，"不过，我没法再跟您过下去了。"

"怎么过不下去了？怎么回事？我委屈你了吗？"

玛莎摇了摇头：

"您并没有委屈我，潘杰列伊·叶列梅伊奇。只是我在您家待够了……感谢过去的一切，但我不能再留下来，不能！"

切尔托普哈诺夫惊呆了。他拍了拍大腿，蹦了一下。

"这是怎么回事？在我家过得安静舒坦，忽然就过不下去了！想着，我要抛弃他！把头巾一围，说走就走。你明明比主子还受尊重来着……"

"我其实并不需要这个。"玛莎打断他。

"怎么不需要？从一个野茨冈女变成了主子，还说不需要？再说不需要，你这不要脸的家伙？谁能相信？这简直就是背叛，背叛！"

他继续恶狠狠地念叨着。

"我从没有过任何背叛的念头，"玛莎说道，声音婉转而清晰，"我跟您说过的，我感到郁闷了。"

"玛莎！"切尔托普哈诺夫叫道，用拳头捶了捶胸口，"住口，够了，你已经折磨我了……行了吧？是吧！你想想，吉沙[1]会说什么，你好歹可怜可怜他吧！"

"请代我向吉洪·伊万内奇问好，转告他……"

切尔托普哈诺夫挥了挥手。

"你在扯谎，你走不掉的！你那雅夫才等不到你呢！"

"雅夫先生，"玛莎本要继续说下去……

"他算哪门子雅夫先——生，"切尔托普哈诺夫讥讽道，"他就是个十足的刁钻的滑头。那张脸长得跟猴子似的！"

切尔托普哈诺夫跟玛莎吵了整整半个小时。他一会儿靠到她近前，一会儿又跳开去，只见他时而朝她挥着手，时而对她深深行礼，又哭又骂……

"我不能，"玛莎重复着，"我感到郁闷，太难受了。"渐渐地，她的神色变得漠然，像是昏昏欲睡，以至于切尔托普哈诺夫问她是不是被灌了迷魂药。

"郁闷。"她第十次重复着。

---

1 涅多比尤斯金的名字吉洪的指小表爱形式。

“我要是把你宰了呢？”他忽然掏出手枪嚷道。

玛莎微笑了一下。她的神色精神了。

“怎么着？请下手吧，潘杰列伊·叶列梅伊奇。您请便。不过我是不会回去的。”

“不回去？”切尔托普哈诺夫扣动了扳机。

“不会回去的，亲爱的，这辈子也不会再回去。我说话算话。”

切尔托普哈诺夫忽然将枪塞到她手里，蹲了下去。

“这样的话，你就杀了我吧！没有你我也不想过了。既然我叫你厌烦了，那么我也对一切都厌烦了。”

玛莎弯下身，拾起自己的包裹，把枪放到草地上，让枪口不朝着切尔托普哈诺夫，自己则朝他靠近了一些。

“亲爱的，你为啥这么寻死觅活的呢？难道不了解我们茨冈女人吗？我们的脾性如此。郁闷一来，心儿就被召唤去遥远的地方，还留下来做什么呢？你记着自己的玛莎吧，这样的女伴你是再也找不到了。我心爱的，我也不会忘记你的，但我们共同的生活就到此为止吧！”

“我多爱你呀，玛莎。”切尔托普哈诺夫用手捂住脸嘟嚷着……

“我也爱过你的，亲爱的朋友，潘杰列伊·叶列梅伊奇！”

“我多爱你呀，爱得简直忘乎所以了。我这一想，你本来过得好好的，忽然毫无原因地就要离开我，就这么去流浪——我就想，要不是我一无所有，你也不会抛下我了！”

听着这些话，玛莎冷笑了。

“你不是说我不计较金钱来着吗！”她说着捶了一下切尔托普哈诺夫的肩。

他跳了起来。

"那么，起码从我这儿拿点钱去，否则你身无分文怎么办？或者你最好杀了我吧！我跟你说，你就一下子把我干掉吧！"

玛莎再次摇了摇头：

"杀了你？亲爱的，为这被流放到西伯利亚吗？"

切尔托普哈诺夫打了个寒战。

"原来你就是怕这个，怕服苦役……"

他又一屁股坐回草地上。

玛莎默默在他身旁站了一会儿。

"我挺心疼你的，潘杰列伊·叶列梅伊奇，"她叹了口气道，"你是个好人……但没办法，再见了！"

她转过身去，迈了两步。夜已经降临，周围浮起形形色色的暗影。切尔托普哈诺夫快速起身，从后面抓住玛莎的双肘。

"你就这么走了，你这个蛇精？去找雅夫！"

"别了！"玛莎断然而意味深长地重复道，挣脱他的手，离开了。

切尔托普哈诺夫望了望她的背影，跑过去拾起了枪，瞄准后射击了……不过，在扣动扳机前，他手向上扬了一下。子弹从玛莎头上呼啸而过。她转过脸瞧了瞧他，继续向前走去，还装得一瘸一拐，仿佛是在嘲弄他。

他用手捂住脸，撒开腿跑掉了……

跑了没有五十步，他便忽然停了下来。一个非常熟悉的声音传了过来。玛莎在唱歌。"年轻的年代呀，如此可爱。"她唱着，声音在夜晚的空气里蔓延，婉转而热烈。切尔托普哈诺夫竖起耳朵听着。声音越来越远，像是要慢慢停住，一会儿却又出现，带着隐约可闻的热烈调子……

"她这是在故意刺激我，"切尔托普哈诺夫想，却又立刻呻吟道，"不！她这是在跟我永别。"即刻泪如雨下。

第二天，切尔托普哈诺夫去了雅夫先生的公寓。雅夫是个勤于交际的人，受不了乡下的索居生活，便住到了县城里。按照他自己的说法，也好"离小姐们更近些"。雅夫不在家，他的侍卫说，他前一天去了莫斯科。

"就是这么回事！"切尔托普哈诺夫愤愤地嚷道，"他俩勾结好了。她跟他跑了……不过！"

他不顾侍卫的阻拦，闯进枪骑兵大尉的书房。书房里挂着主人着枪骑兵制服的画像。

"你这短尾巴猴儿，跑哪儿去了！"切尔托普哈诺夫吼着，跳上沙发。他用拳头捶了一下绷得紧紧的画像，砸出了一个大窟窿。

"转告你们游手好闲的主子，"他对侍卫道，"因为见不到他本人的嘴脸，贵族切尔托普哈诺夫毁了他的画像。如果他想找我讨个说法，那么他知道哪里可以找到贵族切尔托普哈诺夫！否则我也会找到他的！就是上天下海我也要找到这混蛋！"

说罢，切尔托普哈诺夫从沙发上跳下来，昂然离开了。

雅夫先生没有向他讨什么说法，甚至都没有遇见过他。切尔托普哈诺夫也没有再去找这位敌手。事情便这么不了了之。玛莎在这之后很快就杳无音信。切尔托普哈诺夫差点开始酗酒，却又"回过神来"。不过，紧接着，第二场灾难便降临了。

二

是这么回事：切尔托普哈诺夫的挚友吉洪·伊万内奇·涅多比尤斯金去世了。

去世前两年，他的健康便开始出现问题，患上了气喘病。他往往昏昏沉沉地睡去，醒了之后没法恢复意识。县里的医生坚持说他是中风了。玛莎离开前的那三天，也就是她"陷入抑郁"的那三天，涅多比尤斯金一直待在别谢连捷耶夫卡村，卧床不起，患了重感冒。

玛莎的行为令他吃惊万分，给他的冲击不亚于切尔托普哈诺夫本人。由于本性温驯胆小，除了对朋友报以温柔的同情，以及对事情感到激动和不解之外，他没能再说什么……然而，他的精神彻底崩溃了。

"她把我的心挖了出来。"他坐在心爱的格子沙发上，绞着手指，自言自语道。等切尔托普哈诺夫已经恢复过来，他都还没恢复，一直觉得"内心空荡荡的"。"就是这儿。"他指着胸的中部，胃上方的位置说道。

他就这样一直熬到了冬天。首轮寒流来临时，他的气喘倒是好些了，却真的中风了。他一下子失去了记忆，勉强还能认得出老朋友切尔托普哈诺夫。后者急得大喊："你怎么样，吉沙？不经我的同意就想抛下我，比玛莎还坏！"

他口齿不清地回答："我呀，帕……谢伊奇……这……是……您……听……哪。"

当天，他便死去了，没能等到县里的医生来。医生望着他微温的遗体，感叹世上一切之短暂，要求给他上点"伏特加和鱼干"。

正如所期待的那样，吉洪·伊万内奇将产业留给了自己尊敬的恩人、慷慨的庇护者"潘杰列伊·叶列梅伊奇·切尔托普哈诺夫"。但这家业很快就被公开拍卖掉了，没能给恩人带来多大好处。拍卖所得的一部分钱被切尔托普哈诺夫用来为友人建造墓碑了。（看来还真是继承了他父亲的脾性！）

墓碑呈祈祷的天使形状，是他特意从莫斯科定制的。但是，代理商觉得，外省很少有对雕塑懂行的，便擅自给他发来了一座佛罗拉像。那佛罗拉像原本立在莫斯科郊区一座废弃多年的叶卡捷琳娜时代的花园里。这是座洛可可

风格的雕像，挺精致。佛罗拉的双手丰满，身形袅娜，披着镶嵌上去的鬈发，裸露的胸前搭着一束玫瑰，是代理商免费得来的。于是，这位女神优雅地微抬起一只脚，至今立在吉洪·伊万内奇的坟上。她带着一脸刚愎自用的忸怩望着身边来来往往的牛犊与羊群，而它们其实才是乡村墓地不变的常客。

三

失去挚友后，切尔托普哈诺夫又开始酗酒了，比之前喝得更凶。他的处境走上了下坡路，连打猎的开销也承受不了。最后的一点钱也花掉了，周围的人都跑得一干二净。潘杰列伊·叶列梅伊奇陷入彻底的孤独中，没人说话，无人可袒露心扉。只有那傲气，却是一丝不减。相反，随着处境越来越糟，他反倒愈发傲慢无理，愈发不可说服。到了最后，他彻底丧失了理智。他所剩的最后的安慰是一匹坐骑，灰色的顿河种的马，外号马列克－阿德尔，一匹非凡的牲口。

他是这样得到这匹马儿的。

有天骑马经过邻村，他在酒馆附近听到有汉子的哼唧声和人群的叫喊。只见粗实的手臂在人群中不停起伏着。

"那儿发生了什么？"他带着特有的长官般的腔调问一位站在自家门边的老妇。

老妇撑着门框，像是打着盹儿，朝酒馆的方向望了望。一个浅色头发的小男孩坐在她两脚间。他穿着铅灰色的衬衫，胸前挂着一枚柏木十字架，张开小脚，握着小拳头。一只小鸡在一旁叼着硬邦邦的黑面包皮。

"天晓得哟，老爷，"老妇回答，向前探了探身子，把黑黢黢的布满皱纹的手放在男孩头上，"听着像是我们的人在揍犹太人。"

"犹太人？什么犹太人？"

"谁晓得呢，老爷。我们这儿出现了个犹太人。谁晓得他从哪儿冒出来的。瓦夏，到妈妈那儿去，快去，小坏蛋！"

老妇将小鸡吓到一边。瓦夏拽住她的裙子。

"这不，先生哟，正揍他呢。"

"揍他？为什么？"

"不知道呀，老爷。肯定是有啥事呗。为啥不收拾他呢？老爷，不就是他们钉死了耶稣基督吗！"

切尔托普哈诺夫吆喝了一声，用鞭子抽了一下马脖子，朝着人群直冲过去。冲进人群后，他扬起鞭子，不分青红皂白地一通乱抽，断断续续地嚷着：

"这算哪门子自决？哪门子自决？该由法律来裁定，而不是——个——人！法律！法律！法——律！！！"

不到两分钟，人们纷纷四散开去。酒馆门边的地上躺着一个身形瘦小，穿着南京土布外套的黑黢黢的家伙，浑身被撕扯得不像样子……他脸色苍白，翻着眼睛，嘴巴大张着……这是怎么回事？被吓坏了还是已经死去？

"你们为什么打死了这犹太人？"切尔托普哈诺夫威严地吼道，甩着鞭子威胁着。

人群微弱地反应了一下，像是要回答。一个汉子抱着肩膀，另一个叉着腰，还有人揪了揪鼻子。

"敢不敢打一仗！"只听后排有人嚷。

"还举着鞭子！真有他的！"另一个声音说。

"为什么要打死犹太人！我问你们呢，这群蠢货！"切尔托普哈诺夫继续道。

此时，地上那家伙忽然蹦了起来，跑到切尔托普哈诺夫身后，颤抖着抓住了马鞍的边缘。

人群齐声大笑起来。

"生命力挺强！"后排有人道，"像只猫儿一样！"

"大人呐，行行好吧，救我一命吧！"可怜的犹太人嘟囔着，整个胸抵到了切尔托普哈诺夫腿上，"否则他们会打死我的，大人呐！"

"他们这是为啥？"切尔托普哈诺夫问道。

"我真的说不清呀！他们的牲口死了……于是就怀疑……是我……"

"我们之后再算账！"切尔托普哈诺夫打断他的话，"你呢，抓牢马鞍，跟着我走。你们！"他转向人群说道，"你们知不知道我是谁？我是地主潘杰列伊·切尔托普哈诺夫，住在别松诺沃村。你们要是乐意，那么就去告我，顺便也告这犹太人！"

"有什么可告的呢？"一位白胡子的老成持重的汉子深深鞠了个躬说道，应该是位长老。(他揍那犹太人的时候也挺起劲儿。)"我们呐，潘杰列伊·叶列梅伊奇老爷，对您很是了解，很是感激您教育了我们哪！"

"有什么好告的！"其他人附和道，"至于说这小鬼，我们自会教训他。他是逃不掉的！我们会像逮兔子一般……"

切尔托普哈诺夫将了将胡子，冷笑了一声，骑马大步往自己的村子里去了。那犹太人一路跟着。就这样，他将他从欺凌者手中救了出来，就像当初解救吉洪·涅多比尤斯金一样。

四

几天后，切尔托普哈诺夫身边剩下的唯一的小厮前来禀报，说有人骑马到来，想跟他谈谈。切尔托普哈诺夫走到前廊一看，原来是那犹太人。他骑着一匹漂亮的顿河大马，站在院子里高傲地一动不动。犹太人摘下了帽子，夹在腋下，脚也没蹬在镫子上，而是插在马镫的皮带里。破破烂烂的外套衣襟搭在马鞍的两侧。一见切尔托普哈诺夫，他便喔了一下嘴，双肘抽动了几下，晃起脚来。不过，切尔托普哈诺夫不仅没有回应他的问好，反而勃然大怒，火气冲天：一个该死的犹太人胆敢坐在如此漂亮的马儿上……成何体统！

"你这黑脸的家伙！"他嚷道，"赶紧给我下来，否则我把你拽进泥巴地

里去！"

犹太人急忙道了歉，一手拽着缰绳，翻身下了马鞍。他微笑着行了个礼，朝切尔托普哈诺夫靠了靠。

"你来做啥？"潘杰列伊·叶列梅伊奇一脸庄重地问道。

"大人呐，您快瞧瞧，这匹马怎么样？"犹太人一边行礼一边说。

"嗯……不错……马儿很棒。你从哪儿搞来的？是偷来的吧？"

"怎么会呢，大人！我是个诚实的犹太人。不是偷来的，是给大人您搞来的，千真万确！我可是费了一番功夫呢！马儿真是不错！这样的马儿整个顿河流域再也找不到了。您看呀，大人，多棒的马儿！您往这边来！哎……哎……转过来，侧过身来！我们坐上鞍子。怎么样，大人？"

"马儿很棒。"切尔托普哈诺夫重复道，装作不以为然的样子，其实呢，心里激动得怦怦跳。他可真是爱死了马儿，也非常懂行。

"大人呐，您快摸摸它！摸摸它的脖子，嘻嘻！像这样。"

切尔托普哈诺夫仿佛不大乐意，把手放在马脖子上，来回蹭了两下。随后，他又用手指从马的肩隆沿着背部摸了一遍，一直到肾脏上方那众所周知的位置，还以猎人的方式按了按那位置。马儿立刻弓起背，傲慢的黑眼珠斜斜地瞧了一下切尔托普哈诺夫，哼了一声，前蹄跨了两步。

犹太人乐了，还轻拍了一下手。

"它只认主人，大人，主人！"

"别扯了，"切尔托普哈诺夫沮丧地打断他，"跟你买下这匹马吧……我又没钱，至于说收礼，不要说从犹太人那儿了，连从上帝那儿我也没收过！"

"瞧您说的，我怎敢冒昧送礼给您呢！"犹太人叫着，"您买下吧，大人……至于说钱嘛，我不急。"

切尔托普哈诺夫陷入沉思。

"你要价多少？"最后，他龇着牙问。

犹太人耸耸肩。

"也就是成本价。两百卢布。"

马儿值这个价格的两倍，甚至是三倍。

切尔托普哈诺夫转到一旁，激动地打了个哈欠。

"钱……什么时候要？"他紧紧地皱起眉毛，不看犹太人一眼。

"看大人您啥时候方便啦。"

切尔托普哈诺夫将头向后仰了仰，却没有抬眼。

"这算什么回答。你快直说，滑头！我还能欠你的债？"

"这么着吧，"犹太人赶紧道，"过六个月……您看如何？"

切尔托普哈诺夫什么也没有说。犹太人试图看着他的眼睛。

"同意不？下命令牵进马厩吧？"

"马鞍我不需要。"切尔托普哈诺夫断断续续地说，"把马鞍拿走，听见没？"

"好的，没问题，我带走，带走。"犹太人兴高采烈地念叨着，将马鞍搭在肩上。

"至于钱嘛，"切尔托普哈诺夫接着说，"六个月以后吧。而且不是两百，应该是两百五。闭嘴！两百五，我都说了！我欠着。"

切尔托普哈诺夫还是没能抬起眼来。他的傲气从未受过如此打击。"肯定是个礼物，"他暗自想，"这鬼头是为了感谢我！"他既想拥抱这犹太人，又想揍他一顿……

"大人呐，"犹太人精神起来，咧开嘴乐着，"按照俄罗斯习俗，得亲手交接一下呀……"

"你想啥呢？明明是个犹太……讲什么俄罗斯习俗！哎！谁在那儿？把

马儿牵进马厩里。给它喂点燕麦。我待会儿过去看看。你记住了，它的名字叫马列克－阿德尔。"

切尔托普哈诺夫本要跳上前廊，却猛地转过身，朝犹太人追去，用力地向他伸出手。那位呢，已经弯下腰把嘴凑上去了。谁知，切尔托普哈诺夫往后蹿了一下，低声道："跟谁也不许说！"随之消失在门后。

五

从那天开始，马列克－阿德尔就成了切尔托普哈诺夫生活的主要关注点和快乐源泉。他爱它胜过玛莎，对它的依恋胜过涅多比尤斯金。马也的确是好马！脾气火爆得像个火药桶。那不卑不亢的姿态简直像个主子！它不知疲倦，耐性极好，不论到哪儿都没问题。吃的也很简单。实在没办法的时候，啃啃脚下的泥土也可以。骑着它慢步走的时候，像被人用手掌托着一般平稳；小跑的时候呢，像是在摇篮里摇着；真要飞驰起来，那简直就是风驰电掣！它从来不会跑得上气不接下气，因为知道如何换气。四蹄结实如钢，从来没有绊倒过！无论是越过壕沟还是板墙，对它来说都易如反掌。而且，它还特别聪明！一召唤，便扬着头跑来了。叫它停在原地的话，就算你走开，它也不会动弹。只有当你回来时，它会稍微哼唧两声，仿佛在说："我在这儿哪。"这还是匹无所畏惧的马儿，再漆黑的夜里，再大的风雪，它照样寻路前行，决不让陌生人靠近，会撕咬抵抗！狗儿也没法靠近它，前蹄一抬，对着狗儿脑门一踢，后者便完蛋了。这家伙可是非常有脾气的。对它挥鞭子，只能是象征性的，你倒是真碰它试试！还有什么可说的，这完全不是一匹马，而是珍宝！

切尔托普哈诺夫要是夸起自己的马列克－阿德尔来哟，真是没完没了！他对它百般疼爱！马儿的鬃毛泛着银光，那种新抛光的银色，亮闪闪的。用

手摸去，简直就是天鹅绒！马鞍、鞍垫、皮笼头——整套行头配得齐全规整、擦得锃亮，上得了画像！还不止这些呢，切尔托普哈诺夫亲自给爱马整理刘海，用啤酒给它洗鬃毛和尾巴，还不止一次给它的蹄子涂油膏……

有时候，他骑上马列克-阿德尔，驰骋而去。他并不是去看望邻居们。跟先前一样，他同邻居们没有来往，而是穿过草原，经过一座座庄园而去……好像在说，你们这些蠢货，远远看着吧！要是听到什么地方有人在打猎——远离庄园的某个猎场里来了一个有钱的地主，他会即刻飞驰过去，远远地在地平线上展现骑姿，向吃惊的众人展示自己疾驰的俊美的马儿，却不让任何人靠近。有一次，有位猎人带着随从几乎追上了他。眼看他就要跑了，猎人使尽全力大喊："喂！听着！你这马出多少钱都可以！几千都可以！老婆孩子给你都行！把我最后的家底拿去也没问题！"

切尔托普哈诺夫忽然叫马列克-阿德尔停下。猎人赶紧冲了过去。

"大人呐！"那家伙嚷道，"你说你要啥吧？亲爹哟！"

"哪怕你是王，"切尔托普哈诺夫断断续续地说（他从没听说过莎士比亚[1]），"就算你拿整个王国来换我的马儿，我也不干！"说完，他大笑起来，拽着马列克-阿德尔抬起前蹄，像狼崽或是陀螺一般，踮着后脚在空中转了个方向，便大步而去！只见他在莽地里放出光芒万丈。猎人呢（据说是位极富有的公爵），把帽子往地上一扔，脸冲着帽子倒了下去，就这么一直躺了半个小时。

所以，切尔托普哈诺夫怎能不宝贝这马儿呢？难道它不是他在邻居间最后的、毫无争议的优势吗？

---

1 指莎士比亚的名剧《理查三世》里，主人公那句著名的呼号："一匹马！一匹马！用我的王国换一匹马！"

六

时间在一天天过去。付款的日子渐渐临近。不要说两百五十卢布了，就连五十卢布切尔托普哈诺夫都没有。怎么办呢，能有什么法子？"还能怎么办呢！"他决定，"如果犹太人不肯宽限，不愿再等，那么我就把房子和地给他，自己骑着马儿走到哪儿算哪儿！就算饿死也不会交出马列克－阿德尔！"他很是紧张了一阵，还陷入了沉思。不过，命运头一次也是最后一次怜悯了他，对他微笑了。一位他叫不出名字的远房姑妈立了遗嘱，留给他两千卢布。在他看来，这可是一大笔钱！而且，这钱也来得正是时候：刚巧是在犹太人到的前一天。

切尔托普哈诺夫高兴得发狂，却也没有想要喝酒庆祝。自打马列克－阿德尔来了之后，他便滴酒不沾。他跑进马厩，捧着马儿的脸，在它鼻子上方特别柔软的位置左亲右亲。"这下我们不会分开啦！"他叫着，抚着马列克－阿德尔脖子上梳得整整齐齐的鬃毛。回到家后，他数出两百五十卢布，装进袋子里。之后，他仰面躺下，点上烟斗，开始幻想如何花掉剩下的钱，确切地说，是如何用它们去买猎犬。一定要买科斯托马罗夫村出产的红白相间的那种！他还跟佩尔费什卡聊了聊，许诺给他买一件带黄穗子的卡萨金外套，之后便心情大好地睡去。

他做了个不大好的梦。梦里他去打猎，骑的却不是马列克－阿德尔，而是某只类似骆驼的动物。一只通体雪白的狐狸迎面向他跑来……他试图甩鞭子，想命令狗儿去追那狐狸，可是，手里握着的却不是鞭子，而是一条烂树皮。狐狸跑在他前面，冲他龇着牙。他从骆驼上跳下来，绊倒了，一头跌进宪兵手里。宪兵叫他去见省长，而省长却是雅夫……

切尔托普哈诺夫醒了过来。房间里一片昏暗。鸡刚叫了第二遍……

很远的地方传来马儿的嘶鸣。

切尔托普哈诺夫抬起头……嘶鸣再次隐隐地传来。

"这是马列克－阿德尔在叫吗！"他忽然反应过来，"这是他的叫声！可为什么听着这么遥远？我的天……不可能吧……"

切尔托普哈诺夫全身发冷，即刻从床上跳了下来，摸到了靴子和外衣，穿好后从床头抓起马厩的钥匙，冲进院子里。

七

马厩位于院子的尽头，一面墙面向原野。切尔托普哈诺夫的双手一直在颤抖，没能一下子将钥匙插进锁、转动锁芯……他屏住呼吸，一动不动地站了一会儿：门后哪怕有一点动静也好哇！"马列什卡！小宝贝！"他轻声唤着。门后一片死寂！切尔托普哈诺夫猛地一推，门吱呀一声打开了……原来，门锁早已开了。他迈过门槛，唤着马儿的全名："马列克－阿德尔！"可那忠诚的伙伴却没有应答，只听见老鼠在稻草堆里钻来钻去。切尔托普哈诺夫冲进马列克－阿德尔待的那一栏里。尽管周围黑得伸手不见五指，他却一下子冲了进去……空的！切尔托普哈诺夫觉得天旋地转，头顶嗡嗡作响。他想要说些什么，却只能哼唧着，手上上下下地在身侧蹭着，几乎喘不过气来。他弯着双膝，在几个栏里来回穿行……到处堆着满满的干草，他撞到一面墙上，又碰到另一面，摔倒，翻了个跟头，然后爬了起来，急匆匆地冲出半开的门，跑进院子……

"被偷啦！佩尔费什卡！佩尔费什卡！被偷啦！"他大声哭骂起来。

小厮佩尔费什卡从自己睡觉的储藏室连滚带爬地跑出来，只披着件衬衣……

主子和他唯一的小厮如喝醉了一般，在院子里撞到了一起，疯子一样面对面跳了起来。主人一时半会儿没法说清究竟发生了什么。小厮也没能理解究竟需要他做什么。

"糟啦！糟啦！"切尔托普哈诺夫嚷着。

"糟啦！糟啦！"小厮跟着他喊。

"灯笼！快把灯笼点起来！灯！灯！"从切尔托普哈诺夫瘪下去的胸口里终于蹦出了几个字。佩尔费什卡赶紧跑进屋。

但是，点灯笼却不是件容易事。那时候，火柴在俄罗斯还是稀罕物。厨房里的炉火也早就熄灭了。终于找到了火镰和燧石，却不大容易点火。切尔托普哈诺夫咬牙切齿地从惊慌失措的佩尔费什卡手里夺过工具，自己试图点火。火星大把洒了出来，伴随着大声的诅咒与呻吟。但是火绒不是燃不起来，就是燃了又灭，两人涨红了脸噘嘴使劲吹也没用。至少过了五分钟后，破碎的灯笼底部终于燃起了微弱的火苗。切尔托普哈诺夫在佩尔费什卡的陪同下赶紧钻回了马厩。他将灯笼提起过头顶，环顾了一下……

四周空荡荡的！

他冲进院子，将周围绕了个遍。哪儿都不见马的踪影！环绕着潘杰列伊·叶列梅伊奇的庄园的篱笆早已腐烂不堪，多处已塌陷，埋进地里……马厩周围的那部分完全倒下了，露出一俄尺宽的缺口。佩尔费什卡将此处指给切尔托普哈诺夫看。

"老爷，快过来看。这块地方白天的时候并没有。这不，还有茬子支在地上。是有人给破坏的。"

切尔托普哈诺夫举着灯笼冲了过来，用它照了照地面……

"蹄印，蹄印，还有蹄铁的印子，都是刚留下的！"他快速嘟囔着，"是从这儿把它带走的，这儿，这儿！"

他一下子越过篱笆，冲向原野，嘴里大喊："马列克－阿德尔！马列克－阿德尔！"

佩尔费什卡不解地站在篱笆旁。灯笼的光圈在他眼中很快熄灭，一切又被无月之夜的深重黑暗所吞没。

只听切尔托普哈诺夫绝望的喊叫越来越弱……

八

当他回到家时，朝霞已经探出头。他浑身上下没个人样，泥巴糊住了整个外套。他一脸狂野恐怖的表情，眼神阴郁呆滞。他用嘶哑的低吼轰走了佩尔费什卡，将自己关在了房间里。他已经累得站不稳了，却没有躺下，而是坐在了门边的凳子上，双手抱着头。

"偷跑了！……偷跑了！"

可是，那贼子又是如何在夜里从上了锁的马厩里把马列克－阿德尔偷跑的呢？哪怕是白天，马列克－阿德尔也不会允许陌生人靠近自己，怎么就这么不声不响被偷跑了？而且，院里的看家狗也没有吠叫的，这又怎么解释呢？当然，狗儿只有两只，还是小狗崽，又冷又饿，估计钻进了沙土里，但也不可能不叫呀！

"没了马列克－阿德尔，我该如何是好？"切尔托普哈诺夫想着，"最后的欢乐也没了，是该死的时候了吧。或者，既然手边有些钱，那就再买一匹马？这样的马上哪儿再找去？"

"潘杰列伊·叶列梅伊奇！潘杰列伊·叶列梅伊奇！"有人在门边小声呼唤着。

切尔托普哈诺夫跳了起来。

"谁？"他几乎失了声。

"您的小厮，佩尔费什卡。"

"怎么？是不是马儿找到了，自个儿跑回来了？"

"没有，潘杰列伊·叶列梅伊奇。那个把它卖给您的犹太人……"

"怎么？"

"他来了。"

"哟呵呵！"切尔托普哈诺夫叫道，一把推开门，"把他给我拽过来！拽过来！"

一见到忽然变得蓬头垢面、野人般的"恩人"，原本站在佩尔费什卡身后的犹太人本想逃走，却被切尔托普哈诺夫一个箭步冲上去，老虎一般揪住了脖子。

"噢！是要钱来了！来要钱了！"他嘶哑地喊着，仿佛自己被扼住了脖子，"夜里把马儿偷了回去，白天来要钱了？是吧？"

"瞧您说的，大……人……哪。"犹太人呻吟着。

"快说，我的马在哪儿？你把它弄到哪儿去了？卖给谁了？说，快说，快说！"

犹太人已经无法呻吟。他那铁青的脸上甚至没了惊吓的表情。只见他双手耷拉着，整个身体被狂怒的切尔托普哈诺夫狠命晃着，像根草儿一样前后摇晃。

"我会付给你钱的，会给钱的！如数给你，一分不差，"切尔托普哈诺夫叫道，"我这就像捏死只小鸡一样掐死你，要是你不立刻告诉我……"

"老爷，您快把他掐死啦。"小厮佩尔费什卡恭顺地说道。

切尔托普哈诺夫这才反应过来。他松开犹太人的脖子。那家伙一下子瘫在了地上。切尔托普哈诺夫将他拽了起来，让他坐在凳子上，给他灌了一杯伏特加，让他恢复过来。等他清醒过来后，切尔托普哈诺夫同他聊开了。

原来，犹太人对马列克-阿德尔被偷的事毫不知情。而且，他又为何要去偷自己为"最受尊敬的潘杰列伊·叶列梅伊奇"好不容易搞到的马儿呢？

随后，切尔托普哈诺夫将他带进了马厩。

他们一起看了看栏和槽，以及门上的锁，还将干草全都翻了个遍。之后，他们来到了院子里。切尔托普哈诺夫又带他查看了篱笆墙旁的蹄印，忽然拍

了一下大腿。

"且慢!"他叫道,"你从哪儿搞来的马?"

"在小阿尔汉格尔斯克县的维尔霍先斯克集市上。"犹太人回答。

"跟谁买的?"

"跟一个哥萨克买的。"

"且慢!是个年轻的哥萨克还是老家伙?"

"中年的,举止挺庄重。"

"本人看上去怎么样?该不会是个装模作样的骗子吧?"

"看来应该是个骗子了,大人。"

"这骗子跟你说,马儿他养了很久了?"

"我记得他是说养了很久了。"

"那么不会是别人偷的,就是他。你想呀,站到这边来⋯⋯你叫啥?"

犹太人一激灵,瞪着黑眼珠看着切尔托普哈诺夫。

"我叫啥?"

"对啊,咋称呼?"

"莫舍尔·雷伊巴。"

"你想呀,雷伊巴,我的朋友,你可是个聪明人。如果不是老主人,马列克-阿德尔能服吗!他可是给它上过鞍子,戴过嚼子,掀过盖子——马衣都脱下来了,还放在干草上了!⋯⋯真当成自己家了呢!要是什么生人的话,马列克-阿德尔非踢死他不可!肯定会拼命嘶叫,搅得全村不得安宁!你同意我说的不?"

"同意,同意呀,大人⋯⋯"

"因此,得先找到这个哥萨克!"

"可是,该怎么找呢,大人?我只见过他一次。如今他在哪里?还有,

他叫什么？唉！"犹太人叹道，摇了摇鬓发。

"雷伊巴！"切尔托普哈诺夫忽然叫道，"雷伊巴，看着我！我已经失去理智，不再是自己了！……你要是不帮我，我就对自己下手！"

"可是我如何……"

"你跟我一起去找这个贼！"

"上哪儿去找呢？"

"去各个集市上、大路小路上，一个个盗马贼问过去，走遍城市乡村——走遍天涯海角！你不用担心没钱。兄弟，我得了一笔遗产！为了找回自己的马儿，我愿散尽钱财！这哥萨克是逃不掉的，这个恶棍！他去哪儿，我们就到哪儿！他入地，我们也入地！他去找小鬼，我们就直接去见撒旦！"

"这个，为啥要去见撒旦呢，"犹太人评论道，"没有他也可以。"

"雷伊巴！"切尔托普哈诺夫接着说，"雷伊巴，虽然你是个犹太人，你们那信仰很糟糕，但你的心灵比基督徒的还好！你就可怜可怜我吧！一个人我是没法去的，我一个人完成不了。我有的是激情，你呢，脑瓜子灵活！你们这民族就是如此，不用学就啥都会！你是不是在暗自怀疑，这家伙哪儿来的钱？来，进屋来，我给你看看。你就拿去好了，把我脖子上的十字架也拿去，只要能找回马列克－阿德尔就行了！"

切尔托普哈诺夫像害了热病一般抖着。豆大的汗珠从他脸上砸了下来，混着泪水，埋进了胡子里。他握着雷伊巴的手，恳求着他，差点儿没亲他……他完全愚钝了。犹太人试图反对，想要劝他说自己有事，分不开身……哪儿也去不了！切尔托普哈诺夫什么也不想听。可怜的雷伊巴毫无办法，只好答应了。

第二天，切尔托普哈诺夫和雷伊巴坐着农民的马车离开了别松诺沃村。犹太人脸色凝重，一只手抓着拉杆，孱弱的身体在座位上不断颠着。他另一只手捂着怀里一沓子用报纸包着的钱。切尔托普哈诺夫毫无表情地坐着，只用眼睛四下里望了望，深深地呼吸。他的腰上别着一把匕首。

"你这把我们拆散的恶棍，可要小心了！"只听他嘟囔着，随着车上了大路。

他将家里托付给了小厮佩尔费什卡和厨娘照看。厨娘是个耳聋的老妇。出于怜悯，他把她收留了下来。

"我会骑着马列克－阿德尔回来的，"他与他们道别时喊道，"否则我就不回来了！"

"要不你就嫁给我吧！"佩尔费什卡用手指捅了捅厨娘，说着俏皮话，"反正我们也等不到主子回来了，否则你多无聊呀！"

九

一年过去了……整整一年。潘杰列伊·叶列梅伊奇毫无音讯。厨娘已经死去。佩尔费什卡自己也已经准备放弃宅子，到城里去。他的表兄在城里一位理发师那儿当学徒，一个劲儿劝他过去。忽然，传闻四起，主子要回来了！教区的辅祭收到了叶列梅伊奇发来的亲笔信。在信里他说自己要回别松诺沃了，请辅祭通知侍从，准备好迎接他。佩尔费什卡领会信里的意思，就是要把家里的灰掸一掸。他对这封信的可信度并不十分在意。然而，几天后，当潘杰列伊·叶列梅伊奇本人骑着马列克－阿德尔出现在家门口时，他不得不相信辅祭说的是实话了。

佩尔费什卡冲向主人。他握住马镫子，想要帮主人下马。主子自己跳了下来，庄严地环顾四周，大声宣布："我说过要找到马列克－阿德尔的。这不就找到了吗？我才不顾自己的敌人和命运呢！"佩尔费什卡走上前去，想要亲吻主人的手，切尔托普哈诺夫没有搭理仆人的殷勤。他牵着缰绳，带着马列克－阿德尔大步向马厩走去。

佩尔费什卡仔细看了看主人，暗自叹道："天哪，他在这一年中可是苍老了不少，也瘦了不少呀！整张脸变得严厉而冷峻了！"潘杰列伊·叶列梅伊奇本该高兴才对，终于达到目的了呀。他也的确很兴奋……不过，佩尔费什卡却感到胆怯，觉得很是可怕。切尔托普哈诺夫将马儿牵回之前的栏里，轻拍了几下它的屁股说："这下你又回到家啦！你看看吧！……"当天，他便请了一个被免除赋税的农民来当门卫，自己回到了房间里，过起了之前的生活……

不过，生活未能像往常一样继续……但这是后话了。

回归后的第二天，由于找不到别的听众，潘杰列伊·叶列梅伊奇将佩尔费什卡叫了过来，不失尊严，操着男低音，跟他讲述起是如何找回马列克－阿德尔的。讲述的时候，切尔托普哈诺夫面朝着窗户，吸着长烟袋。佩尔费什卡站在门边，背着双手，恭敬地望着主子的后脑勺。他听着主子讲自己如何徒劳地找呀找，最后终于到了罗姆内村上的集市。此时，他已是独自一人了。犹太人雷伊巴性子太软，受不了苦，逃走了。在村里的第五天，他准备动身离开，最后一次去看了看那一排排车马，忽然在三匹被拴在燕麦口袋上的马儿中间发现了马列克－阿德尔！他一下子认出了它，马列克－阿德尔也认出了他，嘶鸣起来，想要挣脱，用蹄子刨着土。

"它没在哥萨克手里，"切尔托普哈诺夫继续说着，并未转过头，还是操着低音，"而是在一个茨冈牲口贩子手里。我当然是立刻凑到了马儿跟前，想要强行将它领走。可那茨冈鬼疯一般嚷嚷起来，惊动了整个集市。他发誓说是从另外一个茨冈人那儿买来的，还想举出证人来……我吐了口唾沫，给了他钱，随他去吧！对我来说，最重要最宝贵的是我找到了自己的好伙伴，因此便也心安了。在卡拉切夫县的时候，根据犹太人雷伊巴的指认，我逮住了一个哥萨克，把他当作盗马贼了，把他的脸都快打烂了。而那哥萨克呢，其实是个神职人员，叫我赔了足足一百二十卢布。钱吧，还可以再挣，重要的是马列克－阿德尔又回到了我身边！我感到很幸福，我要享受这安宁。至于说你呢，波尔费里[1]，我只给一个指示：你在附近只要一见到那哥萨克，啥也不要说，立刻把猎枪给我送过来，我自己会知道该怎么做！"

潘杰列伊·叶列梅伊奇情不自禁地同佩尔费什卡说呀说，不过，他内心其实并没有自己所强调的那么平静。

可惜的是，内心深处，他并不确信，自己所带回的这匹马就是马列克－阿德尔！

十

潘杰列伊·叶列梅伊奇的苦日子来了。所谓的安宁，他根本没享受到。自然，有些时候，他心情还是不错的。他觉得自己先前的疑虑简直荒唐，像驱赶缠人的苍蝇一般驱赶着这不着边际的想法。但在有些日子里，他就不那么快活了。疑虑像只老鼠一样悄悄地抓挠、侵蚀着他的心。他隐隐地受着严重的折磨。在找到马列克－阿德尔那个具有纪念意义的日子里，切尔托普哈诺夫满心只有无边的喜悦……可是，第二天一早，当他在小旅馆低低的棚顶下为守了一夜的马儿上鞍的时候，他头次感到有些不对劲……他摇着头，然而那疑虑的种子却已撒下。在返乡途中（整个旅程耗费了将近一周），疑虑并未频繁涌起。然而，当一回到别松诺沃村，回到之前那匹毫无疑义的马列克－

---

1 佩尔费什卡是波尔费里的指小表爱形式。

阿德尔住过的地方，疑虑便加深了……

　　一路上，他是骑着马儿摇摇晃晃大步行进的。他吸着短烟斗，什么都不多想，只偶尔得意于"我们切尔托普哈诺夫家人，想好了总会达到目的"，冷笑一下。到家以后，情形发生了变化。当然，这些情绪他都是藏在心里的，自尊心不允许他将疑虑表现出来。谁要是敢哪怕稍微暗示，这新来的马列克－阿德尔不是先前那匹马，他定会将那人劈成两半。他接受了为数不多的人对他的"如愿找到马儿"的祝贺。他并没有寻求别人的祝贺，相反，不祥的是他比之前更加排斥与人交往了！

　　他一直在对马列克－阿德尔进行所谓测试：骑着它远远离开，给它下各种指令；或者悄悄潜入马厩，锁上门，站在马的面前，望着它的眼睛悄声问："是你吗？是你吗？是你吗？……"要不就是接连几个小时盯着它，兴奋地嘟囔："对！是它！当然是它！"然后便又陷入不解和疑惑。

　　引起切尔托普哈诺夫疑虑的，不仅是这匹马列克－阿德尔与之前那匹在身体特征上的不同……其实，体征上的差异倒并不多：之前那匹的尾巴和鬃毛更稀一些，耳朵更尖，蹄腕骨更短，眼睛则更亮。当然，这些有可能都是感觉上的差异。两匹马在脾性上的差异更令切尔托普哈诺夫不解。之前那匹的习性是不一样的，整个风格完全不同。

　　比如吧，切尔托普哈诺夫每次进马厩的时候，之前那匹马列克－阿德尔都会回望他，还会轻声叫唤。而这匹呢，不是毫不在意地嚼着干草，就是干脆低下头去打瞌睡。主人下马时，两匹马都待在原地不动。之前那匹一听到呼唤就会主动过来，这一匹呢则像个木桩一般站着。之前那匹跟现在这匹跑起来一样快，却跳得更高更远。这一匹阔步走起来更舒展，跳的时候不很稳，还会前后脚碰击，磕到蹄铁。上帝呀，之前那匹可没这么丢脸过！

　　在切尔托普哈诺夫看来，这一匹总是忽闪着耳朵，傻乎乎的模样。之前

那匹呢，会把一只耳朵往后折，保持着这姿势观察主人！看到周围不大干净的话，之前那匹会立即用后脚踢栏墙。这匹呢，就算是肚子陷入粪堆里也无所谓。之前那匹要是被放在逆风的地方，会鼓起两肺叹口气，然后打个激灵。这匹呢，则只是叫两声，没有特别反应。之前那匹对阴雨潮湿特别敏感，这匹也是无所谓……这匹蠢多啦，蠢多啦！驾驭起来，这匹也没有之前那匹让人舒心，简直无话可说！之前那匹可真是匹可爱的马儿呀，而这匹呢……

切尔托普哈诺夫时不时想着这些，很是痛苦。不过，有时候当他骑着马儿飞奔在刚翻好的田地里，或是令它进入被冲毁了的深沟底部，再从最陡峭的地方冲上来，他的心被无边的幸福所占据。马儿洪亮的嘶鸣中，他仿佛明白，他胯下的就是真正的马列克－阿德尔。还有什么马儿能够做到它能做到的呢？

不过，就连这也掺杂了麻烦与不快。长时间寻找马列克－阿德尔耗费了切尔托普哈诺夫不少钱财。他已经无暇去想科斯托马罗夫村的猎犬了，而是像之前一样独自在附近打猎。

　　这不，某天早上，在离别松诺沃五俄里的地方，他又碰上了公爵一行人在打猎。就是一年半之前领教过他一番炫耀的那批人。巧的是，正如上次一样，这回也有一只灰兔从小坡上的田界处钻出来，在猎犬前狂奔！"逮住它，

逮住！"整支队伍追了上去。切尔托普哈诺夫也跟着，却没有紧随他们，而是像上回一样，保持了两百步左右的距离。一条宽大的水沟沿着斜坡一路而上，越走越高，慢慢变窄，与切尔托普哈诺夫行进的路交叉了。他本要跨过去的，一年半前的那一次，他也的确跨了过去。可那水沟毕竟有八步宽、足足两俄丈深呢。预感到能像重复上次那样的辉煌，切尔托普哈诺夫发出胜利

的大笑，挥了挥鞭子。那群猎人则下了马，目不转睛地盯着这剽悍的骑手。他骑着马儿箭一般地飞了出去，水沟就在眼前——快，一下子过去，就像上次那样！……

然而，马列克－阿德尔突然刹住，拐向左边，沿着深沟跑去，无论切尔托普哈诺夫如何把它的头往水沟方向拽也不理睬。

看来是胆怯了，对自己没把握！

切尔托普哈诺夫浑身上下散发着羞愧与怒气，几乎要哭了出来。他甩开缰绳，赶着马儿一直冲进前方的山坡里，离那群猎人远远的。他要躲开他们那该诅咒的目光，不想听见他们的讥讽！

侧身被抽打得不像样子，浑身上下都是汗沫子，马列克－阿德尔终于回到了家。切尔托普哈诺夫立刻将自己关进屋里。

"不，这不是它，不是我那朋友！那匹哪怕是摔断脖子也不会叫我受辱！"

十一

令切尔托普哈诺夫彻底崩溃的是这么一件事。有一天，他骑着马列克－阿德尔在一座神职人员聚居的镇子上闲逛。镇子中央立着一座教堂，别松诺沃村属于该教堂的教区。他郁郁地将高皮帽压得很低，双手耷拉在鞍桥上，缓缓行进。他的心情不大好，有些低沉。忽然，有人叫了他一声。

他停了下来，抬头一看，原来呼唤自己的是教堂的辅祭。辅祭那深褐色的长发扎成了辫子，戴着一顶同样深褐色的护耳棉帽，身着泛黄的南京土布外套，腰下系着一根淡蓝色的带子。神职人员走出来，探探"社会底层"。一见潘杰列伊·叶列梅伊奇，觉得应该向他表达一下尊敬，并看看能不能讨点什么。众所周知，如果没有这种打算的话，神职人员一般是不搭理普通人的。

不过，切尔托普哈诺夫却对辅祭爱理不理的，他漠然回答了对方的致意，嘟囔了句什么，便甩鞭要走……

"您这匹马儿真是气派呀！"辅祭赶紧补充道，"真是应该向您致敬。您的智慧不得了，简直跟狮子一般！"辅祭口若悬河，令他那不善言辞的上级神父很是恼火。后者就算喝了伏特加之后，也说不出几句话。"在众人的诋毁下，您失去了一匹马儿，"辅祭继续说，"您没有消沉，而是更加寄希望于上帝的旨意，这不，获得了一匹新的马儿，不仅不逊色于之前的，甚至还更出色……所以说啊……"

"你瞎扯什么呢？"切尔托普哈诺夫阴沉地打断他的话，"什么叫另外一匹马？这就是原来那匹，就是马列克－阿德尔……我把它找回来了。你不要胡扯……"

"哎！哎！哎！"辅祭断断续续地说，像是在拖延。他用手指摆弄着胡须，一双明亮而贪婪的眼睛盯着切尔托普哈诺夫，"先生，您这是怎么说的呢？您的马儿是去年圣母帡幪节[1]之后两周被盗的。现在呢，十一月都快过去了。"

"没错，那又如何？"

辅祭继续用手指摆弄着胡须。

"也就是说，过去了一年多，您的马儿本来是灰色带圆花纹的，如今毛色甚至更深了。这是怎么回事？灰马通常一年间会变白不少。"

切尔托普哈诺夫一惊……仿佛被人用利器刺入了心脏。没错，灰的毛色是要发生变化的！他怎么会没有想到这点呢？

"你这个扎小辫子的！赶紧走开！"他忽然叫道，疯狂地忽闪了几下眼睛，便立刻从惊呆了的辅祭身边逃开了。

---

1 东正教重要节日之一，为每年俄历10月1日。

"唉，一切都完了！"

是的，这下真的是完了。一切都破灭了，最后的希望也毁了！一切的一切都因为"会变白"这个词而瞬间灰飞烟灭！

灰色的马儿会变白！

跑，你这个蠢货倒是跑呀！再怎么跑你也逃不过这个词的魔咒！

切尔托普哈诺夫疯一般地奔回家，又将自己锁在了屋子里。

十二

这匹衰老的破马不是马列克－阿德尔。它与马列克－阿德尔之间毫无共同之处。任何一个稍微有点头脑的人都该一眼就看出来的。要说他潘杰列伊·叶列梅伊奇被骗了，是不可能的！他是故意欺骗了自己，让自己走入这片迷雾的。这一切，现在已毫无任何疑问了！

切尔托普哈诺夫在屋子里踱来踱去，每走到一面墙壁前时，都以同样的动作踮脚转身，像一头困在笼子里的猛兽。他的自尊受到了严重打击。而且，不仅是伤了自尊这一点令他痛苦，他陷入绝望，恼怒将他淹没，他满脑子报复的念头。但是报复谁呢？向谁复仇呢？犹太人、雅夫、玛莎、辅祭、哥萨克贼子、所有邻居、世上所有人，还是他自己？他快要疯了。最后一张牌也输掉了！（他倒是很喜欢这个比喻。）他又变成了最卑微、最受歧视的人，一个大笑话、小丑、彻底的傻瓜，供包括辅祭在内的人逗乐！！他能清晰地想象，这个扎着小辫子的家伙如何跟别人讲起灰马、傻瓜地主……真是该诅咒！切尔托普哈诺夫试图压抑住扩散的怒火，让自己相信这就是马列克－阿德尔，简直就是徒劳……不过，虽然不是马列克－阿德尔，这马儿……也还是不错，可以为他服务好些年。然而他立刻将这个念头驱赶开，这简直是对之前那匹马列克－阿德尔的侮辱。他本来对它就已经很是亏欠了……那可不！他怎么可以拿这只畜生、这匹瞎眼的老马跟它，跟真正的马列克－阿德尔相比！至于说为他服务……难道说他哪天还会再骑上它吗？不可能！绝对不会！！……把它卖给贩子、喂狗也行，它也就配这下场……没错！这样更好！

切尔托普哈诺夫在屋子里踱了两个多小时。

"佩尔费什卡！"他突然吆喝道，"赶紧给我跑趟酒馆，买半桶伏特加来！听见没有？半桶，快点！伏特加这就得给我上桌！"

伏特加很快被摆上了潘杰列伊·叶列梅伊奇的桌子，他痛饮起来。

十三

有谁要是当时见到了切尔托普哈诺夫，感受他一杯接一杯地喝伏特加时那阴沉的怒气，定会感到害怕。夜晚降临了。一根油乎乎的蜡烛立在桌上，暗淡地燃着。切尔托普哈诺夫不再踱来踱去，他满脸通红地坐着，目光浑浊。他一会儿望望地板，一会儿又看看漆黑的窗外，起身接着给自己倒酒，喝完之后再次坐下，直愣愣地盯着某个地方不动弹。只有他的呼吸越来越急促，脸色越来越红。他仿佛在心里做了一个决定。这决定令他不安，但他却慢慢适应了。某个不可逆转的念头步步紧逼，某个形象变得越来越清晰。在他的内心里，宿醉的煽动之下，之前的恼怒已经变成了凶暴。他的嘴唇上显出一个阴险的微笑……

"好吧，到时候了！"他拉着某种近乎无聊的事务腔调说着，"该凉快一下咯！"

他喝干了最后一杯伏特加，从床上取来手枪，就是之前朝玛莎开过一枪的那把。他上好子弹，作为备用，还在口袋里塞了几颗，便朝马厩走去。

他开门的时候，门卫跑了过来。他冲门卫大喊："是我！没看见吗！一边儿去！"门卫退到了一边。"你去睡吧！"切尔托普哈诺夫又对他喊道，"这儿没什么值得你看的！是这个稀罕物、这个宝贝吗！"他走入马厩。马列克－阿德尔……假马列克－阿德尔趴在垫子上。切尔托普哈诺夫用脚踢了它一下，嚷道："站起来，畜生！"他解下马笼头，把马身上的罩子也扔到了地上，猛地把那匹听话的马儿在栏里掉了个头，将它拉进了院子。令门卫万分惊奇的是，他将马拉出了院子，带进田野里了。门卫不能明白，主子半夜三更牵着一匹没有上嚼子的马是要往哪儿去。他自然没敢发问，只用目光送着他，看着他在道路转弯处向着林子的方向消失。

十四

切尔托普哈诺夫大步走着，没有停歇，也没有回头。马列克－阿德尔——就让我们这么称呼这马儿到最后吧，顺从地跟着他。这是一个明亮的夜晚，切尔托普哈诺夫可以分辨出林子锯齿形的轮廓，在他眼前一块接着一块，暗暗地铺展开。夜的清冷将他包围，他本该因喝下的伏特加而醉，然而……另一种醉意占据着他整个身体。他感到头愈发沉重，血液几乎涌到了喉咙和耳朵。但他坚定地走着。他知道自己要去哪儿。

他决定杀掉马列克－阿德尔。整整一天，他都在想这个……现在，终于下定了决心！

现在，他倒不是说要去平静地完成这件事，而是带着自信和无悔，像是一个充满了使命感的人。这件事在他看来非常简单：干掉这个冒牌货，他便可以一下子跟一切都了结了。他惩罚了自己的愚笨，也对得起真正的马列克－阿德尔了，还能叫整个世界都看看（切尔托普哈诺夫很是关心"整个世界"），

跟他切尔托普哈诺夫是开不得玩笑的……最重要的是，干掉这冒牌货的同时，他也要干掉自己。他还有什么可活的呢？这一切都涌进了他的脑海，令他觉得易如反掌。这不太容易，甚至不太可能解释清楚。这个受了委屈的孤独的人，没有亲近的朋友，身无分文，浑身流着被伏特加点燃的血液。他处于疯狂的边缘。毫无疑问，在疯子们看来，他们做出种种极为荒唐的行径都是有自己的逻辑的，甚至是有权利的。切尔托普哈诺夫对自己的权利非常确信，他匆匆地要去惩罚罪犯，却不甚清楚，这罪犯究竟是谁。……不过，具体怎么做，他其实并没怎么想。"要结束这一切，"他严厉而愚钝地嘟囔着，"要结束！"

那无辜的罪犯小心翼翼一跳一跳地跟在他身后……切尔托普哈诺夫心里已没了怜悯。

十五

他将马儿领到了林子边上。不远处，一条窄窄的沟子延伸开来。一片橡树苗铺满了沟子的一大半。切尔托普哈诺夫下到了沟子里……马列克－阿德尔绊了一下，差点没压到他身上。

"你个该诅咒的，还想把我压死是怎么的！"切尔托普哈诺夫叫道，仿佛是要自卫，将手枪掏了出来。他已经没有激烈的感觉了，取而代之的是木然，一种据说人在犯下罪行之前都会有的木然。不过，他还是被自己的声音吓了一跳。树枝掩映之下，这声音在腐败潮湿的沟子里传开去，显得如此野蛮！一只大鸟像是在回答他，忽然在他头顶的树梢上扑腾起来……切尔托普哈诺夫打了个寒战。他似乎将自己罪行的证人唤醒了，可那证人在哪儿？在这荒郊野地里，他本不该遇到任何活人……

"你这畜生，赶紧滚吧！"他咬牙切齿道，松开了缰绳，狠狠地用枪托打了一下马列克－阿德尔的肩部。马列克－阿德尔立刻向后转身，连滚带爬地出了沟子……跑掉了。很快便起风了，将马蹄声和其他声音一并吹散。

切尔托普哈诺夫也慢慢地从沟子里爬出来，走到了林子边上，沿着路往家里去了。他对自己很是不满，头脑及内心里的沉重蔓延到了四肢。他怒气冲冲地走着，满脸阴沉，没有得到满足，就像是被谁欺负了、夺取了猎物或者食物一样……

那些没能得逞的自杀者应该熟悉这种感觉。

忽然，有什么对着他后背两肩中央的位置推了一下。他一转身……原来是马列克－阿德尔站在路中间。它一直跟着主人，这不，还用脸拱了拱他，提示自己的存在……

"嚯！"切尔托普哈诺夫叫了起来，"你自己，是你自己来找死的！那就去死吧！"

他瞬间掏出手枪，打开枪栓，对着马列克－阿德尔的脑门就是一枪……

可怜的马儿往后一退，踮起后脚扑腾了几下，又跳了十来步，便倒在地上呻吟起来，整个身体不住地痉挛……

切尔托普哈诺夫用双手捂住耳朵，逃开了。他的双腿已不听使唤。醉意、恼怒，以及愚钝的自负一瞬间灰飞烟灭，只剩下罪恶感及丑陋感。他清楚地

意识到，这下子他算是彻底与自己了结了。

十六

六个星期之后的一天，出于义务，小厮佩尔费什卡叫住了路过别松诺沃庄园的警察。

"你有什么事？"秩序的守卫者问道。

"大人哪，请进屋说，"小厮深深行了个礼说道，"潘杰列伊·叶列梅伊奇估计是要死了，我很是担心。"

"怎么，要死了？"警察问。

"没错儿。一开始他天天酗酒，现在呢，躺在了床上，情况很是不妙。我怀疑他已经失去意识了。话都不会说了。"

警察下了马车。

"你怎么没去叫神父呢？你家主子忏悔过了吗？领了圣餐没有？"

"没有哇。"

警察皱起眉头。

"兄弟，怎么可以这样呢？这怎么行？你难道不清楚……这是多大的责任吗？"

"我三号那天就问过这事了，昨天也问过，"小厮胆怯了，赶紧说道，"我问：'潘杰列伊·叶列梅伊奇，您看要不要请神父过来呢？''闭嘴，'他说，'你这个笨蛋，不是你的事别跟着瞎掺和。'今天我又跟他提起的时候，他只看了看我，撅了撅胡子。"

"他喝了很多酒？"警察问道。

"老多了！大人，劳驾您进他屋里看看吧。"

"行，你带路吧。"警察嘟囔了一句，跟着佩尔费什卡进了屋。

所见到的场景着实令他吃了一惊。

阴暗潮湿的里间内，切尔托普哈诺夫躺在一张破床上，盖着马垫，枕着一件乱蓬蓬的斗篷。他的脸色已非苍白，而是死人般的绿中带黄，浮肿的眼珠将发亮的眼皮顶起，尖尖的、尚泛着红色的鼻头从两腮疯长的胡须中冒出来。他身着那件不变的胸前有子弹带的高加索式外套，下身穿着蓝色的切尔克斯式的灯笼裤。红顶的高皮帽一直盖到了眉毛。他的一只手攥着打猎用的短鞭，另一只握着编织成的荷包，那是玛莎送给他的最后礼物。床边的桌子上立着一个空酒瓶。床头上方的墙上用别针钉着两幅水彩画。其中一幅画着一个弹着吉他的胖子，想必是涅多比尤斯金了；另一幅上画着一位飞奔的骑士……骑士的坐骑像是孩子们常常画在墙上或篱笆上的那些童话中的马儿。不过它身上那细致的苹果形的花纹，以及骑士胸前的子弹、尖头皮靴和浓密的络腮胡，都叫人完全相信，这幅画所描绘的应该是潘杰列伊·叶列梅伊奇骑着马列克－阿德尔的场景。

警察惊呆了，不知该如何是好。屋里一片死寂。"他已经去世了吧，"他想着，抬高声音呼唤，"潘杰列伊·叶列梅伊奇！喂，潘杰列伊·叶列梅伊奇！"

就在此时，发生了不可思议的事情。切尔托普哈诺夫缓缓张开眼，浑浊的眼球先是从右往左，然后在从左往右扫了一下，最后，停在了来客身上，盯住他……迷糊的眼白里闪了闪，像是冒出了目光。他张开青紫的嘴唇，以行将就木者嘶哑的声音说道：

"世袭贵族潘杰列伊·切尔托普哈诺夫要死了，有谁能够阻拦他？他不欠任何人，什么也不求……众人请放开他吧！请走开吧！"

握着鞭子的那只手本想抬起……却是徒劳！他再次闭上嘴，合上了眼睛，像先前一样躺在硬邦邦的床上，全身绷直，张开脚掌。

"死的时候通知我一声，"警察走出屋子时对佩尔费什卡悄声说，"我看，现在是去叫神父的时候了。得按规矩来，给他涂上圣油才是。"

佩尔费什卡当天就去找了神父。第二天，他通知警察，潘杰列伊·叶列梅伊奇昨天夜里过世了。

送他的棺材入土时，只有两个人在场：小厮佩尔费什卡和莫舍尔·雷伊巴。切尔托普哈诺夫去世的消息不知怎么传到了犹太人那儿，他便毫不迟疑地赶来送恩人最后一程了。

活圣尸

这忍辱负重的天地啊，

是俄罗斯民族生存之地！

—— 费·丘特切夫

有法国谚语如此说道："衣角不湿的渔夫和浑身湿透的猎人，看着都挺叫人沮丧。"我对垂钓从来就没有多大兴趣，因此也就没法理解，渔夫们在风和日丽的日子里钓鱼是什么心情，也搞不清楚，阴雨绵绵的天气里，他们浑身被淋湿的不快与收获满满的愉悦交织，会是怎样的体会。总之，对猎人来说，下雨是再糟糕不过的了。

一次，当我和叶尔莫莱一道去别列耶沃县打黑琴鸡的时候，就淋了雨。雨从天亮起便下个不停。为了躲避它，我们很是折腾了一番！我们把胶皮雨

---

1 题目原文中"мощи"一词属于宗教术语，往往指的是基督教（东正教）圣徒去世后没有朽烂，而是自然木乃伊化的遗体的全部或部分。

衣几乎从头套到了脚上，一路在树下躲雨，指望着少被淋到点儿……这防水外套不仅妨碍射击，还无耻地漏水了。躲在树下面的话，一开始仿佛没有雨淋下来了，然而，等到树叶上的水积满后，每根枝丫都把我们浇得够呛。冰冷的水柱穿过领口，沿着脊背往下流……按照叶尔莫莱的话说，这简直再糟糕没有了。

"不行，彼得·彼得洛维奇，"他终于嚷道，"这样可不行！……今儿不该来打猎。狗儿们的嗅觉也被堵住了，猎枪也会卡住……呸！这算啥任务！"

"该怎么办呢？"我问道。

"这么着吧。我们这就去阿列克谢耶夫卡。您也许不知道，有这么个村子，属于您母亲呢。离这儿八俄里左右。我们在那儿过夜，明天再……"

"回到这里？"

"不，不回这里……阿列克谢耶夫卡后面的地方我挺熟……比这儿更适合打黑琴鸡！"

我没有询问我这忠实的伙伴，为何他一开始不把我带到那地方去。当天，我们便到达了我母亲名下的这个村落。我得承认，在那之前，我并不知道这村子的存在。村里还留有一处厢房，很是破旧，年代却不算久远，因此还算干净。我在里面安静地过了一夜。

第二天，我醒得挺早。太阳将将升起，整个天空里没有一丝云彩。周围的一切都闪着清晨初升的太阳和昨天大雨的双重光泽。在众人帮我准备轻便马车的当儿，我走进园子里逛了逛。这原来是片果园，如今已经荒废了。它将整座厢房围在一片芬芳的荒芜中。站在这片开阔的空地里，头顶清澈的蓝天，听着云雀欢快地撒下串串银铃般的叫声，那感觉是多么好呀！它们用翅膀裹携着露珠，歌声也被露水浸透。我干脆摘下帽子，幸福地大口呼吸着……远处篱笆旁边一道不深的沟子的斜坡上，有一片蜂场。一条窄窄的小径蛇一般地穿过茂密的野蒿与荨麻，通向蜂场。不知哪儿来的大麻伸出长长的深绿色的茎秆，在野蒿和荨麻上舞动。

我沿着小径走了过去，到了蜂场。蜂场边上立着一个棚子，是所谓的蜂箱房，用来放置蜂箱过冬的。我把头伸进半开的门看了看，里面黑黢黢的，安静而干燥，满是薄荷与蜜蜂花的味道。角落里搭着一处台子。一个身形小巧的人搭着被子睡着……我本要走开去……

"主子哟，主子！彼得·彼得罗维奇！"一个微弱嘶哑的声音缓缓传来，像是沼泽里的苔草被吹动了一般。

我停住了。

"彼得·彼得罗维奇，请等一下！"那声音重复道，是从我之前注意到的屋角的台子方向传过来的。

我凑近瞧了瞧，彻底惊呆了。一个活物躺在我面前，但这究竟是什么呀？

那头完全是干巴的，呈古铜色，活脱脱一幅古老的圣像。尖尖的鼻子如刀刃一般，嘴唇完全看不见，只有牙齿和眼睛泛着白光。头巾下露出几绺稀拉拉的黄头发，搭在额前。一双干枯的、同样古铜色的手在盖到下巴的被子的折角处摩挲着，摆动着细竿子一般的手指。

我仔细看了看，那脸庞不仅不能说丑陋，甚至挺美，然而却脱相得厉害。可怕的是，我发现，那坚硬如铁的脸颊上正努力地现出一个无法成形的微笑。

"您认不出我来啦，老爷？"那声音道，似乎从勉强蠕动着的嘴唇上瞬间消失了，"怎么认得出来呢！我是卢克莉亚……您还记得不，我在斯帕斯村您母亲那里组织过大家跳轮舞来着……您记得不，我还当过领唱呢？"

"卢克莉亚！"我叫道，"是你？怎么可能？"

"是我呀，老爷，是我。我是卢克莉亚。"

我不知该说什么好。我呆若木鸡地望着眼前这黝黑的、没有表情的面庞。

她正瞪着一双明亮的眼睛死死盯着我。这怎么可能？这个木乃伊居然是卢克莉亚，我们家奴里的头号美人，那原本高挑丰满、皮肤雪白、脸颊红扑扑的能歌善舞、爱笑爱跳的卢克莉亚！聪明过人的卢克莉亚曾经引得所有年轻男性家奴爱慕与追随，甚至使我也暗自叹气来着。我那时只有十六岁呢！

"抱歉呀，卢克莉亚，"我终于说道，"你是怎么回事呀？"

"真是遭了灾哟！老爷，您可别嫌弃我这不幸的人呀。您请靠近一点，坐到这边的小木桶上面来，否则您听不清的……您瞧我的喉咙变成什么样了！……但我见到您可真是高兴呀！您怎么上阿列克谢耶夫卡来了？"

卢克莉亚的声音非常微弱，但她说起话来并没有停顿。

"是叶尔莫莱带我上这儿来的。不过，你快跟我说说吧……"

"说自己的不幸吗？行吧，老爷。这是挺久以前的事了，得有六七年了吧。我当时已经许给瓦西里·波利亚科夫了。您还记得不，身材高大的一个鬈发小伙子，给您母亲当餐厅管理员来着？不过您当时并不在村里，去莫斯科求学了。我跟瓦西里非常相爱，我当时满脑子都是他。事情发生在春天里。有天夜里……天已经快亮了……我睡不着，园子里的夜莺甜蜜地歌唱着！……我忍不住爬了起来，走到前廊上去听它的歌声。它唱呀唱……忽然，我听到似乎是瓦夏[1]的声音在轻声呼唤我：'宝贝儿！……'我朝边上看了一眼，迷迷糊糊的，一脚没踩稳，从台子上摔了下去，重重地倒在了地上！似乎也没怎么着，因为我很快爬了起来，回屋去了。不过，我感觉身体里像是有啥被撕裂了……请让我喘口气……等一分钟……老爷。"

卢克莉亚沉默了。我吃惊地望着她。令我特别惊讶的是，她讲述起来几乎是欢快的，没有唉声叹气，没有抱怨，也不企望怜悯。

---

1 瓦夏是"瓦西里"的指小表爱形式。

"从那时起，"卢克莉亚接着说道，"我便开始衰弱萎靡了。一股黑暗的力量占据了我。我开始行走困难，接着双腿完全不行了，坐立都不稳，只好躺着。我茶饭不思，情况越来越糟。您那善良的母亲带我去看了医生，还去了医院，然而，我却没有好转。没有医生能够说清，我得的究竟是什么病。他们对我简直是使出浑身解数了，用烧热的铁条烙我的背，用冰块冻我，都没有任何用。最后，我完全手脚僵硬了……大家都觉得，没必要再给我治了，主子家里也不能再容纳这么个废物……这不，就把我送到这里来了。我有亲戚在这儿。您瞧，我现在就是这么过的。"

卢克莉亚又沉默了，努力想微笑一下。

"可是，你现在这处境多么糟呀！"我忍不住叹道，不知该说什么好……便又问，"那位瓦西里·波利亚科夫呢？"问题真是够蠢的。卢克莉亚的目光略微转向一边。

"波利亚科夫能怎样呢？倒是伤感了一阵，便娶了格林诺耶村的一个姑娘。您知道格林诺耶村不？离我们这儿不远。那姑娘叫阿格拉菲娜。他其实是很爱我的，但他还年轻呀，总不能打光棍儿吧。我这样还怎么当他的伴侣呢？他妻子人很好，很善良。他们已经有孩子了。他现在在邻村当管事的。您母亲放了他当自由人。他现在过得不错。"

"所以你就这么一直躺着吗？"我再次问道。

"老爷哟，我这都躺到第七年啦。夏天我就躺在这棚子里，天冷的时候，大家就把我抬到宅子的外间。我便躺在那儿。"

"有谁来照看你吗？"

"这儿也有好心人的。大家并没有抛下我。倒是也不用怎么照看。我几乎吃不了啥，水呢，旁边杯子里就有。这水是干净的泉水。杯子我自己够得着，我的一只手还能动的。有个小姑娘，是个孤儿，她时不时来看看我。真是感谢她。这不，她刚来过……您没遇见吗？皮肤很白，挺漂亮的姑娘。她会摘花儿给我。我呢，特别喜欢花儿。我们园子里已经没有花儿了。之前有过，全死掉了。但田野里的野花也不错呀，比园子里自家种的更芬芳。哪怕是铃兰……真是不错！"

"可怜的卢克莉亚，你一个人待在这儿不无聊、不害怕吗？"

"否则能怎么样呢？说实话，一开始的确很郁闷来着。后来就习惯了，忍了下来。没啥大不了，有的人的处境还不如这呢。"

"这话怎么说呢？"

"有的人呀，连个栖身的地儿都没有。还有的人是瞎子或者聋子呢！上帝保佑，我视觉不错，耳朵也还好使。有鼹鼠在地下挖呀挖，我都听得见。味道我也都闻得到，哪怕是再轻微的！地里的荞麦开花啦，或是园子里的椴树开花啦，都不用跟我说，只要有微风吹过来，我都闻得到。为何还要触怒上帝呢？不少人过得还不如我。就比如说吧，一个健康的人很容易破戒犯事。而我呢，此类罪恶与我是不搭边的。前不久，阿列克谢神父来给我施圣餐礼，他说：'你没什么可忏悔[1]的，你这个状态，能做什么坏事呢？'我回答：'神父，要是脑子里有不好的念头呢？''那么你说吧，'他说着笑了起来，'这算不得多大的罪恶。'"

"不过，其实我也没有什么特别罪恶的念头，"卢克莉亚继续讲道，"我叫自己不要去想什么，或者说不要去回想什么。这样时间会过得快一些。"

我得承认，我很是惊奇。

"你一直独自一人，卢克莉亚，你怎么能阻止各种念头涌进你的脑子呢？还是说你一直睡着？"

---

1 根据东正教（基督教）教规，教徒们领圣餐前须向神父坦白、忏悔自己的罪过。

"不是的，老爷！我没法一直睡着。剧烈的疼痛我倒也没有，但身体里、骨头间总还是不大舒坦的，所以也就没法安睡。我呢……其实就这么躺着，躺呀躺，不去想什么。我感觉得到自己还活着，还在呼吸，整个人还在。看得见、听得到。蜂场上蜜蜂发出嗡嗡声；鸽子停在了屋顶上，开始咕咕叫；母鸡带着一群小鸡仔跑进来，啄来啄去；要不就是麻雀或者蝴蝶偶尔飞进来——这些都很让我高兴。前年，甚至有燕子来在角落里搭了窝，孵出了小燕子呢。那过程可有趣啦！先是一只燕子飞进来，停在窝边，喂了雏鸟，便飞跑了。再一看，另一只来换班了。有时候它不飞进来，只是从门边经过，雏鸟们便立刻叽叽喳喳起来，张开小嘴……我原本等着它们第二年还会再来。后来听说一个本村猎人将它们打了下来。怎么可以这么贪心呢？燕子是多小的生灵呀……你们这些猎人哟，可真是心狠！"

"我不打燕子的。"我赶紧说。

"有那么一次，"卢克莉亚继续讲道，"真是挺可笑的！跑进来一只兔子，真的！好像是狗儿一直在追它，它便冲进门来！……它在离我很近的地方坐下，坐了挺久，张着鼻子四处闻呀闻，胡须抽动着，简直像个军官！它看了看我，明白我对它没啥威胁。最后，它站起来，扑腾扑腾跳到门边，还回头看了我一眼，真有它的！特别有趣的一只兔子！"

说着，卢克莉亚望了我一眼……想看我是不是也觉得好笑。我为了让她安心，便笑了笑。她咬了几下干瘪的嘴唇。

"冬天里，我自然会感觉糟一些。天色往往比较暗，蜡烛也不舍得点。又有什么必要呢？我倒是识字，而且早先也喜欢阅读。但如今读些什么呢？书这儿是没有的。就算有，我也没法拿。阿列克谢神父拿来一本日历供我消遣，发现没什么用，便又拿回去了。不过，就算天色阴沉，还是有可听的东西，比如蟋蟀的叫声，或者老鼠在哪里鼓捣啥。重要的是啥也别想！"

"有时候我会默念祈祷词，"卢克莉亚歇了一会儿继续说，"不过，我记住的祈祷词不算多。而且，惹恼上帝也是不大好的吧？我对他又有啥可求的呢？他比我更清楚，我需要啥。他叫我承受这枷锁，说明他是爱我的。这事应该这样理解。我默念一遍'天父、圣母'，以及'献给所有受苦人的赞歌'，便又可以啥都不想地躺一阵，没什么的！"

又过了大约两分钟。我坐在窄窄的木桶上一动不动，没有打破沉默。眼前这个躺着的可怜生命，无法动弹的石头一般的状态也将我传染了，我也无法动弹。

"我说，卢克莉亚，"我终于道，"听着，我有这么个建议。你要是愿意，我可以叫人把你送进医院。送到城里的好医院去，怎么样？谁知道呢，也许在那儿能把你治好。无论如何，你不会一个人……"

卢克莉亚微微蹙了蹙眉。

"可别啦，老爷，"她低声道，满是焦虑，"请不要送我去医院，不要管我。我在那儿会更遭罪。还有什么可治的呢！……有医生来过这儿，想要给我查查。我求他：'看在基督的分儿上，请别惊扰我了。'结果呢，他把我翻过来掉过去，手脚又拉又拽，说道：'我这是为了学问，我是个做学问的人！你别抵抗，我可是因为自己的贡献获过奖章的。我可是为了你们这些蠢货好。'他把我好一番折腾，最后给我下了诊断，名称很是古怪，便离开了。那之后，我全身骨头疼了一个星期呢。您方才说，我一直都是一个人。不对，并不是这样的。有人来看我的。我是个顺从的人，并不拒绝大家。农民家的女孩儿来看我，闲聊一阵，给我讲讲耶路撒冷啦，基辅啦那些圣城。我一个人待着也不害怕，甚至觉得更好。真的！……老爷，您就别管我啦，不要送我去医院……非常感谢您，您很善良，但请不要管我吧，亲爱的好心人。"

"好吧，你自便吧，卢克莉亚。我其实是为了你好……"

"明白，老爷，这是为了我好。可是，老爷呀，谁又帮得了谁呢？谁又能走进谁的心里去呢？人呐，还是自助吧！您可能不信，有时，我独自躺着……就好像整个世界上除了我再无别人了。只有我还活着！突然就冒出了这么个念头来……然后我就想呀想，很是叫人惊奇。"

"那时你在想什么呢，卢克莉亚？"

"这个吧，老爷，倒是也没法说，讲不清楚。之后我也往往想不起来。就像是一片乌云压过来，下一阵雨，一切变得很清新舒服。究竟是怎么回事，根本没法明白！我就想，如果我身边有其他人，除了这不幸，我是不会感受到这些的。"

卢克莉亚沉重地叹了口气。她的胸口和四肢一样，并不听她使唤。

"老爷，我看您这个样子，"她又说道，"您是非常可怜我的。不过，您不必如此为我叹息，真的！我想说的是，现在，我有时候吧……您还记不记得，从前我是多么欢快来着？特别爱热闹的一个女孩儿！……您猜怎么着？我现在会唱唱歌。"

"唱歌？……你？"

"对呀，唱歌，那些老歌，跳圈舞唱的那些，还有覆盘歌 [1]、圣诞歌，各种各样的！我当时学会了不少，还没忘记。只是，舞曲我就不哼了。我目前这个状态，也就不必唱这个了。"

"你怎么唱呢……默念吗？"

"默念，当然也会唱出声。我没法大声唱，但唱出来还是能叫人听懂的。我不是跟您说了嘛，有个小姑娘常来照料我。她是个孤儿，特别灵巧。我都

---

1 宗教与迷信色彩浓厚的俄罗斯古时民歌，往往于圣诞节前后的占卜时演唱，旧时广泛流行于俄罗斯欧洲部分的北部省区。

把她教会了。她已经从我这里学会四首歌了。您不信？稍等,我这就给您……"

卢克莉亚鼓足了勇气……想到这个半死不活的生命要唱起来,我不禁感到恐怖。还没等我发话,我的耳边已经响起拖长了的、勉强能听清的歌声,但很干净坚定……歌声便这么持续了下去。卢克莉亚唱着《在草地上》。她没法改变自己的表情,瞪着眼睛。她那可怜而用力的声音宛如一小股青烟一般摇摆着,令人感动得想要掏心掏肺……我完全不感到可怕了,一种难以描述的怜悯之情占据了我的内心。

"哎呀,我快忍不住啦!"她忽然说道,"简直了……见到您我可真高兴。"

她闭上眼睛。

我将手放在她那冰冷瘦小的手指上……她看了看我。她那深色的眼睑上镶着一圈金色的睫毛,宛若古代的雕像。她又闭上了眼睛。过了一小会儿,只见她的双眼在黑暗中闪亮……原来是被泪水浸湿了。

我像先前一样一动不动。

"我可真是的!"卢克莉亚忽然用力说道,睁大了眼睛,想要将泪水眨掉,"不可耻吗?我这是怎么啦?我好久没这样啦……上回还是瓦夏·波利亚科夫去年春天来的时候呢。他跟我坐了一会儿,聊了聊。我当时倒是没啥。可他一走,我便独自哭起来咯!简直了!……我们女人这眼泪呀,真是说来就来。老爷呀,"卢克莉亚继续说,"您带了手帕吧……请别嫌弃,帮我擦擦眼睛。"

我赶紧满足了她的愿望,并将手帕留给了她。她一开始是拒绝的……说是不肯收这礼物。那是一块很普通的手帕,但是很干净,是白色的。之后,她用虚弱无力的手指将它抓住,就没再放开。我对我两所处的黑暗环境已经适应了,可以清晰辨认出她的轮廓,甚至发现她那古铜色的脸颊上现出了一丝绯红。我觉得——至少我自己这么认为——在她的脸上,我见到了那往昔的美丽。

"老爷，您方才不是问我，"卢克莉亚又说了起来，"我睡得着不？我很少能睡着。但是一旦睡着，总会做梦，特别好的梦！梦里我都不是病着的，永远是健康年轻的……令人痛苦的是，一旦醒过来，想要伸展一下，整个人却像被捆住一样。有一次，我做了一个特别神奇的梦！要不，我跟您讲讲？那么您听着。"

"梦里，我站在田野里，周围全是黑麦，长得高高的，熟透了，泛着金黄！……我旁边有只栗色的小狗，脾气坏得很，一直想咬我。我手里握着一把镰刀，不是普通的镰刀哟，而是一片像镰刀一样的弯月。我呢，得用这片弯月将所有的黑麦都割下来。我被酷热折磨坏了，月亮也特别晃眼，于是我就犯了懒。周围还长满了硕大的矢车菊，一朵朵都朝着我转过来。我就想，我要多采点矢车菊。瓦夏说要来的。我呢，先编一只花环。割麦子有的是时间。我开始摘矢车菊，但它们在我手里迅速化掉了，简直毫无办法！我也就编不成花环了。

"这时候，我听见有人朝我走近，呼唤着：'卢莎[1]！卢莎！……'我就想，糟了，还没编好呢！要不我就把这片弯月代替矢车菊戴上吧。于是，我戴上弯月，像极了盾形头饰，整个人闪闪发亮，将周围的田野都照亮了。我一看，麦穗尖上，有人快速向我滑了过来，却不是瓦夏，而是基督！至于为什么我认出来那人是基督，我没法说清。通常对他的描述不是这样的。但这就是他！没留胡子，高个子，很年轻，身着白衣，系着金色腰带。他向我伸出手来。'你别怕，'他说，'既然新娘子已经打扮妥当，那么就跟我走吧。你将在我的天国里领大家跳圈舞，唱天堂之歌。'

"我朝着他的手贴了上去！那狗儿就快咬到我的脚了……忽然，我们腾

---

1 卢莎是"卢克莉亚"的指小表爱形式。

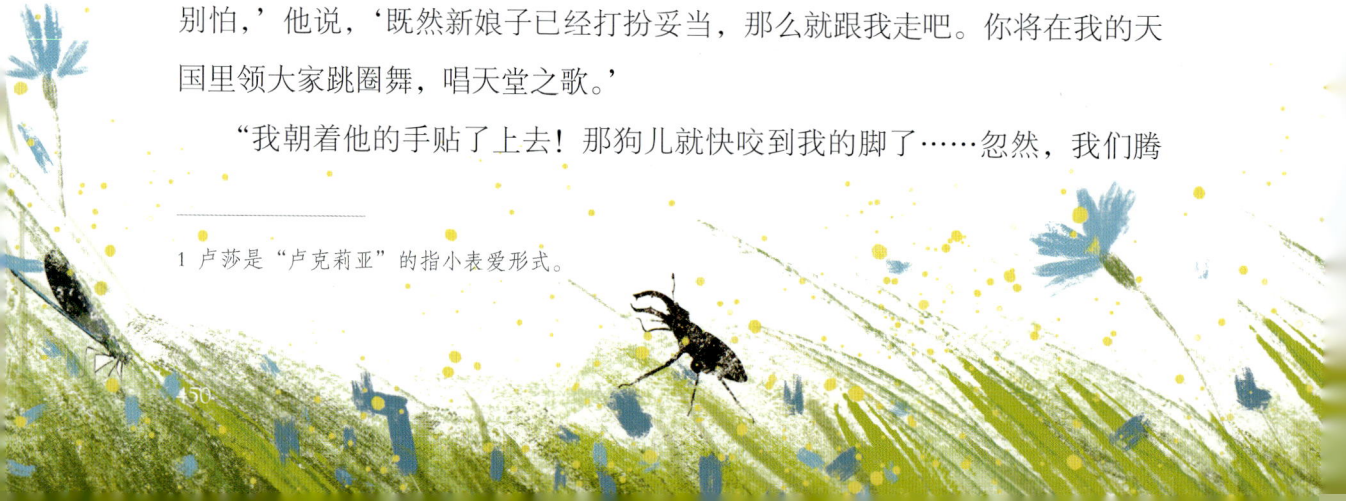

空而起！他在前方……海鸥一般展开双翅罩住了整个天空。我跟在他后面！狗儿将我放开了。我忽然就明白了，这狗儿就是我得的病。在天国里是不会有它的位置的。"

卢克莉亚沉默了一会儿。

"我还做过一个梦，"她又开始说道，"也许，这是一个预兆吧，我也不是很清楚。我梦见躺在这个棚子里，已故的双亲来看我。爹娘都深深向我鞠躬，一言不发。我问道：'爹，娘，你们为啥鞠躬呀？'他们回答说：'你在世上受了很多苦，不仅让自己的心灵得到了宽恕，也帮我们卸下了枷锁。我们在另一个世界里过得轻松多了。你已经赎清了自己的罪恶，现在正在帮我们战胜罪恶。'说完，父母又向我鞠了一躬。之后，他们便消失了。周围只剩下墙壁。

"我之后一直不解，这究竟是怎么回事，还跟神父如实都讲了。他认为，这不是什么预兆。因为，预兆只有神职人员才能看见。"

"我还做过一个梦，"卢克莉亚继续说，"梦里我坐在大路边上的一棵爆竹柳下，拿着一根刨光的木棍，肩上扛着背包，头上裹着头巾，一副流浪汉的打扮！我是要去很远很远的地方朝圣。不少流浪汉经过我身边，默默地仿佛不大情愿地朝着一个方向走去。他们神情郁郁，长得都很像。

"忽然，我看见一个女人在他们中间快速穿行，比众人高出整整一个头。她的裙子很特别，不是我们俄罗斯式的。她的脸也很特别，神情冷峻严肃。大家都纷纷躲开。她呢，忽然径直朝着我走过来，停下看着我。她那眼睛跟鹰眼一般，黄色的眼珠很大，非常明亮。

"我问道：'你是谁呀？'她说：'我是死亡。'我都没有害怕，相反，我发誓，我简直高兴坏了！这位死亡之女说道：'卢克莉亚，我很是可怜你，但是我没法带你走。再见吧！'上帝呀，我可是郁闷坏了！……'带我走吧，'我说，'亲爱的女伴呀，带我走吧！'死亡之女转过身来，说了些什么……我明白她是在给我下最后期限，但却说得很含糊，说是过了圣彼得日斋戒期¹……之后我就醒过来了……我都做过些多么奇怪的梦呀！"

卢克莉亚抬眼望了望……陷入沉思……

"问题就在于，有时候吧，我一整个星期都睡不着。去年，一位小姐来过，看望了我，给了一瓶治疗失眠的药，吩咐每次喝十滴。这可帮了我大忙，之后我便能睡着了。可是，这药已经吃完了……您能不能看看是什么药，在哪儿能弄到？"

这位小姐看来给了卢克莉亚鸦片制剂。我承诺也给她弄一瓶来，并对她的忍耐力表示惊奇。

"老爷哟！"她反驳道，"您说啥哪！什么忍耐哟？塔柱修行僧圣西蒙²的忍耐力才叫伟大呢，他在塔柱上站了整整三十年哪！还有一位圣徒，吩咐把他齐胸埋进土里，被蚂蚁把脸啃噬了……

"有个熟读经卷的人跟我讲过，曾经有过这么个国家，被阿加尔人³征服了。阿加尔人杀死、残害那里的居民。人们想尽办法，就是没办法获得自由。忽然，人群中出现了一个神圣的处女。她拿起一把巨大的宝剑，穿上沉重的铠甲，对阿加尔人发起了进攻，将他们赶了出去。之后，她对阿加尔人说：'现在，请把我点燃吧。我承诺过，将葬身大火来拯救自己的人民。'于是，阿加尔人将她捉住烧死了，而她的人民却从此得救了！这才叫伟绩呢！我又算什么呢！"

我不禁纳罕，圣女贞德的事迹都被传成什么样子了。沉默了一会儿，我问卢克莉亚，她多大了。

---

1 东正教节日"圣彼得保罗日"（俄历 6 月 29 日）之前的斋戒期。
2 中世纪早期叙利亚基督教圣徒，相传曾站在塔柱上修行长达 37 年。
3 彼时对阿拉伯游牧部落的称呼。

"二十又八……还是九，反正不到三十。年岁有啥可数的。我跟您再说说吧……"

卢克莉亚忽然闷闷地咳嗽了一声，叹了口气……

"你说话太多啦，"我提醒她，"这对你不好。"

"是的，"她的声音依稀可闻，"我们的闲聊就到此为止吧，还能怎样呢！您这一走，我便又可以住嘴了。不过，至少我算是吐露心声了……"

我跟她道了别，再次承诺会把药给她送来，并叫她好好想想，告诉我还有没有什么需要的。

"我什么也不需要，对一切都很满意。谢天谢地，"她费力却平和地说道，"愿大家都健健康康的。您呀，老爷，劝劝您的母亲吧。这儿的农民很穷苦，请她减点役租吧！大家的地不够种，没什么经营……他们会为您祈祷的……我自己什么也不需要，我很满意。"

我向卢克莉亚承诺，会满足她的要求。等我已经走到门边了，她再次把我叫住。

"老爷，您还记得不，"她说道，眼睛里和嘴唇边闪着某种神奇的光亮，"我从前那条大辫子？记得不，长长的，及膝的！我犹豫了好久……可惜我的头发呀！……但我这个样子，怎么再打理头发呢？……于是，我就把它剪掉了……是呀……老爷，您请原谅！我不能再说下去了……"

就在当天去打猎之前，我跟村里的甲长聊了聊卢克莉亚的情况。我从他那里听说，村里人都叫她"活圣尸"。她从来没有什么不安的情绪，从不抱怨什么。"她自己不要求什么。相反，她对一切都表示感激，安安静静的，不吵不闹。她是被上帝所惩罚了的，"甲长说道，"应该是有缘由的吧。但我们没法了解。我们怎么会去谴责她什么呢，不会，我们没什么可说的。就让她这么着吧！"

几周后，我接到消息，卢克莉亚去世了。死亡终于还是找到了她……的确是在"圣彼得日斋戒之后"。据说，死去那天，她一直听见有教堂钟声在响。阿列克谢耶夫卡离教堂五俄里多，而且，那天也并非礼拜日。不过，卢克莉亚说了，钟声并不是从教堂传来的，而是"来自上面"。估计，她是没好意思说"来自天空"吧。

有车轮声

　　"我来跟您汇报一下。"叶尔莫莱走进屋来说道。我刚吃过午饭，躺在行军床上打算休息一下。之前狩猎黑琴鸡很是成功，却也令人疲倦得很。那是七月上旬的一天，天气非常炎热。"我想跟您禀报的是，我们的霰弹用完啦。"

　　我猛地跳了起来。

　　"用完了！怎么会呢！我们从村里出来的时候带了整整三十磅啊！装满了一袋子呢！"

　　"这倒是真的。挺大一袋子，本来够用两星期了。谁知道呢！看来是什么地方出了差错。总之霰弹用完了……只够上枪十次了。"

　　"我们该怎么办呢？更好的狩猎地点还在前边呢。明天据说能遇到六窝鸟儿呢……"

　　"那您就派我去一趟图拉吧。离这儿不远，也就四十五俄里。我转眼就回来了，把霰弹带回来。您要是需要，我可以弄一普特来。"

　　"你什么时候动身？"

　　"现在就行。有啥好磨蹭的？只不过到时候估计得租马匹。"

　　"为什么要租？自家的不行吗？"

"不能骑自家的。辕马有点瘸了……真是糟糕！"

"这是什么时候的事？"

"就是最近。车夫带它去上蹄铁，结果没弄好。那铁匠应该是手艺不行。马儿现在那条腿不敢用力。是条前腿。它现在像狗儿一样拖着脚……"

"那怎么办？难道没把蹄铁卸下来吗？"

"没有，没卸下来。是一定要卸下来的。估计是钉子扎到肉里去了。"

我吩咐把车夫叫了过来。叶尔莫莱没有说谎，那辕马的确不敢在那只脚上用力。我立刻命令把蹄铁卸了下来，让它站到湿润的黏土里。

"怎么办？您看要不要租马儿去图拉？"叶尔莫莱贴上来问。

"在这荒郊野外难道能找到马儿吗？"我不禁沮丧地叹道……

我们所停留的这个村子极为偏僻。这里的居民都特别穷困。我们好不容易才找到了一处虽不算新，却也还宽敞的木屋。

"可以的，"叶尔莫莱带着惯有的处变不惊的表情说道，"您对这村子的看法是对的。不过，这里曾经有个特别能干的农民。很是富有！他家有九匹马呢。他已经死掉了，长子到处出租马匹，蠢得不行，倒是还没来得及把父亲的产业祸害光。我们就去找他要马。您要是吩咐，我可以把他叫来。听说他家的兄弟挺滑头……不过他是头儿。"

"这又是怎么回事呢？"

"因为他是老大呗。小的只好听命于他！"叶尔莫莱言语激烈难听地评论了一番他家的弟弟们，"我把他叫来吧。他是个直来直去的人。跟他难不成还讲不定吗？"

当叶尔莫莱去找这个"直来直去"的人时，我在考虑，要不我干脆自己去一趟图拉？首先，根据经验，对叶尔莫莱不能有多大指望。有一次，我差他去城里买东西。他答应一天之内完成所有任务，却消失了整整一星期。他将所有钱都拿去喝酒了，驾着轻便马车去的，却是步行回来的。其次，我认识图拉的一名牲口贩子。我可以向他买一匹马来代替瘸了的辕马。

"就这么定了！"我暗自想，"我就自己去一趟。路上还能睡一觉，反正四轮马车行进起来挺平稳。"

"人叫来啦！"一刻钟后，叶尔莫莱一边叫着，一边风风火火闯了进来。他身后跟着一名大个子农民，穿着白衬衫、蓝裤子和草鞋。他眉毛很淡，眼神不大好，留着刀片状的栗色胡子，胖乎乎的鼻子挺长，嘴巴张开着。没错，他看上去的确"没什么心眼儿"。

"您请看看吧，"叶尔莫莱说道，"他家有马，同意租给我们。"

"就是说吧，我……"来人的声音有些嘶哑，说起话来磕磕绊绊。他晃了晃稀疏的头发，用手指摩挲着帽子边缘，"我吧……"

"你叫什么？"我问。

那汉子垂下头去，似乎陷入了沉思。

"我叫什么名字？"

"对，你叫什么名字？"

"我的名字是费洛费伊。"

"是这样，费洛费伊兄弟，我听说你家有马。你牵三匹过来，我套在我的车上。我的车很轻便的。你呢，驾车载我去一趟图拉。最近晚上无云，月光明亮，走起来很亮堂也很凉快。你们这儿路况怎么样？"

"路况嘛，还算可以。到大路上得有二十俄里吧。途中有个地儿不大好走。总的来说还行。"

"什么地方不好走？"

"得穿过一条小河。"

"难不成您要亲自去图拉吗？"叶尔莫莱用打听的口气问。

"是的，自己去。"

"嗨！"我这忠实的仆从摇了摇头，"嗨——嗨！"他再次叹道，吐了口唾沫，冲了出去。

看来，对他来说，图拉之旅已经没什么有趣的了，成了一桩空洞无聊的事。

"你对路程熟悉吗？"我问费洛费伊。

"怎么能不熟吗！只不过，虽然您这么打算，我却没法去……这事太突然了……"

原来，叶尔莫莱去找费洛费伊的时候，跟他承诺，他这傻瓜一定会得到报酬的！在叶尔莫莱嘴里，费洛费伊虽然挺傻，但他却觉得仅仅有承诺是不够的。他向我开了个天价，要五十卢布纸币。我呢，则回应了个低价——十卢布。我们开始讲起价来。费洛费伊一开始挺坚持，之后虽然很不情愿，却开始让步了。叶尔莫莱进来待了一会儿。他对我说："这傻瓜（"瞧瞧，他说这词儿真是顺口！"费洛费伊低声道）根本不知道怎么算钱。"他这话令我想起二十年前的一桩往事。我母亲当时在两条大路交会的热闹地方开了一家旅店。那旅店后来快倒闭了，就是因为被派去管事的老仆从真的不会算钱。他是按照数量来计算的。比如，他会把一个二十五戈比银币当六个五戈比铜币来花，一边花还一边骂脏话。

"你这个费洛费伊哟，真是没脑子！"叶尔莫莱叹道，气呼呼地把门一甩，走了出去。

费洛费伊没有说什么。他仿佛知道，自己这名字的确不大好听。因此，似乎也就可以因为这名字而被取笑吧。不过，错就错在当时那位给他施洗的神父。那神父当时没得到什么酬谢，就给取了这么个名字。[1]

最后，我们都同意了二十五卢布的价格。他回去牵马儿了。一小时后，他带回整整五匹供我选择。马儿的状态挺好，尽管鬃毛和尾巴乱蓬蓬的，肚子像鼓一般胀得老大。费洛费伊的两个弟弟也跟了过来。弟弟们跟他长得一点都不像，都是小个子、黑眼睛，鼻子尖尖的。他们倒的确给人"滑头"的印象，话挺多，语速也很快。按照叶尔莫莱的话说，他们很能"叽哩咕噜"。不过，他们倒是很服从大哥。

他们把我的马车从棚子里拖了出来，整整一个半小时都在鼓捣着车马。只见他们先是把挽索松开，之后又把它缠得紧紧的。两个弟弟都想让一匹杂毛灰马当辕马，因为"只有它能稳稳地将车拉下山坡"。费洛费伊却决定用一匹"毛发乱蓬蓬"的马儿。于是，他们就把那匹毛发蓬乱的驾为辕马了。

马车里塞满了干草。他们还把那匹跛了的辕马的套具塞到了座位底下，说是有可能要套在图拉新买的马身上……费洛费伊趁着这当口跑回家去了一趟。回来的时候，他穿着父亲留下的白色外套，又肥大又长。他还戴了一顶锥形的毡帽，穿上了皮鞋，神气十足地坐上了车夫的位子。我坐上了车，看了看表，十点一刻。叶尔莫莱都没来跟我道别，他正在教训瓦列特卡。费洛费伊拉了拉缰绳，扯着细细的嗓子喊道："动起来了，你们这些小家伙！"他的弟弟们从两边冲上来，把边套马的肚子拴好，马车便开动了。车子驶出大门，上了马路。那匹毛发蓬乱的辕马想要转回院子里，费洛费伊给了它几鞭子，叫它清醒了过来。不一会儿，我们就离开了村子，来到了一条很是平坦的路上。路的两边长满了榛树丛。

夜晚静悄悄的，很是宜人，特别适合出行。风儿一会儿穿过树丛，将树

---

1 彼时俄罗斯人的名字一般是在受洗日由实施洗礼的神父根据教历上圣徒的名字来取的。

枝扬起，一会儿又静了下去。天上依稀挂着几朵闪着银光的云朵。月亮高高悬着，将周围照得透亮。我靠着干草伸展开身子，已经快睡着了……忽然，我想到途中那个不好过的地方，抖了一下。

"费洛费伊，离那河滩还远吗？"

"河滩吗？还有八俄里左右。"

"八俄里，"我暗自想，"没有一小时我们到不了。我先眯一会儿。"

"我说，费洛费伊，你对路很熟悉吧？"我再次问道。

"这路怎么能不熟呢？又不是第一次走……"

他还唠叨了几句什么，但我已经没注意了……我睡着了。

令我醒来的，不是我自己睡一个小时就醒的打算——尽管这对我来说是常态——而是耳边某种虽然微弱，却很奇怪的哼唧声。我抬起了头……

真是奇妙的场景！我像方才一样躺在车上，一片月光映照下的水面淹到了马车边半俄尺的地方，泛着清晰而细碎的涟漪。我朝前看了一眼，费洛费伊木木地坐在车夫位置上，低着头，弓着腰。再往前，只见潺潺的水面上露着车的拱木，还有马儿的头和背。一切仿佛都静止不动、悄无声息，好像进入了某个魔咒的世界，或是在什么奇幻的梦里……这又是什么征兆呢？我掀开车篷朝后方看了一眼……原来，我们已到了河的最中央……离岸边还有三十来步！

"费洛费伊！"我叫道。

"怎么啦？"他回答。

"什么怎么啦？怎么回事，我们这是到哪儿啦？"

"在河里呢。"

"我看见是在河里。我们快沉下去了。你不是说过一个河滩吗？喂？费洛费伊，你睡着了吗！回答呀！"

"我有点儿搞错啦，"我这车夫回答，"莫名其妙地走偏啦。现在只好等一等了。"

"什么叫'只好等一等'！我们要等什么？"

"就是说让毛发乱蓬蓬的辕马仔细看看嘛。之后呢，它往哪儿带，就是说该往哪边走。"

我坐起身来。辕马的脑袋浮在水面上一动不动。明月照映下，只见它的一只耳朵微微地前后呼扇着。

"你那毛发蓬乱的家伙也睡着呢！"

"才不是呢，"费洛费伊答道，"它是在闻水流呢。"

一切又静了下来，只剩下微弱的潺潺水声。我也呆住了。

这月光，这夜晚，这河流，我们还身处水流中……

"什么东西在叫唤？"我问费洛费伊。

"那个呀，估计是芦苇里的小野鸭……也可能是蛇。"

忽然，辕马的头晃动了起来，耳朵也尖尖地竖起，它开始啼叫、闹腾。

"喂——喂——喂——哎！"费洛费伊扯着喉咙大吼着，抬起身，挥了挥鞭子。马车即刻动了起来，推开波浪，颠簸着继续朝前行进……一开始，我觉得我们越走越深，快要沉下去了。然而，扑腾了两三步之后，水面好像突然变低了……水面越来越低，马车渐渐浮出水面。这不，车轮已经浮出来了，马儿的尾巴也浮出来了。它们重重地甩着硕大的钻石般的水珠，不对，不是钻石般的，而是一束束蓝宝石般的水花，浸透了月亮朦胧的光。马儿快乐而齐心地将我们拖到了沙滩上，甩开闪着湿漉漉的光泽的脚，将我们带进山。

"这下子，"我想着，"费洛费伊该说：我说对了吧！或者其他类似的话。"他却一言未发。我也没再责备他的大意，重又躺到了干草上，准备睡去。

我没能睡着。倒不是因为打猎后不感到疲倦，也不是因为刚才的一番惊险赶走了我的睡意，而是被沿路极为美丽的风景所吸引。那是一片辽阔、广大而繁茂的草地，星星点点布满了水滩、小湖、小溪，以及长满了柳树和其他树丛的河湾。这些都是俄罗斯式的风景，也被俄罗斯人所喜爱。就像我们古代壮士歌里的勇士们驰骋过、捕猎过白天鹅和灰鸭的地方。被踏出来的路弯弯曲曲，像一条泛黄的带子。马儿们跑得如此轻快，以至于我没法合眼，一直欣赏着美景！祥和的月光下，这一切温柔而轻盈地在我眼前飘过。就连费洛费伊也被感动了。

"这片地方被我们称为圣山草原，"他对我说道，"接下去是大公草原。这样的草原，全俄罗斯其他地方是没有的……简直美极啦！"辕马打了个响鼻，甩了甩身子……"上帝保佑！"费洛费伊低声郑重说道。"真是太美啦！"他重复了一遍，叹了口气，之后又长长地哈了一声，"割草季很快就要开始了。这片草原也要被割的——可真糟！不过，这儿的河湾里有很多鱼。鳊鱼这么大个儿！"他乐呵呵地补充道，"总之呢，也没啥大不了。"

他突然抬起手。

"哎哟！快瞧！湖面上……难道是白鹭吗？难道它晚上还捕鱼？呵！这算啥白鹭，简直就是混球。看走眼啦！总是被这月儿骗哟！"

我们就这么行进着……越过了草原尽头，一片片小树林和开垦过的田地出现在眼前。一旁的小村里，闪烁着两三处灯火。离大路只剩五俄里了。我睡着了。

这次，我依旧不是自己醒的，而是被费洛费伊的声音唤醒：

"老爷……老爷喂！"

我坐起身。马车停在大路中间一处平缓的地方。费洛费伊转向我，眼睛睁得大大的（我很是惊奇，没有料到，他的眼睛居然这么大），隆重而神秘地低语：

"车轮声！……有车轮声！"

"你说什么哪？"

"我说有车轮声！您弯腰听听呀。听见了吧？"

我从车里伸出头，屏住呼吸，的确听到我们后方很远的什么地方有轻微的断断续续的撞击声，像是车轮滚动的声音。

"听到了吧？"费洛费伊再次问道。

"没错，"我答，"有车马在跑。"

"您没听到吗……嘘！铃铛……还有哨子的声音……听见没？您把帽子摘下来……会听得更清楚。"

我没有摘下帽子，不过倒是侧耳听了听。

"没错……好像是的。那又如何？"

费洛费伊把脸转向马儿。

"马车在跑呢……空车，轮子包了皮，"他整了整缰绳说道，"老爷哟，这些可不是什么好人。这图拉郊区挺乱的……很多打劫的。"

"胡扯！你凭什么就认为来的不是好人呢？"

"我没说错。挂着铃铛……赶着空车……还能有谁？"

"难说。到图拉还远不？"

"还有十五俄里呢。这儿周围没啥可栖身的地方。"

"那你快赶呀，磨蹭什么。"

费洛费伊挥了挥鞭子，马车又跑起来了。

尽管不怎么相信费洛费伊，我还是没能睡着。这要是真的可怎么办？我感到很是不安。我坐起身来——在这之前我都是躺着的，开始四下里张望。

薄雾趁我睡着的时候腾了起来。它没有浮在地面上，而是挂在了半空中。月亮在它的遮挡之下变成了一块白色斑点，像是笼罩在了烟气中。一切变得暗淡而迷糊，临近地面反倒显得清楚些。周围的景色单调阴郁，净是田野，一片连着一片，偶见些小树丛和沟子，长满了少见的杂草，沉浸在雾气中。空空荡荡……毫无生气！连一声鹌鹑叫都听不到。

我们又行进了半小时左右。费洛费伊频繁地挥舞着鞭子、唱着嘴唇，我们都不再说一句话。这不，我们上了一座小丘……费洛费伊停下车，即刻说道：

"车轮声……车轮声，老爷！"

我再次伸出头来。这下，就算是待在车篷里，也能听到远远传来的车轮声了，还夹杂了口哨声、铃铛声和马蹄声。我似乎还听到了有人在歌唱笑闹。风是从那个方向吹来的，毫无疑问，这群陌生人离我们又近了一两俄里。

我和费洛费伊对视了一下。他把帽子推到前额，拉紧缰绳，拼命赶起马儿来。马儿们开始飞奔，却没能坚持多久，很快就又变成小步跑了。费洛费伊继续抽赶着它们。怎么着也得逃掉呀！

我之前并不认同费洛费伊的怀疑。此时，不知为何，我确信，追过来的确实不是什么好人……我没听到什么新的声音，依旧是先前的铃铛声、空车跑动的声音、口哨声，还有某种模糊的吱呀声……但我已经不再怀疑，费洛费伊没有错！

又过了大约二十分钟……在这二十分钟里，除了自家马车的车轮声，我们已经确切听到了另一副车马的声音……

"停下吧，费洛费伊，"我说道，"反正也跑不掉了。"

费洛费伊怯怯地"吁"了一声，马儿立刻停了下来，像是对可以休息感到高兴。

天呀！那铃铛声冲着我们后背直切过来，马车呼啸着，人群吹着口哨，

叫着、唱着，马儿打着响鼻，蹄子击打着大地……

他们追了上来！

"哎——哟。"费洛费伊低声断断续续道。他迟疑地嘬了一下嘴，继续催赶着马儿。就在这一瞬间，一阵轰鸣传来，一辆由三匹精壮的马儿拉着的宽大马车旋风一般超过了我们，随即便放慢脚步小跑起来，将路死死挡住。

"这正是强盗的作风。"费洛费伊低声道。

我得承认，我的心里一阵冰凉……我紧张地透过因雾气而朦胧的月光，看着前方。前面的马车里装了六个穿着衬衫、大敞着短外套的家伙，有坐着的，有躺着的。其中两人没有戴帽子。他们那穿着靴子的脚晃荡着，双手不断抬起放下……身体随着车子摆动……一眼就能看出来，这群人喝醉了。其中几个扯着嗓子随口哼着歌儿，有人尖利而清脆地吹着口哨，有人骂着脏话。赶车的是一个穿着短皮袄的大个子。他们赶着车小步前进着，对我们毫不在意的样子。

怎么办？我们也跟在后面被动地小步前进……

我们这么走了大约四分之一俄里。这种等待是很煎熬的……无论是逃脱还是防卫……都没什么余地了！他们一共六个人，而我手里连一根棍子也没有！掉转头往回逃？他们立马就会追上来。我不由得想起了茹科夫斯基[1]的诗句（就是他提到元帅卡缅斯基遇害的那句）：

　　　那卑鄙的强盗之斧……

也可能是被一根脏布条勒住喉咙吧……然后被抛到水沟里……躺在那里

呻吟挣扎，像只被逮住的兔子……

想想就令人嫌恶！

他们继续小步前行，没有搭理我们。

"费洛费伊，"我低声说，"你向右靠一靠，然后穿过去。"

费洛费伊尝试向右靠了靠……但那些人立刻也靠到了右边……总之就是没法超过去。

费洛费伊又往左试着靠了靠……还是没能超过去。那些人笑了起来。看来就是不想让人过。

"就是一群强盗。"费洛费伊侧过头低声道。

"他们想要怎样？"我低声问。

"前面有条小河，河上架了一座桥……他们是要在那里解决我们！他们总是这样……喜欢在河边干事。老爷呀，我们算是完蛋了！"他叹口气道，"他们是不会放我们活着回去的，是会销赃灭口的。真是可惜呀，老爷，我这马车都没法留给弟弟们了。"

我很是惊奇。在这个时刻，费洛费伊居然还想着自己的马儿。我已经顾不上这些了……"真会杀了我们吗？"我暗自思忖，"何必呢？我肯定把所有东西都交出来。"

桥越来越近，越来越清晰了。

突然，一阵激烈的吆喝声传来，那马车几乎腾空而起，嗖地奔到桥下，猛地在路旁死死停住。我的心也彻底沉了下去。

"唉，费洛费伊兄弟，"我说道，"我们算是奔向死亡咯。请原谅我害了你。"

"哪儿是你的错呀，老爷！自己的命！喂，我这忠诚的毛蓬蓬的马儿，兄弟，你就向前跑吧！完成最后的使命吧！到头来还不都一样……上帝呀！祝福我们吧！"

说罢他赶着马车小跑起来。

我们向着小桥、向着那辆静止不动的阴森森的马车靠近……好像是故意的，那车上忽然静了下来。一点声音都没有！通常狗鱼或是猎鹰等捕猎好手在猎物到来的时刻才会如此安静。这不，我们已经与那马车平行了……忽然那穿着短皮袄的大个子跳下车，朝我们跑了过来！

他还未对费洛费伊开口，费洛费伊便拉住缰绳……我们的车停了下来……

大个子双手攀住车门，将他毛发浓重的头伸了进来。他咧开大嘴乐了，平和安静地操着工厂小工的口吻说道：

"尊敬的先生，我们刚参加宴会归来——是场婚宴。我们的一个兄弟成亲啦！我们把他灌倒了。我们弟兄都是年轻人，啥也不怕，一通狂喝，却还没喝够。您行行好，赏我们点小钱行不？够我们兄弟每人再喝半瓶就行。我们会为您的健康干杯，会念着大人您的好的！要是您不肯呢，那么也别生我们的气噢！"

"这是怎么回事？"我暗自想，"这是在嘲笑我们？……侮辱我们？"

大个子仍然站在那里，低着头。就在此刻，月亮从雾气里钻了出来，照亮了他的脸。他正冷笑着，眼睛里、嘴唇边堆满了笑。不过，倒看不出有什么威胁……不过，他的神色颇有些警觉……那牙齿也是又大又白……

"我很荣幸……拿去吧……"我赶紧说道，掏出钱包，拿出两枚一卢布的硬币。那时候俄罗斯还有银币流通呢。"拿着吧，够了吧？"

"非常感谢！"大个子像个士兵一样喊了一句，伸出胖乎乎的手指抓过了钱。他没有拿走钱包，只拿去了那两个卢布。"非常感谢！"他甩了甩头发，向着自家的马车跑去。

"弟兄们！"他嚷道，"那位路过的先生赏了我们整整两个卢布呢！"众人也乐了……大个子跳上了车夫的座位……

"祝您好运！"

一群人一溜烟儿就不见了！马儿一阵狂奔，那马车奔进了山里。不一会儿，它又在地平线上闪了一下，便彻底消失了。

就连车轮声、众人的欢叫、铃铛声都听不见了……

只剩一片死寂。

我和费洛费伊一时间没回过神来。

"哟呵，真能开玩笑！"他终于说道，摘下帽子，在胸前画着十字，"简直是开玩笑。"说完，他转向我，一脸喜悦："没错，应该是个好人。喂，小家伙们！快转过来。你们都没事！我们大家都没事！他一开始还不让过呢，是他驾着车来着。这开玩笑的家伙！喂——喂！开路！"

我没说话，不过心情开始好转。"我们没事！"我暗自重复着，躺在了干草上，"还没怎么破费！"

对自己方才念叨起茹科夫斯基的诗句，我甚至有些不好意思了。

突然，一个念头闪进我的脑海：

"费洛费伊！"

"怎么？"

"你成亲了吗？"

"成亲了。"

"有孩子不？"

"有的。"

"你刚才居然没想起他们？就顾着心疼马儿了！老婆呢，孩子呢？"

"他们又有什么可心疼的呢？他们不会落入贼子手里的。我脑子里一直装着他们呢，现在也想着呢……"费洛费伊沉默了一小会，"兴许……正是因为他们上帝这次才放过了我们吧。"

"那些人也许不是劫匪呢？"

"那可不好说！谁又能搞得清别人呢？众所周知，人心都是深不可测的。还是跟着上帝好。不……我呀，把自家人一直都……喂——喂！小家伙们！开路！"

快到图拉时，天已经要亮了。我迷迷糊糊地躺在车上……

"老爷，"费洛费伊忽然对我说，"您看，停在酒馆旁边的……是他们的车呐。"

我抬起头来……没错，正是他们的车马。忽然，酒馆的门旁闪出那个熟悉的穿着短皮袄的大个子。

"先生哟！"他嚷道，挥了挥帽子，"您给的钱我们已经换酒喝啦！我说，车夫，"他用头点了点费洛费伊说道，"是不是害怕啦？"

"还真是个逗乐的家伙。"费洛费伊评论道，把车停到离酒馆二十俄丈远的地方。

我们终于来到了图拉。我买好了霰弹、茶，还有葡萄酒，从贩子那里租来了马。中午时分，我们启程往回赶了。费洛费伊在图拉喝了点小酒，经过前夜我们第一次听见车轮声的地方，他打开了话匣子，跟我聊了起来，还讲

故事给我听。经过故地，费洛费伊突然笑了。

"老爷，您还记得不，我当时跟您一直念叨：车轮声……有车轮声，车轮声！"

他用力挥了挥手……看来他是觉得这个词语很好笑。

当晚，我们便回到了他的村子。

我跟叶尔莫莱讲了所发生的事。由于没喝酒，他也没表现出任何同情，只哼了一声，不知是赞许还是责备。我猜他自己大概也不清楚。然而，两天后，他兴冲冲地告诉我，我和费洛费伊去图拉的那天夜里，就在那条路上，有位商人被劫杀了。我一开始没相信。后来，一位前去调查的警察路过，证实了叶尔莫莱的话。不知那群"好汉"是不是去参加了这场"婚礼"，然后，按照那喜欢说俏皮话的大个子说的，把"好兄弟"灌倒了？我在费洛费伊的村子里又盘桓了五日。遇见他的时候，我每次都会说："怎么样？有车轮声吗？"

"真是个快活的人。"他答道，并笑了起来。

森林与草原

他开始想要返乡，
回到村子里，和那幽暗的园子，
那儿的椴树如此高大繁茂，
铃兰如此纯真芬芳，
水坝上圆圆的爆竹柳，
一排排垂在水面上，
结实的橡树从厚实的土地上竖起，
空气里弥漫着大麻与荨麻的味道……
去吧，去到那开阔的原野里，
看那黑土闪着丝绒般的光泽，
放眼望去，那无边无际的黑麦，
轻轻泛着波浪。
还有炙热的阳光，
穿过通透纯白的积雨云洒下，
在那里，心情舒畅……
　　　　——选自一部待焚的长诗

读者们应该已经对我的笔记感到厌倦了吧。这不，我赶紧来安慰各位，除了已经发表的，不会再有新的问世啦。不过，与读者告别之前，我不得不就打猎再说两句。

带着猎枪和猎犬去打猎，就像从前大家所说的，本身[1]就是一件很棒的事。不过，要是您天生不是猎人，却热爱大自然，当然，您对我们猎人也就不会太羡慕啦……请听我讲。

您是否知道，春夜里，黎明到来之前，乘车出行是一种多么美妙的享受？您来到前廊上……深灰色天空的某个角落里，有星星依稀闪烁。小风带着湿气一波波吹过来。您可以听到夜的某种忍隐的、朦胧的低语。树木发出轻微的沙沙声，笼罩在暗影里。这不，马车里已经铺好了毯子，装着茶炊的箱子也被抬了上去。边套马儿打着响鼻，讲究地踩踩脚。一对刚刚醒来的大白鹅慢慢地穿过马路，悄无声息。篱笆外的园子里，门卫在安详地打鼾。每一个声音似乎都凝固在了空气中，不肯离去。

您坐上马车，马儿奔跑起来，马车随之笃笃响了起来……您行进着，经过了教堂，下了山坡之后拐向右边，经过水坝……水塘里微微起了雾气。您略觉得有些凉，于是竖起大衣的领子挡住脸，开始打盹儿。马蹄在草地上敲击着，车夫吹着口哨。一转眼，已经过了四俄里路……

天边泛起鲜红色。白桦树上的寒鸦醒了，笨拙地飞来飞去。深色的麦垛旁，麻雀们在叽叽喳喳叫着。空气明亮起来，道路变得更加清晰，天空也明朗了，乌云的颜色变淡了，田野绿油油的。一座座木屋里闪着红色的灯火，门后传来带着睡意的声音。与此同时，朝霞燃烧起来了，一条条金色的光带铺满了

---

1 原文为德语。

天空。沟子里腾起雾气。云雀的歌声嘹亮。黎明的风吹起——一轮通红的太阳静静地浮了上来。阳光汹涌地洒向大地。您感到心颤抖了一下，像只快活的鸟儿。一切都是这么清新、欢快、惹人喜爱！远处的一切都清晰可见。瞧，小树林后，有一座村落。再远一点还有一座，村里还立着白色的教堂。山坡上有一片小白桦林，林子后面是一片沼泽，那便是您要去的地方……马儿呀，快些跑哟！大步奔起来，向前跑吧！……最多还有三俄里吧。

　　太阳迅速地升了起来，天空一片洁净……会是个好天气。一群牲口出了村子，朝您迎面而来。您往山上去了……景色可真好呀！一条小河蜿蜒流淌，绵延十俄里，在雾气里闪着朦胧的蓝光。河那边是湿漉漉的绿色草原。草原后面是平缓的小丘。远远的沼泽上空，有凤头麦鸡在鸣叫盘旋。透过闪着湿润光泽的空气，远处的风景一览无余……夏天可就不行啦。胸口的呼吸是多么自在，肢体又是多么灵活，整个人都被春的清新气息所感染，强健起来！……

　　那夏天里七月的清晨呢，又是另一番景象！除了猎人们，还有谁感受过披着朝霞行走在树丛中的欢乐？您的双脚在因露水而泛白的草地上留下绿色印记。您拨开湿漉漉的树丛，立刻被积了一夜的温暖气息所包围。空气里弥漫着蒿草的苦味，混着荞麦和三叶草的蜜意。远处的橡树林密实得像一堵墙，迎着太阳闪着红光。尚有清新的气息，但已感觉得到炎热的到来。头脑因各种美妙的感受而眩晕。这树丛哟，走不到头……远处的某个地方，可以见到一片泛黄的成熟的黑麦，还有窄窄的一片片的发红的荞麦。突然，马车声传来，一位农民走了过来，将马儿拴在了阴凉地里……您跟他问了好，走开了。镰刀声脆生生地在您身后响起。已经热起来了。又过了个把小时……天边开始发暗。空气静止了，被刺人的酷热所统治。

"兄弟，这周围哪儿能找到水喝？"您问那割草的人。

"那边的沟子里有一口水井。"

您穿过密密的、夹着绊脚的杂草的榛树丛，到了沟底。没错，沟子的最下方藏着一眼清泉。一小片橡树张开掌形的枝叶，贪婪地将它遮住。一个个硕大的、闪着银光的泡泡不断涌上来，水面上浮着细细的丝绒般的苔藓。您趴在地上喝了个够。然后，您便懒得再动啦。您躲在树荫里，呼吸着芬芳的湿气，很是舒服。然而，正对着您的树丛却被炙烤得似乎都发黄了。怎么回事？忽然起了风，嗖地划过，四周的空气跟着颤抖了一下。是雷雨要来了吗？您爬出了沟子……天边的那抹浅灰色是怎么回事？难道是酷热加剧的缘故？还是乌云聚集起来了？……这不，闪电微微亮了一下……喔，原来是雷雨呀！

周围尚是一片阳光灿烂，还能再打一会儿猎。不过，乌云铺展着，它的前沿袖子一般伸了过来，弯成一道穹。草儿和树丛一瞬间暗了下来……快跑呀！这不，已经看得到干草棚了……快跑！您跑了过去，进了棚子……可是，雨呢？闪电呢？几滴水珠穿过棚顶，滴到芬芳的干草上……太阳便又出来嬉闹啦。这雷雨就算过去了。您走出棚子。天啊，周围的一切是多么欢乐雀跃，空气又是多么清新润泽，充满了草莓与蘑菇的香气！……

夜晚渐渐降临了。晚霞烧红了半边天空。太阳正在下沉。近处的空气似乎特别透明，简直如玻璃一般。远处腾起一片雾气，看上去很是温暖。原本洒满一道道金光的林间空地上结满了露珠，泛起红色。树林、灌木丛、高高的干草垛投下长长的黑影……太阳完全落下去了。一颗星子燃了起来，在火海般的晚霞里颤抖着……天空开始泛白、发蓝。一部分黑影消失了，空气中雾霭充盈。该回去啦，回到村里那间木屋去过夜。不顾疲累，您将猎枪往肩上一搭，快步走去……与此同时，夜却越来越深，二十步外已经看不清了。

猎犬们的白色身影在夜色里跳动。黑黢黢的树丛之上，天边的某个地方模糊地泛着亮光……怎么回事？哪里起火了吗？……不是的，是月亮出来啦。月亮的右下方，已经闪出村子的灯火……这不，您的木屋就在眼前。透过窗户，您看见铺着白布的桌子，上面立着蜡烛，晚餐已经备好……

有时候，您会吩咐备好轻便马车，出发去打花尾榛鸡。您行进在窄窄的小路上，两边都是高高的黑麦丛，特别快乐。麦穗轻打着您的脸颊，矢车菊牵绊着您的脚，鹌鹑的叫声此起彼伏，马儿懒洋洋地小跑着。这不，林子到啦。满林子的阴影与寂静。高高的杨树俯视着您，长长的树枝挂在空中几乎不动。魁梧的橡树斗士一般立着，守在漂亮的椴树旁边。您行进在洒满阴影的绿色林间小道上。一只只黄色的大苍蝇仿佛悬在了闪着金光的空气中静止不动，却又忽然飞走了。小蚊虫一片片地涌过来，一会儿在阴影处闪亮，一会儿又在太阳下发暗。鸟儿在平和地歌唱。知更雀的金嗓子里透着无邪的欢乐，与铃兰的芬芳融为一体。向前，继续向前，进入林子深处……森林愈发沉寂……某种不名的寂静潜入您心底。周围的一切如此安静，睡意蒙眬。忽然，一阵风吹起，浪一般拂动树梢。透过陈年的深褐色的枝叶，有几处草儿高高地从地里钻了出来。蘑菇顶着帽子一朵朵排开站好。不知哪里冒出一只雪兔，引得狗儿们吠叫着追了上去……

在同样的时辰里，要是晚秋时节，秋鹬纷纷飞来，树林里就更美妙啦！山鹬不会待在林子深处，而是在边上出没。这个时候，没有风，见不到太阳，没有了光与影，没有任何动静和声响。柔软的空气里充盈着秋天的气息，宛如美酒的芬芳。金黄的原野上飘浮着轻薄的雾霭。透过光秃秃的、深褐色的枝丫，可以见到静止不动的天空。椴树的枝头还挂着最后几片金黄的叶子。

脚下是松软湿润的土地。高高的干枯的禾秆静止不动，苍白的草地上现出一条条亮闪闪的白道子。胸口的呼吸自由顺畅，可心里却涌起莫名的忧虑。走在树林边上，看着前面的狗儿，不禁想起一张张可爱的面庞，死去的或是活着的，纷纷涌入脑海。那些原本淡漠了的回忆苏醒过来。想象如鸟儿一般清晰地在眼前晃动着。心儿一会儿颤抖发紧，热烈地向前扑腾着；一会儿却又头也不回地陷入回忆之中。一生便如此迅速而轻盈地铺展在眼前，像一幅卷轴，使人不禁握住了一切过往、一切情感与力量，和整个心灵。周围的一切，太阳也好，风儿的簌簌声也罢，都不再能打搅到他……

秋日的清晨，往往是通透、略带着寒意的。白桦树童话一般通体金黄，映衬在碧蓝的天空下，太阳不再烤人，却更加耀眼，将一片杨树林照得透亮，就仿佛那杨树乐于赤裸裸地立在那里。山谷的底部，雾凇闪着白光，清新的风儿安详地吹扫着落叶。河边泛起欢快的蓝色波浪，平稳地载着心不在焉的鹅与鸭。远处的水磨笃笃转着，被柳树遮挡住了一半，在明亮的空气里闪着七彩的光。鸽子在它上空迅速盘旋……

尽管猎人们并不大喜欢，但雾气氤氲的夏日也是不错的。这样的日子里是没法打猎的。鸟儿往往在脚下扑腾一下就消失在静止不动的白雾之中。可是，四周静寂得简直难以描述！一切都苏醒过来了，却又都沉默着。您经过一棵树，它一动不动，却充满柔情。一条深色的带子透过轻薄的雾气展现在您的眼前。您原以为是一片近处的林子，走近一看，却是田界上一排高高的野蒿。雾气在您的头上和四周涌动着……起了一小阵风，于是，只见浓密汹涌的雾气中探出一小片湛蓝的天空。一道金黄的阳光从中射下来，形成长长的一柱，砸向田野、穿入树林，将一切搅动。这场斗争持续了很久。阳光最终获胜，最

后一波热腾腾的雾气散成桌布状，翻滚着消失在温柔而明亮的高空。这天变得如此美好而明晰。

这次，您决定去一片挺远的原野，那算是草原了。您在乡间的道路上颠簸了十来俄里，终于来到了大路上。您经过了看不到头的无数货车，一座座屋顶下架着热气腾腾的茶炊、门庭大敞、内有水井的旅馆，从一座村落到另一座村落，沿着碧绿的大麻地，穿越无尽的田野，久久地行进着。喜鹊在爆竹柳间跳来跳去。农妇们举着长长的耙子走在田间。一位穿着破旧的南京土布外套的路人，肩扛背包，拖着疲倦的步子走着。一座笨重的地主家的马车，由六匹疲累的高大马儿拉着，朝您迎面缓行过来。靠垫的一角伸出马车的窗子，车尾的编织袋上，一位小厮抓住绳子，侧身坐着。他穿着外套，泥点溅了一身，直到眉毛上。您来到一座县里的小城。城里满是歪歪斜斜的木屋，围着篱笆墙。商人们的石质宅子一座连着一座，空无一人。深谷上的那座桥也有些年头了……向前，继续向前！……草原现出身影。

您来到山顶一瞧，真是一番美景！一座座圆圆的坡丘被从上到下开垦了出来，种上了庄稼，波浪一般连成片。沟子里的树丛在它们之间摇曳着。一片片小树林星罗散布，像一座座椭圆形的小岛。村子间由一条条窄窄的小路联系着。

树丛之间有一条小河在闪耀，河上筑了四处堤坝。远处的田野里有野雁鱼贯站成排。离一小片水塘不远，有一处地主的宅子，配有各类附属建筑，还有一片果园和一座谷仓。不过，你还是继续朝远处行进。山丘越来越小，树木也稀少难见了。终于到啦，眼前就是无垠的辽阔的草原！

冬日里，要是踏着高高的雪堆去打野兔的话，呼吸到的是寒冷刺骨的空气，您会因细小雪花的刺眼光芒而眯起双眼，去欣赏那深绿色天空下隐隐发红的森林！……在春天的头几日里，一切都亮了起来，冰雪塌了下去。化雪带起的滞重雾气里，可以感觉到那雪已经带上了温热的大地的气息。斜斜的阳光晒化了一道道雪，云雀随之钻了出来，放开信任的歌喉。春水欢腾着、呼号着，从一个山沟涌向另一个山沟……

不过，就到此为止吧。我刚好提到了春天。春天里，是很容易分别的。春天里呀，哪怕是幸福的人，也会想要去向远方……再见了，读者。我祝愿您永远安好。

译后记
《猎人笔记》的时空探寻

地点：国与家

> 这是六月的最后一日。方圆上千俄里，尽是那故土俄罗斯。
>
> ——伊·谢·屠格涅夫《散文诗·乡村》

《猎人笔记》的地理坐标，应该有两个：宏观的坐标与微观的坐标，或者说国的坐标与家的坐标。

宏观坐标：俄罗斯中部地区

所谓宏观的地理坐标，指的是全书的叙述主人公"我"打猎的区域。这个区域在今日俄罗斯欧洲部分中部，莫斯科南部及西南部的地方，包含了奥廖尔州、图拉州、卡卢加州，是俄罗斯地理文化中著名的"中部地区"的一部分。在旧俄，它们都被称作省，地界的划分与今日有一些出入。

俄罗斯幅员辽阔，这一小块地域本来不该特别起眼的。但首先，这里是俄罗斯著名的黑土区，土壤肥沃，黑土层厚，气候也算温和，是俄罗斯本土的粮仓之一。其次，这里的主要地貌是一望无际的平原，且往往被森林所覆盖，地势平缓舒展，河流众多。虽没有特别庞大的水系，但河道分布均匀，水体往往通透清澈。可以想象，这里几乎算是整个俄罗斯欧洲部分风景最安详优美的地区了。

　　对于大多数读者来说，讲到"俄罗斯"这三个字，最先联想到的文化符号，其实都与这中部地区相关。我第一次来到这里，是在已显得有些遥远的2001年秋天，正是所谓俄罗斯"金秋"最盛的时节。熟悉这个名称的读者，可能会立刻想到莫斯科和圣彼得堡城里金黄透亮的树丛，在北方中秋湛蓝如水体的天空下，沿着城市的地理脉络，四处伸展。而在略微偏南的中部，秋风虽已彻底干爽，却还充满着阳光的暖熏，多少有些出人意料地将林海染成缤纷的颜色：金黄、赭石、珊瑚红、矢车菊蓝……杂糅里带着层次感，美透了。

　　丰厚优越的自然条件也成就了文化名人辈出的土壤。两三百年来，这里"出产"了俄罗斯文化与文学史上一大批赫赫有名的人物，他们要不就是生于斯、长于斯，要不就是在此长期工作生活、扎根于此。从奥廖尔州先后走出了屠格涅夫、列斯科夫、蒲宁、安德烈耶夫、费特；图拉州是享誉世界的托尔斯泰庄园的所在地；卡卢加州的乡间则成为茨维塔耶娃、巴乌斯托夫斯基最安稳的创作底色。

微观坐标：屠格涅夫家族庄园

　　所谓的微观坐标，则是屠格涅夫家族自己的庄园。准确地说，这是屠格涅夫母亲家族的领地。他的父亲出身于破落贵族家庭，在乡下购置马匹时遇到了长自己六岁的大地主家女继承人，为了生计勉强答应了婚事。这座庄园，在其最鼎盛时期，管辖着周围七座村落，家奴有近五千人。母亲去世后，屠格涅夫继承了部分家业，这使他成为整个俄罗斯文学史上大约最富有的一位文豪。

庄园周围的村落早已消失在历史中，但其本身的地域和风貌却多有存留。今天前去参观的话，可以看到诸多屠格涅夫时代的遗迹。庄园坐落于奥廖尔州北部腹地，离最近的县城姆岑斯克也颇有一些距离。不过，与临近的名声大噪的托尔斯泰庄园相比，我更喜欢这里。纵深的地理位置和始终不够便捷的交通，使这座庞大的园子深处某种历史的宁静中。写作《猎人笔记》的屠格涅夫，往往从这里出发，带上某个精怪擅猎的家奴，整星期整星期地消失在中部的原野森林中。他不必凭借此类辛勤劳动过活，却坚持"原生态"的打猎风格，时不时也要风餐露宿，带着某种倔强的、不肯痛快承认的眷恋在这块土地上徜徉。

多年之后，病痛中的屠格涅夫客居法国，创作著名的散文诗系列，隐隐地感到生命在慢慢熄灭，满脑子都是自己的故园。他写了一篇带着神显色彩的记述偶遇人子耶稣的小文，将地点设定在中部乡间某座平凡的小教堂里。这样的教堂，在屠格涅夫庄园入口处便有一座，伫立至今。两百年前，屠格涅夫的父母便是在这里举行了婚礼。

人物：与猎人相逢

我漫无目的地旅行着，没什么计划，在任何一个喜爱的地方停留。

每当想见到新的面庞——正是面庞——时，我便即刻上路，继续向前。

—— 伊·谢·屠格涅夫《阿霞》

迷恋自然的贵族猎人

先讲讲这位猎人主人公吧。在十九世纪的俄语文学经典中，《猎人笔记》是比较易读的一本。其中最重要的原因，应该是作品主人公的坦诚。这位打猎的主人公的经历，基本是屠格涅夫自己的经历。但《猎人笔记》一书并不是任何意义上的自传，而是作者通过主人公的视角，来体会、解释这一方与自己密切相关的天地。

主人公因打猎而行进，在行进中打猎，他的行踪和路线循着四季的轨道，心情则随着时辰而变换。他特别沉醉于自然之中。许多时候，他对鸟兽活动的专注、对风吹树梢的迷恋几乎胜过了对同类的感情。无论秋日的黄昏，还是盛夏的深夜，他都喜欢爬上某个高坡，怔怔望着一条条河流蛇一般在根本没有任何边际的原野上蜿蜒流淌。可贵的是，他并不追求任何意义上的"上帝视角"。在他的叙述中，稍微仔细一些的读者便可感到他往往近乎偏执的敢爱敢恨，他对自己贵族身份的深切认同，他对生活细节的苛求，甚至他言语态度中某些排犹和其他民族主义的调调。不过，到了最后，再挑剔的读者也不会嫉妒他的富足生活，而不得不承认，在那个时代，他是一个特别有血有肉的人。

当然，这位猎人是一位贵族。从字里行间可以明白，他的出身与生活条件极为优渥，在外省自然资源丰厚的乡下，拥有不小的产业。总之，在那个时代的社会制度里，他过得优越舒适。贵族地主在旧时俄罗斯地位的凸显，是与贯穿了俄罗斯千年史绝大部分的农奴制密切相关的。

桎梏与自由的对立

农奴制在俄罗斯历史上最终确立，实际上要到中世纪后期了。在这之前，它经历了数百年的演化，从早期的基辅罗斯，一直延续到莫斯科公国，直至十七世纪跨越了朝代更替，到了罗曼诺夫王朝，差不多最终成型。在这期间，农民的人身所有权和迁徙的自由度、他们与土地连接性的紧密程度等，作为至关重要的议题，经历过多次曲折的变革。有趣的是，反而是在大家印象里较为开明热烈的叶卡捷琳娜女皇统治时期，农奴制超越之前的时代，迎来最高潮。农奴不仅彻底成为贵族地主们的财产，还往往在私刑滥用中丧失劳动力，甚至是生命。

对此，屠格涅夫有着非常直观的体会。在他成长的环境里，飞扬跋扈、情绪多变，颇有点家族"女皇"气质的母亲留下了巨大的阴影。敏感的他，从小看着母亲恣意对待家奴和农民们，完全无视他们的人格与尊严，这对他是一个巨大的考验。构成强烈矛盾的是，依照彼时俄罗斯贵族的习惯，家里为他营造的教育环境，却极为"西化"。在那个"全俄罗斯贵族都在说法语"的时代，屠格涅夫的老师们都是父母特地请来的瑞士人、德国人、法国人。他们不仅将自己的语言注入这个俄国少年的修养中，更为他打开了一个包裹了启蒙主义、法国大革命精神的文化世界。老师们还总是不顾失业的危险，干预父母尤其是母亲对他的教养，助长了他内心充满浪漫色彩的人文情怀和反抗精神。

这似乎是一种西欧与旧式俄国的二元对立。差不多在《猎人笔记》最初成书的时期，屠格涅夫还写作了大名鼎鼎的《木木》。小说中暴戾专横的女地主原型便是他自己的母亲。而与之相对的，是忠诚质朴、坚强隐忍的农奴格拉希姆。在屠格涅夫看来，打破这种对立的，必须是其中一方的超脱。于是，小说中的格拉希姆最终在女主子的压迫下亲手淹死了所养的小狗木木。断送了这条对他无限依赖的小生命的同时，他也在精神上摆脱了女主子的控制，成了一个彻底自由的人。

来自乡土的美好

在屠格涅夫之前，俄语文学史上几乎没有人以如此平等亲和的角度描述过丰富的"农奴下等人"世界。作为作品形象的主体，时至今日，《猎人笔记》里的农奴人物谱依旧精彩得令人眩目。

就比如吧，又有谁能想到，这群人里有霍里这样的"实业家"？以霍里的智商，包括生育在内的行动能力，换一个社会出身的话，毫无疑问将会成为叱咤一方风云的大人物。霍里的思考与见识都相当复杂。他深知自己的能力与价值，却不肯赎身，继续给不着调儿的主子当家奴，站稳了某种极为强势却又保守的、绝不肯颠覆现实的立场。许多年之后，斯托雷平[1]主政俄罗斯，他心目中的理想国民，恐怕就是霍里式的。更为奇怪的是，在私人交往方面，霍里继续惊世骇俗。他的挚友是一个叫卡里内奇的"一无所有"的人。同为农奴的卡里内奇靠伺候主子打猎过着有一顿没一顿的生活。然而就是这个卡里内奇，一旦融入自然，却成了半个神：会养蜂，能驯马，甚至还能以咒语止血、驱魔。除此之外，卡里内奇还擅长音乐，弹唱俱佳。伴着心智如孩童般的主子，他诚心诚意，顺从安详。与颇具颠覆感的霍里不同，卡里内奇这个看似不动声色的形象，在书中得到了继续演绎与发展。他的单向度、"去情感化"版本，是始终伴着主人公打猎的叶尔莫莱。到了后来，他还在某种意义上演化成了卡西扬。

这个来自美丽的梅奇河畔的卡西扬，是个令好奇地观察着他的猎人不知所措的人物。《猎人笔记》首次发表时，保守倒退的尼古拉一世[2]时代即将结

---

1 彼得·阿尔卡季耶维奇·斯托雷平（1862—1911），俄罗斯罗曼诺夫王朝末代沙皇尼古拉二世统治时期的著名政治家，曾担任内阁总理。斯托雷平推动了较大规模的经济改革，极大地活跃了俄罗斯当时的农村经济。
2 尼古拉一世·巴甫洛维奇（1796—1855），俄罗斯帝国皇帝，1825年—1855年在位。

束，继任沙皇亚历山大二世的到来将大步推进这个国家社会文化的世俗化，瓦解困惑俄罗斯知识分子大半个世纪的农奴制度。敏感的猎人嗅到了这股气息，带着温存的好感与巨大的同情回到出生的俄罗斯中部，来描述"在底层"的农民们。令他万分惊讶的是，他们中间的卡西扬根本不需要他多多少少带些俯视意味的同情。卡西扬绝对卑微的身份、物质生活的破产、丰富而逻辑混乱的说教，对猎人来说，更像是一种空降而来的、令其措手不及的充满浓郁俄罗斯乡土气息的无畏与美好，也成就了俄罗斯经典文学中某种民间圣徒的雏形。

历史洪流中终会逝去的贵族

《猎人笔记》的问世，使屠格涅夫真正迈入划时代的大作家行列。其实，这部书他写了很久，颇有些反复。也正是因此，他对地主/农奴主这一群体的认识，也有了一个清晰的演化过程。

开首的几个著名篇章里，农奴主们基本都是辅助的次要形象，单一而负面。他们身上聚合了那个时代剥削阶级典型的恶劣品质：愚蠢、幼稚、贪婪、狠毒、庸俗、自私……作者对他们的描述带着年轻气盛的巨大不平——他是一个批判者，一个社会变革的呼吁者。农奴主们与霍里和卡里内奇们，似乎持续着女地主与格拉希姆的对立。人性的某种侧面的温情，仅体现在拉季洛夫和奥夫西亚尼科夫这样的地主身上，但他们偏偏又是这个群体里的破落户，相对整个群体的气质而言，毫无代表性，只是令屠格涅夫略感惊喜与伤感的特例。

然而，从《卡拉塔耶夫》开始，全书对地主作为一个社会阶级的态度，上升到了一个成熟而复杂的历史高度。在切尔托普哈诺夫身上，屠格涅夫深切地看到了这个阶级不可避免的消亡。诚然，消亡的根本原因是日渐汹涌的历史洪流。但已经写完了《贵族之家》《父与子》的屠格涅夫再次面对这一形象时，很是沉痛。在他眼里，切尔托普哈诺夫的死，毫无疑问是东欧广袤平原上一个斯拉夫式的骑士的灭亡。也正是因此，从全书结构来看，切尔托夫哈诺夫之死一章，实际上标志着全书主体形象的完结。借助他们，猎人也在反思自己的贵族地位与作为。他似乎终于明白，在一个讲究出身、等级划分极为严格的社会环境当中，地主们的境遇与生存状态，并不像制度本身那样恒常。作为一个阶级群体的地主们，其实是相当脆弱的。当他们的产业被新的社会经济关系吞噬掉之后，其本身也就变成了时代一枚干燥了的书签。

不知是否因此，屠格涅夫自成名以后，尤其是长期旅居西欧之后，靠着稿费和相关收入，完全可以体面过活，也就基本上放弃了对祖产的照料与经营。淡化了贵族身份的屠格涅夫，以一个相对纯粹的身份扎入俄罗斯文学经典的最深处。

时间：在苦闷中迎接变革

车轮滚滚，闷声向前；凝望苍穹，思绪沉陷。

——伊·谢·屠格涅夫《旅途中》

时间还要拉回到久远的1847年。屠格涅夫年近三十。

上文提到过，他出身优越，教育背景也称得上豪华。虽然在俄罗斯中部乡间成长，却从小就被父母特意从欧洲请来的家庭教师环绕。成年之后，先后在莫斯科大学和圣彼得堡大学求学，又负笈德国，学的是高雅纯粹的古典语文与哲学。他无心当公务员，更没有养家糊口的经济需要，一开始全心想要成为一名诗人。晚年的屠格涅夫羞于提及自己早期的诗歌作品，生前更从未将它们编入任何一部自选文集。不过，平心而论，他的诗作并无任何不堪之处。那是些诚挚而努力的诗歌，反映了同时代教养优良的知识分子细腻温存的内心世界。其中的代表作《旅途中》还被人阴差阳错谱上了曲传唱，多少年来一直被大众误认为俄罗斯民歌。有趣的是，维阿尔多[1]曾回忆道，自己跟屠格涅夫最初结识时，介绍人曾悄悄告诉她，屠格涅夫是个"出色的猎人兼差劲的诗人"。

在文学创作的道路上，三十岁前的屠格涅夫做了很多辛苦的尝试，诗歌、戏剧、小说，他都写了不少，却都不算出色成功。他是苦闷的。但那本身就是个苦闷的年代。统治俄罗斯的沙皇尼古拉一世实行极为保守严苛的文化政策。缜密的审查制度下，文艺创作显得有些奢侈。普希金早已不明不白地死去，果戈里则越来越癫狂失常。也算是个巧合吧，屠格涅夫一篇叫《霍里与卡里内奇》的小品被经营《现代人》杂志的好友涅克拉索夫和帕纳耶夫看中，刊登了出来，出人意料地好评如潮。于是，屠格涅夫被邀请继续写他的乡间狩猎心得。帕纳耶夫索性将给这个系列命名为"猎人笔记"。1852年，连载结束，共计22篇，成书出版。屠格涅夫终于灿烂地跨入俄罗斯文学史。

让我们记住这个1852年吧。离俄罗斯废除农奴制还有不到十年。这一年，晚年转向宗教保守主义的果戈里黯然离世。屠格涅夫感叹一个黄金时代的终结，写了悼文，却被沙皇政权抓了起来，先是在监狱里关了一个月，后来又被流放回奥廖尔乡间的祖宅，在警察的监管下，一直待到了1853年冬。

---

1 见书后《屠格涅夫年表》。

一年时间里，屠格涅夫完成了两个方面重要的自我认知：一，他终于确认自己是个社会政治上的西欧派；二，他彻底否定了果戈里晚年为之疯狂的有着强烈救世色彩的俄罗斯传统宗教思想，明确了自己作为开明的知识分子，也就是所谓"西欧派"的立场。与对立的"斯拉夫派"不同的是，在屠格涅夫的认知里，俄罗斯的主体文化，是要融于欧洲文化当中去的。而俄罗斯文学的黄金时代，正是因为普希金与莱蒙托夫们的创作，使作为文学语言的俄语走出边缘，可以跟伏尔泰和歌德的语言一比高下。笔记里对农奴制的批判，本质也是对俄罗斯社会发展卸下历史包袱、融入欧洲发展主流的呼唤。

当然，时代的变化并没痛快地到来。《猎人笔记》的出版亦遭到当权者的严厉打击，甚至连累了书刊审查官，害得后者丢了官职和退休金。在之后的年代，屠格涅夫一直坦陈，《猎人笔记》的写作是为了对抗黑暗的农奴制。而他与《现代人》合作，也正是因为这本由普希金创刊的杂志，到了涅克拉索夫这代人手里，已经俨然成了强烈呼吁社会变革的出身低微的知识分子们的阵地。不过，1870年代，常住西欧之后，他却又回过头来补写了三篇：《切尔托普哈诺夫的终结》《活圣尸》《有车轮声》，最终将经典版的《猎人笔记》修订扩充为25篇。1870年代后，他并不经常回到俄罗斯。故国剧烈的政治变革终于到来，却并不叫他多么欢欣鼓舞。

已经创作出了《罗亭》《贵族之家》《前夜》《父与子》这样的划时代名作，他似乎终于明白了，原来，面对纷繁时代的自己，也并非那么清澄简单。于是，他重新为《猎人笔记》收尾，浓墨重彩地写出了一位地主骑士的悲情，却对《活圣尸》和《有车轮声》里的俄罗斯乡土民间的所谓虔诚与"活力"，不再迷恋。

时代当然依旧飞速前进，周遭和笔下的人物也在不可避免地生老病死。也许，在屠格涅夫看来，真正的牢固与永恒其实是俄罗斯中部乡间的森林与草原吧。令我特别感动的是，《猎人笔记》的最后一篇《森林与草原》没有一丝一毫的虚无情绪。仿佛是一个不再那么年轻冲动的屠格涅夫，将自己最终的生命力定格在强大而美丽的自然当中。而这自然，则在至高力量的掌控当中。任何人，尤其是屠氏所认同的俄罗斯人，身在其中的态度应是顺从适应，而非积极改造。

相约：每个春天都来翻一翻

　　作为文学名著的《猎人笔记》究竟是个什么模样，作为一名平凡而谦卑的译者，我其实没有明晰的答案。

　　当然，我知道，《猎人笔记》里的文学语言，哪怕是在十九世纪俄罗斯文学的黄金时代，也是一个制高点。相较于之前莱蒙托夫和果戈里句式繁复、修饰语使用个性化的语言，《猎人笔记》更贴近普希金的《别尔金小说集》。毫无疑问，屠格涅夫早期长时间大量的诗歌创作，无论是否成功，都造就了他自己的语言炼金术。《猎人笔记》所使用的结构相对简单清晰的语言却带动了一个动词层次丰富的表现世界，使得它在人物形象描写和自然环境的烘托上达到极致。据说托尔斯泰曾感叹，面对屠格涅夫对俄罗斯乡间风景的描写，包括他自己在内的其他人都可以放手认输。

　　我也知道，《猎人笔记》的一部分，尤其是后几篇的写作，是屠格涅夫旅居欧洲时完成的。他在西里西亚（普鲁士）到法国沿途的一座座安详优美的小城停留，在记忆中构建俄罗斯外省乡间风貌。曾在社会立场上与他交叉，却最终走到了对立面的陀思妥耶夫斯基对此极为不齿，称这种对故国现实隔海相望的腔调是一种历史的消极。

不过，我更记得，同样是在遥远的2001年秋天，我第一次去俄罗斯留学，第一堂精读课，老师发给我们的材料便是《猎人笔记》里的《约会》。即使对一个学习俄语只有两年的外国学生来说，《约会》似乎也不难。我草草翻了几下词典，三两下便读完，对着窗外发呆。爽朗的秋风，潇洒地将黄叶小捧小捧地撒在窗边。不远的奥尔利克河上，有人划着小舟，笑闹而过。我知道，其实只要再划十分钟，他们便可到达那段著名的叫"贵族之家"的河畔[1]，跟岸边屠格涅夫的雕像打个招呼。"然而，大家要读仔细呀，"老师把玩心很重的我拉回教室，"《约会》不难读，对吗？但是大家真读懂了吗？这真是一则关于爱情的故事吗？男女主人公之间的不平等是社会问题吗？为什么这个悲哀的故事发生在如此美妙的自然环境里？……"

《猎人笔记》是我每年春天必要拿出来翻一翻的书。对我来说，这似乎从来不是一部异国作家写于一个半世纪以前的书。有许多问题，无论是当初作为学生，还是如今作为研究者和译者，其实都在我脑海里存留下来。但无论怎样，当故事里的阶级关系早已不复存在，文化风貌也已变得异样，《猎人笔记》所带给我的，永远都是一种屠格涅夫式略染忧伤的好意和巨大而持久的安详。

奇昕

2021年春

---

1 俄罗斯城市奥廖尔的一个区域，屠格涅夫名著《贵族之家》故事场景展开地之一。

屠格涅夫庄园小径

屠格涅夫庄园笔记：2001—2016

齐昕

夏：路线

六月下旬的初夏，在俄罗斯中部，总会有几个突兀的热天。北方辽阔的碧空，没有一丝云。太阳虽只是小小一盘，看似舒适地盘踞在天空某个温存的角落，却以彻晴的火力一波波地扫着欣欣向荣的大地，带点俄罗斯人微醉时常有的恶作剧表情。

这是我第四次去屠格涅夫的故居庄园"斯帕斯科耶－卢托维诺沃"（Спасское-Лутовиново）。

自行去这座位于俄罗斯中部奥廖尔省的园子，并不太方便。最稳妥的路线，是从莫斯科的库尔斯克火车站坐夜车到小城奥廖尔，然后坐公交车横穿整个城，任凭奥卡河在眼前激滟掠过，到了城北的长途巴士站，坐上远郊巴士去到更小的姆岑斯克（在俄罗斯本国，也没多少人知道这座小城，尽管这里出了大名鼎鼎的被列斯科夫写进小说的蛇蝎痴情女卡捷琳娜·伊兹玛依洛娃），再换班次少得可怜的市立观光小巴士，在淹没于一望无际的中部平原的土路上吱吱呀呀飞驰二十来分钟，然后，才可以看到庄园的大门。

我不大清楚，那遥远的 19 世纪，屠格涅夫一次次离开、回到这里，究竟是什么样的心情。在被无数人误认为佚名民歌的抒情小诗《旅途中》里，他叹道："车轮滚滚，闷声向前；凝望苍穹，思绪沉陷……"那个交通极度不便的年代，他的富豪出身可以让他在年幼时就随着母亲坐着私家马车纵横德法，迷离于巴黎的香风细雨中。然而，成年之后，说着几乎比母语还要纯熟的法语德语英语，他坐着同样豪华的自家马车，一次次在俄罗斯外省平原泥路里沉陷。望着飞溅的泥浆和沉郁的俄式天空，他应该知道，自己的优越出身与教养、外语能力、锦衣玉食、小小的意识形态上的反抗、无望得几乎荒唐的感情生活，一切的一切，放在这块与自己血脉交融的广袤土地上，都显得太微不足道了。

我想，以他的脾气，到底应该还是心平气和的。

秋：露台

没有见识过俄罗斯秋天的话，请有生之年一定来经历一次。

八月中旬后，天气转凉。中部的原野慢慢现出淡淡金黄。随着这黄色愈发烂漫，原本夏季里活泼翻滚的云渐渐沉静下来，一朵朵四散开去，远远地在天地交会的地方织着花边。纵横交错的河流却还是新鲜翠绿的，尤其是奥卡河，载着尚不多的落叶，带着《猎人笔记》里所提到过的卡卢加州人的健康的精于生活的态度，一路快乐淌过，毫不在乎步步紧逼的秋凉。初秋的原野是如此辽阔舒展，却又不给人空旷的寂寥感，它代表了一种悠远的温存，在经历大起大落的沧桑后，现出一个叫人就此死心塌地的微笑。

九月里却经常是多雨的。如果身处莫斯科城，可以选一个淋漓的雨天，来到麻雀山下，见证漫坡的林子一层秋雨一层黄。而当黄叶大捧大捧地被风扫进

路尽头的庄园

莫斯科河，水流急促，发出令人心惊肉跳的声响时，那就是秋彻底来了。旧时候，我猜，这一队队黄叶必定是伴着山脚下修道院的钟声，带着行军般的豪迈和义无反顾，头也不回地顺着河水漂离莫斯科的。同样是从外省奥廖尔走出来的安德列耶夫就在《此生的日子》中，借着主人公之口，站在麻雀山上，发出过对时光流逝的感叹。不过，黄叶一旦漂出莫斯科，大约很容易就汇入奥卡河了，城市的巨大阴影和沉重的历史包袱被甩在身后，叶子们必定要被奥卡河的欢乐轻盈所感染。因为，一直到十月底，在它们心甘情愿腐烂融化于水中之前，这整个彻底金黄的时节完完全全属于它们。

我第一次到屠家庄园，便是在这样一个时节。

十六年前的秋天，刚刚学了两年不到俄语，我在小城奥廖尔的大学里插班学习，口语困难，磕磕巴巴，只好老老实实啃书本。啃书本之余的一个明净的周日，我搭上学校安排的巴士，随一团同龄的叽叽喳喳的俄罗斯学生探访庄园。

园子和周围的村落（当时还包括约五千个农奴）其实并非屠家祖产。屠氏家族是没落得不能再没落的贵族，俊俏的公子走投无路，娶了外省大地主家的大龄女儿为妻，这才有了屠格涅夫。母亲的强势跋扈、喜怒无常被屠格涅夫写进不朽的《木木》。他的成长，尽管享尽丰富物质，却有着自己的郁闷与扭曲。除了英俊的容貌与挺拔的身材，软弱、好色、毫无担当且早逝的父亲什么也没给他留下。这个极为擅长演内心戏的孩子要花很大力气才能在母亲的阴影之下维护健康的人格。

到了园子里，我才知道，这里经历过严重火灾，现存的一小圈建筑其实不及原来的一半。欧式的庄园文化，在俄罗斯的外省有着特别温存的演绎。同行的俄罗斯小伙伴们自顾自嬉闹着，只有我竖着耳朵听着温文尔雅的讲解员的讲述。

从教养上来说，屠格涅夫是个典型的欧洲人，厌恶宗法与农奴制，崇尚个人自由。家里的老师都是父亲亲自跑去瑞士请来的。游学欧洲，他早早生出了对故国说不清道不明的距离感，所以《阿霞》里，主人公到底还是没有接受阿

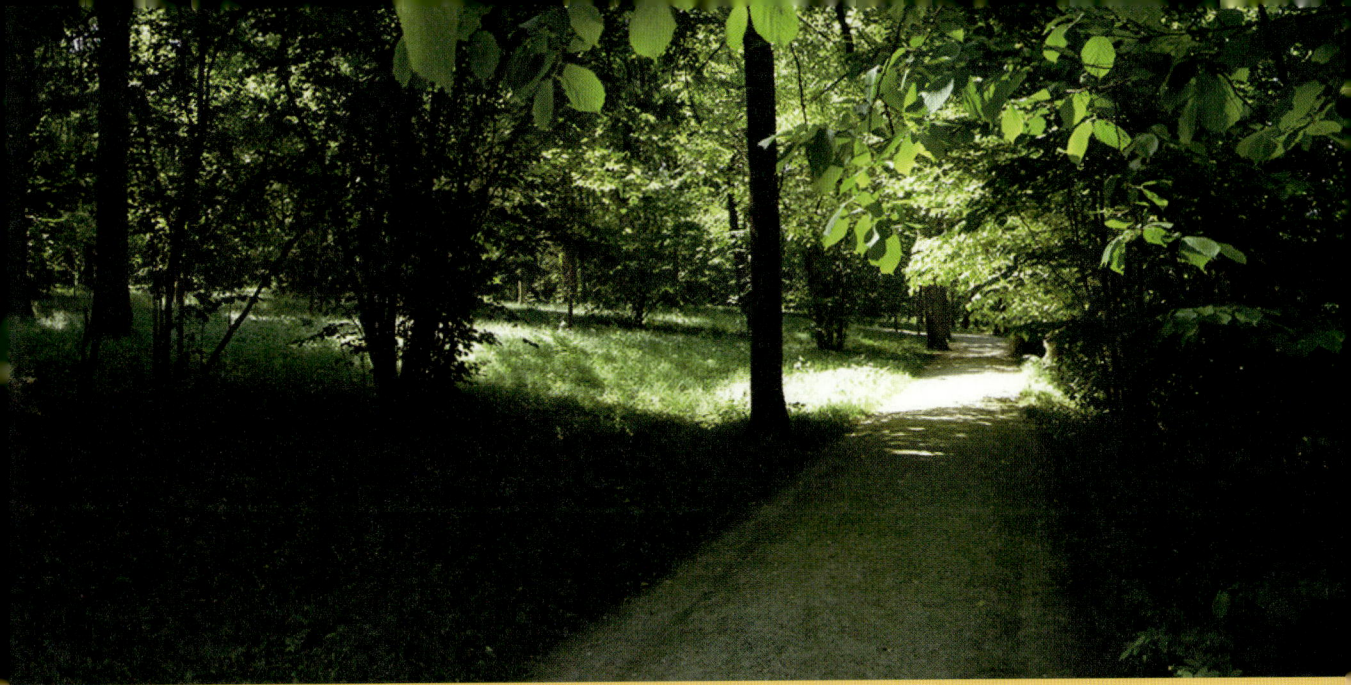

霞的感情，尽管小说极致演绎了有着俄罗斯乡土背景的温存与相惜。

残存下来的宅子，有一小座露台，屠格涅夫喜欢在这里喝茶看报、招待客人。阵风之后，满台黄叶。同乡的诗人费特，在诗歌里风花雪月得很，却也是个无比精明能干的"实业家"。他嘲笑屠格涅夫满脑子不切实际的西化空想，不会经营，不懂俄罗斯的"汉子们"。在他的笔下，屠格涅夫曾经站在这露台上，跟蜂拥而来的农民代表对话。"民众"的一切无理要求，屠格涅夫都答应下来，傻到了家。

我在露台上停了一小会儿。相对于台子下面的空地，这并不算什么"制高点"。然而以屠格涅夫古罗斯壮士般的身高，站在这里望开去的话，估计看到的是挤满空地的"灰白色的头"。这是俄罗斯典型的发色，一种非常结实的亚麻色，倔强而狡黠。去世前，客居法国的屠格涅夫的病榻前没有一个俄罗斯人，然而，据说他的最后一句话是用俄语说的："再见了，我的长着灰白色头发的乡亲们。"与故园秋日里通透的金黄一样，对他来说，这灰白，应该是最深沉的俄罗斯底色了吧。远在老家、伺候了屠格涅夫一辈子的近侍老奴，在他去世后写道：此生服侍您，幸运、感恩。老奴同样长着一头亚麻灰的头发。

冬：教堂

2005 年 1 月，俄罗斯中部迎来奇怪的回暖天气。本来堆得结结实实的厚雪，转眼就化成泥汤。在这个国家，冷就要冷得人意识模糊、四肢麻木，这样暧昧的冬季回暖，是大家都不喜欢的。

这一次，是萨沙叔叔带我去的屠格涅夫庄园。大学插班那一年的一大半，我是在他家位于奥廖尔城郊的小楼里度过的，小楼几乎是萨沙叔叔一个人建起来的。那个时候，下了课，如果步行回萨沙叔叔家的小楼，我可以一路沿着奥卡河走过去。隆冬时节，靠在某座铁桥边上，还可以跟冰面上垂钓的老大爷讨一根如今早已绝迹的"白海运河"牌香烟，边学着吞云吐雾边听他用方言唠叨些我不懂的捕鱼知识。母亲有次电话里问我想家不。我答，不想。在这片天地

庄园小木桥

504

里闲逛，满脑子浪迹天涯的念头，我觉得，眼前这条冻得严严实实的河也可以是一种家。

然而这年的一月实在太暖了。我们开着车，从奥廖尔出来，一路只见到原野里的雪大片大片融化，露出一块块黑黢黢的土地。尽管那是油膏浸润的黑土，但这样"斑驳"的冬季雪原，实在让人扫兴。

庄园的正门口，是座18世纪建起来的小教堂。我们停好车，走近淡鹅黄色的教堂，午后时分，死寂一片。太阳停在铁栅门上不远的位置，裹着铅灰的云，只有隐隐的粉红渗出。"一下子冷了好多！"萨沙叔叔道。是的，就在我们到达、停车这短短的一二十分钟里，气温好像突然被逼回了一月份该有的数值。

屠格涅夫的父母就是在这座教堂里结的婚。这是座家庭小教堂，却一直对远近乡邻开放。它是如此小巧，而且并不彰显俄式教堂通常的拜占庭风格，反而带了点本土化了的哥特味道。我们走进教堂时，里面一片昏暗。幽幽的零星香烛旁，一位裹着头巾的老妇人靠在圣像下的木椅子上打盹。

没错，就是这里！

著名的散文诗系列里，屠格涅夫编入一篇叫《基督》的小文，记录了一次平凡的神显奇

庄园门口的小教堂

庄园里的俄式澡堂

迹。某个拥挤的祈祷仪式上，他身边是念念有词的人群。俄式教堂，通常是不设座位的，最普通的晚祷，全程下来，也要站上三个半小时左右。忽然，身边悄然站过来一个人。这让他一下子非常紧张，因为，他隐隐觉得，这就是基督。忍不住瞄了一眼。普通的一张脸，带着悠远的平和，"上嘴唇仿佛静卧于下嘴唇上"。他被惊得不敢动弹。是的，这就是基督。写作小文时，屠格涅夫客居异乡，而他想象中的故乡的信仰世界，是以"人子"为根本的——救世主是普通温良的常人模样。

其实，庄园名字中的"Спасское"指的也正是救世主。在这里见证神显，那么，毫无疑问，他精神上的皈依还是在这块土地上完成的。

春：新绿

"《猎人笔记》是最适合春天阅读的书。"某个四月里的一天，忽然飘起零星雪花，我坐在去屠格涅夫庄园的巴士上，用手机跟一位俄罗斯朋友聊着。

"我也这么觉得！可是你为什么这么认为？！！"他的问题带了两个感叹号。

我望向窗外。毕竟十多年过去了，通往庄园的路不再尘土飞扬。有的路段居然还被修成了体面的柏油马路。这在俄罗斯偏远外省实在不多见。然而，新的路段离奥卡河很远，坐在车里，只见原野辽阔无垠，听不见春水流动的声音。四月的天气，在这片土地上，往往乍暖还寒。原野里的绿色隐隐约约，却非常

"贵族之家"的屠格涅夫像

踏实顽强。忽冷忽热中，只见它缓慢充盈着，一个接着一个星期，浓度变化不大，然而绝不肯倒退，不会因为一场突如而来的雪而仓皇退去。

到了庄园，我第一个跳下车，奔去看园外连片的春绿。蹲下来细看，那真是薄薄的一层呀！草芽像一只只奇异精灵幼崽半透明的耳朵，嫩透欲滴的样子。伸手一摸，可不是这么一回事。芽儿们虽嫩，但毫不脆软，根本不屑人类的抚摸。

雪花变成了细密的春雨。

《猎人笔记》里的惆怅是纯粹的、透明的、顽强的，而且并不多依赖人的气息，就像这春绿。《猎人笔记》里动人的人物形象，卡里内奇也好、孤狼也罢，都是面朝自然，才能最本真地活着的。而这原野所承载的自然，完完全全是它自己，不为任何事物所左右。所以《白净草原》里的孩子们躲在其中，无非讲讲鬼故事罢了；所以《父与子》里巴扎罗夫的死其实一点也不突兀，他那飞扬的生命力在他所钟爱的自然环境里不值得一提。好了，不说啦！天啊，这个庄园和周围的一切我都如此喜欢！

屠格涅夫种下的橡树　　◎ 本文中的照片均为译者所摄

狩猎中的屠格涅夫
尼古拉·德米特列耶夫·奥列勃格斯基绘
1879 年

屠格涅夫年表

1818年11月9日（诞生）

伊万·谢尔盖耶维奇·屠格涅夫出生于俄罗斯中部奥廖尔省（现俄罗斯联邦奥廖尔州）的首府奥廖尔市。父亲谢尔盖·尼古拉耶维奇·屠格涅夫出身于临近的图拉省没落的古老贵族家庭，母亲瓦尔瓦拉·彼得罗夫娜·卢托维诺娃则出身于奥廖尔省的大地主家庭。

1827年（9岁）

屠格涅夫一家搬至莫斯科。屠格涅夫进入精英中学学习，学制六年。同时，家里还从欧洲为他特地请来了家庭教师，辅导他的学习。

26岁的屠格涅夫

1833年（15岁）

屠格涅夫考入莫斯科大学语文系学习。在莫大学习期间，屠格涅夫广泛结交了当时著名的作家与知识分子，他的同学包括赫尔岑、别列斯基、莱蒙托夫、冈察洛夫等。

1834年（16岁）

屠格涅夫转至彼得堡大学哲学系语言专业学习。[1]

1836年（18岁）

屠格涅夫开始翻译拜伦、莎士比亚的作品。在彼得堡大学教授的推荐下，参加了文学沙龙，并在年底偶遇普希金。[2]

---

1 果戈里当时在彼得堡大学任教。屠格涅夫听过他的历史课，对"这位不受欢迎的教授"的古怪授课风格和为人印象深刻。
2 普希金是屠格涅夫毕生的文学偶像。他曾多次回忆这次"偶遇"普希金的场景：他去参加一个文学沙龙，到场时，一位身材矮小、目光灵活敏锐的人正离开，边走边评论着当时的吏治。这便是普希金。屠格涅夫仅是"惊鸿一瞥"，两人并未真正结识。随后不久，普希金便在决斗中受重伤去世。这也成为屠格涅夫一生的遗憾。

1838年（20岁）

屠格涅夫赴德国，在柏林大学学习哲学。同年，屠格涅夫在俄罗斯国内著名的《现代人》杂志上发表了几首小诗。

1840年—1841年（22—23岁）

1840年初，屠格涅夫回到彼得堡，获得哲学硕士学位。随后再赴欧洲。1841年5月，屠格涅夫再次回国，并与巴枯宁[1]一家结识，与巴枯宁的妹妹产生恋情。

1843年（25岁）

年初，屠格涅夫进入外交部任职。年底，他与意大利歌唱家波林娜·维阿尔多结识，并恋上对方。维阿尔多已经结婚，但对屠格涅夫友好相待，成为他毕生之爱。

1845年（27岁）

屠格涅夫离开外交部。他与别林斯基成为好友，并与涅克拉索夫结识，交往密切。

波林娜·维阿尔多

别林斯基

---

1 米哈伊尔·亚历山德罗维奇·巴枯宁（1814—1876），俄罗斯十九世纪著名思想家、活动家，无政府主义及民族主义者。

1847年—1850年（29—32岁）

屠格涅夫旅居欧洲，见证了1848年的法国革命，并与包括乔治·桑、梅里美等在内的法国著名作家与知识分子来往密切。这一时期，他开始在《现代人》杂志连载著名的《猎人笔记》。

1852年（34岁）

屠格涅夫发表《猎人笔记》全书初版本（共包括22篇笔记）。同年5月，屠格涅夫因为果戈里去世而写的悼文被沙皇当局流放至位于奥廖尔省的祖宅斯帕斯科耶－卢托维诺沃，并待到了1853年底。在作家同行的帮助与活动下，屠格涅夫被解除流放，但直到两年后才重获在首都逗留、居住的权利。

1856年—1858年（38—40岁）

1856年上半年，屠格涅夫住在俄罗斯，与《现代人》杂志社同仁的关系日益密切，并结识了托尔斯泰、奥斯特洛夫斯基等同时代的大作家。同年7月，屠格涅夫离开俄罗斯，旅居于法国、德国、英国、意大利。1858年出版著名中篇小说《阿霞》，夏季回到祖国，并在祖宅斯帕斯科耶－卢托维诺沃度夏。至此，屠格涅夫形成了冬季旅居西欧，夏季在家乡度过的习惯。

屠格涅夫（前排左二）与《现代人》杂志员工

1859年—1869年（41—51岁）

1861年，屠格涅夫与托尔斯泰爆发了震惊俄罗斯文学界的激烈争执，到了决斗的边缘（两人直至1878年才和好）。整个1860年代，屠格涅夫与包括福楼拜、龚古尔、左拉、莫泊桑等在内的法国作家交往密切，并成为俄罗斯文化界与西欧文化界交流的重要桥梁。这一时期也是屠格涅夫最为多产的时期，他先后发表著名长篇小说《贵族之家》（1859）、《前夜》（1860）、《父与子》（1862）、《烟》（1867）。屠格涅夫与长期合作的《现代人》杂志社及诗人涅克拉索夫决裂。

1870年—1880年（52—62岁）

这一时期，屠格涅夫成为欧洲，尤其是西欧知识分子眼中俄罗斯文学的首席代表，他的声望与日俱增。1878年，他在巴黎的世界文学大会上被选为副会长。1879年又被牛津大学授予名誉博士学位。1870年代末，屠格涅夫与俄罗斯国内的革命者保持着联系，并对旅居西欧的俄罗斯侨民团体加以支持。1879年，屠格涅夫爱上女演员萨文娜，恋情持续至1881年。1877年—1882年，屠格涅夫相继发表著名的"散文诗"系列。这一组抒情短文、自由体抒情诗是屠格涅夫对自己创作生涯的升华式总结，语言精炼优美，达到极致，是其晚年创作的最高峰。

1883年9月3日（65岁）

屠格涅夫病逝于巴黎近郊。随后，按照他的遗嘱，他的遗体被运回彼得堡，葬于沃尔科夫公墓别林斯基墓旁。

屠格涅夫获得
牛津大学名誉博士学位

玛丽亚·萨文娜

春天里

是很容易分别的

春天里呀

哪怕是幸福的人

也会想要去向远方

再见了，读者

我祝愿您

永远安好

屠格涅夫（1818—1883）
伊利亚·列宾 绘，1874 年 ▶

译者｜齐昕

齐昕，博士，上海外国语大学俄罗斯东欧
中亚学院教师，长期讲授俄罗斯文学史相
关课程。主要研究当代俄罗斯小说和俄罗
斯宗教思想史，喜好普希金、屠格涅夫与
列斯科夫。爱旅行，好音乐，最喜欢《猎
人笔记》中描述的东欧平原。

主要作品

译著

[俄] 安德烈 · 安季平《人靠什么活着》《布拉戈维申斯克号游轮》

[俄] 瓦西里 · 西戈列夫《黑乳》

[俄] 屠格涅夫《猎人笔记》(作家榜经典名著)

艺术家 | Anya and Varya Kendel

嗨！我们是 Anya and Varya Kendel，一对来自俄罗斯的双胞胎姐妹，我们一起为本书绘制了插图。我们一个是左撇子，另一个是右撇子，小时候我们会一起画同一张图，现在我们轮流画每一张插图。

我们出生并成长于俄罗斯最美丽的区域之一——乌拉尔山脉，这里有古老的山川、桦树与松树林和明净的湖泊（当然也有许多大工厂，但我们并不喜欢）。因此，我们最热爱的作品主题就是自然，即使为经典文学作品画插图，我们也经常描绘风景。

我们不仅画画，也在俄罗斯和邻国各地旅行，经常搭便车。我们观察周围的人与自然，这有助于我们的创作。

我们已经多次去过伊万·屠格涅夫在他的笔记中描述的地方。那是俄罗斯的中部地区，依然保留着古老的 19 世纪的村舍、尘土飞扬的道路和茂密的森林。许多居民的生活有点令人想起旧日的时光。当你开车沿着从圣彼得堡到莫斯科的老路行驶时，你会觉得自己进入了一个时光传送门——在那里时间的流逝比其他地方都要慢。

Anya and Varya Kendel 生于 1992 年

先后毕业于车里雅宾斯克艺术学院、圣彼得堡斯蒂格里茨学院。

自 2018 年起，她们先后为超过 15 本图书和杂志做过插图和设计。

2019 年 6 月，她们以俄罗斯自然多样性为主题，为谷歌绘制主页涂鸦。

所获奖项

2019 年

《一路向北》插画在国际插画与图书设计大赛"图书印象"中获奖。

《白银时代诗人诗集》插画在全俄插画比赛"新童书"中获奖。

2020 年

《一路向北》插画入围"2020 金风车国际青年插画师大赛"50 组名单、"第五届 BIBF（北京国际图书博览会）菠萝圈儿国际插画展"60 组名单。

一组非虚构插画在莫斯科国际插画与视觉文学节"MORS"中获奖。

2021 年

《猎人笔记》插画在国际插画与图书设计大赛"图书印象"中获小说插画奖。

作家榜®经典名著

读 经 典 名 著 ， 认 准 作 家 榜

作家榜，创立于 2006 年的知名文化品牌，致力于促进全民阅读，推广全球经典，连续 13 年发布作家富豪榜系列榜单，引发各大媒体关注华语作家，努力打造"中国文化界奥斯卡"。

旗下图书品牌"作家榜经典名著"系列，精选经典中的经典，凭借好译本、优品质、高颜值的精品经典图书，成为全网常年热销的国民阅读品牌，在新一代读者中享有盛誉。

经典就读作家榜
京东官方旗舰店

经典就读作家榜
天猫官方旗舰店

经典就读作家榜
当当官方旗舰店

经典就读作家榜
拼多多旗舰店

策　划｜
出　品｜

出 品 人｜吴怀尧
总 编 辑｜周公度
产品经理｜宗建华　邱绍棠
美术编辑｜陈　芮
内文插图｜[俄] Anya and Varya Kendel
封面绘图｜[英] Owen Gent
封面制作｜古诗铭
特约印制｜吴怀舜

版权所有｜大星文化
官方电话｜021−60839180

经典就读作家榜　　作家榜官方微博　　下载好芳法课堂
抖音扫码关注我　　经典好书免费送　　跟着王芳学知识

图书在版编目（CIP）数据

猎人笔记 /（俄罗斯）屠格涅夫著；齐昕译. -- 杭
州：浙江文艺出版社，2021.4（2024.1重印）
（作家榜经典名著）
ISBN 978-7-5339-6461-0

Ⅰ.①猎… Ⅱ.①屠… ②齐… Ⅲ.①长篇小说—俄
罗斯—近代 Ⅳ.①I512.44

中国版本图书馆CIP数据核字（2021）第051816号

责任编辑：金荣良　罗　艺

猎人笔记

［俄］屠格涅夫 著　齐昕 译

全案策划

大星（上海）文化传媒有限公司

出版发行

浙江文艺出版社

杭州市体育场路347号　邮编 310006

浙江省新华书店集团有限公司 经销

浙江新华数码印务有限公司 印刷

2021年4月第1版　2024年1月第9次印刷
787毫米×1092毫米　16开本　33印张
印数：110181－120180　字数：418千字
书号：ISBN 978-7-5339-6461-0
定价：139.00元